大鱼文化传媒　　大鱼文学

陛下是个伪君子

午时茶 著
WU SHI CHA WORKS

贵州出版集团

贵州人民出版社

图书在版编目（CIP）数据

陛下是个伪君子 / 午时茶著. -- 贵阳 : 贵州人民出版社,
2015.12（2020.1重印）
ISBN 978-7-221-12924-6

Ⅰ.①陛… Ⅱ.①午… Ⅲ.①长篇小说 – 中国 – 当代
Ⅳ.① I247.5

中国版本图书馆 CIP 数据核字 (2016) 第 005367号

陛下是个伪君子

午时茶 著

出版统筹　陈继光

选题策划　大鱼文化

责任编辑　陈田田

流程编辑　黄蕙心

特约编辑　刘砾遥

封面设计　gemini_jennifei

内页设计　曾　珠

出版发行　贵州人民出版社（贵阳市观山湖区会展东路SOHO办公区A座
　　　　　邮编：550001）

印　　刷　三河市华东印刷有限公司

开　　本　880×1230毫米 1/32

字　　数　320千字

印　　张　9.5

版　　次　2016 年 3 月第 1 版

印　　次　2016 年 3 月第 1 次印刷
　　　　　2020 年 1 月第 2 次印刷

书　　号　ISBN 978-7-221-12924-6

定　　价　39.80 元

陛下是个伪君子

目录·CONTENTS·

陛下是个伪君子

01.
陛下中毒了

谢子玉今天登基，有点紧张，毕竟登基这种事情，她也是第一次做。

旁边的崔明不断地小声提醒她："陛下，您手别抖，肩膀端平，目视前方，挺胸抬头……算了胸还是别挺了……"

谢子玉整个人僵硬得如同木偶，鼓乐阵阵灌进耳中，和着崔明连绵不绝的唠叨，加之额前的几串圆玉晃啊晃，她望着那高高的台阶开始晕圈。

"崔明哪……"谢子玉小声说道，"朕好像恐高……"

"陛下您还一级台阶都没踩呢。"

"也是……"

抬脚，一级一级地往上走，身边的崔明不断地给谢子玉打气："陛下再坚持一下，一级、两级、三级，非常好！来，左腿，右腿，慢动作……"

谢子玉实在忍不住说了一句："崔明哪……"

"奴才在！"

"你能不唠叨吗？"

"能！"

耳根终于清净，谢子玉隐在龙袍里的两条小细腿一边打战一边往上迈，眼前的台阶一点一点地减少，终于只剩一级了。

谢子玉抹了一把额头上渗出的细细的汗，重重地吐了一口气，然后做了一个她后悔至今的动作——她好死不死地往后看了一眼。

轰！

好高！

好吓人！

她战战兢兢地转回头来，两条腿抖得更有节奏了，颤颤巍巍地抬起来，然后……

咣！

谢子玉连滚带爬地往下摔，根本停不下来！

"陛下！"崔明大惊失色，吓得嗷嗷叫。

大臣们半天没缓过神来，这时只见一个侍卫打扮的人冲破层层人群，一跃而上，将越滚越快的陛下在阶梯的一半处拦下，弯腰抄手捞入怀中。

整个动作一气呵成，干净利落，谢子玉窝在他怀中面色苍白地夸赞："沈钦你真帅！"

沈钦低头看她："这个时候不装晕，等着丢人呢。"

谢子玉一仰头一闭眼，"晕"了。

沈钦瞥见她没有喉结的脖颈暴露无遗，心中暗骂一声粗心鬼，胳膊一抖，让她的脑袋低垂下来，下巴一收刚好挡住脖子。旋即转身，面向诸位大臣。

崔明这时候也撑着两条吓软的腿赶了过来，一看这情况，立马叫了起来："陛下摔晕了！"

反应过来的诸位大臣争先恐后地往谢子玉的方向拥去，俱是一脸关切之情，差点挤得谢子玉二度受伤。

沈钦觉得大臣们观赏得差不多了，给崔明递了个眼色，崔明一搂手中的拂尘，走在前面给谢子玉开道："哎哟诸位大臣请让一让，陛下身上的伤可耽误不得哎……"

大臣们目送他们离去，站在原地感叹：身形修长的侍卫抱着不足五尺高的小皇帝不仅毫无违和感，反而有一种搭配起来很和谐的即视感，这是为什么呢？

不过这么一对比，陛下的身子着实显得娇小了些，得补！

乾清宫中，太后亲自领了太医过来，满面急切，望着鼻青脸肿的谢子玉，惊得鱼尾纹都撑开了，半天没说出话来。

太医仔细把过脉后，确认并无大碍，至于为什么会晕倒，太医琢磨半天才说："陛下约莫是有些中暑。"

太后安下心来，开始迁怒其他人，首当其冲的就是崔明。

崔明一看到太后投过来的眼神就吓尿了，两腿一软跪在地上，头磕得咣咣响："太后，奴才有罪……"

谢子玉好怕太后会说"拖出去斩了"，结果太后杏目一瞪："没听到陛下中暑了吗？还不赶紧去吩咐御膳房熬些绿豆汤送来。"

崔明千恩万谢地走出去，太后又借口让太医离开，这才悄悄问谢子玉："你同哀家说说，究竟为什么会从那么高的地方摔下来？"

果然太后不信她是因为中暑才摔下来的，可是真正的原因要怎么说出口？

谢子玉想了想，抓住太后的袖子，满目严肃地解释道："太后，其实是这么回事，朕正准备踏最后一级台阶的时候，忽觉一股怪力自脚下蜿蜒而上，叫朕身子不稳，摆脱不掉，这才难以控制地摔了下去，又滚了下来……"

立在一旁默不作声的沈钦听完这话，不动声色地哼笑一声：能把踩到自己衣服下摆而摔倒这种丢人的事说得这么玄乎也是醉了。

不知实情的太后听了大惊失色："难道有人对你施巫蛊之术？不行，这事哀家要严查！"

此事不能耽搁，太后叮嘱谢子玉几句后，便匆匆离开，毕竟外面那些大臣也需要一个交代。

崔明端着绿豆汤一步一晃地进来，谢子玉看着晃出大半的汤水，忍不住问了句："崔公公，你这是怎么了？"

崔明将绿豆汤端放在桌上，盛了一碗给谢子玉，然后扶着自己的脑袋说："刚刚磕头磕得太用力了，有点晕……"

"说起来，朕也有点不舒服。"谢子玉将绿豆汤一饮而尽，身子一仰在龙榻上滚了两圈，撑着下巴问沈钦，"为什么朕喝了绿豆汤，还是觉得胸闷气短呼吸困难呢？"

崔明晃晃悠悠地走到桌子旁："要不再喝两碗？"

谢子玉摇摇头，朝沈钦伸出手臂："你不是也略通医理吗？帮朕看看……"

沈钦接住她的手腕，稍稍把了一会儿脉，掀眸古怪地瞧了她一眼。

"怎么了？"谢子玉捂着发闷的胸口问，"很严重吗？"

"不是。"

"那是因为什么？"

沈钦别过脸去，淡定地吐出六个字："裹胸布，缠太紧！"

谢子玉："……"

谢子玉不是皇帝，真正的皇帝在登基前忽然中了奇毒一直未醒，被太后藏在一个安全的地方慢慢解毒。谢子玉要做的就是在真正的皇帝苏醒之前，扮演好皇帝这个角色。

诚然这是一件很辛苦很危险的事情，可谁叫那个皇帝是她一母同胞的弟弟呢，谁叫两人长得那么像呢？

那个说她像男人的，其实是真正的皇帝长得像女人好吗？

次日早上出乾清宫上早朝的时候，谢子玉环顾了一下四周，没看到沈钦，便问崔明："沈侍卫呢？"

崔明答："沈侍卫还在睡觉。"

什么叫还在睡觉？她一个当皇帝的都要上朝了他一个侍卫居然还在睡懒觉？

这不符合规矩好吗！

崔明见她脸上阴晴不定，猜不透她的心思，便试探着问了一句："要不奴才这就去叫沈侍卫起床？"

"还是算了。"想想沈钦的起床气，谢子玉摆摆手，带着一干人上朝去了。

早朝上得挺忐忑，毕竟有太后垂帘听政，谢子玉生怕一个扮演不好露了馅儿，战战兢兢地坐在龙椅上，紧张得像个认真听夫子讲课的学生。

不过毕竟新皇第一次早朝，昨天又摔得那么惨，半边脸还肿着，大臣们倒也没提出让谢子玉很为难的事务。

倒是这朝堂之上一直有个位置是空的，那是首辅谢林的位置。

谢林是谢子玉的七皇叔，先皇离世之前钦点他为首辅大臣，辅佐小皇帝治国。可是今日谢子玉头一次上朝，谢林便称病没来，着实打脸。

但这并不妨碍早朝的继续。太后早前便已嘱咐好她：军事听听文官的意见，政事听听武官的意见。朝中大臣分两个阵营，杜丞相是一方，司徒大将军是另一方，凡事都要听两边的意见，若是遇到棘手的，她只需说一句话"此事容朕回去好好想一想"。

然后就没有然后了，她是假皇帝，自然什么事情都做不了主，须得悉数交给太后。

这倒是个好办法。

谢子玉坐在大殿上俯瞰百官的时候，突然有一瞬觉得很好玩：离开皇宫近十年，没想到竟是以这种方式回来了。

此番感慨一直持续到退朝，谢子玉从龙椅上站起来准备转身走的时候扑通又摔地上了，摔得特别狠，帝冕都摔出去老远，不过因为实在太丢人没敢叫出声来。

此时百官还未退去，只听一声巨响，陛下就不见了……

感！叹！号！

谢子玉准备去找太后商量商量龙袍的事情。

她身上的龙袍是根据弟弟谢子文的身材量身裁做的，他中毒后不久就是登基大典，根本来不及再重新为谢子玉做一套。如今谢子玉所穿的一切衣服，都是当初为谢子文做的，根本不合身。毕竟谢子文再如何瘦弱，到底是男子，总归比她高出一点点。

崔明磨着脚底不肯随谢子玉一起去，问他为什么，崔明小声回答：“今日陛下又摔倒了，太后指不定要怎么惩罚奴才呢，奴才实在没胆。陛下，要不然奴才找人将龙袍给您缝缝，再不济，奴才去找人做两双厚底的靴子，陛下您身子高一点，将那龙袍撑起来也就不那么容易摔跤了……”

谢子玉想想也对，既不用面对太后，也不用再担心别人从她的身高上看出什么破绽来，当即允了崔明，转了个方向去御花园的青莲池边纳凉了。

只是还未走到青莲池，忽见对面的小路上跑来一个穿淡粉色衣服的姑娘，似乎很是兴奋地向谢子玉喊道：“太子哥哥！”

谢子玉眼睛盯着她，嘴巴却是在问崔明：“那是谁？”

崔明忙道：“绮罗郡主，陛下的表妹，陛下很喜欢她。”

谢子玉一头雾水：“朕不喜欢她。”

崔明补充：“是那个陛下很喜欢她。”

谢子玉当即了然，原来是谢子文很喜欢这个绮罗郡主。

简短的对话结束，绮罗郡主已然跑到谢子玉面前，欢天喜地道：“太子哥哥！”忽又觉得不对，立马改口道，“现在应该叫陛下哥哥了……”

谢子玉是第一次见绮罗郡主，有可能小时候见过，但是她记不清楚了。加上绮罗郡主如此热情让谢子玉有些招架不住，不知该说什么，但又不能什么都不说，只好先挤出一句：“是绮罗啊，什么事这么高兴啊？”

看这个绮罗郡主异于常人的兴奋劲儿，应该是遇到了什么开心的事情了吧。

绮罗郡主上前拉住谢子玉的袖子，一点也不觉得有什么不妥，喜滋滋道：“我方才去乾清宫找陛下哥哥，可他们说你去了太后姑姑那里，我正想着去太后姑姑那里找你呢，没想到在这里遇见陛下哥哥了。”

谢子玉接住她的话继续问下去：“你找朕有事？”

绮罗郡主歪着头，撒娇道：“陛下哥哥难道忘了之前答应过我的事吗？”

“嗯？”

谢子玉同崔明交换了一个眼神，从对方的眼睛里看到了爱莫能助，谢子玉只好硬着头皮说：“这几日朕有些忙，一时想不起来，绮罗说的是什么事？”

绮罗郡主噘嘴，但并没有真的生气，咕咕哝哝说了出来：“陛下哥哥登基，西域那边送来几匹好马，陛下哥哥说过要送我一匹的。”

原来是这个。

谢子玉做出恍然大悟的表情，笑道：“朕既然说过要送你一匹，就一定会送，待会儿让崔明带着你去马厩那里，亲自挑一匹便是。”

绮罗郡主娇呼一声，咯咯笑了起来。

谢子玉见她丝毫没有怀疑自己的样子，也松了一口气，正想抽出被绮罗郡主挽着的胳膊时，绮罗郡主却突然一用力，从她的袖口中摸出一个东西来。

谢子玉定睛一瞧，是个铃铛。

这铃铛是当年师父捡到她的时候送与她的，沈钦也有一个。虽然这小玩意儿不值钱，但谢子玉将它看得紧，平日里她将铃铛里面塞了棉花，即使带在身上也从不作响。绮罗郡主好奇地把玩起来，谢子玉想伸手要回来，却见绮罗郡主扯出里面的棉花，使力摇了起来。

铃铛发出了响亮清脆的声音。

谢子玉按住心中想要一把抢回来的心情，挤出一个和颜悦色的笑，说道：“绮罗，把那个铃铛还给朕。”

绮罗郡主这时候却耍起了小女孩的性子，将铃铛往身后一藏，仰着脸讨好似的对谢子玉说道：“陛下哥哥，我喜欢这个小玩意儿，能不能送给我？”

"不行！"谢子玉当即拒绝她，但又觉得这话说得太硬，只好耐着性子软下语气好生哄道，"朕可以送你点别的，这个铃铛不可以。"

谁知她越不给，绮罗郡主越是想要，对她做了个鬼脸，转身就跑。

谢子玉那个气啊，刚要开口叫她站住，却见绮罗刚跑了没两步，突然撞到一个人身上，被那人挡住了去路。

"拿来。"那人对绮罗郡主伸手，毫不客气地说道。

"你是谁？"绮罗郡主叉腰，对挡住她的人大声吼道，"敢挡本郡主的路，你是不是不想活了？"

那人一脸不耐烦，直接出手捉住她攥着铃铛的那只手，掰开来拿出铃铛，然后无视她惊愕的脸，绕过她径直走向谢子玉。

"喏，收好了。"铃铛重新回到谢子玉手中。

谢子玉压低嗓音提醒他："沈钦，这里是皇宫，你就不能低调点？"

沈钦懒洋洋地站着，背着阳光，正好将谢子玉笼在他的阴影之下。他低头瞧她，看着她小心翼翼的样子，嘴角一扬，吐出俩字："忘了。"

绮罗郡主不乐意了，跺着脚走到谢子玉身边，指着沈钦道："陛下哥哥，他欺负我！"

谢子玉咳嗽两声，摆出一张正经脸来，对沈钦说："沈侍卫，方才你冒犯了绮罗郡主，还不赶紧认错道歉？"

绮罗郡主仰着下巴瞪沈钦，她定然以为沈钦刚才敢从她手中抢铃铛，此时绝不会低头认错，哪知……

沈钦一抱拳，单膝跪下："臣不知是绮罗郡主，还请郡主恕罪！"

这话扔在地上铿铿响，别说绮罗郡主，就连谢子玉也惊呆了：这个平时傲娇得瞅谁都是傻子的沈钦居然跪下了！

一排感叹号油然而生！

趁绮罗郡主还没缓过神来，谢子玉忙跳出来打圆场："既然沈侍卫已经知错就改了绮罗你就别同他计较了这不母后她老人家挺想念你的你来宫中一趟也不容易趁着天色尚早赶紧去看看母后吧来人把绮罗郡主好生护送到太后宫里去！"

这好几句话谢子玉用一口气说完，绮罗郡主刚发出一个疑问的"啊"字，就被太监宫女们拥着走了。

谢子玉亲手去扶沈钦："我的好师兄哎，委屈你了。"

沈钦站起身来，盯着绮罗郡主离开的方向，似笑非笑道："不委屈。"

他腕间一动，不远处的绮罗郡主突然尖叫一声，整个人扑倒在地上，摔跤的程度丝毫不亚于今日早朝时谢子玉摔的那一跤。

谢子玉绝对听到了沈钦冷哼哼的声音："谁让我跪着，我就让她趴着……"

谢子玉："……"

谢子玉七岁被送去普罗山，八岁走丢，被沈钦的师父捡到。那时的沈钦已经是个十二岁的少年，师父将她往沈钦面前一推，开玩笑地说："钦儿，为师给你捡了个小媳妇回来。"

沈钦好看的眉毛皱起来："师父，我又不瞎，这分明是个男孩子。"

师父一乐，蹲下身来捏捏她的脸，对沈钦说："她这么可爱，怎么可能是男孩子。"

直到谢子玉洗净了脸，露出粉嫩的皮肤和两个浅浅的小梨涡，沈钦将信将疑的目光才彻底消失，勉为其难地拉过她的手："走，师兄带你去吃饭。"

这句话贯穿了谢子玉整个童年，因为师父常常外出，照顾谢子玉的任务就落在了沈钦身上。甚至可以说，谢子玉是沈钦带大的，这个只大她四岁的师兄每天都在刷新她的世界观，以至于在以后的人生中，谢子玉一直坚定不移地信奉一个真理：跟着师兄有饭吃。

如今上天入地无所不能的沈钦跟着她一起回到皇宫，每天被诸多条条框框束缚着，一想到万一哪天他撂挑子不干了，丢下她一个人，谢子玉就一阵胸闷心悸：不行，哭死也不能放他走！

想到这里，谢子玉看着沈钦的眼神有点变味。

沈钦察觉到了，凑近了说："陛下，你的眼神里透出一股占有欲。"

谢子玉眨眨眼，抿嘴笑道："那你猜，我想占有谁？"

沈钦一愣，往后退了一步，然后嫌弃道："你的表情太恶心，不猜！"

谢子玉准备瞪他。

崔明急得在一旁跳脚："两位祖宗哎，这里是御花园，你们敢不敢做得再明显一点？这不是皇帝与侍卫的相处之道，若是被居心叵测的人看了去，人家会怎么想陛下？怎么想沈侍卫？怎么想陛下与沈侍卫？陛下您刚登基，若是有不好的传闻，那……"

谢子玉一记眼神杀到崔明那里，阴恻恻地叫了声："崔公公……"

崔明浑身一抖，垂下脑袋来："奴才逾越了……"

谢子玉一转身，负手往青莲池中的亭子走去："崔公公，去备些吃食来，朕饿了。"

沈钦紧跟一句："我也饿了，多备些。"

崔明含泪离去：明明有那么多小太监小宫女跟着，非指明要他这个贴身太监去做这种杂事，他一个大太监做这种事情很掉价，欺负人！

完全没有感受道崔明的怨念的谢子玉和沈钦，坐在凉亭中闲扯。

这亭子三面环水，谢子玉又遣走了身边的官女和太监，让他们在不远处等着，难得这里只有她和沈钦两人，可以聊聊天，抒抒情，发发牢骚……

谢子玉问沈钦："你觉得太后怎么样？"

沈钦答："徐娘半老，风韵犹存。"

"说正经的！"

沈钦屈指敲着石桌，也不看她，望着一池的莲花，悠悠道："太后是你的母后，母子连心，她是什么样的人，你难道不比我更清楚？"

谢子玉拿眼睛睨他："你非要逼我承认我没你聪明你才肯说是吧？我就是因为看不透她才问你！"

她心中对太后一直存着一个疑问，或者说心里系着一个结：当年她在普罗山走丢，距离现在已有八年之久，这八年里虽说师父和沈钦待她极好，但她终究是找不着父母的孩子。八年之后太后突然找到她，第一件事就是让她假扮皇帝为自己的弟弟守住皇位，甚至她还没来得及享受母女间久别重逢的喜悦，便因登基前的各种琐事忙得焦头烂额。

直到现在，太后虽将她的一切安排得无微不至，可到底少了一分温暖。太后安排在她身边的人，与其说是保护她，倒不如说是监视她。

其中当属崔公公为首。

沈钦约莫能猜到她心中所想何事，似漫不经心道："你现在是太后最需要的人，她会像佛一样供着你。至于其他事情，若是现在想不通，以后总有机会弄明白，你现在想多了也无用。"

"可我总觉得哪里不对……"她喃喃自语，愁眉不展。

崔明亲自捧了几盘点心过来，见谢子玉一脸愁容，忍不住问了一句："陛下，您想什么呢？"

想什么都不会告诉你！

谢子玉盯着盘子里的点心使劲瞧："朕在想……"她一扭头，看向崔明，吓唬他，"这盘子里的东西有没有毒？"

崔明果然吓得连连摆手："陛下，奴才怎么可能下毒，奴才拿性命担保……"

"朕又没说是你下毒。"谢子玉努努嘴，"你尝一个？"

崔明为了证明自己的清白，抓起一个就往嘴里塞，没怎么嚼就咽了下去，含混道："陛下您看，没毒。"

谢子玉觉得这么逗弄他有点过分，便亲自倒了杯茶水给他："朕方才说笑呢，喝点水，噎着就不好了。"

崔明千恩万谢似的接过茶水，正要往嘴中送，忽觉腹部一阵绞痛，当即摔了茶杯，捂住肚子哀叫："陛下，点心中有毒！"

谢子玉大惊失色，跳起身来。

沈钦目光一沉，弯腰捉住崔明的手腕给他把脉，眉头紧皱。

不一会儿，沈钦慢慢放下他的手腕，目光复杂地对他说："崔公公，你……"

崔明脸色煞白，抖着嗓子问："沈侍卫，奴才是不是中了剧毒？这毒是不是不能解？奴才是不是要死了？奴才还没活够呢，奴才……"

"崔公公——"沈钦打断他，问，"拉过肚子吗？"

崔明点头。

沈钦拍拍他的肩膀："去吧，厕后记得洗手。"

崔明："……"

谢子玉哈哈笑起来，挨了沈钦一巴掌："你还笑，还不都是你吓的？"

谢子玉只好一边笑一边道歉："崔公公，你先去着，朕命人去给你送厕纸，噗哈哈……"

知道真相的崔明眼泪掉下来。

因为一看到点心就想起刚才崔明的囧样，谢子玉实在吃不下去，便倒了两杯茶水，递给沈钦一杯。沈钦执了茶，倚在栏杆上看风景，满身文人骚客的气息，挺能装。

谢子玉挨了过来，作势不经意间撞了他一下，直把他手中的茶给晃去了大半，茶叶梗随着茶水落入池中，引来几尾红鲤的抢夺，煞是逗人。

沈钦斜了她一眼："还有没有点当皇帝的样子？"

谢子玉一吐舌，将手中的茶往嘴边送。

一只手突然抓住她的手腕，阻止她喝茶。

"怎么了？"谢子玉问。

沈钦目光冷然地望着池中："你看……"

谢子玉顺着他的目光看去，赫然发现几条红鲤翻了肚皮漂在水上，嘴巴一张一合，显然是濒死边缘。谢子玉心中一凉："怎么会这样？"

沈钦抬手将她手中的茶水夺去，全部倒入水中，不一会儿，有更多的鲤鱼死去。

"茶水里有毒……"

谢子玉紧张地抓住他的衣袖，结结巴巴地问："什么毒？喝了会怎么样？"

沈钦将自己手中那半杯茶置在鼻间嗅了嗅，眉头拧得死紧："茶香掩去了毒药的气味，我一时也辨不出是什么毒……"他忽然想到什么，立即丢了手中的杯子，扶住谢子玉的肩膀，"别告诉我你刚刚喝了这茶？"

谢子玉晕晕乎乎地说："就抿了两口，好难受……"

沈钦用力地捏着她的肩膀，想让她清醒一些，又气又急道："如果你哪天死了，绝对是笨死的！"

谢子玉掀起眼皮看了他一眼，咕哝道："如果你哪天死了，绝对是气死的……"

"你还贫！被你气死了！"沈钦腾出一只手捏住她的嘴巴，"先吐出来……"

谢子玉张了张嘴巴，要哭了："吐不出来……"

见她没有力气吐，沈钦干脆将她置在栏杆上，下了狠心往她背上用力击了一掌。

谢子玉哇的一声吐了出来。

沈钦暂时松了一口气，却听谢子玉带着哭腔嚷嚷："我吐血了！"

"闭嘴！"

还有脸说！

谢子玉被沈钦一掌打得胃出血，加上余毒未清，在榻上又卧了好几日，朝中大事暂交由杜丞相和司徒大将军理着，太后垂帘听政。

这几日谢子玉老老实实在寝殿中待着，宫里却是炸了锅一样乱。

太后第一个爆发，下毒这种事简直就是太后的雷点，毕竟好不容易找回谢子玉，费尽心力将她培养成皇帝暂时保住皇位，若是她再出了事，这江山可真是要易主了。

御膳房那边人人自危，太后借机换掉了御膳房大部分人员。又借着宫中侍卫护驾不力，准备再招一批新的侍卫进宫。

崔明因为谢子玉中毒这事寻死觅活好几天，白绫往梁上挂了一遍又一遍，沈钦救他救得不耐烦了，索性带他去见谢子玉。

崔明一见到谢子玉就哭了，一把鼻涕一把泪地号："陛下，奴才真的没有下毒，若是奴才当时先喝了那茶就好了，奴才愿以死证明清白……"

谢子玉拉了拉沈钦的袖子，沈钦适时倾下身子，听见她小声说："哭得这么惨，应该不是他做的吧？"

沈钦点头道："没见太后处置他，应该与他无关，你快些叫他停下，闹得我耳朵疼。"

可崔明兀自哭得厉害，谢子玉温柔地劝了半天也不见效果，没办法只好铆足了劲儿大声喊了一句："别哭了，男子汉大丈夫哭成这样不嫌丢人吗？"

崔明一愣，噎住，半晌没出声。

为什么谢子玉觉得他看自己的眼神充满怨念呢？这是为什么呢？

沈钦借着揉眉头的动作挡住抽搐的嘴角：男子汉大丈夫？崔公公？男子汉？噗……

陛下还真是高端黑啊。

绮罗郡主听说谢子玉病了，前来宫中探望。谢子玉看着一旁没事人似的沈钦，好心地提醒一句："绮罗郡主要来了，你不回避一下？"

沈钦懒洋洋地打了个哈欠，说道："回避倒不至于，但这几日给你解毒累着我了，我去休息一下，没什么大事别叫我。"末了又加一句，"铃铛藏好了，别再让人抢走了。"

"知道了，你快走快走。"谢子玉催他，免得绮罗郡主看见他再生出什么事端来。

反观沈钦，却是散漫得很，慢腾腾地往外走，在宫殿门口与绮罗郡主碰了个正着。

"你？"绮罗郡主指着沈钦，似乎正在努力回忆。

沈钦看都不看她，目不斜视地走了。

绮罗郡主惊愕了半晌，反应过来，气哼哼地追上去，拦住沈钦："你居然敢无视本郡主？"

沈钦一低头，仿佛才发现她一样，诚恳地道歉："属下实在抱歉，都怪属下个子太高，视线范围内没有搜索到郡主的存在。"

"唔？"绮罗郡主暂时没反应过来。

沈钦绕过她直接走掉，然后听见她在背后气急败坏地喊："本郡主要陛下哥哥治你的罪！"

"你要朕治谁的罪？"谢子玉问。

"就那个侍卫，那天冲撞本郡主那个！"绮罗郡主一边比画一边控诉沈钦，"他刚刚还说我矮来着。"

谢子玉打量她一眼："他说得对啊，你的确不高。"

"陛下哥哥……"绮罗郡主噘着嘴表示不开心，戳在榻边生闷气，谢子玉让她坐她也不坐，就那么干站着。

话说女孩子都这么容易生气吗？生气了要怎么哄？

谢子玉很发愁：以前她生气的时候沈钦是怎么哄她的来着？

回想了好久，谢子玉终于发现一个问题：她生气的时候沈钦从、来、没、有、哄过她，基本上不补刀就是最温柔的安慰方式了。

可是绮罗郡主一个大活人戳着半天不说话，闹得整个气氛都尴尬。原本还指望崔明那唠叨鬼能说几句话打个圆场，哪知崔明似乎处于神游状态，低头不语，周身弥漫着一层淡淡的忧伤。

谢子玉心中思忖半天，终于开口打破了沉默："绮罗啊，朕虽不能治罪于那个侍卫，但你若有什么其他的要求，只要不是太过分，朕倒是可以答应你。"

原本这话是用来哄绮罗郡主开心的，没想到绮罗郡主眼睛一亮，望着谢子玉嘿嘿笑了起来。

谢子玉有种上当的感觉。

"陛下哥哥，既然你都开口了，绮罗倒真想起一件事需要陛下哥哥的帮忙。"绮罗笑得眉眼弯弯，透出一股不怀好意。

君无戏言，谢子玉硬着头皮问："说来听听。"

"是这样的，这次陛下哥哥中毒，太后不是要重新招一批侍卫军进宫嘛，绮罗想……"说到这里，绮罗郡主有些扭捏，流露出害羞的表情来，"绮罗想推荐一个人进宫，陛下哥哥可不可以答应绮罗？"

"你要推荐谁？"谢子玉挺好奇，究竟是什么人能让绮罗郡主找她走后门？

绮罗郡主捂嘴笑了一会儿，脸颊也红了起来，拧着手中的帕子，小声说："他叫秦羽，本来要参加今年的武试，但因为一些事情耽误了，没能参试，否则以他的武功，定然能拿个武状元。绮罗是想，以他的武功，若是做了侍卫军，一定能好好保护陛下哥哥……"

谢子玉听着她的话，目光不自主地落在她绞着帕子的手上：纤纤玉指，莹白光滑，定然从没干过重活，甚至粗糙的东西也很少碰，否则不可能保养得这么好。

忽又想到前几日她向自己讨要良马的事情，不由得问了一句："你那日同朕讨要西域进贡的马匹，不会就是送给他的吧？"

绮罗郡主惊讶地抬起头来："陛下哥哥怎么知道？"忽又觉得自己说错了话，赶忙捂住嘴。

这有什么难猜的？

可是招侍卫军进宫这件事是太后的意思，太后的心思自然是想慢慢地给皇宫换血，此番挑选侍卫定然要经过严格的筛选，不可能随便放人进来。

谢子玉委婉地表达了此事自己做不了主，得看太后的意思，绮罗郡主的脸一下子拉得老长："那我去找太后姑姑好了。"

谢子玉目送绮罗郡主离去，料想太后也不可能轻易答允她。

没想到没过几日，新的侍卫军招进来，谢子玉浏览了一下名单，赫然发现秦羽的名字也在上面。

太后竟真的答应绮罗郡主了！

谢子玉总觉得哪里不对，叫来崔明，问起绮罗郡主的事情：绮罗郡主明明喊太后姑姑，应该是太后的娘家人，也就是舅舅的女儿。舅舅并没有爵位，他的女儿怎么会被封为郡主呢？

崔明却是沉默半晌，方小心翼翼地说出实情来："绮罗郡主的确没有资格被封为郡主，但太后十分喜欢她，想认绮罗郡主当女儿，封为公主，但被先皇拒绝，最后才被封了郡主……"

谢子玉怔住。

崔明慌忙解释："陛下您别多想，兴许是因为当初太后送走您后十分想念您，这才把绮罗郡主当成您来疼爱……"

谢子玉抬手制止他，不让他继续说下去。

敢情母爱泛滥成灾没处发泄，自己的女儿不管，别人的女儿倒是疼得紧。

是夜，沈钦房内。

"你说要干什么？"沈钦撑着手臂坐在床上，只着中衣，被子滑在腰际，一副刚被吵醒没睡饱的模样，半睁着睡眼望着一身平民打扮的谢子玉。

"嘘……"谢子玉示意他小声点，凑近他低低说道，"我想出宫……"

"这才当了几天的皇帝你就想出宫？忍着！"沈钦不理她，身子一仰，拉过被子重新盖上，闭上眼睛作势又要睡去。

"沈钦，你带我出宫嘛，我又不是逃跑，等天一亮咱们就回来。"见他不动，谢子玉只好用手去推他，"好师兄，宫墙太高，我轻功不好飞不出去，你帮帮我嘛……"

"不帮！"

"师兄……"谢子玉抓着他的被角，软磨不行改硬泡，郁郁道，"师兄，我不开心，我想出宫散散心……"

"你不开心？"沈钦突然睁开了眼睛，眼神清澈而明亮地看着她。

谢子玉瘪着嘴苦着一张脸点头。

沈钦突然一笑："可是我很开心，我不想出宫。"

"……"就知道这人是不补刀不舒服斯基。

谢子玉鼓着腮帮子生了半天的闷气，沈钦根本不理她，眼看睡得就要打呼噜了，谢子玉心中一狠，突然揭开他的被子挤了进去，两只手臂以迅雷不及掩耳之势环住他的腰，威胁道："给你两个选择，要么现在穿好衣服带我出宫，要么我就这么搂着衣衫不整的你睡一晚上，第二天叫太后知道了，断了你的命根子给我做太监，叫那些不明真相的人认为你是个断袖，群体鄙视你！"

沈钦一个激灵，本能地去掰她环在自己腰上的手。

可谢子玉铆足了劲儿扒在他身上，手被掰开了用脚，脚被踢开了再用手……

一炷香以后，得逞的谢子玉站在宫墙下面得意地笑，沈钦面无表情地瞥了她一眼："再笑就把牙敲掉！"

沈钦会武术，谁也挡不住！

宫墙也挡不住！

"你打算什么时候下来？"沈钦无奈的声音响在耳际。

谢子玉慢慢地睁开眼，发现自己已经置身在宫墙外面，不由得惊呼一声："呀，真的飞出来了！"

沈钦一抖肩膀，示意趴在他背上的谢子玉赶紧下来，顺便嘟囔一声："重死了，你是狗不理吗？"

谢子玉听到了，跳下来问："狗不理是什么？"

"肉包子！"

谢子玉虎下脸来："你看你又嫌我胖……"然后冲沈钦翻白眼，"从小到大也不知道是谁把我喂这么胖！"

沈钦好笑地看着她："你这是自然生长，喂凉水都长胖。"

谢子玉瞪着他，呼哧呼哧地喘气表示抗议，没想到沈钦笑得更欢了："你看，一说你胖你就喘上了……"

谢子玉："……"

京城中有夜市，会持续到子时，约莫还能逛一个时辰，沈钦便带谢子玉去了那里。

谢子玉逛得满眼放光，对许多新奇的小玩意儿爱不释手，但想到这些东西就算买了也不能带回宫去，只得悻悻地放下，招来摊主一个又一个的白眼。

她倒是没怎么觉得，但旁边的沈钦觉得要丢脸死了，干脆带她到卖吃食的那边，一边逛一边喂。

这糯米糕卖相挺好的，买之，喂。

这豌豆黄颜色煞喜人，买之，喂。

这糖葫芦串得蛮好看，买之，喂。

这糖炒栗子看着挺香，买之，喂。

这臭豆腐闻着很正宗，买之……

"你要干啥？"谢子玉退后两步，"你敢给我吃这个我就敢对着你吹一晚上的风！"

"不吃拉倒。"沈钦看着手中刚买来的还热乎的臭豆腐，叹了口气，转手送给了旁边垂涎欲滴的一个路人。

谢子玉看那人狼吞虎咽吃得挺香，不由得胃中一阵翻滚，想吐。

沈钦赶紧带她去喝了碗酸梅汤，这才压了下去。

谢子玉捧着自己的肚子打了个饱嗝，极为怨念地看着一身轻松的沈钦："我怎么说来着，我这么胖都是有原因的。"

沈钦扑哧笑道："我说你胖不过是开玩笑，你还当真了？"

旁边一位坐着的大婶也转过来帮腔："就是，你这样子可一点都不胖。"谢子玉正要咧嘴说谢谢，又听这位大婶继续说，"看小娘子这肚子也有四个多月了，怀孕的人哪，都胖！小娘子你这还算是瘦的呢，得多吃点儿……"

谢子玉："……"小娘子？怀孕？四个月？

沈钦哈哈大笑。

谢子玉：都别拦我，我要找那个喂食的人干架！

这厢正不尴不尬地聊着天，突然周围吵闹起来，人也越聚越多。原是有个醉汉在闹事，看卖酸梅汤那个老婆婆的孙女漂亮，起了坏心思，对人家小姑娘动手动脚的。小姑娘不依，便吵了起来。

看那醉汉衣着华贵，身后还跟着几个随从，那小姑娘和老婆婆明显要吃亏。

谢子玉身边的大婶啧啧感叹："这是城西有名的恶霸，仗着自己家中有钱有势，时常出来滋事，鲜有人敢管……"

谢子玉凑到沈钦身边，挨着他问："沈钦，这事你怎么看？"

沈钦答："先坐着看。"

谢子玉："……"

那醉汉一脸无赖模样，拉着小姑娘的手非要人家给他做小妾。小姑娘又气又急又惊又吓，老婆婆上前理论，被醉汉身后的随从推倒在地。有人将老婆婆扶起来，却没人敢上前帮小姑娘。

谢子玉义愤填膺，正准备捋袖子上前教训那个醉汉，却被沈钦给按住了："再看看……"

"还看，再看那姑娘就被恶霸抢走了。"谢子玉想站起来，但沈钦力气用得大，她连动一动都费劲。刚想问他为什么，一抬头却迎上他严肃的表情。

"别冲动！"沈钦提醒她，"不用你出头！"

他刚说完这话，围观的人群中突然挤出一个青衫男子，看模样不过二十岁出头，眉毛很浓，透出一股坚毅之色。他神情冷峻，直直走到那个醉汉面前："放开她！"

恶霸不屑地打量那人一眼，嗤笑一声："哪儿来的毛头小子，敢管老子的事？你知道老子是谁吗？"

那人不再说话，明显在鄙视：你老子是谁关我屁事！

他直接出手，打向恶霸紧抓着姑娘的手臂。恶霸本能地收回手，那小姑娘趁机逃开，躲在青衫男子身后。

"我看你小子是不想活了！"恶霸一招手，近十个随从立即将青衫男子围住，只听恶霸一句，"给我打死这小子！"然后一拥而上。

谢子玉问沈钦："他一个人，能打过那么多人吗？"

"看热闹的时候别吵吵！"沈钦端了一碗酸梅汤给她，"乖，你喝完这个，那个恶霸就该下跪求饶了。"

"是吗？"谢子玉接过酸梅汤，一边喝一边观战。

沈钦将她拨到身子侧后方，饶有兴趣地看着那个被围在中间的青衫男子。偶尔有被打飞的随从滚到这边来，沈钦会助他一脚之力，将他重新踢回战局。

谢子玉捧着碗认真地喝着，可还剩了半碗怎么也喝不下去了，遂送到沈钦嘴边："我肚子好饱，你替我喝完，我想快点看到那个恶霸跪地求饶的画面。"

沈钦也没拒绝，就着她的手把碗中剩下的酸梅汤喝干净了。

谢子玉捧着空碗继续看。

果不其然，那几个随从根本不是那青衫男子的对手，全部被打趴在地，那恶霸死性不改，一直骂骂咧咧，口吐脏言。那青衫男子估计听烦了，一记鞭腿过去，那恶霸啪叽一声倒地上了，也不嗷嗷骂了，终于求饶起来。

谢子玉看得挺爽，扒着沈钦的肩膀问："你怎么知道那个恶霸会被打倒？”

沈钦轻笑道："看脸。"

"看脸？"

沈钦抬了抬下巴，示意谢子玉看那青衫男子："从一开始那个小姑娘被欺负的时候，所有人的表情都是畏惧的，他的表情却是冷漠的。要我说，他一开始没有出手是因为不屑，后来出手大概是因为实在看不下去了……"

"是吗？"谢子玉多看了那青衫男子几眼，发现他已经转身走了，又问沈钦，"所以你刚刚不让我出手就是因为这个？"

沈钦点头。

"怎么我就没观察到人群中还有这么一号人呢？"谢子玉喃喃道。

沈钦摸摸她的头："小姑娘，欠练哪！"

谢子玉觉得自己没有资格朝他翻白眼了。

人群渐渐散去，谢子玉拉着沈钦也准备走，却怎么也拉不动他："怎么不走了？"

"再等一会儿。"沈钦握着她的手腕让她重新坐下，眸子在夜色中熠熠生辉。

谢子玉盯着他的脸瞧了一会儿，兴奋道："难道还会有事情发生？"

沈钦报以一笑。

老婆婆和那个小姑娘已经开始收拾摊子，因为打乱了不少东西，收拾起来很麻烦。谢子玉看那个老婆婆一边忙一边抹眼泪，那小姑娘也哭得眼睛红红的，不由得心生同情，摸出几块碎银子塞给老婆婆。

沈钦突然转过身来，对老婆婆说："阿婆，拣些重要的带回家就好，那些人应该很快就会回来。"

"什么？"老婆婆露出惊恐的表情，小姑娘也吓得手足无措，"这可怎么好？"

谢子玉望着人越来越少的街道，朝恶霸离开的方向张望半晌，疑惑道："他们没回来啊！"

沈钦笑道："看那恶霸离开时的神情，约莫是要回来的。若他们不回来，便算是他们好运；若是不死心回来了，那就是他们活该了。"

"什么活该？"

沈钦捏捏她的脸："你不是不开心吗，等会儿让你发泄发泄？"

谢子玉一乐："好！"

果然如沈钦所言，那恶霸带着人又回来了。谢子玉数了数，还是那些人，应该是半路折回来的。

此时老婆婆和小姑娘刚走不久，那恶霸回来找不着人，一顿窝囊气没处撒，开始打砸那些没来得及收走的板凳桌椅。

沈钦带着谢子玉躲在旁边的树上，两人怀中各抱着一摞白底青瓷碗。

"开扔！"

沈钦一声令下，谢子玉抓起怀中的碗就往那恶霸的脑门扔去。

那恶霸根本来不及反应，身边的随从因为刚刚被揍得够呛，一时反应不过来，眼睁睁地看着他们主子被砸得嗷嗷跳脚。

谢子玉扔得欢快，自己怀里没有了，沈钦又将自己那一摞奉上，左右开弓继续扔。

碗扔完了，谢子玉也解气了，拍拍手，完活！

那恶霸终于有空开骂了，只不过刚骂了半句，就被沈钦一脚给踹翻在地了。

因为他骂的是："哪个狗娘养的敢……"

咣！

沈钦环臂站在他面前，居高临下地俯视他："我养的，你有意见？"

谢子玉：啊嘞，他是什么时候跳下去的？

02.
陛下高端黑

上半夜的时候谢子玉还挺有精神，但到了下半夜就困到不行了，两眼泪汪汪地打着哈欠，跟在沈钦后面没了骨头一样走着。

夜市上的人群慢慢撤去，很快街道上就只剩下他们两人，游魂一样走来走去，走来走去。

这场景可真是一点都不美好。

而且他们为什么要走来走去？这条街他们已经走了三遍了三遍了！街尾那条大狼狗吼得嗓子都哑了有没有！前面那谁家小谁你停下！

谢子玉实在累了，便蓄泪装起可怜来："沈钦，我的腿好像有点抽筋……"

沈钦头也不回地送她俩字："不背！"

这么冷酷这么无情，还能不能愉快地聊天了？

谢子玉气馁，四处张望，终于给她找到了一家还亮着光的客栈。她几步追上沈钦，拉着他的袖子指着那家客栈道："我们今晚住在那里吧？"

沈钦停下脚步，侧过脸来看她，貌似在研究什么，好一会儿才说："我怎么从你话中听出了一丝你不想回宫的意味？"

谢子玉一脸无辜地摇头，指着自己的眼睛道："没呀，你看错了，看我纯洁正经的大眼睛！"

沈钦一巴掌拍到她的后脑勺上，她差点戳瞎自己的眼。

"你想什么我会不知道？我还能看错你？"

好吧，虽然被赤裸裸地鄙视和嘲讽了，但是完全没有脸反驳怎么办？毕竟他说的都是事实。

谢子玉很没脾气地抬起脸，讨好般笑起来："那师兄，你说怎么办？

这么晚了总该找个去处吧?"

沈钦连带着她的胳膊将她囫囵捞过去,携着她笑道:"走,师兄带你看日出!"

谢子玉仰头瞅了瞅天上的明月,低头掐着手指头算了算:此时月挂柳梢头,正是夜黑风高偷鸡摸狗时,离天亮还早着呢,看哪门子日出?

"师兄!"谢子玉站定身子不肯走,歪头狐疑地看他,"我觉得你有阴谋。"

"嗯。"沈钦笑吟吟地点头,脚下一步不停地往前走,谢子玉被他带得几次要跌倒,然后听见他温柔无比的嗓音响在耳侧,"我就是想让你知道,你说我带你出宫是一个多么愚蠢的决定。"

"那我现在后悔还来得及吗?"

"呵呵……"

追悔莫及,欲哭无泪。

早朝的时候,沈钦将谢子玉准时送达,自己回去补觉了。可怜谢子玉挂着两个快要垂到膝盖的黑眼圈,坐在龙椅上一个劲儿地打瞌睡,身子很有节奏地晃啊晃。

睡意,太强,不晃,会摔到地上。

旁边的崔明急得浑身打战,生怕谢子玉一个不稳,从龙椅上摔下去。陛下遭罪,他更遭罪!

好不容易挨到下朝,正准备回寝宫睡个天昏地暗,太后却派人过来传话,要谢子玉过去一趟。

谢子玉让崔明备了步辇,从乾清宫到太后的宫中,短短的距离,谢子玉睡了一觉,还做了个梦,挺好的一个梦。

崔明小心翼翼地唤醒谢子玉:"陛下,到了。"

"嗯。"谢子玉很不情愿地起身下了步辇,想到刚刚自己做的那个梦,不由得脚步顿了顿:大概是因为太困,她刚刚在梦中也在睡觉,还被人哄着睡。如今换作现实中,谢子玉心里凉了凉,觉得她这是要挨骂的预兆。

于是早早地做了心理准备:只要不挨揍,挨骂什么的,她至今还没见过有说话比沈钦还难听的人。

见到太后,欠身,行礼,一脸淡定:"母后,您找朕有事?"

太后正在喝茶,也不知道是不是故意的,一盏茶喝了许久,也没有要给谢子玉免礼的意思。

谢子玉弯腰等了一会儿，委实觉得这个动作有些累，加上昨天晚上一整宿没睡觉，此刻站着都是一种煎熬，于是兀自直起身子，找了个木椅坐下。

打了个哈欠，好困。

太后不轻不重地瞥了她一眼，不悦道："哀家听说，今日早朝的时候，陛下在朝堂上睡着了？"

谢子玉装作没看见她风雨欲来的脸，十分认真地解释道："没睡着，朕睁着眼呢，朕还看到崔公公内急，憋得直哆嗦。你说是吧，崔公公？"

崔明不内急，他内伤：他是为了谁哆嗦的？陛下您真有脸说！

砰！

太后一拍桌子，对谢子玉怒目而视："原本朝中大臣对你做皇帝就有诸多不满，朝野上下更是议论纷纷，偏偏你今日在朝堂上，俨然一派昏君作风。无精打采，心不在焉，你还有没有一点皇帝的样子！"

这一顿呵斥好歹让谢子玉意识到事情的严重性，于是乖乖认错："哦，那朕知道错了。"

天地良心，她完全没有要同太后吵的意思，她现在的斗志完全被瞌睡虫吞噬掉，恨不得天为被地为床，搬块石头垫在脖子下面她就能睡着。

诚然她也的确要睡了，头越垂越低，眼皮越来越沉，身子又开始晃。

崔明这次不敢哆嗦，只在一旁抹冷汗，抹完一波又一波。

太后见谢子玉如此，更加愤怒，突然就摔了杯子："来人，将沈钦带来！"

沈钦？

"等一下！"谢子玉一听见沈钦的名字，立马醒了过来，这才掀了眼皮正儿八经地瞅向太后，"你叫沈钦来做什么？"

"他昨晚带你出宫一事，你当哀家不知道吗？"太后望着谢子玉，冷声说道，"哀家不管他是你的师兄还是你的侍卫，胆敢擅自带你出宫，哀家定然不会饶恕他！"

谢子玉一愣："你难道想治罪于他？"

"怎么，哀家不能治他的罪吗？"

谢子玉一急："你敢！"

"你放肆！"太后本就在气头上，如今见谢子玉这副姿态，摆明了不肯听她的教训，不由得更加火大，"是谁教你这么跟哀家说话的？"

谢子玉也火了，站起身来，将将几步走到太后面前，瞪圆了眼睛，连自称也忘了改："你要是敢找沈钦的麻烦，我立马收拾东西离开皇宫，叫你一个人在这里唱独角戏！没了我这个昏君替你守着那把破龙椅，看看大臣们还买不买你的账？"

"你混账！"太后扬手要打她，"你居然为了一个外人跟哀家作对？"

谢子玉立即退后好几步，确定以太后胳膊的长度打不到她，这才指着太后说道："在我心中，你，是外人！沈钦，是我内人！"

太后，怔。

"噗……"

谢子玉把这话原封不动地转述给沈钦的时候，虽然没打算看到他感动的样子，但是他喷了她一脸米饭粒子是几个意思？

"你居然说我是你的内人？"沈钦惊愕万分。

谢子玉一边擦脸，一边嫌弃地嘟囔："你不是我的内人，难道是我的外人吗？"

沈钦脑仁疼："你知道内人是什么意思吗？"

谢子玉一脸理所当然："内人不就是家人的意思吗？"

沈钦："……"

谢子玉不明所以，用手推他："哎你怎么不说话了？"

"绝交吧。"沈钦一脸哀莫大于心死的表情，"咱俩在智商上不适合做朋友。"

太后往谢子玉的宫殿附近添了许多侍卫，名曰保护，实则是监视。

谢子玉跑去问沈钦："以你的武功，下次还能带我翻墙出宫吗？"

"还有下次？"沈钦瞥了她一眼，不留情面地说，"你就死了这条心吧。"

"那我下次不开心去哪儿？"

"我看青莲池就不错！"

"……"

"想不开了就跳下去！"

"你还能不能想我点好……"

由此谢子玉很是讨厌宫外那两排侍卫，每次上朝下朝路过他们身边的时候，总要瞪上两眼才解气，瞪得侍卫们一脸莫名其妙与受伤。

不过谢子玉在这群侍卫中发现了一张熟悉的脸孔，和沈钦一说，才赫然发现，那个侍卫好像就是上次出宫时她和沈钦遇到的那个出手救人的年轻人。

虽说他也算是做了好事，但也改变不了谢子玉对他们整个侍卫群的厌恶，并且每次瞪人的时候，视线总是不由自主地瞟到那个人身上去，于是每天都变成了只瞪一个人。

连沈钦都看不下去了："你也别总逮着一个人使劲瞪，偶尔也换个人，否则该把人瞪出毛病了。"

谢子玉不信："瞪人还能把人瞪出毛病？"

"当然。"

"……"不说话，开始瞪。

沈钦给了她的后脑勺一巴掌："你瞪我干什么？"

谢子玉喊了一声，揉着脑袋嘟囔道："根本不管用嘛……"

不久后绮罗郡主进宫，自然也要来谢子玉的乾清宫一趟。只不过这次来得有些晚，而且一进门，也不顾及身份，劈头盖脸就问："陛下哥哥，你是不是喜欢我？"

一句话问得谢子玉有点蒙圈。

谢子玉寻思着，就绮罗郡主这性子，要不是有太后和谢子文宠着，早该拖出去打上三百回了吧，这语气是质问谁呢？

绮罗郡主见谢子玉不回答，又问了一遍："陛下哥哥，你是不是喜欢绮罗？"

"怎么突然问这个？"谢子玉瞥了她一眼，翻弄起奏折来，看似漫不经心，实则心里早就打鼓了。

这要怎么回答？说不喜欢吧，可是她弟弟谢子文确实是喜欢她的，她现在顶着的也是谢子文的身份；说喜欢吧，可是她怎么可能喜欢一个女人？这话怎么说出口嗷！

绮罗郡主两眼睁得圆圆的，两只手臂撑在案上等谢子玉回答。谢子玉纠结得直挠头："这个问题，也不能说喜欢，也不能说不喜欢……"

"那到底是喜欢还是不喜欢呢？"绮罗郡主咄咄问道。

谢子玉一咬牙："自然是喜欢的。"就当这话是替谢子文说的，万一以后他醒过来了，回头去找绮罗，发现她这个当姐姐的早就把绮罗推给别人了，这事情就尴尬了。

"什么？"听到谢子玉的回答，绮罗郡主惊讶之余，还流露出一丝受伤的表情。

到底绮罗郡主心里是喜欢别人的，谢子玉虽然谈不上喜欢绮罗郡主，但还是蛮欣赏她洒脱爽朗又不失小女孩的性格，见她如此，正想出声安慰两句，却突然听她嘟囔："所以陛下哥哥是因为喜欢我，才会每天对秦哥哥怒目而视吗？"

谁？秦哥哥？

"陛下哥哥也不是小孩子了，怎么能做这么幼稚的事情呢……"

"嗯？"没头没脑地说什么呢？

"绮罗求求陛下哥哥，以后不要跟秦哥哥过不去了，好不好嘛？"绮罗郡主干脆绕到谢子玉身边，抱着谢子玉的胳膊撒起娇来。

这厢谢子玉还晕着，一把将她推开："你先别晃朕，让朕想一想。"

谢子玉大脑飞速转起来：怒目而视就是瞪的意思，她这几天瞪的人，好像一直是那个年轻人没变过。所以绮罗郡主口中的秦哥哥应该就是那个年轻人，也就是说那个年轻人的名字是秦羽，这……

这还真是无巧不成书！

绮罗郡主又蹭过来，小心翼翼地盯着谢子玉问："陛下哥哥，你该不会是在想怎么对付秦哥哥吧？"

谢子玉斜睨她一眼："朕才没那个时间想这么无聊的事情……"

绮罗郡主一喜："那你会阻止我和秦哥哥吗？"

"你们恋爱自由，朕就看着不说话。"

"真的？"绮罗郡主扑过来重新抱住谢子玉的胳膊，"所以绮罗喜欢别人，陛下哥哥是不会吃醋的对不对？陛下哥哥说喜欢绮罗其实就是像妹妹一样喜欢对不对？"

"呵呵！"谢子玉干笑两声，"你喜欢怎么想就怎么想吧。"

"那绮罗现在去找秦哥哥，陛下哥哥也不会阻止的对不对？"

"这个……"

"陛下哥哥最好了！"说完也不等谢子玉反应过来，撒丫就跑了，留下谢子玉一人惊呆中。

实在是……太得寸进尺了！

"崔明。"谢子玉唤他，"你说朕该不该把她唤回来？"

崔明应声答道："奴才觉得吧，绮罗郡主就是料定了陛下不好拉下脸来唤她回来，这才跑出去的，陛下确定要厚着脸皮把她唤回来？"

"可是她都那么厚脸皮地跑出去了！"谢子玉委屈道，"万一出了什么事，算在她头上还是算在朕头上？"

"绮罗郡主应该是知晓分寸的人，不应该出什么事……吧？"崔明这话说得也小心，到底一个是郡主，一个是侍卫，光天化日大庭广众的，但凡有一点逾越的行为，叫人看去了都不好。

谢子玉很头疼，抱怨道："你说大好一青年，到底为什么想不开要来宫里当侍卫？又不是什么有前途的职业……"

"怎么，你瞧不起侍卫？"突然从屏风后面传来沈钦的声音，吓了谢子玉一跳。

"你什么时候来的？"谢子玉看着慢吞吞走出来的沈钦，见他衣服上有压过的褶皱痕迹，难以置信道，"你该不会在这里睡觉了吧？"

"午睡。"沈钦懒洋洋地应了声，"这里凉快。"

"凉快也不行啊，你……"

"难道我不能待在这儿？"一记眼刀飞过来。

谢子玉立即就蔫了："能待能待，我是说，这里凉快，你好歹吭一声，我好给你盖床被子。"

一见沈钦，自称立马由"朕"变成"我"，谢子玉在沈钦面前，还是不敢拿乔作势的。

"那倒不用。"沈钦挨到她身边坐下，自顾自倒了杯茶喝下，然后又添了一句，"你给我准备个枕头就行，里面塞羽毛的那种。"

谢子玉："……"

刚刚她不应该说绮罗郡主得寸进尺的，真正得寸进尺的人在这里！就他，喝茶的那个！怎么不一口呛死呢？

"咳咳……"没想到沈钦真的呛到了。

"你！"沈钦指着谢子玉，眼睛因为被呛到的关系，盈盈泛起水波，又透出些许红意，像极了含情脉脉的模样，嘴里吐出的却是，"我知道你垂涎我很久了，但你能不能稍微收敛一些，你这样看我，我压力很大的……"

谢子玉："……"怎么办，好想揍人，可是揍不过怎么办？

崔明猛扇扇子："陛下您淡定。"

到底因为绮罗郡主的身份问题，谢子玉还是找了几个人远远地看着，若是有一点不合适的行为，赶紧将两人拉开。

但问题是，绮罗郡主对秦羽百般讨好撒娇，秦羽却是木头桩子一样戳在那里，不苟言笑，闹得绮罗郡主很是尴尬。

谢子玉也发现了这个问题，这个秦羽，好像不管别人怎么对待他，永远是一副冷淡淡的表情，拒人于千里之外。按这种情况发展下去，估计以后离面瘫也不远了。

"你说，我用针扎他一下，他的表情会不会有波动？会不会叫疼？"谢子玉问沈钦。

沈钦瞥了她一眼，抽出一根银针递给她："喏，你去扎。"

谢子玉拿着针一阵阵地发愣，抬头蒙蒙然道："这种情况下，你不是应该阻止我吗？"

"看来你也知道自己有够无聊的。"

"……"浑蛋，好好的话不能好好说吗？

不管怎么样，这个秦羽确实激起了谢子玉的好奇心。于是某日，趁着绮罗郡主刚走，谢子玉派崔明将秦羽宣了进来。

只不过秦羽还没进来，谢子玉就发现某人的眼神有点不对劲。

"塞了羽毛的枕头给你备好了，你怎么还不去午睡？"谢子玉瞅着站在旁边完全没有困意的沈钦说道。他站在这里倒也没什么，可那表情冷得，即使不说话，整个房间的气压也被他拉低了。

沈钦却别有意味地说道："你难得对一个男人产生好奇心，这不是个好现象。"

谢子玉戳着案上的一摞奏折，无聊道："整日待在这皇宫中，除却上朝，再没有别的事情干了，你还不许我自己找点乐趣吗？"

面前的这些奏折，奏明的全是一些鸡毛蒜皮的小事情：什么哪个官员为老不尊纳了一房比自己孙女都小的小妾啊，哪个官员跑去赌场输得只剩裤衩啊，哪个官员品行不端不孝顺父母啊。净是一些相互攻击的作风问题，而真正的大事，要么被杜丞相和司徒将军挡下了，要么直接送去太后那里了，剩下的这些啼笑皆非的琐事，便走个过场留给了谢子玉。

谢子玉那个烦啊，这种破事有什么好上奏的？她一点都不关心那些一把年纪留着山羊胡的官员的私生活好吗？八卦这种事，也是要看脸和年龄的好吗？

　　沈钦哼了一声："既然你对那个叫秦羽的人好奇，为什么不先去问绮罗郡主？"

　　"你当我不想吗？"说到这个，谢子玉一脸憋屈，"绮罗像躲色狼一样躲着我，生怕我一个不小心对她和她的情哥哥做出什么事情来。天地良心，我对他们一点非分之想都没有。"

　　沈钦提醒她："是秦哥哥不是情哥哥，陛下你发音准确点。"

　　"嗯？"谢子玉掀眸看他，"怎么突然喊我陛下了？"

　　自然是因为……

　　"陛下，秦侍卫带到了。"崔明的声音传来。

　　谢子玉立马正襟危坐，好歹恢复了几分帝王相，端正了表情压低了声音："带他进来。"

　　沈钦发出了一声"哧"，表示对谢子玉的鄙夷。

　　谢子玉才不理他。

　　从秦羽走进来到行礼到站起来，谢子玉的眼睛一直黏在他身上没转开过。

　　虽说每日上朝之前总能看（瞪）上几眼，但从没像这样近了看：约莫是在外面晒得太久，他的皮肤不似沈钦白皙，毕竟他在外面风吹日晒站岗的时候，沈钦一般是偷偷窝在她宫殿里睡觉，不要脸不要皮的，有时还会打呼噜。当然他也算不得黝黑，只稍稍衬得他五官更加刚毅而已，面相上看，确实是个冷漠的正人君子模样。

　　怪不得绮罗郡主会喜欢他，这样铮铮的男子，无形中就给人一种安全感，哪像沈钦，本身就是个危险品。

　　想到这里，谢子玉瞟了站在旁边的沈钦一眼，很快被他眼中的冰刀子给射了回来，悻悻地收回目光。

　　崔明特小心、特小声地清了清嗓子，示意谢子玉说话：毕竟是她宣人家进来的，不能一直这样不尴不尬地让人家干站着，还死命地盯着人家瞧，气氛有点怪。

　　反观秦羽，倒是泰然自若得很，越发衬得谢子玉面目猥琐。

　　沈钦攥起的手咯嘣响了一声，终于把谢子玉的心绪唤回来。

"秦侍卫，朕叫你来这里，是有一件事想问你。"谢子玉终于开口，嗓子干干的，声音有些走样，不由得咳了两声。

崔明忙递过一杯茶来。

"陛下想问属下何事？"秦羽面无表情地回答道。

看到他这般正经的神色，谢子玉开始觉得自己这样明目张胆探求别人私生活的心思有点无耻了。可是人已经给叫过来了，不问出点什么又实在对不起她这颗八卦的心……

正沉浸在自己世界中纠结这些没用的东西的谢子玉，丝毫没有注意到身边眼神逐渐变冷的沈钦。

崔明打了个哆嗦：这么热的天，哪里来的一股寒气？还飕飕地呈上升趋势？

谢子玉终于想好了，方开口问道："秦侍卫，你与绮罗郡主是什么关系？"

"回陛下，属下与绮罗郡主只是相识。"秦羽淡然回道。

谢子玉自然不依不饶："可是朕见她对你似乎与对别人不同？"

"绮罗郡主只是先前有恩于属下。"

"是吗？"终于挖到一点有用的东西，谢子玉抛了脸皮继续问，"她如何对你有恩？"

沈钦那边又传来咯嘣一声，崔明觉得更冷了。

秦羽依旧是宠辱不惊的模样，望着谢子玉，平静道："属下初来京城之时，犯了小人，被人埋伏受伤，恰逢遇到绮罗郡主。绮罗郡主心地善良，对属下施以援手，属下才能活到今天。"

他一板一眼地回答，明明是发生在自己身上的，却好似在叙述别人的事情。

谢子玉只问了这三个问题就觉得问不下去了，她突然发现，眼前站着的这个人实在是太无趣了：能把美女救英雄这种激荡人心的故事说得毫无波澜也是醉了。

她摆摆手，让他退下了。

"好玩吗？"沈钦问她。

谢子玉撇嘴："好玩！"

"有趣吗？"

"有趣！"

沈钦甩手走了。

谢子玉无趣地往案上一趴，不小心推倒了那沓奏折。

崔明蹲下来捡，忍不住出声提醒谢子玉："陛下，沈侍卫好像生气了。"

"他为什么生气？"谢子玉脑袋枕在手臂内侧，一脸无辜。

"陛下，您知道您刚刚看到秦侍卫是什么状态吗？"

"什么状态？"

崔明将奏折放回原处，跪坐在地上，与谢子玉面对面说道："陛下看到秦侍卫以后，眼睛也直了，嗓子也干了，一句话都要掂量好久才说，您知道这意味着什么吗？"

"意味着什么？"谢子玉正了正脑袋，好奇地听着。

"意味着……"崔明故意顿了顿，才说，"意味着陛下对秦侍卫一见钟情了……"

谢子玉："……"

苍天可鉴，日月为证，一见钟情这个东西，她真没有！

沈钦生气了，比较难哄。

崔明按捺不住说："陛下，您根本就没哄好吗？"

谢子玉不服："朕哄了！"

"陛下只会说'你别生气了你别生气了'，可是您根本没有抓住重点。"都说皇帝不急太监急，崔明这厢的确有够着急的，"陛下您要是真心实意想哄沈侍卫不生气了，首先得认识到自己错在哪儿，您跟沈侍卫说清楚了，沈侍卫便不会生气了。"

"哦。"谢子玉若有所思地点了点头，随即问他，"可是朕错在哪儿来着？"

崔明："所以陛下您根本就不认为自己有错是吗？"

谢子玉："是啊，朕没错啊。"错的是沈钦，无缘无故地生哪门子气？

崔明无奈道："陛下，既然您自己都晕着，奴才也帮不了您了，您还是自己看着办吧。"

沈钦这事还没完，绮罗郡主那边又出事了：不知是谁通风报信，说是谢子玉这边有个侍卫，癞蛤蟆想吃天鹅肉，妄图染指绮罗郡主。

这个癞蛤蟆，大概就是秦羽没跑了。

可是谢子玉都敢保证：绝对不是秦侍卫想染指绮罗郡主，而是绮罗郡主一厢情愿缠着秦侍卫。大概是为了保全绮罗郡主的名声，才把一盆脏水全泼在秦羽身上。

对于这种以讹传讹的谣言，简直不能忍！

再怎么说秦羽也是乾清宫的侍卫，这不间接地给谢子玉抹黑吗？

故而太后因为这件事叫谢子玉过去的时候，谢子玉叫上一众侍卫，包括秦羽，气哄哄地去了。

太后的宫中灯火通明，谢子玉看到了急得快哭出来的绮罗郡主，她旁边的妇人应该是她的母亲，也就是谢子玉的舅母，还有一脸愠怒的太后。

大晚上的，这几个人可真是比沈钦都闲。

一见谢子玉进来，绮罗郡主飞快地跑了过来，兜着两包眼泪，啜泣道："陛下哥哥，绮罗和太后姑姑、娘亲解释这件事了，可是她们不相信，非要说秦哥哥对我不敬，要治秦哥哥的罪，陛下哥哥你快帮我劝劝她们。"

"绮罗，回来！"舅母大声唤她，"不得在你陛下哥哥面前放肆。"

绮罗郡主跺脚，无奈地回到自己娘亲身边。

此时太后也开口，对谢子玉说道："陛下，此事发生在你的宫中，你觉得应该如何处置？"

舅母一脸愤懑，绮罗郡主则是满脸紧张地盯着谢子玉。

太后将问题抛给谢子玉回答，但谢子玉知道，不管她是真的处置秦羽还是保护秦羽，最终的决定权都在太后手中，毕竟连她自己都是太后的一个棋子，她根本没有资格做出任何决定。

料想是有人将事情捅到舅母那里去了，一向以绮罗郡主为荣的舅母一家，怎么可能让自己高高在上的女儿和一个侍卫扯上关系，这才找太后来解决这件事情。

这种颠倒黑白的事情，真真比奏折上那些破事还令人厌恶。

谢子玉迎上太后的目光，笑道："此事虽然发生在朕的宫中，但毕竟那些侍卫都是太后亲、自、挑、选出来送去朕那里的，说来那些侍卫也都是太后的人，该由太后来处置才是。"

她特意将"亲自挑选"四个字咬得很重，言下之意，秦羽也是太后亲自挑选的，这种事情若是非要赖在秦羽身上，太后第一个脱不了干系。

"陛下哥哥……"绮罗郡主不懂谢子玉的意思，眸中难掩失望地看着她。

舅母的目光转回太后那里，露出一副悲戚的表情："太后，您最疼绮罗，这事情传出去对绮罗的名声有多么不好您也是知道的，您可一定要严厉处理这件事啊！"

"娘亲……"绮罗郡主慌了，抓住娘亲的衣袖急切解释，"娘亲，不是这样的，是我喜欢……"

"闭嘴！"舅母突然厉声呵斥一句，吓得绮罗郡主一缩肩膀，讷讷地不敢再说下去了。

谢子玉对绮罗郡主也挺失望，平日里在她面前，绮罗郡主总是一副天真无邪又天不怕地不怕的模样，没想到到了自己娘亲面前，却是胆小得像只小绵羊。

绮罗啊绮罗，你连胆子都没有，拿什么跟这些千年的老狐狸拼哪？

此时又听舅母软了语气，拉着绮罗的手，语重心长地说："绮罗啊，你是一个郡主，以后要嫁的人，身份可是要比你尊贵许多，可不是随便哪个人都配得上你的……"

她说这话的时候，意有所指地看了一眼谢子玉。

谢子玉实在忍不住瞪了她一眼：看我干啥？我又不能娶你家闺女！

舅母被谢子玉这突如其来的一瞪惊了一瞬，讪讪地收了口。

太后的视线在她们中间遛了一圈，自然也看出谢子玉的不高兴，心中思忖半晌才说："说起秦侍卫，当初也是绮罗求着哀家亲自挑选进来的，哀家也实在没想到会发生这样的事情，是不是中间有什么误会？"

绮罗郡主一听这话，眼中立即亮起来："是啊，秦哥哥为人正直，太后姑姑千万不要冤枉了好人。"

太后点点头："哀家也瞧着那小伙子不错。"

绮罗郡主转悲为喜，谢子玉却突然嗅到了一丝不好的意味。

"其实这事说来也简单。"太后笑眯眯地看着绮罗郡主，"原本便是子虚乌有的事情，总归是经不起推敲的，只要绮罗你以后再也不见那个秦侍卫，这事情便当从来没有发生过，可好？"

谢子玉：就知道太后不会存什么好心思，这不是棒打鸳鸯吗？

绮罗郡主难掩伤心，低低地叫了声："太后姑姑……"

太后继续诱劝道："绮罗，哀家也是惜才之人，知晓那秦侍卫是个不错的人才，这才想着放他一马。你若执意与他一起，哀家只好狠下心来，将那秦侍卫治罪了。"

"不可以……"绮罗郡主乞求道，"不可以将秦哥哥治罪。"随后转而求助谢子玉，"陛下哥哥，你倒是说句话啊。"

说什么话？她根本插不上嘴好吗？

03.
陛下重口味

　　谢子玉见所有人都盯着自己，倒真是想起一件事来，看着太后道："母后，朕并不觉得这件事值得如此兴师动众。朕刚登基，这宫中并不是十分太平，相比这种边边角角的流言蜚语，难道母后不应该把更多的精力放在打理后宫和替朕分忧解难上吗？朕心里可还记挂着，上次朕中毒一事，到现在还没有查出下毒之人……"

　　"这……"太后为难起来。

　　"太后可查出什么来？"谢子玉紧逼着问。

　　太后面露难色："哀家这里查出来的东西也只寥寥而已。"

　　"朕一直为此事惴惴不安，太后却有时间在这里处理一些无聊的事情，太后当真觉得这种事情，比朕的安全还重要？"

　　"哀家并非这个意思。"

　　"朕把那个秦侍卫也带来了，要杀要剐，母后您今日就做个决定吧，朕也不想在这种事情上浪费太多的工夫，不若就一刀砍了清净。"谢子玉不免烦躁起来，话越说越偏激，"不光是秦侍卫，谁也不知道究竟是一颗老鼠屎坏了一锅粥还是一锅老鼠屎坏了一颗米，不若通通治罪赶出皇宫，母后以后也不必想着再为朕的皇宫添加侍卫，免得遭人诟病。朕的安危，朕自己解决……"

　　"陛下莫说这样的话。"太后看到躁怒的谢子玉，面上终于隐隐露出一丝不安来，松了口，"事情没调查清楚之前，哀家暂时不会治他的罪，至于绮罗，以后再来皇宫的话，不许再去见那个人！"

　　"太后姑姑……"绮罗郡主委屈地叫了一声，被她的娘亲掐了一下，只好说道，"绮罗知道了。"

　　看到太后让步，谢子玉松了口气，脸上恢复平静，扯出一个笑来："朕忙了一天了，此时实在疲乏得紧，若无其他的事情，朕先回去休息了。"

太后扬手："陛下操劳政事，理应早早回去歇着。"

绮罗郡主埋怨似的看着谢子玉，好似很不满意这个结果。

谢子玉暗暗骂了声"二百五"，转身走了。

没想到快要出太后寝宫时，绮罗郡主不知使了什么法子追了上来，拦住谢子玉说："陛下哥哥，你可不可以帮我带几句话给秦哥哥？就说我最近可能不会去找他了，但我是为了他的安全才这样做的，你一定要帮我解释清楚。"

谢子玉头疼地看着眼前这个急切的女孩，虽然很同情她的境遇，但仍是忍不住说出自己的真实感受来："绮罗啊，其实你不必太把自己当回事的。"

她这厢觉得自己做了很大的牺牲，可是兴许在秦羽心里，她轻得连根羽毛都不如。

绮罗郡主恼羞成怒："陛下哥哥，你太自私了，你根本不懂。"

谢子玉心里那个暴躁啊：你个傻瓜二百五，你懂你懂你懂！

真是没办法沟通！谢子玉哼了一声，负手离去。

宫外站着两排笔直的侍卫，借着月光，谢子玉径直走到秦羽面前，盯着他瞧：这根木头，究竟要不要把刚刚绮罗郡主的话转说给他呢？那么矫情的话，实在很不想说出口啊。

却在这时，面前的秦羽眸光突然一晃，双臂一展向毫无防备的谢子玉扑来。

"有刺客！"

谢子玉被秦羽扑倒在地时，刚好有一支箭落在她的身侧。

很快，有更多的利箭飞来，秦羽一手护着她，另一只手臂在地上一撑，抱着她滚落开去，堪堪躲开这些飞箭。

"护驾，快护驾！"崔明一边号，一边抱着脑袋往墙角处躲去。

侍卫们自觉围成一个圈，将谢子玉和秦羽两人圈在中间，秦羽趁这空当，抱着谢子玉从地上站起来，目光警惕地望着四周。

谢子玉抬起被摔麻的手臂，将秦羽推开："朕会武功，你这么抱着朕，朕很伤自尊心的……"

秦羽默默地退开："属下冒犯了。"

此时，周遭拥上许多黑衣人，他们定然事先早有预谋，宫殿四周用来照明的火把全部被破坏干净，若不是今晚的月亮还算亮堂，他们怕是要摸黑混战了。

秦羽抽出自己的佩剑递到谢子玉手中，自己冲到最外面，不多时便从刺客手中抢了一把剑回来，与那些刺客拼杀起来。

谢子玉因着在最中间，起初鲜有刺客能闯进来，她也就安全许多。她手中有剑，偶尔有漏网之鱼杀进来，也已经是精疲力竭，被她三拳两脚又踹了出去。

渐渐地，皇宫其他的侍卫也向这边聚拢，谢子玉以为这些刺客应该见形势不利赶紧跑路，没想到他们却突然杀红了眼，似乎想要放手一搏。

侍卫们不防这些刺客会这么不要命，到底出于保护自己性命的本能，一时有些害怕，致使有几个刺客见缝插针地杀了进来。

谢子玉一见这架势，顿时心里一慌，手腕一转翻出几个剑花，勉强应对。原本有攻有守的阵仗顿时乱了起来，随即有更多的刺客冲到谢子玉身边，下了狠手向她袭来。

侍卫们一时无法近身，谢子玉抵挡不住，心中暗骂糟糕，一个不备，手中的剑被人挑落，哐当落地。有寒光闪过，刺客握着剑向她狠戾劈来。

她下意识地抬起手臂去挡：总归这剑砍在她胳膊上比砍在她脑袋上强。

手臂一顿，滚烫的血就流了下来。

谢子玉嗷地叫出声来。

身子突然受力，被扯进一方胸膛前，头顶传来沈钦的声音："叫什么叫，砍的是我的胳膊。"

"啥？"叫声立即停止。

沈钦踢翻了几个刺客，脚下用力，单手抱着她越出重围，落在不远处一方空旷的地方。

那些刺客被侍卫团团围住，做困兽之斗。

崔明这才跑过来，胆怯而又关心地问："陛下您还好吧？有没有受伤？"

谢子玉从沈钦怀里挣出来："朕还好，只是……"她看到沈钦汩汩流血的手臂，忙伸手捂在他的伤口处，随即愤怒地朝那些刺客看去，"是哪个砍了你的胳膊，我要把他的胳膊卸下来！"

"得了吧你。"沈钦摸摸她的脑袋，瞥见那些刺客一个个被制伏，其中有几个突然倒地不起，应该是服毒自尽，不禁眉头一皱，落在谢子玉脑袋上的手滑下来遮住她的眼睛，顺势侧过身子，将她囫囵圈住。

谢子玉双手正捂着他的手臂，没办法拿开沈钦的手，只好跺脚叫道："你干吗挡住我的眼睛？"

"那边有死人，你确定要看？"

"是那些刺客吗？"

"嗯。"

半晌，谢子玉小声问道："他们死相很恐怖吗？"

沈钦扭头看了一眼："嗯，很恐怖，翻着白眼，嘴里吐着白沫，死不瞑目的样子……"

崔明往那些倒在地上脸色青黑的刺客看去：难道是他眼睛瞎了，根本没有白眼没有白沫更没有死不瞑目好吗？半张脸被黑布蒙着，哪里看出死相恐怖了？

机智如崔明，决定选择沉默。

谢子玉抿着嘴犹豫一会儿才说："不能阻止他们吗？"

"好像不能。"

直到沈钦将手从她的眼睛前移开，她都不敢睁开眼睛。

沈钦扶着她的肩膀帮她掉转了身子，拥着她往前走："我们先回去包扎伤口。"

谢子玉一边走一边闭着眼睛问："那些人还没死完吗？"

"没，还在继续。"沈钦低头看她，嘴角不自觉地扬起，"你可以睁开眼睛，但最好不要回头看。"

谢子玉没有回头看，跟在他们身后的崔明往后看了一眼：什么叫还在继续，刺客们不仅死完了而且已经死透了好吗？沈侍卫你为什么要骗陛下？还有你为什么要搂着陛下走？

当然机智如崔明，纵然心里碎碎念不停，还是选择沉默。

刺客最终一个也没活下来，尸体被送去刑部，看看能不能查出点儿什么。

谢子玉很不理解，下毒这种见不得光的手段发生在宫中还能理解，怎么还会有刺客明目张胆地进宫行刺呢？他们是不想活了还是不想活了

陛下是个伪君子

还是不想活了？

沈钦很是埋怨地看着她："这个时候，你不应该先关心我的伤势吗？"

"你懂医术，还需要我关心吗？"谢子玉看着正在给自己包扎伤口的沈钦，忍不住也抱怨了两句，"要不是你闹别扭消失不见，我也不至于受这么大的惊吓。若是你再晚来一步，受伤的可就是我了。"

"这话怎么听着这么没良心呢。"沈钦三两下将自己的手臂缠好纱布，举到谢子玉面前晃了几晃，"现在受伤的人是我！"

谢子玉伸手轻轻摸了摸，凑过去吹了几口气，抬头咧嘴笑道："亏得受伤的是你，不然我受伤了，你多心疼啊。"

"你倒是将自己看得挺重。"沈钦无奈地笑了笑，作势推了她的脑袋一下。谢子玉哇地叫了一声，夸张地向后倒去，倒是配合得天衣无缝。

不过谢子玉倒在榻上就不想起来了，这一整天又气又惊又吓的，耗费了她不少精神。她揉了揉眼睛，干脆拽着沈钦一起躺下，转过脸来问他："虽说皇帝遇刺是不能避免的事情，可是我还是想不明白，是谁想刺杀我？是有人寻仇还是有人觊觎那把龙椅？"

沈钦换了个舒服的姿势躺着，沉眉思考了一会儿："你初称帝没多久，先前也未曾听说皇家与什么人结仇，约莫寻仇的可能性小一点。况且那些刺客武功很高，训练有素，被制伏后毫不犹豫地选择自我了结，普通人是很难做到的，一定是有什么大人物在背后操控着他们。而且能让这些人心悦诚服、死心塌地追随的人，一定很不简单，说不定这个人还和皇室有关系……"

沈钦越说眉头拧得越紧，陷入深思。

谢子玉认真听完，脑中飞速转起来，忽然想起一件事，拉拉他的衣服，引来他的注意："说起皇位这件事，我弟弟谢子文排行第五，上面有四个兄长，他却做了太子，成了皇帝……"

"嗯。"沈钦示意她继续说下去。

"虽说自古立储君都是立嫡长子，但若是我弟弟才能突出，立为太子倒也不无可能。"谢子玉翻了个身，枕着自己的手臂，一本正经地分析道，"我以前不在皇宫，关于太子究竟是怎么选出来的也不清楚。但是单就我弟弟登基前被人下毒致使昏迷这件事来说，的确是有人对他当皇帝很不满。而我假扮他做皇帝以来，又是中毒又是遇刺，兴许这些事情都是一个人策划的，你说对吗？"

"自然是有可能。"

谢子玉掰着手指头数了数："假如这些事情的确是皇室中人干的，除却那些去了封地的皇子和王爷，京城这边就只剩下被幽禁在城外清苑的大皇子谢子赢和因腿部有疾而留在京中并且现在是首辅大臣的七皇叔谢林。而且这两个人，我至今还没见过。"

"还有一个人，你好像也一直没见过。"沈钦悠悠地提醒她。

"哪个？"

"你一直挂在嘴边的，你的弟弟，谢子文。"

崔明给跪了。

为什么为什么为什么？

为什么龙榻上躺着两个人，除了陛下，为什么沈侍卫也睡在上面？

为什么两个人挨得那么近？为什么沈侍卫的脑袋枕在陛下的胳膊上？就算他的手臂受伤也不行啊，陛下的小胳膊不会被压断吗？

还有昨晚到底发生了什么？

崔明揉着膝盖去找昨天晚上值夜的宫女，宫女如实回答："昨晚陛下和沈侍卫在寝室内包扎伤口，不准奴婢们进去。奴婢们一直守在外面，不曾见沈侍卫出来，然后就没有然后了。"

崔明两眼一黑：这件事若是让太后知道了，定然会责怪他没有保护好陛下，少不了又是一顿责罚；若是让文武百官知道了，陛下和沈侍卫这名声……

谢子玉揉着发麻的手臂刚从寝室中出来，就看到惨白着一张脸跪在地上一副生不如死的表情的崔明，不由得问了句："崔公公，大清晨的，你这是怎么了？"

崔明"扑通"给她磕了个头，沉痛道："陛下，您给奴才一个痛快吧！"

谢子玉吓了一跳："大早上的你就想不开？"

崔明抹一把辛酸泪道："陛下，您与沈侍卫平日里打情骂俏就算了，怎么能同床共枕呢？这若是传出去，不知道实情的，以为陛下您有断袖癖好；知道实情的，陛下您可是吃大亏啊……"

"什么打情骂俏？什么同床共枕？"谢子玉不满道，"不过是昨天晚上聊得太久睡着了而已，衣服未解鞋子没脱，被子还端端正正叠着呢，算不得同床共枕。"

"那为什么沈侍卫会枕着您的胳膊？"

"因为他的手臂受伤了，我总不能枕他的胳膊吧。"

"也是……"回答得好有道理，但总觉得哪里不对。崔明还是忍不住提醒她，"陛下，这宫里人多口杂，保不准……"

"打住打住，你不说我不说，谁还会知道？"谢子玉不耐烦地挥挥手让他闭嘴，"朕要洗漱穿衣，该上早朝了。"

"那沈侍卫？"

"他一向喜欢睡懒觉，再让他多睡一会儿。"谢子玉警告崔明，"不许吵醒他。"

崔明身子一晃：这话说得有多么老夫老妻陛下您知道吗？

朝堂上，谢子玉向刑部侍郎问起昨天晚上刺客一事是否有线索，刑部侍郎禀道："时间太仓促，臣还未能查出这些人出自何处。不过，这些刺客中大部分人体格宽大、须发浓密，不似中原人士。"

谢子玉一愣，这倒是很出乎她的意料："依爱卿看，那些刺客像是哪里人士？"

刑部侍郎皱眉道："恕臣愚昧，这个……不好说。"

杜丞相沉思片刻，说："南方水乡的人大多娇小一些，往西北去，那里的人大多身材高大健壮一些，想必刺客有可能来自那里。"

司徒大将军闻言上前一步，说道："陛下，臣征战沙场多年，同许多国家打过交道，西北之地也去过一些，倒也了解一些其他国家的风土人情。不若今日下朝之后，臣随刑部侍郎一起去刑部一趟，看看是否能辨认出那些刺客究竟来自哪里。"

谢子玉点头道："那就有劳司徒将军了。"

下午的时候，谢子玉便接到司徒将军派人送来的口信，说是已经辨认出，那些刺客应该是来自大祁西北方向的邻国——乌孙国。

乌孙国地处沙漠草原一带，以肉食为主，民风彪悍，国人性格也比较猛戾，但并不富裕，时常会有别的国家从乌孙国以非常便宜的价格买一些体格健壮的男子回去，培养成武士或者……死士。

谢子玉听到"死士"这两个字，想到昨晚那些不要命的刺客，不由得抖了三抖，有些后怕。

"这乌龟国……"

041

"陛下，是乌孙国……"崔明提醒她。

"哦，这乌孙国平常和大祁有什么来往没有？"

"奴才……不知。"他不知道，于是很自然地就禀告了太后。

太后立即派人去查最近京城中什么时候有乌孙国的人出入过，但调查的结果令人挺失望：除却一些正常的商业贸易，京城最近并无其他乌孙国人来过。而驻留在这里的乌孙国人，也大都从事正常行业，或者卖身为奴，并无其他可疑之人。

事情好像陷入了僵局。

陆下是个伪君子

谢子玉经此一吓，天天晚上做噩梦，一闭眼就是大刀朝自己的头上砍来。每每惊醒了，看着满屋子打瞌睡的宫女太监，便格外希望晚上能有个武功高手陪着她睡觉。只是满怀祈求的目光刚挪到沈钦身上，崔明就如临大敌般拖着沈钦走了。

拖走了沈钦，谢子玉又想起一个人来，挥一挥手，让一个宫女把秦羽带了进来。

"陛下叫属下过来有何事？"秦羽永远是冷冰冰的，看不出半点卑躬屈膝的模样。

谢子玉也不在意他的态度，呵呵笑道："秦侍卫，朕看你武功不错。"

"承蒙陛下夸奖。"

"上次朕遇刺，你也算救驾有功，朕都记得，正想着要不要赏你点什么。"

"保护陛下是臣的分内之事，无须陛下赏赐。"

谢子玉长袖一挥："不行不行，必须赏！"

"是。"

"就赏你，唔，在朕的寝室外面站一晚上吧。"

"……"

刚送走沈钦的崔明，回来看到站在谢子玉寝室外面的秦羽，觉得天一阵一阵地旋，头一阵一阵地晕，膝盖一阵一阵地疼……

"陛下，沈侍卫不可以，秦侍卫更不可以啊陛下！"次日崔明涕泗横流地劝。"您要实在想找人陪，奴才晚上不睡觉守着您行吗？"

谢子玉见他哭得悲痛欲绝，不由得生了恻隐之心："不然，崔公公你给朕找一个会武功的宫女来。"

崔公公一拍脑门：他怎么没想到这个呢？

太后拨给谢子玉的几名宫女中，刚好有一位武功不错的，虽然黑了点丑了点，但总比男人要好得多，于是当即调了那个宫女过去，每天晚上站在寝室外面值夜班。

原本以为这事就这么过去了，谁知道不知是哪个多嘴的将这件事情传了出去：说是每晚陛下必然要召一个宫女侍寝。

那些家中有女儿的大臣蠢蠢欲动了起来：陛下这是要娶妃的节奏啊。

于是赶紧将自家闺女打扮打扮准备往宫里送的时候，又听说陛下喜欢的女人，无论高矮胖瘦黑白美丑，只要武功好就成。

大臣们思量了再思量：陛下小小年纪，口味倒是挺重呵。

谢子玉怎么也不会想到，她这无意间的一个举动，会将多少姑娘从闺阁中拯救出来，纷纷被拉入了练武场。

也因为这事，谢子玉又被太后叫去，言辞间又敲打了一番：不许胡闹。

沈钦也丝毫不能体会她的心情，笑话她："越活越胆小。"

谢子玉惆怅道："晚上的确是个容易让人心生恐惧的时候啊。"

"不若我带你去练练胆？"沈钦突然提议。

谢子玉眼睛一亮："怎么练？"

沈钦拍拍她的脑袋，眼睛藏了星星般熠熠生辉，笑道："今天晚上师兄带你去做点有意义的事情。"

谢子玉眼巴巴挨到天黑，临近熄灯也不睡觉，宫女也遣出去了，衣服鞋袜穿得板板正正的，坐在龙榻上等。

崔明纳闷起来："陛下，您怎么还不安歇？"

谢子玉打发他："朕一会儿便睡，你先出去。"

崔明满腹疑惑地走了。

他刚离开，寝室的蜡烛突然熄灭，有个人影闪到谢子玉面前，塞给她一件东西："夜行衣，快换上。"

"师兄！"谢子玉兴奋地叫了声，抓起衣服刚要换，突然发现一个问题，"你把蜡烛都熄灭了，我完全看不见了，这要怎么换？"

"那就摸黑换。"沈钦似笑非笑道，"不然点着蜡烛，我看着你换？"

"点上蜡烛，你背对着我不就得了。"

"哪来那么多废话。"

谢子玉瘪了瘪嘴，摸索着好一会儿才将衣服换上。

沈钦所说的有意义的事情，就是夜探太后的临福宫。问他为何要冒着危险探太后的宫，沈钦回答："我想知道你弟弟现在究竟在哪里。"

谢子玉觉得这事有点小题大做："你若想知道，我直接去问太后不是更好？"

沈钦睨她一眼，鄙夷道："你进宫也有一段时间了，又不是没提过，太后却始终没让你见你弟弟一面，你觉得现在她会告诉你？"

谢子玉想想也是：她初被找回来的时候，也曾向太后提出要见一见谢子文，毕竟是自己的弟弟，但太后却以谢子文中毒颇深多有不便的理由拒绝了，以后也再没提过这件事。

"可是我们这样被发现了怎么办？你手臂上的伤还没好呢。"谢子玉犹豫道。

"所以只要不被发现就好了。"

这是什么逻辑？

沈钦按住她的肩膀，两人伏在瓦砾上。幸好今夜天色阴沉没有月光，他们的身影融入茫茫夜色中，不至于轻易被发现。他观察了许久，带着谢子玉飞到一处偏院的屋顶上，拨开一片瓦砾，往里面瞧去，顷刻道："应该就是这里了。"

谢子玉推开他，也扒着那小孔往里面瞧，却没发现什么异样："你怎么确定是这里？"

沈钦用两个字作答："直觉。"

谢子玉："我宁愿相信那是你的幻觉。"

不管怎么样，沈钦还是带着她进了这间屋子，在神不知鬼不觉地将守门的侍卫弄晕后，谢子玉忍不住问："会不会太容易了？"这么轻易就进来了吗？

沈钦揉了揉她的脑袋，笑笑："当然，这只是刚开始而已。"

沈钦将屋子里的墙和地都拍打了一遍，又转而去摸那些大大小小的摆设。

谢子玉好奇地看着他从左边转到右边，从前边转到后边，问他："师兄，你是在找机关吗？"

"废话！"沈钦挑眉道，"还不赶紧帮忙，站在那里当蜡烛呢？"

"哦哦。"谢子玉忙学着他的样子，开始摆弄屋里仅有的那几件东西。只是这个房间实在简陋得很，待谢子玉将所有的东西摸了个遍，也没有发现任何奇特之处。

目光一转，看见沈钦仰头对着墙上的一幅画发呆，她凑过去挨着他站好，学着他的样子抬头望着，摸着下巴故作深沉道："嗯，这画有问题……"

沈钦展颜一笑："这画上的姑娘挺漂亮呵。"

"师兄……"谢子玉拉下脸来，"她好看还是我好看？"

"嗯？"沈钦一下子没反应过来。

谢子玉很严肃地又问了一遍："她好看还是我好看？"

沈钦乐了，故意逗她："自然是画上的姑娘好看。"

"唉——"谢子玉露出一副痛心疾首的模样，"年纪轻轻的眼神就不好，再这样下去你是不是得瞎啊。"

"少贫嘴了。"沈钦推了一下她的脑袋，矮下身子，对她说，"你踩着我的肩膀，将这幅画拿下来。小心一点，不要碰到其他东西。"

"不用踩你的肩膀，我蹦起来就能摘掉它。"谢子玉勒紧腰带，跃跃欲试。

沈钦哭笑不得："正经点。"他拍拍肩膀，"快，踩上来。"

谢子玉听他的话，踩着他的肩膀，将画小心翼翼地取了下来，举着它问："然后呢？"

"看到上面的钉子了吗？"

"嗯。"

"按一下试试。"

不过就是一颗钉子而已，只是粗了一些，像根铁栓。谢子玉狐疑地伸出手，用力按了下去。

墙面立即发出沉闷的轰隆声，缓慢而笨重地旋转过来，露出黑漆漆的一个密道。

谢子玉惊呆了。

沈钦将她放下来，摸了摸墙壁，没有发现其他东西，便拿下她手里的画丢到一边，拉着她进去了。

谢子玉掏出火折子递给沈钦，自己则是扒着他的肩膀紧跟在他身后，瞪着大眼仔细观察着一切。好在道路还算平坦，走了约莫一刻钟后，狭窄的通道终于变得宽敞起来。

这时沈钦却忽然停下来，吹灭了火折子，拉着她贴近墙壁："有人！"

谢子玉紧张得直冒汗，贴在墙上不敢动弹，又听他小声说道："两个人，步伐快速落地有声，即使是会武功之人武功也不会太高，交给你了。"

"什么叫交给我了？"

沈钦将她往前一推："交给你练胆用了，你把他们打晕就行。"

"我不行啦。"谢子玉又要往回缩，被沈钦一脚给踹了出去。

"什么人在那里？"那两人听到这边有声音，立即向这里走来。

谢子玉管不了那么多，一顿瞎摸，张牙舞爪地朝那两人跑了过去。隐约看到其中一人的身影，一招制住并捂住他的嘴，屈膝将他反手按在地上，肘部用力击向他的后脖颈，那人身子一软，该是昏了过去。

这时另一个人也扑了过来，一下子将谢子玉撞倒在地。谢子玉就势一滚，滚到更暗处。那人辨不清，掏出火折子想要点燃。

正是他点燃火折子的那一瞬间，谢子玉猛地冲上前去，一脚踹向了他的膝盖。待他本能地弯下身子，再用同样的手法将其击昏。

她这厢完工了，那厢沈钦捡起火折子，举着继续往前走去。谢子玉跟上去，嘟囔道："你好歹说两句话表示表示，我打得很辛苦哎。"

"这就辛苦了？"沈钦侧过脸来冲她一笑，"那等会儿可怎么办？"

"什么怎么办，难不成……"难不成前面还有更厉害的？

谢子玉小心翼翼地走着，生怕有机关暗器，整个人一惊一乍的。对比之下，沈钦反而一脸从容，待走了有一刻钟后，眉目间才稍稍露出些许凝重之意。

前面是一片水池，有五六丈长，水却并不见得多深，约莫只能没过脚踝。

谢子玉蹲下仔细瞧了瞧，清澈的一片水，静静的没有一丝波动，里面有一些极小的蜉蝣。她抬头问沈钦："师兄，这水有问题吗？"

"嗯。"沈钦从背后的包袱里拿出一双牛皮靴子换上，"这水里的蜉蝣是一种毒虫，能侵入皮肤，使人中毒。"

一听是毒虫，谢子玉立即弹了起来，向沈钦伸手："快给我靴子我也换上。"

沈钦拍下她的手："你觉得我会在身上背两双靴子吗？"

"哎？"谢子玉急道，"那我怎么办？你背我过去吗？"

沈钦点点头，却是将她捞过来，一个打横抱在身前。

哎哎哎？不是说背吗？

谢子玉蛮不适应，别着身子想要尽量与他减少身体接触，毕竟这种姿势太尴尬也太……暧昧了。

沈钦也不管她，只是在走到一半的时候，身子忽然歪了一下，吓得谢子玉一把搂住他的脖子……

再没敢放开，直到蹚过整片水池。

他步伐沉稳，她心跳……不稳。

谢子玉双脚落地站直了身子以后，不敢和沈钦有目光接触，一时有些手足无措，方才倚靠在他胸前时骤然加快的心跳，到现在都没安静下来。

她自然也没看到沈钦的嘴角上扬了不止一度。

接下来的路倒是好走了许多，并且逐渐接近亮光，隐隐约约还能看到几个人影。沈钦掏出两张遮面巾，递给谢子玉一张，自己系了一张："里面约莫有十个侍卫，我六你四！"

谢子玉对自己的武功没自信："你七我三。"

沈钦睨她一眼："不许讲价。"

两人飞快地奔过去，正面相对。那些侍卫见有人闯进来，立即拔剑刺来。沈钦跑在前面，劈手夺了一把剑丢给谢子玉，谢子玉有了兵器，好歹不再那么害怕。

这些侍卫武功很高，谢子玉以一对四，很是吃力，一边打一边在心里骂沈钦：四个她根本打不过好不好？

打了许久，她也才解决了一个，剩下那三个并力将她逼到墙边。谢子玉没有办法，半蹲下身子一剑扫去，割断了他们的……裤腰带。

小腿有肌肉，大腿很……很白……

哎，鼻血……

那三人俱是一愣，本能地去提裤子，谢子玉趁此机会一口气解决了俩，剩下的一个没经她的手，被沈钦从后面敲晕了。

沈钦哭笑不得："我是叫你来练胆，不是叫你练色胆！"

谢子玉脸红红道："我这不也是没办法嘛。"随即眼神乱瞟，想办法转移话题，"那里居然有个房间，我们过去看看。"说罢一溜烟跑了过去。

撞开了那个房间的门，里面除了有一个瑟瑟发抖的宫女，还躺着另外一个人。

那宫女见两人进来就吓坏了，左右找不着武器，便拔了头上的簪子要和谢子玉拼命。谢子玉对那宫女说："我不想伤害你，只是打晕你，保证不会太疼。"

宫女，晕。

终于没了障碍，谢子玉朝房间中躺着的那人走去，一边走一边打量着这个房间。这里虽然是地下，却没有一丝阴冷之气，蜡烛的光柔柔和和，添了几丝暖意。整个房间布置得虽然简单，但东西都是上乘之物……

掀开床上的纱帷，谢子玉愣住。

床上那人，双眸紧闭，皮肤苍白，锦被之下露出的衣襟是金黄色的绸缎，那是帝王才能穿戴的颜色。玲珑玉枕上的那张脸，生得和她一模一样。

那是，她的弟弟，谢子文。

04.
陛下想出轨

太后说谢子文在登基前被人下毒，一直昏迷，现在看来，他的情况果然不太好。

沈钦替谢子文把着脉，眉头紧皱。

谢子玉挺紧张，瞧着他眉间化不开的结，问他："怎么了？是很厉害的毒吗？"

"有点奇怪。"沈钦仔细把过脉之后，疑惑道，"他虽脉象虚弱，但身体的各个器官并没有受到影响，应该不是致命的毒药，可为何会昏迷不醒呢？"

"太后说他中了奇毒，会不会那种毒很少见？"谢子玉蹲下身来，两只手臂撑在床沿上，看着一直昏睡着的谢子文，心中自然不会好受，毕竟是她的弟弟。

沈钦摸着下巴，陷入思考，喃喃道："可是什么奇毒会在不伤害人身体的前提下让人一直处于昏迷状态呢？天下真的有这种毒吗？"

他说这话的时候，谢子玉往前倾了倾身子，带着几分希冀凑到谢子文的耳边，小声说："子文，我是你的姐姐，你醒过来好不好，咱们姐弟俩好久没见面了……"

没有回应。

沈钦提议道："你捏捏他的手指，看他有没有感觉？"

"哦。"谢子玉捧着谢子文的手，十个指头捏了个遍，见他依旧没什么反应，又去捏他的耳朵、鼻子，还戳了戳他的脸颊。末了，仰头问沈钦，"他醒不来……"

"我来试试……"沈钦弯腰，掐了掐谢子文的人中，又从腰间掏出一个小布包展开来，里面别着几根银针。他取了一根最细的，找准了一个穴位扎了下去。

谢子玉不由得小声说道："师兄，你居然连银针都随身带着。"

"又能治病又能防身，干吗不带。"沈钦瞥她一眼，继续施了两针。

谢子玉扒着床沿盯着谢子文的眼睫毛，不多时，竟真的见他的睫毛扇动了几下。

"他醒了！"谢子玉激动地抓着沈钦的袖子又摇又晃。

沈钦按住她的手："小声点，别激动。"

谢子玉松开他的袖子，转而又拾起谢子文的手，兴奋道："子文，你能不能听见我说话，我是你的姐姐。"

可床上的谢子文眼睛只是睁开了很小的一条缝，眼珠转动看了谢子玉一眼，很快又合上，只是手指微微动着，证明此时他有些意识。

他太虚弱了。

谢子玉握着他的手，心疼道："你中毒躺在这里一定很难过，不过你不要怕，我会想办法给你找出解药的……"

手心忽然有些痒，谢子玉一愣：他的手指，好像在她手心里划了起来。

"你在写什么吗？"谢子玉摊开手掌，见他手指弯曲，很吃力地划动着，"这是什么字？口？十？匕？七……"

她说到七的时候，谢子文的手指停下不再动。

"是七吗？"谢子玉又问了一遍，谢子文的手却垂落下去，显然又昏迷过去。

谢子玉和沈钦对视一眼，两人都充满了疑惑。

沈钦替谢子文起了针，拉着谢子玉站起来，说道："他暂时应该不能醒过来了，今天也算有不小的收获，我们走吧。"

"嗯。"虽然不放心谢子文，但毕竟待在这里也没有多大的用处。谢子玉看了一眼谢子文，随沈钦一起出去了。

不过幸亏他们这时候走，因为刚离开这个房间没几步，便听见了从另一个方向传来的脚步声。

想来这密道竟不止一个出口。

沈钦拉着她原路返回，从密道出来后，不忘将字画恢复原状，可是打开门准备走的时候，谢子玉差点被外面里三层外三层举着火把的侍卫亮瞎了眼。

她往沈钦身边缩了缩："你之前怎么说来着，咱们怎么还是被发现了？"而且看这架势，不太好逃。

沈钦目光紧锁却镇静自若，快速从腰间摸出一件东西甩手向那些侍卫撒去："阎罗夺命粉，闻者必死！"

那灰褐色的粉末洋洋洒洒地在空气中划出一道弧线，恰逢一阵风吹来，顷刻向那些侍卫飞去，那些侍卫本能地捂住口鼻后退一步，沈钦带着谢子玉趁机拔足而起，蹿上房顶，向乾清宫方向逃去。

谢子玉实在忍不住好奇，一边跑一边问沈钦："阎罗夺命粉是什么东西？"

沈钦抛给她精悍而简短的三个字："胡椒粉！"

身后大批的侍卫紧追不舍，沿途碰到的侍卫也闻声跟上，但都被他们远远地甩在身后。眼看就快到乾清宫了，忽然不知从哪里冒出一名侍卫，一个箭步上前捉住了谢子玉的肩膀，下了猛力将她拽了过去。

"哪个王八蛋敢……"谢子玉骂了一声，扭头就瞅见一脸冷冽的秦羽。

这个时候跑来添什么乱？

沈钦驻足，刚要从秦羽手中抢谢子玉，却被谢子玉挡住。她一把扯下面巾，瞪着秦羽："秦侍卫，你放肆！"

"陛下？"

秦羽一愣，被谢子玉抓着衣襟拉进了乾清宫，走窗户直接跳进寝室里。

原本谢子玉以为只要到了乾清宫就安全了，只是还没来得及喘口气，就有侍卫来报，说乾清宫闯入了两名刺客，要搜查一番。

谢子玉将秦羽和沈钦两人推到屏风后面，但见他们脚都露在外面，只好将他们拽出来，左右没有地方藏，不得已将他们塞到龙榻上，放下帷帐挡住，不忘叮嘱秦羽："没有朕的命令，不许说话不许动！"

她将夜行衣胡乱脱下，揉成一团藏到摆设在旁边的大花瓶中，又随手抓了件衣服披在身上，抹去脸上的汗，这才走了出去。

外面的侍卫严阵以待，谢子玉一边平复心跳，一边面不改色道："既然你们都看见刺客跑到这里来了，是该好好搜查一番。你们几个……"她随手指了前面五六个人，"朕的寝宫不方便太多人进来，你们陪朕搜查就好。"

被点到的那几名侍卫称"是"，然后随谢子玉走了进去。

谢了玉看着他们一点一点认真地搜查着，有些心虚地往寝室那里瞥了一眼。这时突然有个侍卫往寝室走去，谢子玉一惊，呵斥他："站住！"

那侍卫吓蒙了，不解地看着谢子玉。

"那里是朕睡觉的地方，你们来之前朕一直睡在那里，不会有刺客，不必搜查了。"谢子玉强作镇定地说。

侍卫正要退出去，却突闻一声厉喝："既然是陛下睡觉的地方，更应该仔细搜查，进去搜！"

谢子玉有些慌张地看着走进来的太后，心下大呼不好：多大点事，居然把太后都惊来了？

那侍卫看了看谢子玉，又看了看太后，作势又要往里闯，谢子玉几步跑上去拦住："朕说了这里不用搜查，你是哪里的侍卫，是听朕的还是听太后的？"

侍卫两头为难，进也不是，不进也不是。

太后被人扶着走过来，将谢子玉打量了几眼，眼中的怀疑与愠怒展露无遗："哀家叫人进去搜查也是为了陛下的安全着想，陛下为何要阻拦？"

谢子玉梗着脖子道："这是朕最私人的地方，有没有刺客朕会不知道？母后实在是多虑了。"

太后更加起疑，竟不顾及身份，推开谢子玉，径直走了进去。

谢子玉紧随其后，挡在龙榻前，瞪着眼睛看着太后，不让其上前。

太后见她如此，大怒："胡闹，难道有人在这龙榻上？"

谢子玉死死盯着太后，心想今天太后肯定不会轻易罢休。脑中一转，忽然想出一个冒险的主意来，于是眼神一变，流露出几分乞求与悲戚来："母后，你不要逼朕。"

"陛下是在包庇刺客吗？"

"都说了没有刺客！"

"那这榻上是何人？"

"母后你确定要现在知道？"

"难不成任由你胡闹？"

"好，既然母后要看，那朕便让你看个明白。"谢子玉仿佛下了很大的决心，"沉痛"地转过身去，拉开帷帐，对里面的人说，"秦侍卫，你出来……"

秦羽硬梆梆地站在众人面前时，谢子玉瞧见，侍卫们的表情是无以复加的惊讶，太后的脸色是无以复加的煞白……

谢子玉在赌，看太后在这种情况下还会不会坚持再去榻上搜查。

果然，为了顾及皇家的脸面，太后挥手让所有人退下了。

"你居然……"太后指着谢子玉，气得直哆嗦。

谢子玉钩住秦羽的手臂，一副视死如归的模样："就是母后看到的这样，朕喜欢秦侍卫，是朕召他进来的。"

她说完这话的时候，秦羽的身子本能地往旁边躲了一下。谢子玉顺势又往他身边贴了贴，乍一看，像是依偎在一起。

"哀家对你真是太失望了！"太后怒不可遏，扬手给了谢子玉一记耳光。

还好打得不是很疼。

"母后好走。"谢子玉勉强挤出一个笑来，"不送！"

太后满身怒气，转身离开。

谢子玉收回钩住秦羽的手，揉了揉自己被打的半边脸，愧疚道："秦侍卫，今晚这件事情不要告诉任何人，等朕心情好了再同你解释。朕相信你会守住这个秘密，你先回去。"

秦羽满目复杂地看了她一眼，正准备出去，谢子玉忽然又叫住他："朕刚刚说的是气话，朕不喜欢你，你千万别误会朕。"

"属下不会。"

他自然不会，他连她要隐藏的那人是谁都没问，又怎么会在乎这个呢？

谢子玉深深吐出一口气，突然一个转身，连鞋子也未脱，直接跳上榻去，扑倒沈钦，按在身下猛抢拳头："谁叫你自负过头的？谁说不会被发现的？我的名声嗽，全毁了嗽！"

沈钦接住她的拳头举在半空，清亮的眼中透出些许歉意，期期艾艾地吐出三个字：

"别、打、脸。"

就打脸就打脸就打脸！

大祁小皇帝喜好男色这件事隔天便传遍了朝野内外，大臣们疯了。

说好的喜欢会武功的女人呢？自己闺女都快被培养成女汉子了，陛下你口味要不要转换得这么快？

太后第二天便派人来乾清宫，要将秦羽带走。

谢子玉当然不让：让秦羽当挡箭牌已经很对不起他了，怎么可能让他再落入太后手中？况且看昨晚太后的愤怒程度，指不定会怎么处置秦羽。

她将秦羽召进宫内，用命令的口气说："你就待在这里，哪里都不许去，太后那边朕来处理。"

秦羽方方正正地站着，目光在她脸上逗留一瞬，随即低头说了声："是。"

沈钦还没起床，谢子玉料想太后也不敢拿自己怎么样，便没有派人叫醒他，只带着崔明去了太后宫中。

没想到这一去，一整天没有回来。原因无他，她不肯交出秦羽，太后一气之下把她关了起来。

谢子玉也是倔，死活不肯对太后说句软话，被关进去之前还对太后翻了个白眼，把太后气得浑身发抖："把门锁上，什么时候认错了，什么时候放出来！"

"你能关我多久？明天一早还不是要放我出去上早朝……"谢子玉嘟囔着，盘腿坐在地上，托着下巴故作不在乎。

太后拂袖离去，一路火花带闪电。

看到太后走远，崔明才敢过来，隔着房门和谢子玉说话："陛下，您怎么就是不肯对太后服软呢？您瞅瞅您这几天都把太后气成什么样了？太后到底是您的母后，您认个错，再说两句好听的话，哄得太后高兴了，也不至于在这里受罪啊。"

"话是这么说没错，但是她那么凶朕，朕就是不想给她认错。"谢子玉噘着嘴，倚靠着墙壁坐了会儿，忽然想起一件事来，忙叮嘱崔明，"朕出来得急，没来得及通知沈侍卫，你先回去告诉他一声，别让他担心。"

崔明叹息一声："那奴才去去就回。"

只是他刚走，天上忽然掉下一个人来，双脚稳稳地落在地上，没有震起一丝尘土，倒是房顶上被捅破的瓦砾泥土，噼里啪啦糊了谢子玉一头。

谢子玉直接从地上弹了起来，一阵扑腾，又咳又喘。挥开眼前飞扬的灰土，才瞧见面前站着的人是沈钦，不由得大吃一惊："太后的地盘你也敢闯？"

"嗯，武功好，任性。"

"……"你不喝瑟能死吗？

沈钦一派坦然且坦荡，向她伸手："我带你出去。"

谢子玉揉了揉眼睛，又揉了揉眼睛。

见她如此，沈钦制住她的手，难得眼中流露出一丝温柔，笑道："别揉了，真的是我。"

"你松开，尘土飞进眼睛里了！"

沈钦："……"

谢子玉转了转手腕，抽回自己的手，又去揉眼睛，却是越揉越觉得磨得慌，不由得烦躁地仰起脸来："都怪你，给吹吹……"

她眼睛眯着睁不开，整张脸差点皱成一个小包子，这样猛地凑过来，不由得让沈钦怔了一瞬。

只是他刚捧起她的脸吹了一口气，就见谢子玉扭来扭去，表情有些狰狞。沈钦呵道："你别动！"

"可是你吹得我好痒……"

"那我不吹了。"

"好吧我不动了。"

只是这话说完就忘，但凡他吹一口气，她就又蹦又跳好一会儿。沈钦也是无奈，想着干脆再吹两口完事，没想到谢子玉却是一蹦，竟撞上了他的唇……

而且是用她的唇，撞上来。

"唔……"

崔明回来的时候，透过门缝，看见谢子玉一个人站在里面，仰头对着房顶的大窟窿发呆。

嗯？大窟窿！房顶什么时候出现了一个大窟窿？

问谢子玉："陛下，这房顶是怎么回事？"

谢子玉神思游移，好半天才指着上面，答非所问道："那谁，嗖的一下，就蹿上去了……"

"谁蹿上去了？"崔明听得一头雾水。

谢子玉忽然低下头来，讷讷道："不就是那谁……"那个说来带她出去的人，咋一个人先跑了呢？

"那谁啊陛下？"里面再没传出谢子玉的回答，可是为什么崔明看到，陛下脸红了呢？

太后果然在第二天上早朝的时候将谢子玉放了出来，谢子玉神魂游离似的回到自己的乾清宫，又神魂游离地去了早朝，兜着两个黑眼圈，开始发呆。

想沈钦，想那个意外的……吻。

唤回她神志的是司徒大将军，他提起之前刺杀谢子玉的乌孙国死士，并且小心翼翼地提出了一个值得怀疑的人——淮阳王爷，也就是谢子玉的七皇叔。

他说这话的时候，谢子玉忽然就想起了前天晚上，谢子文在她手心里写的那个"七"字。

司徒大将军说："先皇在世时，对淮阳王爷十分照顾。淮阳王爷双腿有疾且身体孱弱，先皇为避免有人对他不利，曾赐予淮阳王爷三百死士。而据臣所知，这三百个死士，几乎全部是乌孙国人。"

这话引得诸位大臣一阵吸气。

纵然谢子玉听到这件事情也是很惊讶，却不能完全相信他的一面之词。她故意沉默了一会儿，才端起肩膀，正色威严道："司徒将军，你难不成是在怀疑朕的七皇叔？你可知这话说出来，要负责任的。"

司徒将军鹰隼似的眼睛灼灼放光，却是弯下身子，俯首道："臣也

陛下是个伪君子

只是猜测而已，还请陛下恕罪。"

他说是猜测，但这消息很快传到太后耳朵里。太后因与谢子玉怄气，直接将调查淮阳王爷一事丢给了谢子玉。崔明替太后传过话来，说淮阳王手中除了有三百死士，还握有一部分军权，加之先皇赐予他的种种特权，已然成为威胁帝位的存在，要谢子玉趁此机会，好好彻查一番，言下之意最好借机敛了淮阳王的权力。

这无疑是个烫手山芋。

不过这对谢子玉来说简直是莫大的惊喜。

她自回到宫中以来，总觉得处处受限，做什么都不自由。虽然嘴上不说，但心里到底不算痛快。如今虽然太后将七皇叔这个烫手山芋丢给了她，但同时也终于肯放一点权力给她，总算能让她痛痛快快地蹦跶一阵子。

她问崔明："七皇叔手中有军权吗？为何从来不见他上朝？"她假扮皇帝也有一段时间了，至今还未见过七皇叔。

崔明照实说道："以前淮阳王爷是上朝的，可自陛下即位以后，淮阳王爷一直以身子不适为由，再没有上过朝。"

"唔？"谢子玉头一歪，"他看朕不顺眼吗？"

崔明一脸哭笑不得："这个要奴才怎么回答……"

却在这时，突然有一道清脆娇嫩的声音从门口传来："是我看陛下哥哥不顺眼才是！"

抬眼望去，绮罗郡主正瞪着圆圆的眼睛走进来，气呼呼的样子，好似谁惹火了她。谢子玉扶了扶额：不用想，这丫头肯定是为了她和秦羽的事情来的。

果然，绮罗郡主噔噔几步走到谢子玉面前，鼓着腮帮又叉着腰，几乎吼了起来："陛下哥哥，你和秦哥哥是怎么回事？为什么人家说你看上了秦哥哥，要收秦哥哥做男宠？"

她一口一个"秦哥哥"，吼得谢子玉耳朵嗡嗡响，只得抬手制止她："绮罗啊，事情不是你想的那样……"

"不是我想的那样是哪样？你就是看秦哥哥长得好看，对他动了歪心思！"

"胡说！"这是谢子玉的声音。

"胡说！"这是沈钦的声音，不知道他是何时进来的，只是看见他的时候他已经站在谢子玉身侧，板着脸对绮罗郡主说道，"明明我比较好看！"

绮罗郡主："啊？"

谢子玉："哎？"

接下来沈钦做了一个让所有人都惊掉下巴的事情，他一手搂住谢子玉的腰，将她往自己怀中带了带，仰着下巴道："郡主难道不想想，有我在陛下身边，陛下会看上你的秦哥哥吗？"

他目带挑衅，很不欢喜。

可是这种事情有什么好挑衅的？

没想到这两句话竟真的镇住了绮罗郡主，她看看沈钦，又看看谢子玉，忽然指着谢子玉惊叫了一声："陛下哥哥，你的脸怎么红了？"

谢子玉："……你闭嘴行吗？

沈钦低头瞧了谢子玉一眼，嘴角不经意地露出一丝笑意来。

谢子玉尴尬地挣开沈钦的手臂，正欲和绮罗郡主解释什么，却见她忽地变换了表情，一脸"真相"地看着自己，眼神释放出四个字——原来如此。

"陛下哥哥，绮罗明白了。"绮罗郡主信誓旦旦道，"陛下哥哥放心，绮罗会保密的。"

你明白个屁！谢子玉结结巴巴道："绮罗，你听朕说……"

"陛下哥哥不用说了！"绮罗郡主也不大声吼了，很有意味地嘿嘿笑了两声，"只要不是秦哥哥，怎样都好。"

"你能不能闭嘴听朕说！"谢子玉忽然提高音量，吓得绮罗郡主一缩肩膀。

沈钦却不为所动，压过身来，凑近她，一字一顿道："不知陛下要、说、什、么？"

他气场太强，登时压得谢子玉没了气势，临到嘴边的话忽然换成了："朕要说……说七皇叔的事情，对，七皇叔！"

绮罗郡主欢颜一笑，也不气了："陛下哥哥说的是淮阳王吗？绮罗前几日还见过他呢！"

"你见过他？在哪儿？"谢子玉问。

"在醉玉轩。"

"醉玉轩是什么地方？"

"唔？"绮罗郡主也说不出所以然来，只说了个大概，"就是吃饭、喝酒、听曲儿的地方……"

吃饭喝酒听曲儿？怎么听着那么像烟柳之地呢？不是说淮阳王身体孱弱双腿有疾吗？他不来上朝也便罢了，居然还去那种地方，这不是明摆着打她的脸吗？

不过……

谢子玉抬眸古怪地看了绮罗郡主一眼："你一个姑娘家，为何会去那种地方呢？"

"我也只是一时好奇，才偷偷跑去的，那里有漂亮的姑娘。"绮罗郡主突然有些不好意思，埋头绞帕子，"唔，弹琴的公子也很好看……"

"唉……"谢子玉觉得挺遗憾，"你的生活比朕丰富多彩，朕好羡慕你……"

身边突然一阵凉飕飕的风……

谢子玉派礼部尚书去淮阳王府，看看是否能从淮阳王口中套出什么话来。没想到第二天早朝的时候，礼部尚书称病没来，并托人给谢子玉带了个话："陛下，臣实在无法胜任，还望陛下恕罪，另派他人。"

"怎么？七皇叔很难对付吗？"谢子玉问崔明。

崔明奉了茶过来，说起关于淮阳王的一件事来："奴才听说，淮阳王十五六岁的时候，曾经有位得道高僧说淮阳王与佛有缘，劝他以身侍佛，为此他们还彻夜长谈……"

谢子玉很感兴趣："后来呢？"

"后来得道高僧还俗了……"

"……"

真是太低估他了，礼部尚书这种级别的果然分分钟被秒成渣。

"不然让司徒将军去好了，反正一开始也是他提出怀疑的。"谢子王提议道。

"不行。"沈钦立即给她否了，"正是因为是司徒将军提出来的，若是派他去，恐怕有携私报怨之嫌。"

"那杜丞相呢？"

"不要草率做决定。"杜丞相是什么样的人现在还不清楚呢。

那到底该派谁去？

谢子玉忽然扭头，对沈钦露出一口大白牙："朕亲自去怎么样？"

对她的智商知根知底的沈钦："咻！"

不管他咻不咻，反正谢子玉是打定主意一定要去见一见这七皇叔了。她召来绮罗，问醉玉轩在什么地方。

绮罗也是聪明人，自然从谢子玉的话中听出她想要出宫的意味来："陛下哥哥，绮罗可以告诉你醉玉轩在什么地方，只不过绮罗有一个小小的要求。"

"什么要求？"

"就是……"绮罗低头，揉着帕子小声祈求道，"陛下哥哥这次出宫，可不可以带着秦哥哥一起？"

谢子玉看着她娇俏带羞的表情，很是不解为何她对秦羽这么痴情。在谢子玉看来，秦羽冷冰冰的像一块石头，说话一板一眼像根木头，除了人长得不错和武功好一点，再无其他优点可言。像绮罗这样千人疼万人宠的姑娘，为何会对这样一个无聊的人念念不忘呢？

她问绮罗："你究竟喜欢秦羽什么？他哪里吸引你了？"

谈及秦羽，绮罗眼睛立即熠熠生辉起来，整个表情像笼了一层粉色的阳光，明媚而生动。她说："陛下哥哥，你是男人，自然不明白在我们女人看来，秦哥哥是多么有魅力的一个人。"

谢子玉："……"她也是女人好吗！秦羽哪有魅力了！她根本一点都没看出来好吗！

绮罗羞涩地笑了笑："或许陛下哥哥只看到秦哥哥寡言少语，看到他不解风情，可是秦哥哥其实不像表面上那样冷冰冰，他成熟内敛，不卑不亢，让人觉得有安全感，这才是一个男人该有的样子。"

谢子玉回想起第一次见秦羽时的情景，点了点头："这个倒也符合一些……"不过若是让沈钦听到这番话估计该跳出来骂了。

既然绮罗提出这个要求，谢子玉也不好拒绝，毕竟她还是挺佩服绮罗的，如她这般大胆地喜欢一个人，还是鲜有姑娘能做到的。

有了绮罗的帮助，谢子玉出宫顺畅许多。绮罗在太后那边帮谢子玉做掩护，只说是陪谢子玉出宫游玩散心，谢子玉则悄悄将秦羽带在身边，准备在合适的场合给他和绮罗创造一个二人独处的机会。

太后派了许多侍卫打扮成寻常百姓的样子跟着谢子玉，谢子玉却在沈钦的帮助下，半道就跑路了，连崔公公都撇下了，只她和沈钦两个人。

至于她的马车里现在坐的是谁？

绮罗郡主与秦羽是也。

按照绮罗告诉她的路线，再加上醉玉轩的名气随便拉过一个路人也打听得到，谢子玉和沈钦很是顺利地就找到了那里。

在进去之前，沈钦打算给谢子玉易容，比如把脸抹黑一些，粘上假胡子假眉毛，最好五官都改变一下。毕竟她这张脸同谢子文几乎一样，别人认不得，可淮阳王定然认得。

谢子玉见工程浩大，不愿意折腾，赌气说："你还不如找块布把我的脸全部盖起来！"

"这倒是个好办法。"

"……"

于是谢子玉头上兜了一个纱帽便进了醉玉轩，闷着头正跟着沈钦往里面走呢，忽然被迎上来的妈妈拦住了。

她只稍稍将谢子玉上下打量一遍，便用帕子捂着嘴贴近谢子玉，笑道："这位小公子身段玲珑，怕不是个小娇娥？"正说着又随手摸了把谢子玉的腰，谢子玉受惊地往沈钦旁边一跳，那妈妈笑得更欢畅了，"腰肢柔软，果然是个小姑娘。"

既然这般容易被认出，谢子玉索性也不辩解，仰着下巴问她："你开门做生意，难道还有性别歧视？"

"那倒不是，只不过……"妈妈掩着嘴巴，拉着谢子玉，凑到她耳边小声道，"小姑娘，需不需要我帮你叫几个俊俏公子陪你？我们这儿的公子啊，可是百里挑一的，你看那个……"她随手指了一个正在陪酒的男子，那男子闻声也转过脸来，朝谢子玉轻浮地笑了一下。

纱帽下的谢子玉陡然红了脸：那男子虽然长得不如沈钦好看，但她从小到大没见过这般大胆的男子，因为好奇所以想答应，因为脸皮薄又不能答应，低头捏着衣角，好纠结……

手臂受力，一个旋转，沈钦将她拉到身子的另一侧，皮笑肉不笑地对妈妈吐出两个字："她敢！"

"……"好吧，她不敢，她顶多就是想想，巴巴眨眼。

妈妈脸上也不见任何尴尬之色，瞥了沈钦一眼，约莫看出了些什么，顿了有一会儿才对谢子玉娇媚笑道："这里多是男人寻欢作乐的地方，那一双双眼睛也尖着呢，我能识出姑娘的身份，其他人自然也能识出。姑娘可要傍紧了这位公子，我也是希望姑娘玩得开心，别出什么乱子。"

沈钦往四周扫视一遍，伸臂将谢子玉带入怀中，拿出一锭银子，对眼前这位妈妈说道："这里人多，的确容易出乱子。我们今日来不过是图个新鲜，妈妈可否带我们去清净一点的地方？"

那妈妈收了银子，笑吟吟道："楼上有雅间，二位随我来。"她捏着帕子带他们去了楼上，临走前还特别暧昧地看了谢子玉和沈钦一眼。

谢子玉被她看得浑身不自在，总觉得这个妈妈有些奇怪，但也抵不住心里的好奇想多看看这个地方，于是不满地问沈钦："干吗直接来雅间，我还想看看绮罗说的漂亮姑娘和好看的弹琴公子。"

沈钦凉凉地瞥了她一眼："看什么看，你来这里不是办正事的吗？"

嘿，差点忘了。

"可是待在这里也看不到七皇叔啊！"谢子玉打开一条门缝往外探去，"你说七皇叔今天会来这里吗？"

沈钦关好门，将她拎到桌子边坐好，同她讲起来："我方才在楼下观察了一番，楼下多是一些商人地主，没什么大人物。但凡身份尊贵一些的人，是不会待在楼下的。如淮阳王这样的身份，你觉得他会在哪里？"

谢子玉想起他方才在楼下问过妈妈雅间的事情，顿时眼睛一亮："在最好的雅间里！"

"嗯。"沈钦点点头，"等会儿我出去打探一番，你乖乖在这里等着我。对了，师父给你的铃铛你带了没有？"

"唔，带了。"这铃铛被她用绳子穿起来，系在了手腕上。

沈钦翻过她的手腕将铃铛里面的棉花取出，嘱咐她："这里的雅间相隔并不远，我出去的时间里，若是有什么事你就用力摇铃铛，我听见了便立马回来找你。"

"哎？"谢子玉瞧见他有些严肃的脸，不由得问道，"会出什么事？"

沈钦站起身来，很是不放心地望着她："只要你乖乖待在这里，一般不会出什么事。"怕就怕她乱跑。

"那我要是不乖乖待在这里呢？"

"不乖乖待在这里准备出去找野男人吗？"沈钦给了她后脑勺一巴掌，"你大可以试试！"

唉，做了这么久的假皇帝，依然不敢反抗沈钦的一巴掌。

谢子玉摘掉被沈钦打歪的帽子，扒拉扒拉头发，捧脸四十五度角仰望……

05.
陛下穿帮啦

沈钦离开后，谢子玉老老实实地坐在这里等他回来。约莫一炷香的时间，有人来敲门。她压低声音，模仿男子的声音："哪位？"

外面传来一个娇滴滴的声音："奴家是唱曲儿的，公子可要听一曲？"

唱曲儿？

她正等得无聊，听一曲倒是可以解解闷。谢子玉起身要去开门，可是忽然想到自己只一个人待在这里，到底有些不安全，想了想只好放弃。可是她真的很想听，于是试探着问了一句："我现在不方便开门，不如你在外面唱，我在里面听，不会少给你银子。"

许久，门外传来两个字："有病！"

唉，不唱就不唱，你咋还骂人咧？

待谢子玉喝去桌上的半壶茶，外面突然吵闹起来，桌椅倒地的声音混合着人群的咒骂声不断响起。谢子玉腾地站起身来跑到房门处，拨开一条缝往外瞅。

只是还未看到什么，房门忽然被人撞开，她躲避不及，脸上狠狠挨了一记。

嗷！

她的鼻梁骨。

撞门进来的是一个陌生男子，谢子玉疼得看不清他的脸，只看到他头发简单束着，衣襟也系得松散，松松垮垮地透出一股流里流气来。他进来之后先把门关上，门闩被撞坏不能再用，他便推了桌子抵在门上，然后回身看谢子玉："这位小公子，你没事吧？"

鼻子都被撞得快凹进去了怎么会没事？

亏得没流鼻血。

"你是谁？为何闯入我这里？"谢子玉捂着鼻子大声问他。

"嘘！"那人让她小声些，随即痞痞笑道，"我进来躲一会儿，不会伤害你的。"

"好端端的你为什么要躲？"谢子玉往后退两步，戒备地看着他，"你莫不是坏人？"

"当然不是！"

"怎么证明？"

那人挑起额前一缕头发，绕在指间，笑得有些邪魅："因为我长得好看。"

谢子玉被他这一笑差点晃去心神，这才开始好好地打量他：以前只觉得"漂亮"二字是用来形容姑娘家的，今天她却觉得这个词用来形容眼前这个男人也不为过。

谢子玉围着他转了一圈，嗅到他身上淡淡的胭脂味，实在怀疑他的性别："你是女扮男装吗？"

那人也将她打量了一遍，在听到这句话的时候突然笑得和狐狸一样："我自然不是，不过……"他微微俯下身子，哈气在她耳边说了一句，"你是。"

谢子玉浑身一震，瞪大了眼睛看他："你……你……"

那人借着直起身子的空当，一把钩住她的腰身将她捞进自己怀中，得寸进尺地抬手捏起她的下巴轻轻摩挲，低头看她，额前的碎发扫在谢子玉的脸上，毛毛的，让她觉得不舒服极了。

那人却好似一点也没有觉得不妥，与她紧贴着，笑眯眯的，他那一双桃花眸几乎要晃出水来："说实话，你也是慕我的名而来的吧？"

他嗓音中无端透出一股蛊惑来，让谢子玉怔了好一会儿，好半天才反应过来，立即手脚并用想挣脱他："你是谁我都不知道，慕哪门子名？"见他不仅没松手，反而越箍越紧，不禁又急又羞，"臭流氓！登徒子！大坏蛋！放开，放开……"

她用手拍，用脚踢，却怎么也挣不开，心下一横，准备放大招：拨开他肩上的衣服，对着他光洁白皙的肩膀，张大嘴巴，露出两颗小虎牙，眼睛一闭，狠狠地咬了下去……

叫你欺负人！叫你欺负人！

那人登时身子一僵，错愕半晌，用手推她的脑袋："撒嘴！"

谢子玉瞪他，示意他必须先撒手！

那人在她腰间一探，而后终于松开她。

谢子玉这才拔走自己的小虎牙，往地上呸呸吐了几口，嫌他脏。

那人敛了肩上的衣服，扬了扬手中不知何时多出来的物件，挑眉一笑："这玉佩价值不菲，怕不是普通人家的东西，你是何人呢？"

谢子玉定睛一看：他手里的玉佩可不就是她今天出门的时候悄悄揣在腰间的那块嘛？她虽是假皇帝，但太后一直以她在宫里为由不给她零花钱，今天出来的时候，她特意趁崔明不注意摸来一块玉佩藏在身上，万一没钱花，也可当了换钱。不承想竟被这人给偷了去，可恶！

谢子玉恼了，跺脚道："你作甚抢我的东西？"他实在比她高出许多，她只得又蹦又跳，举着手臂要抢回玉佩。

那人故意逗她，左闪右躲，就是不给。

谢子玉蹦蹦跳跳，手腕上的铃铛发出清脆响亮的声音。她想起沈钦的话来，便使劲摇着铃铛，想让沈钦快些回来。

只是摇了没几下，谢子玉便被那人捉住手腕，铃铛被扯了下来。

他很轻易地一手制住她，另一只手执着铃铛晃了晃，忽然就愣住了。

许久，他扭头去看跳脚的谢子玉，眸中少了戏谑，多了惊奇："沈峰是你什么人？"

沈峰？谢子玉脱口而出："你认识我师父？"

"师父？"那人松开谢子玉，从自己腰间拽下一个物什来，谢子玉瞪大眼睛一看，竟也是铃铛，而且和自己的一模一样。

她不由得张大了嘴巴："难道你是……"

那人点点头："我是你师……"

"我师父的私生子？"谢子玉捂脸惊叫，"我的天哪！"

"天你个头！"那人拍了她的额头一记，"我是你师兄！"

咣！

房门突然被撞开，抵着门的那张桌子囵囵翻了个圈，重重摔在地上，四条腿断了三条半……

由此可见撞门之人的力气之大。

谢子玉一见进来那人，立即蹦了过去，抱住他的胳膊，满脸写着一种兴奋叫八卦："沈钦，那人是师父的私生子哎。"

那人扶额："都说了我是你师兄。"

"她的师兄只有我一个，你也好意思称自己是师兄？"沈钦不悦地看着那人，尤其是看到他手上两个一模一样的铃铛时，眉头皱得更紧，几步走了过去，伸手，"拿来！"

挂在他身上的谢子玉也一并被拖了过去，干脆站直了身子，学着沈钦的样子，气哼哼地向那人伸手："拿来！"

那人看看谢子玉，又看看沈钦，将玉佩放在沈钦手中，呵呵笑了起来："阿钦，我被师父赶走的时候你应该有七八岁了，这个小师妹不认得我也便罢了，你该不会也对我一点印象都没有了吧？"

沈钦冷觑了他一眼，先收了玉佩，又将他手里的铃铛抢来，然后抬起谢子玉的手腕，低头将铃铛给她系上。

谢子玉偷偷瞄了那人一眼，也不遮着掩着，当着那人的面问沈钦："他有一个和咱俩一模一样的铃铛，他真的是咱们的师兄吗？"

"嗯。"沈钦帮她系好铃铛，又拉下她的衣袖掩好她的手腕，接着说，"他被师父赶走的时候你还没来。"

"哦？"谢子玉偏过头去问那人，"那你为什么会被师父赶走？"

那人一怔，脸色稍稍变了变又很快恢复正常，嘻嘻笑道："这个说来话长……"

"不长！"沈钦哼了一声，颇为不屑道，"一个冷血无情、杀人不眨眼的人，师父怎么可能留在身边。"

"阿钦，话别说得太难听嘛。"那人给谢子玉抛了一个媚眼，"让小师妹误会了就不好了。"

他这声"小师妹"叫得谢子玉浑身起鸡皮疙瘩，听闻他还杀过人，更是吓得不轻，不由得往沈钦身后藏了藏，嘟囔一声："真没想到，这么好看的人也会杀人。"

沈钦鄙视她："你能不能别看脸？"

"哈哈，小师妹就爱说实话。"那人说着又要抬手向她的脸抚去，只是还未碰到便被沈钦的手打下去。

"沈凌尘，你爪子放老实点！"沈钦将谢子玉往身后带了带，免得再给他碰到。

沈凌尘收回手来，笑得更欢畅："难得师弟还记得我的名字，甚好，甚好。"

沈钦拉着谢子玉就要走，沈凌尘却身形一晃，转瞬拦在他们面前："咱们师兄妹三个难得见面，总该叙叙旧才是。"

"没空！"沈钦拥着谢子玉准备绕过他，哪知沈凌尘又不依不饶地挡了过来。

如此僵持了一会儿，沈凌尘忽然想起什么，启唇"啊"了一声："方才在外面故意制造乱子的人，就是阿钦你吧？"

沈钦："如何？"

"你莫不是在找什么人？"

沈钦："与你无关！"

沈凌尘却突然让出路来，慵懒地倚靠在门边，好整以暇地看着他们。

谢子玉对他的行为摸不着头脑，由沈钦拉着往外走。

经过沈凌尘身前的时候，沈凌尘忽然说了一句："如果你们想见七爷，我倒是有好办法哦。"

沈钦顿住步子。

"呵！"沈凌尘挑眉一笑，"看来我猜中了。"

谢子玉有些吃惊，又有些茫然：他说的七爷，会是七皇叔谢林吗？

谢子玉不自在地拢了拢身上的衣服，一脸别扭地对面前的两个男人说："我一定要穿这个吗？"

沈钦皱着眉头，扭过脸去不悦地看着沈凌尘："她一定要穿这个吗？"

沈凌尘却啧啧称叹道："为什么不？小师妹穿这个多漂亮啊。"

"哪里漂亮了？"沈钦很是不满意地盯着谢子玉身上的衣服，嫌弃地挑出一连串毛病来，"衣服又薄，质地也次，领口没事开那么大做什么？袖子做得也肥，一抬手整个胳膊都能露出来是怎么回事？这是女人的衣服吗？"

的确是女人的衣服，但又不是普通女子的衣服。

谢子玉现在穿的是女装，头发梳成寻常女孩的发式，脸上也抹了些许胭脂，与她扮男装的样子大不一样。沈凌尘说有办法带他们去见谢林，但需要谢子玉配合，假扮成这里的姑娘。

原本她很久没穿女装，还是挺欢喜的，但没想到沈凌尘给她的居然是这种衣服！

这真的不是在戏弄她吗？

沈凌尘却丝毫不在意他们两人的意见，兀自转身："走吧，我带你们去见七爷。"

沈钦犹豫了片刻，将面纱给谢子玉系上，带着她跟在沈凌尘后面。

沈凌尘一直有意无意地揉自己的肩膀，谢子玉心虚地看了一眼：可不就是自己下嘴咬的那一边吗？想到方才的口感，谢子玉吐了吐舌头，想漱口。

许是沈凌尘捕捉到她这表情，用肩膀拱了拱她："小师妹，你方才对我好粗暴……"

"咳咳……"谢子玉没想到他会突然说出这样的话来，一时噎住，不知该说什么话好。

周遭一冷，沈钦的气场携着冷风刮来："你对他做什么了？"

谢子玉正想着怎么回答他，沈凌尘却将肩上的衣服往下一拉，露出一个完整的牙印给沈钦瞧："喏，小师妹留下的……吻痕。"

吻痕？

"你瞎说！"谢子玉脸上涨红，羞赧地别过脸去，"不过是啃……啃了一口。"

"嗯。"沈钦戳了戳她的脑袋，好笑道，"你下嘴太轻，该咬下来一块才是。"

谢子玉实话实说："他太瘦，咬不下来……"

没有挑拨离间成功的沈凌尘悻悻地将衣服拢好，行至半路的时候忽然有人拦住了他。

那是一个婢女打扮的女人，身材有些壮硕，看起来孔武有力的样子。她二话不说就去拉沈凌尘，嗓音也硬朗得不似其他姑娘娇柔："凌尘公子你去哪里了，小姐一直在等你。"

"是吗？"沈凌尘故作一脸"抱歉"的样子，笑眯眯道，"不过现在我有别的客人要招待，让你家小姐别等了，或者……"他一顿，继续笑道，"我可以介绍别的公子去陪她解闷。"

"凌尘公子！"那婢女有些生气，言辞也厉害了许多，"你明知道我家小姐对公子你的心思，怎么还能说出这样的话来？"

沈凌尘被她这句话说得有一瞬间的不悦，但很快恢复正常，说："我知道你们大户人家都讲究门当户对，我们这里也一样。"他忽然捞过一旁的谢子玉，因为动作幅度过大导致谢子玉的衣襟散开了些，露出锁骨和一片雪白的皮肤。谢子玉忙用手去拉衣服，又听沈凌尘继续说，"我只喜欢我们这里的姑娘，你家小姐那种调调，我可高攀不起。"

他语气轻松中又带着些许不屑，彻底将对面的婢女激怒："不过是低贱的卖笑人，你根本不配得到小姐的喜欢。"

"既然道理你都懂，请便吧。"他一只手臂钩着谢子玉，另一只手臂摊开来，让眼前的婢女让开身来。

那婢女转身就下了楼。

"她口中的小姐是何人？那个小姐果真喜欢你？"谢子玉一边挣开他的手臂，一边问沈凌尘。

沈凌尘却仍将手臂搭在她肩上，不管谢子玉怎么用力都摆脱不开。倒是身后的沈钦终于看不下去，一把抓起沈凌尘的手腕差点给他掰折。

沈凌尘这才收回手臂，揉着手腕不轻不重地瞥了沈钦一眼，笑得有些不怀好意。他边走边回答谢子玉的问题："我长得这么好看，有人喜欢不奇怪。只不过那个小姐来头有点大，我招惹不起。"

"看你好像天不怕地不怕的样子，没想到还会在意身份之别。"谢子玉偏过头去问他，"若是抛却她的身份不管，只她这个人，你喜欢她吗？"

"哈哈！"沈凌尘没来由地大笑起来，"身份是上天注定的，她是官家小姐，我是卖笑人，如何能抛却不管，你这问题问得煞是喜人。"

"哦。"谢子玉恍然大悟，"原来她是官家小姐，她爹是什么官职？你若真喜欢她，我可以帮你！"

她这话说得自信满满的，脸上也是自信满满的，沈凌尘低头瞧了她一眼，好笑道："就你？"

沈钦哼了一声："他若有心，什么样的姑娘追不到，你瞎掺和什么？"

好吧，谢子玉闭嘴不再说话。

沈凌尘将他们带至一间厢房前，敲了敲门，里面很快出来一人，模样周正："原来是凌尘公子，您找七爷有事吗？"

"许久未见七爷了，我今日特地过来拜访七爷。"

"可是七爷前日才来过。"

"……"沈凌尘干脆厚起脸皮来，"你也知道七爷是前日来的，昨日没来，所谓一日不见如隔三秋，我可不是许久没见七爷了嘛？"

哟！一个大男人怎么可以这么会撒娇？

谢子玉绝对看到开门那人抖出一身鸡皮疙瘩。

沈凌尘趁那人没反应过来，拉着谢子玉耍无赖般挤了进去。

那人没拦他们，却拦住了沈钦。

"这位公子，你不能进去。"

谢子玉着急地喊了一声："我们是一起的。"

"不是。"沈凌尘扬起一抹坏笑，对挡在门口的那人说，"我不认识他，可不能放他进来。"

"你……"谢子玉刚要说话，立即被沈凌尘捂住嘴巴。

"能带你一个人进来就不错了，小师妹不要太贪心哦。"谢子玉瞪着他，身后的房门"砰"地被关上。

沈凌尘确认沈钦不能进来，这才松开谢子玉，心满意足道："走吧，我带你去见七爷。"

谢子玉站在原地犹豫片刻，然后跑向门口，贴着房门对外面的沈钦说："师兄你别担心，我一个人也可以的，你等我出来。"

还没听到沈钦的回答，谢子玉便匆匆去追沈凌尘。

这里是醉玉轩最好的雅间，房间大得不可思议，装饰得也极好，虽然免不了有些脂粉气息，但已经比楼下不知高上几个档次。

谢子玉好奇地看看这儿瞅瞅那儿，不由得心生鄙夷：腐败，得治！

沈凌尘带她穿过层层纱帐，有女子的娇笑声愈来愈清晰，而且不止一个女子。嗅一嗅空气中的酒香，嗯，肯定是好酒。

终于抵达房间最深处，那里铺着厚厚的毛毯，几张低矮的案桌随意摆放着。有四五个容貌艳丽的女人，衣服也不好好穿，香肩全露却丝毫不在意，时不时与中间的男人说笑，酒杯举得高高的，恨不能贴到男人身上。

谢子玉脸上有些发烫，虽然之前已经做好心理准备，但这么活色生香的场面还是让她受不住。

七皇叔，你就不怕肾虚吗？

那男人看见沈凌尘，并没有表现出惊讶之色，只随口说了一句："你怎么过来了？"

谢子玉以为沈凌尘会编造一些理由骗他，却万万没想到，沈凌尘将她往前面一推，一副等着看好戏的模样："我的小师妹想见七爷，我便带她过来了。"

浑蛋沈凌尘！

"是吗？"那男人将目光转移到谢子玉身上，带着些许审视意味，"为何遮着脸？"

沈凌尘一听，伸手就去扯谢了玉脸上的面纱。

谢子玉死死捂着脸，心里那个气啊，恨不得拿脚去踹他。事情完全不是她预想的那样，这个沈凌尘究竟在打什么主意？

沈凌尘来扯，她只好四处躲。哪知有个不嫌事情闹大的女人伸腿绊了她一脚，谢子玉一个重心不稳，重重摔在地上。

幸好，地上的毛毯很厚。

不幸，她摔在了那个男人面前。

她偏过脸去看他，一张清隽中带着几分儒雅的成熟男人的俊颜慢慢在眼前放大，在她反应过来之前，一只大手已经挑开了她脸上的面纱。

谢子玉立即将脸埋在毛毯里，趴在地上不肯起来。

半晌，上方有清明低沉的声音，和着爽朗的笑声响起。

"我的小侄儿，你男扮女装还挺像那么回事。"

男扮女装？他这是将她认成谢子文了吗？

谢子玉从掌心慢慢挪出半张脸来，用一只眼睛去窥探他。

这时沈凌尘那个唯恐天下不乱的浑蛋却插话进来："七爷，你莫不是眼花，她分明是女孩子。"

"哦？"

谢子玉吓得立马又把脸藏起来。

她分明感觉那人的视线在她身上逡巡，这种感觉一点也不好，她好想爬爬爬……走。

"是我眼拙。"那人哈哈笑了起来，"不是小侄儿，是小侄女才对。"

她嘞个去！

沈钦，穿帮啦，快来带她走吧！

事已至此没有退路，谢子玉从地上爬起来，瞪着沈凌尘。

沈凌尘一摊手："你瞪我也没用，这醉玉轩本身就是七爷的，我是醉玉轩的人，自然就是七爷的人，早在你们进来的时候，这里的人已经盯上你们了。若你不是我的小师妹，我才懒得带你过来。"

这不要脸的，还狡辩？

谢子玉继续瞪。

这时有人进来，是方才开门那人，他对沈凌尘说，门外打起来了。

应该是沈钦在外面等着急了。

约莫沈凌尘此时也正想着找个理由撤退，这消息来得及时，他当即要离开："我出去看看我那师弟怎么样了，你们慢聊。"

他要走的同时，也示意房中其他人随他一起出去。那几个女人依依不舍地站起身来，却也井然有序地很快离开。方才还莺声燕语的房间顿时安静下来，只剩谢子玉和那个男人。

谢子玉还不能完全确定眼前这人是不是她的七皇叔谢林，只得瞪大了眼睛仔细观察。她之前听说七皇叔谢林天生腿部有疾不能行走，可是现在他坐着，衣服周周正正穿着，根本看不出来。

她干脆坐在他面前，盯着他可劲儿瞪，终于忍不住开口问："你是我的七皇叔吗？"

谢林满眼含笑地任她打量，反过来问她："你觉得呢？"

她离开皇宫的时候年龄很小，回宫以来也从未见过七皇叔的颜面，哪里认得出来。她脸上堆了笑，小心翼翼道："你能不能起来走两步？"

谢林一愣，扑哧一声乐了："我的腿没有问题，可我的确是你的七皇叔。"

"骗人！"谢子玉打断他，一脸怀疑，"所有人都说，淮阳王双腿有疾且身体孱弱，你看你，分明两个都不占。"

谢林也不着急，慢慢给她解释："的确是这样没错，我的腿疾是天生的，身子不好也是因为这个，可这些并非不能医治的。现下我身子已经大好，同寻常人无异，只不过出于某种原因，一直不曾对外解释罢了。"

谢子玉当然不满意这个答案，她锲而不舍地追问："那是因为什么呢？"

"算是自保的一种方式。"这话说得有些自嘲，只不过一杯酒下肚，又恢复了轻松悠闲的模样。

谢子玉并不是十分明白他话里的意思，却也听出了几分无奈来。但她仍不能确定，思考了一会儿，又问他："如果你真的是七皇叔的话，我倒是有个问题想问你。自新皇登基以来，为何从未见你上过朝？"

她自然没说这个新皇是她假扮的。

"因为我是首辅啊。"

"你是首辅才更应该上朝不是吗？"

谢林瞥了谢子玉一眼，道："连龙椅上的皇帝都不是真的，我这个首辅上朝辅佐谁？"他喉间一动，溢出一声笑来，"你吗？"

谢子玉惊叫："所以你从一开始就知道朝堂上坐着的皇帝是假的？"

"倒也不是。"谢林给她倒了杯酒，"新皇登基后第一天，我的确是打算上朝的。马车赶到宫门外时，我听说有太后垂帘听政，便察觉不对，转头离去。况且我对子文也有几分了解，你自假扮皇帝以来种种作为与他性格不符，我便猜想到有猫腻。几番试探下来，心里也就有几分明白了。"他将酒杯推给她，"喝酒吗？"

"我不喝酒。"谢子玉拒绝，沈钦说过，好孩子不喝酒。

谢林却仍是将酒置在她面前："是果子酒，喝不醉人。"

"那也不喝，咱俩不熟。"谢子玉拢好袖子，端端正正地坐着，仍没有要去拿酒的意思。

谢林也不勉强她，自己轻酌慢饮，很是慵懒的样子。

谢子玉见他没有不高兴的样子，便放下心来，想起刚才的话题，忽然说道："你说你试探过我？"由此联想到之前的事，差点拍桌子，"所以我中毒、遇刺这两件事都是你干的？"

谢林却丝毫不在意她的激动，慢声轻语，模棱两可："是，却也不是。"

"那到底是还是不是？"

"我命人给你下的毒，却并不致命；我派人去刺杀你，却没打算要你的命。难道你就没有发现，那晚行刺的人，其实有两拨吗？"他把玩着酒杯，似笑非笑道，"我派去的人，其实只占了很小一部分而已。至于司徒将军说那些刺客是乌孙国人，且怀疑是我的人，我虽不能否认，但也不会全部认下。毕竟除了我以外，还有人想真正置你于死地，你莫要全信司徒将军的话。"

谢子玉吓了一跳，回想起当晚的情景，好像真的是后来有一批人下手特别狠厉。不过无论如何，他这样做总归于她不利。谢子玉一拍桌子："你告诉我这些，难道不怕我告诉太后，然后治你的罪？"

"嗯。"他轻应一声，目光在她身上打了个旋儿，笑，"不怕。"

他分明是瞧不起她。

谢子玉努力按捺住想要掀桌子的冲动，挤出一个笑给他："如果真的像你说的那样，那你知道另外一批刺客是谁派来的吗？"

"大概能猜到几个人，但现在还不能确定。"他饮下杯中的酒，娴熟地摸过酒壶给自己又倒了一杯。

谢子玉望着他喝酒的样子，皱眉：好像总觉得哪里不对？

沉默了好一会儿，这个问题暂时搁到一边不想，她终于察觉到哪里不对劲了："你既然知道我这个皇帝是假的，为何不揭穿呢？"

"是要揭穿的，如果你不来找我的话。不过现在……"他搁下手中的酒杯，手肘抵在案上，转过脸来看她，嘴角的笑意味不明，好似在等待什么，"你既然能找到我这里来，说明你对太后也不是那么百依百顺，倒是省了我很大的力气。"

"这是什么意思？"谢子玉不解。

谢林眸中有光闪过，问她："如果我有办法让你弟弟重新回到龙椅上，你愿意配合我吗？"

"什么办法？"她正疑惑着，倏忽觉得有些头晕，揉了揉眉心，让自己清明一些，"你先说来听听。"

谢林往前倾了倾身子，声音带了些蛊惑："都说国不可一日无君，如果你消失了，你觉得太后会让那把龙椅一直空下去吗？"

他的话轻飘飘地落进谢子玉的耳朵里，着实让她有些费解。

"你在说什么，我怎么听不懂。"明明很简单的话，可是她理解得很是艰难，头很疼。

"我不消失，我为什么要消失，我才不消失……"

谢子玉嘟囔着，忽觉一阵困意涌上来，眼前七皇叔的面容也模糊起来，她咕哝道："我明明没喝酒啊……"

耳边响起谢林潺潺如水的笑声："我命人偷偷点了些迷香。"

"老狐狸……"谢子玉一头栽了下去，在睡过去之前仍不甘心地拽住了他的袖子，咬着牙问，"那你怎么没事？"

"谁说我没事……"

舍不得孩子套不着狼，谢林睡过去的姿势比她优美。

谢子玉没有消失，她只是被谢林关在淮阳王府里的一个小院落里，沈钦不在她身边。

虽说淮阳王府并没有亏待她，每天好菜好饭将她养着，但被囚住的滋味并不好受。谢子玉心里也是气得不行，每每吃饱了饭，总要站在院子里指着天骂一会儿，晚上睡觉前也得吼两嗓子。

因为这几天火气太大疏解不出来，上火上得厉害，没过几天竟然病倒了，高热不退。谢林听说了，带了大夫过来看她。

大夫要给她把脉，谢子玉就是不肯配合，抱着自己的胳膊滚到床的角落里，怎么劝也不出来，嘴里嚷着："师兄懂医术，让他来给我看，我不要别人……"

谢林果然将她的师兄带了过来，不过不是沈钦，而是……

沈凌尘携了一身脂粉气而来，看了看她，又看了看谢林："王爷，叫我来有什么事情？"

"她要见你。"谢林抬下巴指了指谢子玉。

沈凌尘笑嘻嘻地凑到谢子玉面前："小师妹，你居然想见我，真是让我受宠若惊。"

谢子玉烧得昏昏沉沉，仍是攒足了一口气，吐出一个字："呸……"

沈凌尘一愣。

谢林皱了皱眉，直接下令，让沈凌尘将她从床角拖出来，按住她让大夫过去把脉。

他说的话，沈凌尘自然照做。对付谢子玉，他还是绰绰有余的。

谢子玉病着，身子使不上太大的力气，自然挣扎不出，反而折腾出一身虚汗，越发脱力起来，随口问候了几句沈凌尘的大爷，也便老实了。

大夫看过之后，说是她急火攻心又有些内热，倒也没什么大碍，吃几服药就好。

谢林命人去抓药熬药，又遣走了房间里的其他人，只剩下他们叔侄和沈凌尘三人。沈凌尘歪坐在一旁拿了杯子自个儿逗自个儿玩，谢林则亲自拧了帕子给谢子玉擦额头上的汗。谢子玉这会儿也累了，懒得躲，由着他擦。

"不过是让你在我这淮阳王府住上几日，你便这么大的反应？"谢林换了块帕子，放在冷水里浸了浸，叠得方方正正地放在她的额头上。

谢子玉舒服了些，使出力气对他翻个白眼："我凭什么在这里不明不白地待着？你凭什么认为我消失了我弟弟就会出现？"她嗓子沙哑得厉害，谢林起身去桌边倒了杯水给她，被她挥手打掉，"不喝水，要听解释！"

谢林有些哭笑不得地看着被她打翻的水，然后转过脸来看强撑着身体的她："你要听的解释，不用我说你应该也能想到。为什么你的消失能换来子文的出现，这都好几天了，你难道就没猜到吗？"

她自然是能猜到一些的，可是她不敢确定，所以才要问他，带着些许试探："那你知道我弟弟在哪里吗？"

谢林一笑："知道，也不知道。"

谢子玉抓起额头上的帕子就甩到他身上："最烦听到这种答案了。"

旁边的沈凌尘看见了，打趣道："胆子不小呵……"

湿漉漉的帕子打湿了一片衣襟，谢林也不气恼，拾起来放在盆中重新洗过，又覆到谢子玉的额头上，然后才说："我不知道子文现在在哪里，但我知道他一定是被太后藏起来了。既然找不到他，为何不逼太后自己将他交出来呢？"

"交出来又有什么用？"谢子玉拧着眉头说，"你也知道他中了奇毒，一直昏迷不醒，所以才由我来假扮……"

"你真的相信他是中了奇毒而不是其他？"谢林突然打断她，表情中多了一丝轻鄙，哼道，"你就那么相信太后吗？"

"我不相信太后难道相信你吗？"他的反应太奇怪，让谢子玉有些疑惑，试探着问了一句，"你好像对太后很不满？"

谢林没有回答她，可是在她提到太后的时候眸中的鄙夷之色分明更甚。

谢子玉欲起身，进一步八卦道："太后跟你什么仇什么怨，你为什么这么不待见她？"

谢林一把将她按回去："相比太后，我更愿意和你谈谈你的弟弟子文。"

"好吧。"谢子玉乖乖躺好，想了想，决定和他坦白一件事，"其实前些日子我见过子文，并且侥幸让昏迷中的他清醒了片刻，他在我手心写了个'七'字，所以我才会来找你。"

"子文让你来找我？"听到这个，谢林似乎有些惊讶。

"我不确定他是不是让我找你，只是那个与'七'字有关的人，我暂时只能想到你而已。"

谢林沉思片刻："如若他真的是想让你来找我，我大概明白他的意图。"

"什么意图？"

谢林忽然捞她起来："走，我带你去个地方。"

额头上的帕子掉落，谢子玉一阵眩晕，忍不住提醒他："七皇叔，我还病着呢！"

谢林一顿，忽然对外面喊道："来人！"

"是，王爷。"

"药熬好了吗？"

"刚熬好。"

"放凉了给她灌下去。"

谢子玉："……"哎嘿，什么叫灌下去？

自然不是真的要给她灌药，只不过丫鬟端来药正要喂谢子玉喝的时候，谢林忽然制止了那个丫鬟。

谢子玉随口调侃了一句："怎么，这药里有毒吗？"

谢林若有所思地看着那碗药："就是因为没毒，所以想着要不要给你喂点毒，带你出去的时候也放心些。"

叔，这种事情要不要说得这么理所当然！

"七皇叔……"谢子玉只好向他示弱，心惊胆战道，"我都病成这个样子了，不用下毒我也跑不了，您别麻烦了。"

"就是。"沈凌尘也过来插话，"干脆也别给她服药了，她就这么病着比下毒省事。"

谢子玉："……"

从淮阳王府出来的时候，谢子玉已经由丫鬟换上一身侍卫的衣服，风一吹身子凉了一些，倒也没那么难受了，只不过有些畏冷。

她不知道谢林要带她去哪里，问了几次他也不说，她干脆窝在马车里睡了一觉，蒙眬中闻到一阵异香，本能地嗅了一口，立即睡死过去。

试问一个正常人一睁眼忽然看到一排一排的灵位会是什么反应？

嗷！

谢子玉全身的汗毛都立了起来，阴森恐怖的视觉冲击让她的眼泪唰地就落了下来，双腿发软，连滚带爬地往外跑。

有人伸臂拦住了她。

谢子玉抱着来人的胳膊顺势往上一看——是谢林。

仿佛没有料到她的反应会这么大，谢林摸摸她的头，安慰一句："不用害怕，这里是咱们的宗祠。"

"宗祠？"谢子玉眼睛一亮，往四处看去，"这里是皇宫。"

原本轻轻抚摸着她的脑袋的手忽然加重了力道，重重地拍了她几下："是皇宫没错，不过收好你那想逃跑的小心思。"

被看穿了心思，谢子玉立即换了话题："你带我来这里做什么？"

"自然是有东西要给你看。"谢林转身，抬步往另一旁的小房间走去，"跟我来。"

谢子玉瞥见大门紧锁，知道自己暂时逃不出去，只得跟着他走。

这祠堂其实谢子玉是来过的，那是她登基之后来这里祭祀祖先。只不过那时候有许多大臣陪伴，沈钦也在身边，倒没觉得什么。如今外面天色已黑，加之这里烛火不多，影影绰绰的，平添几分阴森之气。

她身子虚，走几步便累得气喘吁吁，越过门槛的时候差点没绊倒自己。举目望向这个小房间，像是小一号的祠堂，同样摆放着许多灵位。

"这又是什么地方？"她竟从不知道还有这么一个房间。

谢林负手站着，将所有的牌位大致看了一遍，说道："这里是供奉大祁李朝历代夭折的皇子或公主的地方，这些在未成年之前就夭折的皇室子女是没有资格入皇陵的，可是身份尊贵总不能只掩埋作罢，所以便在这里为他们留了位置。"

"越说我越冷。"谢子玉搓搓手臂，还是禁不住发起抖来，"这些事情我自然是知道的，可是跟我有什么关系？"

"有关系，自然有关系。"谢林抬手指着其中一个牌位，"最前面一排左边数第三个位置，你可看到上面的名字？"

谢子玉顺着他的手指望去。

只这一眼，她便僵住了。

那上面字字分明，饶是光线晦暗也看得清晰，刻的是"大祁公主谢子玉"，谢子玉脑中霎时空白，垂下头来，看到下面的三个字——"之灵位"。

谢林看她的表情，已然明白了大半，哼笑一声："所以，你已经死了这件事，太后果然没有告诉你吗？"

谢子玉盯着那块黑漆漆的木头许久，忽然一手将它抓了下来："是谁这么诅咒我？我让沈钦去揍他！"说着就要将它摔在地上。

谢林阻止她，从她手中抽出灵位，放回原处："不过是块木头而已，算不得诅咒，你可以当它不存在。"

"我已经知道了，怎么可能当它不存在。"谢子玉看着那灵位，忽然身子失力，扑通坐在地上。谢林见状，伸手去扶她，谢子玉摇头拒绝，"站着好辛苦，我坐着歇一会儿。"

谢林方想起她还病着，便脱了外衣给她披着，蹲下来同她说话："你可还记得当年你被送走的原因？"

她被送走的时候才七岁，隔了这么多年，自然记不得了。不过被太后找回来以后，她自然是问过这件事的。太后同她说……

"太后说，那时我身子弱，送我去普罗山是为了调养身子。"谢子玉抬眼看他，眼睛有些湿漉漉的，"可是后来我走丢了，捡我的师父对我很好，我便不想回普罗山了。"

"你被送走的第二年，普罗山那边送来消息，说你在山上走丢。先皇派人去找，寻你之人在崖底找到你的衣服碎片以及几块骸骨。崖下常有猛兽出没，寻你之人以为你不小心摔下来，并且已经遇害。宫中之人最终也接受了这一事实，如此便在这里给你立了灵位。"谢林看着她，"原本并没有什么不对，可是如今你还活着，就是很大的不对。"

"你看你也诅咒我，我活着有什么不对？"谢子玉满是幽怨地瞪着他，嘴巴一瘪，竟哭了起来，一边哭一边控诉，"你这个坏人，我活着有什么不对？"

谢林正严肃地说着，被她这突如其来的控诉惊愣了片刻，拍拍她的头："我并不是说你活着不对，我是在说这件事不对。"

"哪件事不对？"谢子玉歪着脑袋看他。

"你摔下山崖这件事。"

"我什么时候摔下山崖了？"

"不是说你摔下山崖。"谢林有些无奈，不明白为什么她突然在这里绕上了，却也只能耐下心来慢慢解释，"我是在说为什么寻你之人会认为摔下山崖的那孩子是你？"

谢子玉忽然抱住脑袋，一头拱进了他怀里："听不懂你在说什么，好难理解……"

这有什么好难以理解的？

不过这句话听着好耳熟，好像在哪里听过。貌似那天想骗她喝下掺有蒙汗药的果子酒的时候，她昏睡过去之前也说过类似的话，该不会……

谢林将她的脑袋从自己胸前扒拉出来，见她闭着眼睛，脸颊红得厉害。伸手探向她的额头，手心传来的滚烫温度让他吓了一跳："难不成烧糊涂了……"他拍拍她的脸，唤她，"玉儿，可还清醒？"

谢子玉自然还醒着，身子虽然无力，可嘴上的力气还是有的。她猛地睁开眼睛，圆圆地瞪着："你打我干吗？"

"我没打你。"他什么时候打她了？

"你刚刚打我耳光。"还打了好几下。

"我只是想让你清醒一些。"

"我什么时候不清醒了！"谢子玉一口咬定他打自己，一把推开他，摇摇晃晃地站起来，踉跄着往外走，"坏人，我生病了不给吃药，还打人……"

这算是……仗着生病无理取闹吗？

可是不管她病成什么样，谢林都没有忘记自己带她来这里的初衷。他拦下谢子玉，让她倚靠在墙上不至于歪倒，长话短说："我带你来这里是想让你知道，从稀里糊涂地为一个活着的你立灵位到你代替子文假扮皇帝，这些事情都并非像表面上看上去那么简单。子文让你来找我，除了让我确认你的身份，约莫也是为了让我带你了解这些事情，让你小心一些人。"

"唔？小心谁？"谢子玉背靠墙壁，眯着眼睛，指着他嘟囔道，"第一个就该小心你！"

谢林哭笑不得："除了我，你更应该小心……"

他话还没说完，沈凌尘忽然跑了进来，径直走到他身边，凑到他耳边嘀咕一句。

谢子玉听不见沈凌尘说的什么，不过看样子应该是有人过来了，毕竟这里是皇宫，他们在这里待了许久，应该有人发现这里的异常了。

谢林眉头稍紧，看着谢子玉对沈凌尘吩咐道："你先将她带回马车藏好，我一会儿便出去。"

"好嘞。"看样子沈凌尘挺乐意做这种事。

"是谁过来了？"谢子玉往外面看，可是外面黑漆漆一片，什么也看不见。

"太后过来了。"谢林也不瞒她，目光渐紧，"可是你现在还不能见她，你且别闹，乖乖跟他走，免得受苦头。"

沈凌尘过来，拉着谢子玉便往外走。谢子玉本就浑身难受得紧，腿上软软的使不上力，没走两步便摔了一跤，本能地叫了一声。

这一声不仅没换来同情，反而让谢林改变了主意，他叫住沈凌尘："还是敲晕了再带走，免得出岔子。"

岔子你个圈圈叉叉！

偏偏沈凌尘觉得此法甚是妥当，立即往谢子玉脖颈处敲了一记，谢子玉登时身子一软……

沈钦曾经教过她，脖子是很脆弱的位置，如若有人要攻击你的脖子，你可以微微侧一侧身子，让肩膀承受一部分伤害……

难为她在烧得头痛欲裂的情况下，还能想起他的这番话并且很完美地执行了这句话。

被沈凌尘扛在肩膀上的谢子玉睁开了眼睛，倒立的姿势让她不舒服

陛下是个伪君子

得差点吐出来。她艰难地观察着四周的环境，因为夜色太浓她看得很是辛苦。

显然他们并不是光明正大进宫的，这里是后花园的一条偏僻的小道，谢子玉对这里还算熟悉，有几次下朝以后，她和沈钦躲开崔明跑来这里纳凉。离这里不远便是青莲池，谢子玉数着沈凌尘的步子，小心等待着……

在最接近青莲池的地方，谢子玉攥紧了手中的玫瑰残枝，那是她刚刚折下来的，枝干上的刺扎进手掌中，疼极了。她摸索着找准了刺的位置，对着沈凌尘的腿扎了下去。

扛着她的沈凌尘身子一僵，虽然没有放下她，但到底松懈了些。谢子玉趁这个机会挣脱了他，就地一滚，滚入青莲池中。

她还听见沈凌尘骂了一声。

落水的声音引来宫里巡逻的侍卫，侍卫们向这边聚来，沈凌尘只得放弃谢子玉先行逃开。

有一池青莲的庇护，前来查看的侍卫并未发现谢子玉。

谢子玉在池中潜了一会儿，冰凉的池水让她险些支撑不住。她拼尽最后一点力气游到池边，却因为精疲力竭怎么也爬不上去。

她爬，她爬，她使劲爬……

可是为什么身子开始往下沉，扒着池边的手亦开始失去力气，谢子玉不禁后悔起来：难不成她的小命今晚要交待在这里？

却在这时，刚才离去的侍卫中忽然有一人折返回来，正好看见大半个身子在水里的谢子玉。

"什么人？"那侍卫冷斥一声。

这声音听着好熟悉？

借着月光，谢子玉依稀辨出那人的脸，不由得大喜："秦侍卫，是我，是……朕。"

秦羽闻声，立即矮下身子，见是谢子玉，不由得惊讶道："陛下？"他伸臂，使力将她从水中拉了上来，"陛下为何在此？为何会落入水中？"

谢子玉感觉自己下一刻就要晕厥过去，只得抓住他的衣襟支撑着自己的身子，努力让自己的话有气势一些："带朕去沈侍卫的房中，不要惊动其他人。"

"可是沈侍卫不在。"

"朕知道，你先带朕过去。"这个时候，她不晓得乾清宫是什么光景，总不能贸然回去。沈钦有单独的房间，她可以暂时在那里待上一晚。

秦羽不再多问，见谢子玉已然没办法走路，便携了她的身子，一路潜入沈钦的房间，依她所说，没有惊动任何人。

他将谢子玉放在床上，谢子玉立即抱着被子缩成一团。房中黑暗如漆，他正要点蜡烛，谢子玉却不让，只让他从柜子中取几件沈钦的衣服过来。

只是他刚把衣服取过来，床上的谢子玉却是怎么唤都没有反应了。

"陛下……"秦羽看了看手上的衣服，又看了看发丝仍在滴水的谢子玉，听到她辛苦的喘息，犹豫片刻，抬脚走向前去。

谢子玉睡得很是不安稳，仿佛置身在浮浮沉沉的扁舟中，在惊涛骇浪中掀起，落下，再掀起，再落下。凉意从四面八方涌来，无处可躲，抱紧了身子，却仍是抵不住入骨的寒冷。她实在难受得紧，忍不住骂了一句："该死的，怎么这么冷？"

有人在耳边急急呼唤她的名字，她辨不出是谁的声音，只觉得自己难过得快要死了，啜泣不已。

如此有一会儿，有温凉适宜的汤药自口中灌入，苦涩难以下咽，她抵住舌头不肯喝。然后有一只大手扶住她的后颈，鼻子也被捏住，有温热湿润的物体贴过来，堵住她的口舌。她无法喘息只得张口，仰了脖子将苦涩的药汁尽数吞下，如此反复几次。不多时身上粘湿的衣物被褪去，换来一片柔软干燥，末了还有一方热热的暖炉靠过来，谢子玉囫囵贴了上去，迫不及待地汲取温暖。

那暖炉虽硬了些僵了些，但总算暖和许多。

那只温暖的大手轻抚她的眉眼、脸颊、下巴、耳垂，随即轻拍她的肩背，有轻喃声哄她入睡。

醒时已经逼近中午，阳光自窗户的缝隙中透过来，丝丝缕缕。抹一把额头上黏腻的汗，身体如释重负般轻松许多，她恍然有种睡到隔世的感觉。

熬稠的小米粥的香气传来，谢子玉嗅了一口，饿了。

掀被准备下床，倏忽顿住。

衣白如雪，宽大肥硕，罩在身上绰绰有余。她她她……她身上的衣服是谁的？只有中衣而已，衣服上的系带还系得歪七扭八的。出自谁的手？该不会……

猛然想起昨天她见到的最后一人，谢子玉登时一身冷汗："秦秦秦……秦侍卫？"

背对着她的那人一身侍卫装穿得笔直而挺拔，听见她的声音，盛粥的手一顿，随即举着勺子转过身来。五官端正俊朗无边，只是冷眉倒竖，脸色发青，说出的话也不怎么好听："秦秦秦，秦你个头！"

哎？沈钦？

谢子玉立即跳下床来，赤着脚跑到他面前，仰着头惊讶道："师兄，怎么是你？"她明明记得昨天晚上救她的人是秦羽啊！她四处张望，"秦侍卫呢？他没在这里吗？"

沈钦手中的勺子换了个方向，用勺子柄敲她的头："怎么，你还想见那个兔崽子？"

秦羽什么时候成兔崽子了？谢子玉捂着脑袋后退躲避，委屈地咕哝："好好的，你打我干吗？"

沈钦不敲了，丢了勺子，改用手戳她的脑袋，继续低吼："好什么好？要不是我昨天晚上来得及时，你这衣服里裹着什么还不让那兔崽子看得一清二楚？你倒是心大，居然敢和别的男人深更半夜共处一室？真想敲开你这脑袋瓜子，看看里面装的是不是西瓜瓤！"

西瓜瓤怎么了？西瓜瓤很好吃！

谢子玉被他戳得连连后退："等……等一下，所以秦侍卫还不知道我是女扮男装？"完全没抓住他话里的重点的谢子玉一喜，松了一大口气，揪着自己的衣襟欢喜道，"不知道就好，我还以为……"她忽然顿了一下，抬头不可思议地看着沈钦。

沈钦睨她一眼："做什么这么看我？"

谢子玉指指自己身上的衣服，又指指他："昨天晚上，该不会是你……你给我换……换的……"换的衣服吧？

沈钦立即明白了她话里的意思，脸上的表情微微不自然起来，半晌才憋出一个字："哦。"

哦什么哦！谢子玉脸上一热，两只小手噼里啪啦就打了上去："臭流氓！不要脸！明明知道我是……我是那什么，你还敢……"她揪着衣襟往里面又瞅了一眼，要哭了，"你看你还换得这么彻底，连块裹胸布都不给我留……"胸前坦荡荡的好没安全感。

"你浑身都湿透了，我也是做了很长时间的心理斗争才下手的。"沈钦微微发窘，也不好意思还手，躲了几次后，好不容易将她的两只小胳膊攥住，制住她一脸别扭地解释，"我摸黑换的，什么也没看到。"

"你摸黑换的，你摸……你还摸？"谢子玉要炸了，要不是沈钦按着她，她这会儿肯定就跳起来了，"怎么办？丢脸死了！"

"小声些，别闹！"沈钦怕她咋咋呼呼将外面的人引来，便捂住她的嘴巴，瞪她，"有什么丢脸的，大不了我负责，以后娶你便是了。"

"啥？"他突然抛出这样一句，谢子玉立即吓住了，终于安静下来，眼睛滴溜溜地瞅他。

沈钦被她瞅得越发不自在起来，干脆将她按在凳子上："喝粥，我刚从御膳房偷来的！"

"哦。"谢子玉乖乖捧过碗来喝得津津有味，时不时瞥沈钦一眼。

沈钦恢复了平常模样，正色道："有话就说！"

谢子玉几口喝下碗里的粥，冲沈钦龇牙笑了起来，害羞又讨好的模样："师兄，我刚刚就是随便说说，你不用娶我，太麻烦了。再说咱俩这么熟，你娶我，我多不好意思啊。"

"……"沈钦脸一黑。

谢子玉见他不语，搓搓衣角，继续干笑："师兄你表个态啊。"

沈钦冷瞥她："闭嘴，牙上有米粒！"

谢子玉："……"

短暂的沉默过后，两人很默契地都不再提昨天晚上的事情，谢子玉东拉西扯，同他说起七皇叔带她去宗祠的事情。

"你说那里有你的灵位？"沈钦惊讶道。

谢子玉点点头："很奇怪对不对？看来以后得找个机会问问太后。"

沈钦却陷入沉思，好一会儿没说话。

谢子玉咬着碗沿，巴巴瞅着他，见他仍没有要开口的意思，便换了话题："师兄，你前几天也被七皇叔关起来了吗？"

"嗯。"

"你也被关在淮阳王府吗？"

"那倒不是。"

"哦？你该不会一直留在醉玉轩吧？"谢子玉只是随口一说，没想到面前的沈钦身子突然僵了一下。

　　沈钦嘴巴未张，嗯了一声，算是认了。

　　谢子玉的眼神立即变得意味深长起来："师兄，我一个人那么可怜地被关在淮阳王府中，生病了连药都不给喝，你被关在那种活色生香的地方，居然到现在才逃出来？"

　　"我到现在才逃出来很奇怪吗？"沈钦拉下脸来看她，"要不是你非要亲自去见淮阳王，我们会栽这么大一个跟头？"

　　"带我去醉玉轩的可是你哎。"谢子玉晃着脑袋，得意扬扬地看着他，"若是我闯祸了，你就是助纣为虐的帮凶！"

　　沈钦抓起筷子敲了她一下："越说越不讲理！"

　　谢子玉缩着脖子挨了一记，噘了噘嘴，自觉这件事还是自己错得多，便捧了新碗给沈钦添了一碗粥。粥不多，她便尽数盛出来，推到他面前，转而问："师兄，那我们接下来该怎么办？是该如七皇叔说的那样继续躲着，逼太后将我弟弟交出来，还是我现在就回乾清宫去，当这件事没发生过？"

　　沈钦望着她思考了一会儿："当务之急，自然应该是……"

　　谢子玉往前递了递脑袋，一脸期待。

　　沈钦一把将她的脑袋推开："你还是先养好病再说吧。"

　　那便是默认第一种方法，继续躲着了？谢子玉有些不赞同："虽说我弟弟的确在太后那里，可是他中了毒不能清醒，就算太后将他交出来又能怎么样呢？"

　　"我正想和你说这个。"沈钦压低声音，颇显小心之色，"上次见过你弟弟之后，我想了很久，他的情况似乎并不像中了什么奇毒，反而只是一般的让人昏睡的迷药而已。他能在醒来的第一时间在你的手心写下一个'七'字，说明他在睁开眼睛之前已经有了些许意识，并且大脑还能思考。"

　　谢子玉咽下最后一口粥，目光一片讶然："所以你是说……"

　　"如果真的如我猜想的那般，你弟弟的昏迷不醒是因为有人不断地给他喂食迷药，那么太后第一个脱不了干系。"沈钦摩挲着桌角，表情微妙起来，"不若我们就静下心来观察几天，看看太后的反应。如若太后是无辜的，群臣连续几日看不到皇帝必然要闹，你那时再露面也不迟。"

这样做真的好吗?

其实谢子玉是一个挺没主见的人,自小到大,沈钦说出的话她都信,做出的决定她都听,自己很少动脑思考。连师父都说她脑子钝,若是哪天沈钦将她卖了,她不仅会替他数钱,而且肯定还会数错。

如今她又犯了懒,沈钦既然这样说,她便这么做吧,总归不会害她。她脑容量不够,不愿意思考这么复杂的问题。

如此脑循环了一圈,谢子玉埋下头去,望着手里的空碗发呆。沈钦以为她在纠结这件事,正想安抚两句,却见她抬起头来,捧起碗一脸郑重地说道:"我还没吃饱,你把你碗里的粥再匀点给我吧,我是病人。"

沈钦扶额,将自己的碗一推:"给你给你全给你!"

这没心没肺的丫头到底是谁养出来的?

你你你你你呗!

谢子玉问秦羽,她消失的这几日,太后是什么反应?

秦羽说:"太后知道陛下失踪以后,命令属下们严守口风,不许将这件事说出去。宫中一切如常,对大臣们也只是宣称陛下您突然病了不能上朝,如此而已。倒是绮罗郡主……"

"绮罗怎么了?"

秦羽隐隐有些皱眉:"太后将陛下失踪一事怪罪于绮罗郡主,郡主大抵也认为这件事是她的过错,留了书信便离家出走了,称不找到陛下绝不回来。"

谢子玉拧眉:"她这不是胡闹吗?"

秦羽却是看了她一眼,眸中泛冷:"如果不是陛下任性在先,想必郡主也不会胡闹。"

他语气平稳得没有一丝感情起伏,谢子玉却从他的言辞间听出了责备之意。

谢子玉有些不解,平日里恨不得拒绮罗于千里之外的他,居然也会因为绮罗的离家出走而担忧?

"你再如何责怪我也无济于事,为何不亲自去找她?"

"属下会将郡主找回来的。"他眸光锁在她身上,看得谢子玉心头莫名一凉。

秦羽离开后,谢子玉一头扎进沈钦怀里:"师兄,刚刚他的眼神好恐怖。"

沈钦摸摸她的脑袋："嗯，回头把他的眼珠子抠出来。"

"哎，其实也没那么恐怖，不用抠他的眼珠子……"

终归谢子玉和沈钦不能一直躲在这里，虽说沈钦有单独的房间和院子，但许是他又偷药又偷粥的事情引起了别人的怀疑，傍晚的时候，这里来了一批侍卫。

秦羽虽然对谢子玉心有不满，但还是在侍卫到来之前通知了他们，沈钦一时想不到哪里有隐蔽的地方，谢子玉也想不出，提议："干脆去宗祠那里吧。"

她刚在宗祠走了一遭，也知道宗祠那里侍卫少一些，虽然有些阴森可怕，倒也不失为一个藏身的好去处。况且那里有祭祀的食物和水果，不至于饿着或者渴着。

不过对于在自己的地盘还要躲躲藏藏这件事，刺激之余，谢子玉难免有些别的想法："我觉得好对不起太后，她肯定很着急。"虽然甚少以"母后"称呼她，但太后毕竟是自己在这世上血脉最亲的人，这般试探于她，谢子玉心中着实有些不是滋味。

沈钦对她心中所想的事情也能猜出一二，于是同她商定："再过两天便是秋祭，需皇帝出面祭天。届时如果你弟弟仍没有出现，大臣中必有异心者出来闹事，到时候你再出现也不迟。"

谢子玉望着角落里那块刻着自己名字的灵位，思忖片刻，点了点头。

她待在这里无聊，便让秦羽偷偷送来关于秋祭流程的册子。想着如果祭祀那天弟弟不能出现，她也不至于手忙脚乱。

只是她到底不是看书的料子，那册子翻了没几页便被丢到一边，她窝着身子呼呼大睡。睡前怕地上凉会加重自己的病情，还特意搬了自己的牌位垫屁股底下。

沈钦看得嘴角直抽。

夜深的时候谢子玉醒了，两眼贼贼发亮，吵着要出去透透气。

沈钦困得哈欠连天，不搭理她，合上眼皮准备睡觉。

谢子玉哼哼唧唧闹了一会儿，见他软硬不吃，兀自在祠堂中转了几圈，凉风吹成了阴风，吹得她汗毛直竖，最后不得已回到他身边，挨着他准备接着睡。

只是她脑袋刚挨上沈钦的肩膀准备酝酿睡意，沈钦那厢身子突然一动，她的脑袋一下子落空，差点栽到地上。

"怎么……"她刚要开口问，沈钦却示意她不要出声，随即将她推进角落里，自己也挤了过来。

"有人过来了！"

谢子玉心中一紧：这么晚了谁会过来？

不一会儿便有脚步声渐渐清晰，然后是大门被推开的声音，脚步声停住，好一会儿才有说话的声音传来。

"你们都下去，哀家想一个人静静。"是太后的声音。

谢子玉一愣：大晚上的不睡觉，跑来这里想静静？

她不由得来了精神，竖起耳朵巴巴听着，期望太后能说出些她不知道的事情。

拂衣的声音以及草蒲受力时发出的声音传过来，想来是太后正在跪拜。谢子玉听了好一会儿，没听见太后起身的声音，反而听见她念念有词地说了起来。

太后声音不大，谢子玉与她之间隔了一堵墙，使劲贴紧了墙壁才勉强能听清她说的话。

起初她絮絮叨叨的，说着她自入宫以来为皇室所做的事情，大大小小的，竟说了有小半个时辰。正当谢子玉听得连连犯困的时候，忽然听见太后话题一转，竟忏悔起来，言语间也染了悲戚之色。

太后的声音越发小，她听得越发艰难，整个人贴在墙上呈壁虎状，看得一旁的沈钦连连扶额。

太后说："诸位列祖列宗，我自知入宫这几十年做过不少错事，才会陷入这进退不得的两难之地。如今我的女儿下落不明，不知在何处受苦受难，念在她是谢家的血脉，我乞求诸位列祖列宗保佑她不要出什么事……"

她免了"哀家"二字，以一个普通母亲的身份祈祷，让躲在角落里的谢子玉鼻头一酸。

太后说："可怜那孩子，她那么小，还什么都不懂的时候便被我狠心送走了，这么多年来我也是亏欠她太多。庆幸她长得那么好，明朗活泼又善解人意，虽不能以公主的身份堂堂正正地待在这皇宫里，但她终究在我眼前，我只看着她就很开心……"

谢子玉心头涩涩，扭头就着沈钦的衣服擦眼泪。

沈钦努力按捺住想把她扔出去的冲动。

太后说："我做错的事情只由我承担就好，即便是千刀万剐也是我应有的报应，只是千万别怪罪到那孩子身上……"

这一句话终于让谢子玉的眼泪决堤，她内心深处终究是渴求母爱的，太后这一番话让她丢了理智，不管不顾地便要往外冲。

沈钦忙按住她："你淡定，别感情用事。"

她淡定个屁！

谢子玉张牙舞爪地挣脱他，沈钦见她如此，也不再阻拦，松开了她。

而那厢太后也听见了这边的动静，立即站起身来，厉声呵斥："什么人在那里？"

谢子玉抹一把眼泪，跑向太后："母后，是我。"

"玉儿？"太后愣住。

"母后，我都听到了，对不起，我……"

啪！

谢子玉捂住脸颊，惊愕代替了疼痛：太后为什么……打她？

这种时候她难道不应该是惊喜地搂住她然后看她是否磕着碰着伤着了？

太后，你咋不按套路来？

谢子玉被太后这突如其来的一巴掌打蒙了，站在原地久久不能回过神来。

—— 07. ——
陛下是妹子

太后表情始变，方才的满面怒气立即垮掉，陡然落下泪来，抚上谢子玉的脸："对不起玉儿，母后打疼你了吧？是母后不对，母后……母后只是恼你不和母后说一声便擅自离开母后的视线，叫母后心急……"

谢子玉这时才缓过劲儿来，脸上火辣辣的疼痛随即袭来，嘴巴一瘪，眼泪滚落好几颗："你就是再恼我也不能下手这么重啊，好疼，我的脸是不是给你打肿了？"

太后忙牵着她的手，急急往外走："都怪母后下手没个轻重，走，去母后宫里，母后给你上药……"

谢子玉捂着脸，方破涕为笑。

出了祠堂之后，谢子玉往后瞅了一眼：奇怪，沈钦怎么没露面？

拂晓，城外清苑，天凉露重，一人直直站在院中，衣服冷且潮，想必站了一宿。

房门打开，有一人走出来，不曾束发，五官张扬。

"可想好了？"他问站在院子中的那人。

院中之人语气僵硬而冰冷："是。"

那人一笑："事成之后，我会信守承诺，放了那丫头。"

谢子玉将她见七皇叔的事情说给太后听，并提到灵位之事，她问太后："七皇叔说，我被送走的第二年，你们误以为我坠崖而死，可是你们怎么会认为坠崖的那个孩子是我？"

太后幽幽叹了口气："当时你坠崖的消息传来，哀家也不肯相信。只是普罗山那边的人一口咬定那就是你，哀家与你父皇又不能离京亲自去确认，想着这等大事普罗山的人也不会撒谎，最终便接受了这一事实。"她摸了摸谢子玉的头，一脸爱怜，"约莫是母子连心，哀家总觉得你还活在世上，便一直没放弃找你的念头。感谢上苍，让哀家在有生之年还能见到你，还能见到这样好的你。"

"母后！"谢子玉抱住她，拱进她怀里，"对不起母后，我先前惹你生气，还有心试探你……"

太后抚着她的发，一下接一下地捋着，笑道："无碍，这宫里宫外多的是阴险狡诈之人，防不胜防。你只要相信母后，咱们母女一条心，别人自然无从挑拨。"她扶起谢子玉，同她平视，笑容敛了几分，多了一丝严肃，"玉儿，你这次与淮阳王也算打过交道了，他是个什么样的人你应该也能看出一二，有一件事我觉得是时候告诉你了……"

"什么事？"谢子玉见太后表情凝重，猜想应该是一件不得了的事情。

太后起身，走到一旁的柜子前面，从柜子深处取出一个细长的木盒。她将木盒里的东西取出，交给谢子玉："这是你父皇临终前留下的遗诏……"

遗诏？谢子玉立即觉得手中的物品沉重了许多。她展开来看，遗诏上只有百余个字，大抵是说将帝位传给谢子文，同时封淮阳王为首辅大臣。

遗诏写到这里都很正常，只不过最后那一句话，却是让谢子玉吓出一身汗来。

最后一句写的是：可辅则辅，若不可辅当取而代之。

所以父皇的意思是，如果谢子文不成气候，那么淮阳王可以取而代之做皇帝？

太后从谢子玉手中小心抽回遗诏，折好了放回盒中，叹息道："这遗诏是当着文武百官的面宣读过的，所有的大臣都知道，皇位虽然暂时是你弟弟子文的，可是若是哪日淮阳王对这位子起了心思，你弟弟这皇位也是保不住的。"

"所以七皇叔在觊觎这个皇位？"谢子玉觉得这件事太过于荒唐，"父皇也是糊涂，怎么会写下这样的遗诏？"

"事已至此，追究遗诏也无济于事。"太后握着谢子玉的手，恳切地说，"哀家福薄，只有你和子文两个孩子，能坐到今天这个位置也是上天眷顾我们娘儿仨。你弟弟还在昏迷之中不知何时醒来，母后如今只能依靠你。眼下淮阳王已经知道你的身份，咱们的处境又危险了几分，你若是辛苦也要咬牙坚持，相信母后，母后不会让这种情况持续太久的。"

谢子玉点点头："母后，我知道了。"

太后同她又聊了一会儿，便命人送她回乾清宫："后天便是秋祭，你又得劳累一番，快回去好好歇着，明日哀家会派人告诉你一些祭祀需要做的事情。"

谢子玉依依不舍道："母后，那我先回去了。"

太后含笑目送她离开，待谢子玉的身影消失，她脸上的笑容顿消，凤眼中寒光凛然："来人！"

"太后！"

"你带人去把那个叫沈钦的给哀家抓起来，关进暗牢中！"

"是！"

谢子玉只有一天的时间准备秋祭的事情，这一天简直忙得鸡飞狗跳，连晚上做梦都在背她祭祀时需要说的话，如此她便忽略了一件事——沈钦一直没在她身边，直到次日她出宫祭祀之前……

谢子玉扶了扶帝冕，看到身边之人："秦侍卫，怎么是你？沈钦呢？"

秦羽答："属下也不清楚。"

师兄也真是的，这种时候怎么能不在她身边呢？

谢子玉也没想太多，抬脚便上了马车。

他们首先要去城郊，谢子玉要与那里的百姓一起劳作，然后用新收的粮谷祭天，一来感谢上天的赐予，二来祈求来年的丰收。

谢子玉自小养在山野之中，劳作这种事情自然难不倒她。而且自入宫以来，她很少来城郊这种旷野的地方，心情自然大好，一下马车，便举着镰刀，哼哼哈嘿地同百姓一起割稻子去了。

崔明在一旁看得直心疼，一会儿递帕子一会儿递水，扇子打从一开始就没停过，生怕她累着渴着热着。

果然谢子玉割了一会儿便累了，并非她矫情体虚，只是她病着的身子还未好利索，这会儿的确有些体力不支。她伸手将镰刀给了崔明："崔公公，你要不要试试？"

崔明立即接了镰刀，弯腰学着其他人的模样割起稻子来。只是他自小便被送去宫中做了太监，伺候人的活不在话下，可这粗人干的活就……

谢子玉站直了身子正要看风景，就听身边的崔明嗷的一嗓子，吓得她一个激灵："崔公公，你怎么了？"

"陛下，割脚趾头了。"

"噗……"

得，一起歇着吧。

一个时辰后，粮谷收得差不多了，满满地装了三大马车。崔明伤了脚，一瘸一拐地走路很是滑稽，谢子玉便让他坐到装粮食的马车上去。而她坐的那辆马车，赶车之人变成了秦羽。

秦羽扶她上了马车，谢子玉让他赶得慢些，离祭天的时辰还有些时候，可以慢慢地赶到天坛。

嘱咐完这句话，谢子玉便窝在马车里想要小睡一会儿。早上出宫之前她喝了一大碗药，这会儿药效正在强处，加上她方才劳累一番，实在困得紧。车厢里的短榻上铺了厚厚的毛毯，倒也舒服得很。

只是她迷迷糊糊将要入睡之时，忽然一个巨大的颠簸让她的脑袋一下子撞到车厢壁上，帝冕都被撞得歪歪扭扭。谢子玉坐起身来，一边扶正帝冕一边不悦道："秦侍卫，怎么回事？"

她没有听到秦羽的回答，却听到外面突然吵闹起来。

谢子玉按捺不住，揭了帘子往外瞧，却忽然发现马车并非走在平坦的道路上，反而一路往山上跑去。山路上多的是横石当道，马车自然行不安稳。谢子玉晓得情况有异，大声喊道："秦侍卫，快停下！快……啊！"又是一个猛烈的震荡，直接将她甩出了车外。

她整个身子狠狠地摔在地上，霎时全身麻痹，无法动弹。

倒是秦羽，跳下马车，抓起她的衣服将她提起甩到自己肩上，扛着她往山上跑去。

谢子玉这才发现，除了她和秦羽，其他人全部追在后面，看这情景，似乎能确认是秦羽挟持了她……

"秦……秦侍卫，你快放下朕，有什么……什么话好好说……"再这样扛着她跑下去，恐怕她的五脏六腑都要被顶出来了，哕……

可是秦羽速度不减，根本不听她的话。

谢子玉也不能任由他继续这样跑下去，她扯去帝冕，拔出发髻上的簪子，像那天晚上扎那个黑衣人一样，攥紧了簪子狠狠地扎了下去。

相比玫瑰花上的刺，簪子带来的疼痛显然要大得多。秦羽当即被她这一簪子扎得趔趄一下，半跪在地上，勉强撑住了身子。

谢子玉不可避免地又被摔了一次。

你大爷的！

虽然被摔得七荤八素，不过这次没有刚刚摔得那么严重，谢子玉爬起身来拔腿就往回跑。眼看就要与那些人会合，背上忽然一凉，随即剧烈的锐痛钻心彻骨……

那匕首携着劲风而来，狠狠地刺入她的背部，将她猛地击倒在地。

她甚至看到向她奔来的人群中，一瘸一拐的崔明面色惨白，一下子号哭起来。

"对不住，我本不想伤你。"衣服一紧，她重新被秦羽甩到肩上。这时候他们已经处在半山腰上，从东西方向忽然横插进一大批黑衣人。黑衣人很多，明显是有备而来，密密实实地站成两排，将谢子玉与前来救她的侍卫们隔绝开来。

即便是侍卫们能突出黑衣人的重围，却也耽误了时间，谢子玉眼睁睁看着自己离那些侍卫越来越远，越来越模糊……

沈钦，救命……

谢子玉被秦羽交给另一个人时，尚清醒着，并深切地体会了一把被人交易的感觉。她看到秦羽小心抱过绮罗，刚毅冰冷的双眸在看向怀中之人时，竟有柔情溢出。

原来并非绮罗自作多情，这个男人对她早已倾心。而且为了她，居然出卖了自己的主子。

用一个假主子换自己的心上人，他做出这样的选择倒也在情理之中，只不过谢子玉活了十几年，第一次被人当炮灰用，这感觉委实不太好。

这个时候，谢子玉自然对事情的来龙去脉猜出了一二：想必是有人趁绮罗离家出走之时掠走了她，用她威胁秦羽，所以秦羽今日才会做出这样的事情来。

可是，谁有这么大的胆子，敢对皇帝下手呢？即使她这个皇帝是假的。

秦羽临走时看了她一眼，约莫是带了歉意的，然后抱着尚未苏醒的绮罗头也不回地走了。谢子玉则由两个人拖着，将她带到一个密室中。

因那密室中有一张简陋的床，谢子玉才不至于被丢到地上。

她背上还嵌着一柄匕首，直直地站立着，一动就惊天动地地疼。有人过来喂了她几颗药丸，好似是止血止疼的。那人也曾试图将匕首拔下来，但大概是因为匕首刺得太深，不能随便取出，最后还是放弃了。

谢子玉听见他们商量的声音，不一会儿有一人离开，很快又回来了，而且又带了一人过来，听他唤那人"主人"。

主人？

来人随口应了一声，走到谢子玉面前，立即有人搬来一张凳子，他就势坐了下来。

谢子玉趴在床上不敢动弹，只扭过半张脸去看他。那人倾过身来，拨开她面上散乱的头发，应是在确认她的身份。

她先前扯了帝冕拔了簪子，如今披头散发狼狈得很。头发被撩开，他在看谢子玉的同时，谢子玉也看清了他的面容。准确来说，谢子玉只看清了他的眉眼，剩下的半张脸都被面巾遮得严严实实的。

应该是个年轻的男子，剑眉细眼，第一眼便给她一种狷狂不羁的感觉，想来不会是什么安分的人。

单凭"主人"二字，她实在猜不出这人的身份，背上的疼痛让她有些气息不稳，喘息了好一会儿才开口问他："你是什么人？掳朕过来想做什么？"

那人也不急，悠然看着她，直截了当地回答她："掳你过来自然是不想让你参加今日的秋祭大典。"

"那今日过后，就会放了朕吗？"虽然不抱希望，但谢子玉还是问了一句。

"自然不会。"

"你会杀了朕吗？"她慢慢平复心绪，让自己不要太激动，免得惹恼了眼前这人。

那人呵地笑了声，挠挠自己的额头："有这个打算，但不是现在。"

浑蛋要不要把这种事说得这么风轻云淡！

眼下她伤得不轻，凭一己之力定然逃不出去，只能等着太后或者沈钦来救她。许是背上失血过多，谢子玉晕得厉害，眼前这人在她眼中也越发扭曲起来。只是这眉这眼，怎么忽然有种熟悉的感觉？

此时她还不曾失去意识，闭着眼睛在脑海中细细回想整件事：听这个人话里的意思，似乎是要将她在这里关上一阵子。可是关着她对他有什么好处呢？不让她参加秋祭一直囚着她，难不成他是七皇叔的人？

想到前日晚上太后给她看过的遗诏，该不会七皇叔真的对帝位存有夺取之心？

可是这也不对，七皇叔已经知道了她是假皇帝的事情，若是想争夺皇位只要拆穿她就好，不应该如此大费周章。

面前这个"主人"，究竟是谁？

谢子玉想啊想，想得快要昏迷的时候，才忽然想起一人来……

这时候她的意识已然开始慢慢涣散，却忽然一股强大的拉力从她背上传来，竟是那人握住她背上的匕首，使了猛力往外拔。

谢子玉疼得哇的一声叫出来，疼痛让她霎时清醒过来，要不是因为没有力气，这会儿肯定就得骂上了："好疼……"因为太疼，甚至喘不过气了。

那人利落地将沾着血的匕首扔到一边，命令旁边之人："给她止血上药。"

"你是大夫？"下手也太狠了。

那人却一边擦手一边不以为然地说道："这里没有大夫，我给你拔匕首只是因为他们都不敢，万一你死了他们承担不起。"

"难道你就担得起？"

那人冷觑她一眼："死了倒好，省得我多费力气。"

这是人说的话吗？

谢子玉疼得死去活来，却见一人奉了他的命令，提着药箱向她走来。

谢子玉想到自己的身份，立即向床的内侧蠕动。每动一下，几乎疼得要晕厥过去。

"不用你上药，放在那里，朕自己来。"

可是她伤在背上，如何能自己来？

那人也并未在意她的话，见她不配合，便叫了另外一人过来制住她，为了方便上药便撕开了她背上的衣服。

谢子玉挣扎不过，只听嘶的一声……

裂锦的声音响过后，便是一阵可怕的静默。

"主人……"一人惊愕开口，"您看。"

方才替谢子玉拔匕首的那人闻声停了下来，转过身走了回来，一步、一步……

谢子玉难堪地捂住了脸：要死要死要死了……

那人身影罩来，阴沉沉地笼住了她整个身子，半晌，那人开口，难以置信中带了被人欺骗后的盛怒："你是……女人吗？"

下一刻，他将谢子玉整个身子掀转过来，伸手去扯她前面的衣襟，想要进一步确认。

谢子玉使出最后一丝力气抓住他的手，抬头看他，心中赌了一把："大哥，我是你妹妹，我是玉儿。"

她唤他大哥，是因为她约莫能猜出，这人就是大祁的第一皇子，她同父异母的大哥——谢子赢。

谢子玉曾听太后说过，当年谢子文被立为储君的时候，大皇子谢子赢因为心中不服而闹过大乱，甚至逼宫胁迫先皇更改立储诏书，最后终究因为势力不够强大而被镇压下来。先皇念及血缘关系留了他一命，将他囚禁在城外的清苑里，命他一生不得踏出清苑一步。

那人将面巾拉下来的那一刻，谢子玉便知道自己的猜测是正确的。

纵然她不知道谢子赢究竟是何模样，但这人的面容与七皇叔有些许相似之处，而据说七皇叔和父皇，是长得最像的一对兄弟。

谢子赢慢慢从她的手中抽出自己的手，随即箍住她的下巴，迫使她仰起脸来。

"你是玉儿，子文的同胞姐姐？"他狭长的细眼眯起，"你不是死了吗？"

谢子玉艰难地说："我没死，我回来了，大哥。"

"谁是你大哥！"谢子赢的手往下移了半寸，忽然掐住她的脖子，将她从床上扯下。谢子玉没了反抗的力气，直直被摔到地上，听见他咬牙切齿地说，"好一个太后，居然又摆了我一道！"他指着谢子玉气急败坏道，"把她丢去后山喂狼！"

"是！"旁边两人走上前来要把谢子玉拖走，只是刚碰到谢子玉，就被谢子赢一脚踹开。

谢子玉昏迷前，听到他吼："是什么是，老子刚刚说的是气话！"

此时的秦羽早已带着绮罗离开，他并未去国舅府，反而直奔皇宫。

宫门那里有安排好的人，见他回来，立即开了大门让他进去。

他抱着绮罗径直去了太后宫中，太医们排排站地等在那里。

好在绮罗并无大碍，只是被喂了些蒙汗药，一直昏睡着罢了。太医们开了些药，便被太后遣走了。

秦羽望着太后，终于开口："太后，属下不小心伤了陛下。"

太后的目光全然放在昏睡着的绮罗身上，听到这句话也只是微微侧目，漫不经心道："无碍。"

"太后，您打算什么时候将陛下救出来？"

"救谁？陛下吗？"太后替绮罗掖了掖被角，起身望向殿外，往日里和蔼的神色不见，面无表情的模样更是衬得她冰冷无情，"陛下受了惊，正在乾清宫里休息，你不必担心。"

"可是太后……"

"哀家说，陛下在乾清宫，你无需再说什么。"太后挥手让他离开。

秦羽面色稍异，告退出去，径直走向乾清宫。

诚如太后所言，乾清宫的龙榻上，陛下端端正正地躺着，五官苍白清秀，眸子紧闭。

那么，他刚才送去换绮罗的那人，是谁？

谢子赢这个人有些让人捉摸不透，他既没有丢谢子玉去喂狼，也没有做其他伤害她的事，但同时又不肯放她走，安排了几个人日夜监视着她，对受伤的她也多多少少有些照料。

谢子玉心里打鼓，想不出他想做什么，心里着急也不肯好好养伤，刚能下地走路，便吵着要去见谢子赢。

她原本想着闹一闹让谢子赢来见她，没想到看守她的那两人直接带她去了谢子赢的房间。

哎嘿，这么任性？

此时谢子赢正在和别人谈事情，听闻她来，连门都不给她开。谢子玉就是倔，站在外面死活不走，不见到他不罢休。

不一会儿，谢子赢出来了，开门的瞬间，谢子玉瞧见里面还有一个人，身材高大健硕，但因为背对着门，看不到他的样貌。

房门很快被关上，谢子玉要上去扒门，被谢子赢拦了回去。她只好放弃，指着房间故作震惊道："大哥，大白天的你和一个男人关起门来做什么？"

谢子赢狭长的眸子里闪过不悦，瞪了她一眼，没好气道："商量着怎么弄死你！"

谢子玉才不会被这话吓到，环臂挺胸："我谅你有这个胆也不忍心……呀！"忘了自己背上还有伤，挺胸的动作做下来感觉伤口要裂开了。

"活该！"谢子赢瞥见她皱起的小脸，貌似心情好了一些，挑起嘴角玩味笑道，"找我有事？"说着抬脚往院子中走去。

谢子玉忍着背上的痛跟上，同他一起坐在藤萝架下。铺天盖地的绿色藤蔓下，谢子赢懒懒地坐在木质的长椅上，眼睛微微眯起掩住了狡黠光芒，谢子玉感慨道："大哥，有这么雅致的地方给你住着，你怎么还有心思谋反呢？"

她约莫能猜出这里就是幽禁他的清苑，只是这里的人不知从何时起全部被换成了谢子赢的人，所以他才敢允她在这里四处走动。诚然这个大哥不是个软面团子，不然也不会将她掳来，更不会这般嚣张。

谢子赢听闻她的话，不屑地哼了一声："怎么能叫谋反呢？我不过是拿回属于我的东西而已。"

"你指的是皇位？"

"不然呢？"

"那怎么能是你的东西呢？"谢子玉斜睨他，愤愤道，"父皇一开始就立了子文为太子，皇位一开始就不是属于你的。"

"谢子文也配做皇帝？"谢子赢冷哼一声，"文不行武不济，天生病秧子风一吹就倒，这种人有什么资格做皇帝？"

"如果真如你所说，我弟弟文武皆不如你，身子也弱，但父皇就是立他而不立你，只能说明一件事。"谢子玉眨眨眼，一脸骄傲地问他，"你知道是为什么吗？"

谢子赢觑她一眼示意她有话快说。

谢子玉拍拍他的肩，毫不客气道："大哥，你人品不行啊。"

谢子赢一愣，似乎没想到她敢说这样的话，随即打落她的手，没好气地哼了一声："你倒是胆大，惹怒我对你没好处。"

"你若是生气就证明我说的是真的。"谢子玉用手指他，被谢子赢拍了下去。她揉揉手，继续说道，"我过来就是跟你讲个简单的道理，君王不只是要文武全能，最重要的是要有品行，若是一个没人性的当了君主，那百姓还有好日子过吗？"

"没人性？"谢子赢目光一沉，显出些许阴鸷来，"你说我？"

"你看我一说你就忙着往自己身上套……"谢子玉见他表情有异，也就没有继续往下说，万一他暴躁起来要打她就不好了，现下她这副样子肯定打不过他。谢子玉攥着拳头，故作镇定道，"你别这样看着我，你自己是什么样的人自己还不清楚吗？"

谢子赢盯了她一会儿，忽然扑哧一声，嘲笑道："你这般替你弟弟说话，殊不知他却早将你卖了，蠢货！"

"这话是什么意思？"谢子玉瞪大眼睛。

"你定然猜不到，你被我掳来，外面却一片风平浪静，既没听说皇帝丢了，也没听说哪个公主丢了。"谢子赢抬手摘下一片叶子又随手丢掉，"你就像这万千叶子中的一片，消失了也没人发现。"他啧啧说道，"我都替你感到不值。"

谢子玉怔了一会儿，忍住心中的异样，撇嘴道："你别拿这种话酸我，我才不信。"

"就知道你不信，所以给你准备了一样东西。"他吩咐旁边一人去房中取一件东西，谢子玉见那人进屋，忍不住又抻长脖子向里面张望，想看看屋里那人还在不在，被谢子赢瞪了回去，"老实待着！"

"可是屋子里面那人是谁？"谢子玉悻悻地收回目光，喃喃道，"怎么觉得背影有点眼熟？是秦羽吗？"可是也不像啊。谢子玉巴巴看着谢子赢，抱着万分之一的希望，期待他能说点什么。

谢子赢勾勾手，示意她靠近些。谢子玉挪挪屁股，挨了过去，听见他冷哼一声："我怎么可能告诉你。"

好吧，这个答案一点也不意外。

谢子玉僵僵地撤回身子，努了努嘴，不看他。

此时那人已经取了东西回来，谢子赢示意他直接交给谢子玉。谢子玉接过来一看，是一张皇榜。

"发生什么大事了吗？"谢子玉一边咕哝着，一边铺开皇榜看了起来。待看完上面所写的内容后，谢子玉惊呼一声，"皇帝大婚？"而且算算时间，大婚的日子在半个月以后。

难道说她的弟弟已经醒过来了？

可是他真的会和绮罗成亲吗？那秦羽怎么办？

啊呸！秦羽这个浑蛋，爱怎么办怎么办！

不过，为什么她不见了，太后和弟弟还有心思准备婚事呢？

这大概就是谢子赢给她看这个的意图。

心中泛起一丝酸涩，谢子玉看看皇榜，又看看谢子赢，咬着嘴唇生硬说道："我弟弟大婚，这是好事，谢谢你告诉我。"

"不用谢，我告诉你这个又不是让你开心的。"谢子赢抽走她手中的皇榜，卷成一个长筒，一边敲打着手心一边循循诱导她，狭长的眸子精光乍现，"太后和你弟弟忙着准备婚事，自然没时间管你的死活。况且你谢子玉在祠堂里是立了灵位的，大祁早就没有你这个人了，想必他们也不会再费心思找你。既然他们对你这样薄情，你何必还处处为他们着想。"

"啊呸！"谢子玉攒了力气，一把推开他，厌恶道，"你少来挑拨我们一家人的关系，长了一张坏人的脸就别指望我相信你的话。"

谢子赢直接给了她后背一巴掌，稳准狠地拍在她的伤口上。

嗷！

谢子玉飙泪："无耻！"不要脸！疼！

她这厢正疼得火急火燎，耳边忽然传来谢子赢半是嘲讽的笑："我知道你身边有个沈钦……"

谢子玉一震，顾不得疼，扑上去就揪住他的衣襟："不许你打他的主意！"

"哦？原来你这么紧张那小子？"谢子赢拿开她的手，捋捋衣服使其熨帖，然后站起身来，勾着嘴角笑说，"听说那小子最近遇到了点儿麻烦？"

"你瞎说！"

"秋祭那日，他不在你身边，你就不觉得奇怪吗？"

"不奇怪！"

"你就倔吧……"谢子赢拨开她，踱步往房间走去，"清苑你随便逛，但别想着逃出去。你乖乖待在这里，至少我还会让你活着，但若是敢踏出清苑一步，外面的人就会把你射成筛子……"

谢子玉冲他翻了个白眼：听你的才怪！

当天晚上，谢子玉顶着背上还没痊愈的伤口偷偷去爬墙，刚冒出脑袋头顶嗖嗖两支箭划过，墙下有两人站起身来举着弓箭面无表情道："姑娘，我们看见你了，回去吧。"

老天，你娘炸了！

谢子玉在这里待了约莫十天，仍不见沈钦来救她，心中不好的预感越来越强烈，她终于忍不住，抛下脸面跑去问谢子赢："你说沈钦有麻烦，你知道他怎么了吗？"

谢子赢好似正在策划什么，因为这次她瞥见更多的人在他的房间中。他也不像那天一样有耐心，因为中途被打搅所以他一脸不耐烦，直接命人将她带走。

谢子玉使尽全力挣脱箍住她手臂的人，跑到谢子赢面前，质问他："大哥，你是不是对沈钦做了什么？"

谢子赢甩手让她离开："这句话你可以留着问你的好母后。"

"母后？"谢子玉不解，着急问道，"母后怎么会找沈钦的麻烦？"

"说你蠢你还真蠢！"谢子赢冷笑一声，"你母后不找他的麻烦，我的人那天怎么可能轻易将你掳来？"

这话让谢子玉有些发蒙，再想说什么却见谢子赢已经回到房间，任凭她怎么敲门也不肯出来了。旁边的两人要强行将她拉走，谢子玉不知哪里来的一股力气，推开他们的同时，竟将房门撞开了。

由于惯性，她一个趔趄跌进房中，房中几人见她进来，均愕然不已。谢子玉抬头看向他们，却是比他们惊愕："司徒将军、冯都尉，你们怎么在这里？"

不仅他们，还有几位眼熟的官员也在这里。谢子玉忽然想起，那天在这里看到的那个熟悉的背影，想必就是眼前这位司徒将军了。

他们同谢子赢在一起，难道说他们也……

"谋反"两个字刚从脑中划过，谢子玉便看见，司徒将军的眼中立即盛满杀意。她不由得后退一步，开始感到恐惧。

谢子赢与司徒将军对视一眼，然后看向她，眉头皱起，既无奈又残忍地说："原本念在你到底是我妹妹，我不忍心杀你，不过现今我也没办法护你了。"他转过去不再看她，好似默认了什么。

谢子玉转身想逃，门口那两人却拔出佩刀横拦住她，随即她又听见身后有剑出鞘的金属摩擦声，心里顿时一凉，扭头看去，竟是司徒将军执剑向她逼来。

该死的乱臣贼子，你下辈子投胎没脸没胸！

谢子玉恨得咬牙切齿，但情势所迫，她不能就这样死在这里。咬咬牙，谢子玉恳求道："大哥，司徒将军，我会乖乖待在这里不逃跑，今日所见的事情我也不会说出去，你们没有必要杀我。"

司徒浩目露凶光，冷冷说道："为杜绝后患，你今天必须得死。"

谢子玉急了："你这是大逆不道！"

"呵！"司徒浩不屑道，"今日我不过是杀死一个无名小卒，怎么会是大逆不道。"说罢，举剑向她刺来。

谢子赢却突然拦住司徒浩执剑的手，将他手中的剑取走："司徒将军，这种小事何须你动手。"他给门口那两人使了个眼色，厉声说道，"你们两个，还不赶紧动手！"

谢子玉简直想骂人。

谢子赢的话音刚落，拦着谢子玉的那两人立马举刀向她劈来，谢子玉本身以一敌二便处在弱势，加之背上的伤还未好利索，只勉强抵抗了他们三两招式便败下阵来。

眼看两道寒光均向她袭来，没法再躲，被逼进死角的谢子玉没有办法，不甘心地闭上眼睛：怎么就没穿身红衣服死了以后好变成厉鬼找他们索命呢？

却在这时，耳边闻得"铮"的一声，却是只有一刀落在她身上，而且偏了位置，只不轻不重地划伤了她的胳膊。

谢子玉睁眼一看，不由得惊呼："秦羽！"

秦羽将他们的刀挑开，伸手拉过她，运起轻功往外飞去，眨眼便到了院墙边。身后的人随即而至，他将谢子玉往墙上一丢："走！"

谢子玉却拉住他的手臂："要走一起走！"

106

秦羽抽回自己的胳膊："我留下来拦住他们，你先走！"

"不行啦！"谢子玉着急道，"外面还埋伏着很多人，会射箭。"

谢子赢的人已经追来，呼啦围过来竟有几十人之多，二话不说上来就打，即便秦羽武功再高，也抵不住这么多人的攻势。此时，外面零零落落有几支箭射过来，谢子玉半个屁股坐在墙头，躲箭的时候，一个身子不稳，直直向下栽去。

而且不是栽在墙外，是栽回墙内。

简直不能更倒霉！

谢子玉爬起身来，准备拼死一搏的时候，忽然上方洋洋洒洒飘下一片灰褐色的粉末，风一吹糊进眼睛里，呛人的气味让她打起喷嚏来。

好熟悉的……胡椒粉的味道。

难道是师兄来了？

有救了！

谢子玉眯着眼睛仰头看去，欣喜道："沈钦……唔？"不是沈钦。

那人虽然蒙着面看不清样貌，但谢子玉还是一眼就认出那人不是沈钦。

那人跳到谢子玉身旁，钩住她的腰身便折回去，丝毫不管一旁已经受伤还在辛苦打斗的秦羽。他抱着谢子玉跳墙而出，就地滚落几圈躲过几支箭，然后就要带她走。

谢子玉虽然先前恼怒秦羽用她交换绮罗的事情，但既然秦羽有心前来救她，她这时又怎么忍心弃他于不顾呢。

她拉着蒙面之人躲在一棵树后，恳求道："这位大哥，你能不能把里面那人也救出来？"那人却是把脸上的面巾扯下来，露出一张过分俊美的脸。

谢子玉不由得瞪大眼睛："沈凌尘，怎么是你？"

"怎么不能是我？"沈凌尘很不客气地捏了捏她的脸，将扯下来的面巾扎在她手臂受伤的地方，防止伤口继续流血，勾唇说道，"叫你当初从我手里逃走！叫你不听七爷的话！乖乖待着多好，现在伤成这副样子，活该吧你。"

"你救人还这么多废话？"谢子玉嘟囔一声，想到自己还有求于他，于是换了表情继续求他，"里面那个人，也是来救我的，我不能就这么走了。"

沈凌尘在她胳膊上打了一个结，用力一勒，谢子玉吃疼地叫了一声。他漫不经心道："我答应阿钦来救你，只救你一人，其他人我不管。"

"可是你也不能见死不救啊。"谢子玉推推他，"就当做善事了，你进去帮一下他吧。"

"我可不是会做善事的人，救你一个已经很麻烦了，哪有闲情管别人。"他半拖半带着谢了玉就要走，谢子玉心中焦急万分，抱着旁边的一棵树不撒手，"好人做到底，你救救他嘛。"

"不救！"

"救！"

"不救！"

"救！"

"不！"

"……"谢子玉一跺脚，"那我自己回去救。"

"得了吧你。"沈凌尘见她如此坚持，不情愿地答应了，随即打了个响指。

四周的草丛中，立马冒出许多蒙着面巾的黑衣人，谢子玉吓了一跳："原来你不是孤身一人来救我啊？"

沈凌尘嗤笑一声："我怎么可能一个人来，我又不像里面那小子那么傻。"

"那你方才还坚持个什么劲儿？"

"我嫌麻烦不行吗？"

那些黑衣人按沈凌尘的吩咐，纷纷跳进墙去，不多时便拖了一人出来——正是秦羽。

秦羽伤得不轻，但勉强还撑得住，谢子玉稍稍安下心来，扯扯沈凌尘的衣袖："那我们快走吧。"

不远处有安排好的马匹，沈凌尘挑了匹最高大健壮的，带着谢子玉翻上马背。他们跑了有一会儿，谢子玉才想起来问沈凌尘："我们去哪儿？"

"醉玉轩。"

"沈钦也在那里吗？"

"嗯。"

"他还好吗？"

沈凌尘低头瞧她一眼，故作一副惋惜的模样："啧，他可比你惨多了。"

沈凌尘一句话说得谢子玉心里七上八下的，她希望这话不过是个玩笑，但亲眼见到沈钦，谢子玉却是整个人都傻了，以至于愣在原地久久不敢上前。

沈凌尘在后面推了推她："你路上不是一直念叨着他吗，怎么不过去看看？"

谢子玉脑中空白一片，半晌才开口，指着床上那人问沈凌尘："他是我师兄吗？"

"嗯。"相比谢子玉的震惊，沈凌尘却一副不以为然的模样，"难得他被打得这么惨，认不出来了吧？"

倒不至于认不出来，只是从来没想过，一直以来她心中上天入地无所不能的师兄有一天也会这样伤痕累累地躺着，连喘息都很微弱的样子，脸上、脖间，甚至落在被子上的两只手上，满满都是伤，大大小小、密密麻麻，好似全身都没有一块好皮肉了。

谢子玉鼻子一酸：她被谢子赢禁着的时候还抱怨师兄不来救她，心里不知将他骂了多少遍，不承想他竟伤成这样。

"师兄他，是不是伤得很重？他什么时候能醒来？"

"反正死不了，顶多昏迷几天。"沈凌尘清了清嗓子，似乎并不在意沈钦的伤势，自顾自找凳子坐下，一边喝水一边同她说，"他倒是将你看得重要，顶着这么一身伤，也不知哪里来的力气跑到我这里来求我救你。我同七爷说了这件事，七爷约莫猜到你被谢子赢捉走了，便让我过去找你，没想到你果然在那里。你们俩倒是心有灵犀，要受伤也一起，你……"

谢子玉已经听不清他说的话，她望着床上昏迷不醒的沈钦，心里好似被人揪着那样疼，看他受伤简直比自己受伤还难过，她倒宁愿躺在那里的是自己。

"师兄……"她唤了他几声，见沈钦没有丝毫醒来的迹象，慌乱和恐惧一下子涌上心头，

沈凌尘凑过来盯着她，好似在等着看她哭的样子，问她："你怎么不哭呢？兴许你一哭，他就能被你吵醒。"

"我不哭，师兄才不是故意不醒过来，师兄最见不得我伤心……"

明明就是要哭的样子，明明眼泪已经在眼眶里打旋儿，可谢子玉咬着牙就是不让它们落下来。

已经快要承受不住的时候，偏偏沈凌尘又说起一件事来。

"其实，还有一件事，我在考虑要不要告诉你。"沈凌尘又故作一副很为难的样子，吞吞吐吐道，"沈钦他身上的皮肉伤倒是不打紧，不过他好像还……"

谢子玉心中一紧，眼睛湿漉漉地看向他："还怎么了？"

沈凌尘也没瞒她："还中了毒。"

"什么毒？"

沈凌尘一耸肩，吐出三个字："鹤顶红。"

"什……什么？"谢子玉身子一晃，瘫坐在地上，身上的力气瞬间被抽空，浑身绵软得厉害，甚至止不住地颤抖起来。

沈凌尘走到她面前，弯腰扶起她，用脚钩过一张凳子让她坐着，继续说："我大概猜到，应该是有人先打伤了他，然后喂他喝下毒药，以为他死了便将他丢了出来，可是这小子命大，没死，甚至还有力气跑到我这里来，求我去找你。"

打伤、喂毒、丢弃，是谁这般残忍？

谢子玉抓住沈凌尘的袖子，抖着唇，哆嗦着问他："你说，师兄他，他会死吗？"

沈凌尘原本目光沉重，盯了她许久，忽然表情一变，嘴角勾起一抹邪气的笑来："不会啊。"

"……"一颗眼泪滑落一半停住，谢子玉，蒙。

沈凌尘一副奸计得逞的样子，抬手刮掉她脸颊上那颗滞留的泪珠，哈哈笑道："我方才不就告诉过你，他死不了，顶多昏迷几天。鹤顶红虽然毒能致死，但大夫说，这小子只咽下去一点，其余的都在舌下压着，舌头差点被毒药烧烂哈哈……"

谢子玉："……"怎么办，好想揍他啊！

浑蛋，还让不让人好好伤心了！

她猛地站起身来，推开沈凌尘，攥着拳头就要往外走。

沈凌尘一把拦住她："这么气哄哄的，是要去哪里？"

"去找秦羽！"直觉告诉她，她先前被秦羽掳走和沈钦受伤这两件事，一定有关系，"师兄受伤这件事，我一定要查清楚！"就算沈钦身上的皮肉伤不致命，就算他身上的毒也不致命，可是这件事不能就这么算了，她一定要找出伤害师兄的人。

　　"怎么？"沈凌尘打量着她，笑道，"你自己都伤成这样了，还要找另一个伤者打架啊？"

　　焦躁的谢子玉已经辨不出他这是开玩笑的言语，盯着他的眼睛，很认真地回答："我就是问他，不打架。"

　　见她如此，沈凌尘也没了理由继续拦着她，便让开路来。看热闹不嫌事大，沈凌尘还给她指了方向，告诉她秦羽在哪个房间。

　　谢子玉很快找了过去，没了耐心，直接抡起拳头砸得木门咚咚作响。

　　房门大开，秦羽刚换下一身血迹斑驳的衣服，只来得及穿一件轻薄的中衣。他眉头轻蹙，低头看她："陛下，有何事？"

　　他仍旧唤她陛下，态度也是一如往常般冷淡而恭敬。

　　谢子玉攥紧拳头，强作镇静："我问你，是谁伤的沈钦？"

　　秦羽垂下眼帘："属下不知。"

　　谢子玉深吸一口气，一字一顿道："我再问你一遍，是谁伤的沈钦？"

　　秦羽依旧回答那四个字："属下不知。"

　　"你知道！你明明就知道！"谢子玉气得要蹦起来，上前揪住他的前襟，将他扯向自己，压抑不住的怒火喷涌而出，她几乎吼了出来，"秋祭那天，你知道只要有沈钦在，你就不能将我掳走，所以你提前对他下手了对不对？是你把他打伤的对不对？是你给他喂了毒对不对？你这个浑蛋，你快承认是你伤的沈钦，就是你，就是你……"

　　她用力之大，几乎拽得秦羽倾了半个身子过去。

　　"不是属下。"秦羽看一眼自己差点被扯开的衣襟，一手攥住她的手腕，另一只手按住她的肩膀，希望她能冷静下来。他略带歉意地说，"很抱歉属下那日利用陛下去换回绮罗郡主，但是沈侍卫的事情，属下真的不知情。"

　　"你胡说！"谢子玉挣不开他攥住自己手腕的手，便用另一只手去打他，甚至用脚踢他，"不是你干的，难道是大皇子？难道是七皇叔？难道是太后？你说不是你，那你告诉我是谁干的？你告诉我啊……"

"陛下，不要无理取闹！"

"那你告诉我告诉我告诉我……"谢子玉控制不住自己的情绪，越发激动起来，对着秦羽拳脚相加又撕又扯。

秦羽见她越闹越厉害，干脆扯开她的身子，将她推开。

哪知他用力不巧，谢子玉后退几步，正巧退到门槛处，被半尺高的门槛绊住脚，仰面摔了下去。

"陛下……"秦羽忙伸手去捞，可是已经来不及，尽管谢子玉也扑腾着不想摔下去，可她最终只抓到秦羽衣服的前襟，然后"嘶"的一声，秦羽的衣服被她撕破，紧接着"咚咚"两声，她先摔了背，又摔了脑袋。

好晕……

好多鸟在头上飞……

"陛下！"秦羽顾不得其他，蹲下身子，扶她起来，"陛下恕罪。"

谢子玉攥着一块破布，有气无力地骂了一声："恕你这个乌龟王八犊子！"然后身子一软，很不情愿地闭上了眼睛，显然摔晕过去了。

秦羽被这一句骂得哭笑不得，只得将她抱起来。只是谢子玉的身子刚落入他怀中，却是让他蓦地愣住了。

她与他挨得极近，像是依偎在他怀里。怀中之人太过于娇小柔软的触感，似乎……不是一个男人该有的。

谢子玉睁眼醒来，看见沈凌尘拿着一块破布在她眼前晃。她不解，问他："你拿破布做什么？"

"这不是破布。"沈凌尘狡黠一笑，"这是证据。"

"什么证据？"

"你扒别的男人衣服的证据啊。"

"你瞎说！"谢子玉差点从床上弹起来，"我扒谁衣服了？"

"就是那个叫秦羽的啊。"

"……"谢子玉顿了一下，回想她摔晕之前的事情，好像确实不小心撕坏了秦羽的衣服，但那是不小心为之，怎么能叫扒呢？"你不许歪曲事实！"她指着沈凌尘喊道。

"我没有歪曲事实，这不是证据嘛。"他捏着那块布甩来甩去，"等沈钦醒来，我就告诉他，你是如何耐不住寂寞，在他昏迷的时候，去调戏别的男人……"

"你这是诬蔑！"谢子玉扑过去抢，他便满屋子躲。这房间不大，但板凳多，谢子玉追着追着，一个不小心，被凳子绊倒，膝盖猛地磕到地上，半晌没站起来，"太可恶了你……"

她抱着膝盖在地上坐了好一会儿，垂着脑袋不说话。沈凌尘观察了一会儿，才将将过来瞧她："很疼？"

"嗯。"谢子玉抬脸，挤出几滴眼泪来，"好像断了，怎么办？"

"不可能。"沈凌尘不信，"哪只腿断了？"

谢子玉指了指右腿。

沈凌尘狐疑地瞧了她一眼，半跪下来："我看看……"

他将信将疑地伸手想探探她的伤势，谢子玉等他的注意力基本都集中在她的腿上时，忽然往后撑住手臂，抬脚踢了过去。

就算灵敏如沈凌尘，在这么近的距离内，他也很难躲过谢子玉这一脚。猝不及防间，他被谢子玉掀倒在地。

机会来了！

谢子玉弹起身来，先以迅雷之势往他两只膝盖上补了两脚，叫他暂时不能动弹，而后绕到后方，劈手去夺他手里那块布。

沈凌尘给她折腾得直骂："你这浑丫头，还是不是女人？"

谢子玉抢到那块布，并没有收手，伸手又将他的头发挠得一团糟："叫你欺负我，叫你欺负我……"

沈凌尘坐在地上，被她挠得一点脾气也没有了。

这时，房门忽然被人推开，一个身穿浅蓝色衣服的姑娘出现在这里。看那衣着打扮，不像是这里的姑娘，英眉秀鼻，眸子漆黑，也不似寻常温柔似水的大家闺秀。她看了看谢子玉，又看了看沈凌尘，不敢相信地张大了嘴巴："凌尘，你……你们……"

谢子玉手一顿，扭头去看那姑娘，动作僵硬起来。她小声问沈凌尘："这是谁呀？"

"客人而已。"沈凌尘扶着凳子站起身来，又弯腰将谢子玉拉起来，"你把我的头发弄乱了，所以你要负责帮我重新打理好。"

谢子玉愣了愣，没动手。

沈凌尘催她："快点，没看见客人等着我吗？"

不对劲！很不对劲！

谢子玉看得出来这两人的关系绝对不简单，那姑娘看她的眼神太恐怖，简直要把她吃了。可看向沈凌尘的时候，眼神就变了，爱恋、失望、挣扎……

这会是那天沈凌尘口中那个官家小姐吗？

看着像。

沈凌尘还等着谢子玉给他梳头发，谢子玉这厢却挨着墙角，从那姑娘身侧溜走了。

别人的事情她才不想掺和，有这工夫还不如去看看师兄。

她跑去沈钦的房间，坐在床边巴巴地守着，托着下巴想事情。

料想那日她被沈凌尘救走，谢子赢那边为了防止事情败露，肯定会提前谋反。想到太后和谢子文随时处于危险之中，谢子玉心里不安得很。再加上沈钦还满身是伤地躺着，她一时拿不了主意，有些着急："师兄，你快些醒来，我有事要同你商量，你不醒来，我不知道该怎么办。"

沈钦却只是睡着，并无回应。

谢子玉守累了，便爬到床上，挨着他睡了。

傍晚的时候，谢子玉去找沈凌尘给沈钦换药，却是怎么也找不着他。问了管事的妈妈，妈妈说他好像在后院。

谢子玉找过去，果然在后院看到了沈凌尘。那个姑娘也在，与沈凌尘面对面站着，好似很激动。

好奇心顿起，谢子玉顺着墙角溜过去，在一棵大树后藏住了身子，竖起耳朵听他们的谈话。

那姑娘的声音清脆干净又有力气，一直吵着要沈凌尘跟她走，沈凌尘则是一副很不耐烦的样子。

谢子玉正纳闷为什么沈凌尘死活不理人家姑娘的时候，就听见沈凌尘慵懒烦躁的声音："司徒小姐，你说你这样有意思吗？"

司徒小姐？司徒？

司徒是大姓，京城里鲜有人是这个姓，除了……

大概是因为那天司徒浩满是杀意的眼神让谢子玉至今回想起来还是后怕不已，"司徒"这两个字已然成了她的敏感点，如今听到也是让她身上发凉，立即将眼前这个"司徒小姐"和司徒浩归到了一家。

她想知道这个"司徒小姐"会不会和司徒浩有什么关系，于是以这个为理由继续听墙角。

司徒小姐说："凌尘，我要给你赎身，你为什么拒绝？"

沈凌尘嗤笑了一声："若我想离开这里，不用银子也可以，还不至于让你求着你爹给你银子将我赎出去。"

"那你离开这里好不好？"司徒小姐的声音带着满满的乞求与渴望，"我们一起去见我爹，我爹很疼我，一定会让我们在一起的。"

"嗦！"沈凌尘笑了一声，"你怎么这么天真，我在这里有吃有喝有女人玩，你哪里来的自信觉得我会心甘情愿地守着你一个人？"

姑且不论这个司徒小姐的身份，谢子玉作为旁观者，委实也替她不值：这般痴情的姑娘也是少见，沈凌尘不动心也就罢了，居然还说这么残忍的话，简直就是人渣啊人渣。

"那你要怎么样才会和我在一起？"司徒小姐拉着沈凌尘的袖子，眼神坚定道，"只要是你说的，我都答应你。"

"是吗？"沈凌尘眉毛一挑，挑出几分风流不羁来。他倾下身子，伸手钩住司徒小姐的下巴，一副登徒子的模样，"那若是我要你留在这里，抛弃你的身份和家人，你愿意吗？"

司徒小姐愣住了。

谢子玉也愣住了，随即鄙视起来：沈凌尘这不要脸的，一个大男人仗着人家喜欢自己就这么肆无忌惮，要不要脸？

沈凌尘收回自己的手，直起腰来，呵呵笑道："做不到就不要把话说得那么大，否则自己不好收场。"他转身要走，却被司徒小姐拉住了衣袖。

司徒小姐纠结得很，咬着嘴唇欲言又止，看得谢子玉的心也跟着揪起来了。

可偏偏沈凌尘不能消受美人恩，袖子一挥甩开司徒小姐的手，看都不看她，抬步就走。留司徒小姐一人站在原地，马上就会哭出来的样子。

谢子玉心里暗骂沈凌尘不是东西，却发现他正朝自己走来。要躲已经来不及了，只得抱着树干不敢挪窝，心中默念：看不见我，看不见我……

"我又不瞎。"沈凌尘戏谑的声音刚传入耳中，一只大手便将她从树后面拽了出来，"胆儿挺肥啊，跑这里听墙角来了？"

谢子玉目光躲闪，不敢直视沈凌尘，期期艾艾地说："那什么，我现在走还来得及吗？"

沈凌尘钩住她的脖子将她的脑袋夹在臂弯里，另一只手敲她的脑袋："来不及了，你既然知道了我的秘密，我必须杀人灭口了。"

"别啊，又不是什么见不得人的事情，你被人喜欢难道不是好事吗？"谢子玉被他夹着，走得不甚平稳，还是忍不住劝他两句，"那姑娘我看不错，你干脆从了她吧，毕竟像她这样眼瞎到能看上你的姑娘也不多了。"

"这话是什么意思啊？"沈凌尘对她的话不屑一顾，"如果你知道她的身份的话，肯定不会说这种话。"

"她什么身份？"谢子玉努了努嘴，哼唧道，"只要不是那个乱臣贼子司徒浩的女儿，就肯定是个好姑娘。"

"她确实不是司徒浩的女儿，不过……"沈凌尘停下脚步，低头看谢子玉，"她是司徒浩的妹妹司徒妍。"

"什么？"谢子玉受惊不小，"你跟司徒浩还有一腿？"

"我一腿踹死你！"沈凌尘捏着她的脸颊咬牙切齿道，"我跟司徒浩没一腿，和他妹妹也没一腿！"

"那你到底喜不喜欢人家？"虽然谢子玉对司徒浩心有余悸，但也不能断定这个司徒妍和她哥哥一样是坏人。抛开身份不讲，只凭第一印象的话，谢子玉觉得这个司徒妍还是不错的。

沈凌尘环臂看她："所以你来找我就为这个？"

"呀！"被他这么一说，谢子玉才想起正事来，忙拉着他往回跑，"快点，师兄要换药！"

一边跑着，谢子玉还不忘回头看了一眼，发现那个司徒妍也在看她，不，是在看沈凌尘。

隔得那么远，谢子玉还是感觉到，司徒妍目光里的悲戚与凉意。

沈凌尘给沈钦换药的时候，谢子玉却突然想起一件大事来：昨天一看到沈钦受伤整个人都不好了，今天和沈凌尘又闹了一番，把谢子赢要造反这件事忘到了一边。

"谢子赢谋反这件事，你告诉七皇叔了没有？七皇叔告诉太后了没有？"

"这件事七爷早就知道了，不过太后恐怕一直不知道。"

"为什么不告诉太后？"

"为什么要告诉太后？"沈凌尘一笑，"看太后和大皇子打起来，不是很有趣吗？"

"敢情那是我娘不是你娘！"谢子玉翻了一个白眼，有些不高兴，"这么大的事情你们居然都不告诉太后，万一谢子赢这会儿就谋反了，你让太后和我弟弟怎么办？"

"你弟弟那边自然有七爷的人护着，但太后……"沈凌尘不屑道，"反正那婆娘厉害得很，不会轻易吃亏的。"

"你怎么能这么说！"谢子玉生气起来，"你们不告诉太后，那我自己去告诉太后。"

"那不行。"沈凌尘停下正在给沈钦包扎的手，"七爷说了，你必须在这里待着，哪里也不能去。"

"他才管不着！"谢子玉铁了心要去告诉太后，抬脚就要往外走。

沈凌尘也不拦她，坐着没动，悠悠威胁道："你前脚走出去，我后脚就把床上这小子丢去后院喂狗。"

"你……"谢子玉定住，跺脚，气结，"无耻！"

沈凌尘走过来，拍拍她的肩，呵呵笑道："你也别指望姓秦的那小子，你们三个一个躺着两个勉强能站着，都伤得不轻，我一个人对付你们仨绰绰有余，要试一试吗？"

谢子玉看着胸有成竹的他，心想怎么就没有捏着他的把柄呢？

这一瞬间，谢子玉忽然想到了一个人。

晚上的时候，谢子玉以司徒妍的名义，给沈凌尘写了一封信。信的大致内容是："我"在长汀湖边等你，子时之前你不来，"我"便跳下去。

她偷偷将信塞到沈凌尘的房间里，然后猫在一个地方躲着，观察他的动静。

当然她也不能保证沈凌尘一定会去湖边，毕竟白天他对司徒妍的态度那么决绝。况且如果沈凌尘认得司徒妍的笔迹，她这小把戏分分钟会被拆穿。

她等啊等，沈凌尘的房间一直没有动静。算算时辰，这时候离子时已经不到两刻的时间了，里面的沈凌尘还不曾出来，他难道根本就不在乎司徒妍的生死？还是他根本就不会上当？

就在谢子玉要放弃的时候，忽然从沈凌尘的房间中传来一声轻微的开窗声，随即便又恢复平静。她立马跑过去，贴着门听了好久，然后试探着敲了敲，果然没有人回应。

她赌赢了！

沈凌尘这口是心非的家伙，嘴上说着不喜欢人家，关键时刻还不是屁颠屁颠地去了。

只是让他白跑一趟，希望他回来不要骂得太难听。

想到这里，谢子玉立即跑去沈钦的房间，在他枕边又放了一封信。这封信也是写给沈凌尘的，她担心自己走后沈凌尘真的会对沈钦做点什么，便留了封信做要挟：你若是敢丢师兄去喂狗，我就告诉七皇叔你今晚去见司徒妍了！你和司徒浩就是有一腿！

有了这封信她仍是不放心，遂又摸索着找沈钦身上的铃铛，希望沈凌尘看在他们还算是师兄弟的分上，不会真的对沈钦下手。

可是她将沈钦身上翻了个遍，也没找到他的铃铛。

奇怪，他的铃铛没有随身带着吗？

谢子玉没有时间再去找其他的地方，便先摘下自己的铃铛，同那封信放在一起，看了沈钦一眼，然后匆忙离去。

她想着，今晚只是告诉太后一声，然后马上回来。

只不过她一个人是没有办法离开醉玉轩的，况且她现在这个样子，直接进皇宫也是不可能的，所以她必须有秦羽的帮忙，先去找绮罗，然后由绮罗带自己进宫。

她去找秦羽时，秦羽已然睡下，披着外衣给她开了门："陛下，有事？"

谢子玉瞧着他，不可思议道："你居然还睡得着？"

"为什么不？"

谢子玉无语凝噎：难道全天下就她一个人急得像热锅上的蚂蚁一样吗？为什么一个个都这么淡定？

她将自己的计划告诉秦羽，秦羽思考了一会儿，说："陛下，这里都是七王爷的人，走不出去的。"

"我已经想好了。"谢子玉将怀里的衣服塞给他，"我扮成这里的姑娘，你扮成这里的嫖客。快，换装！"

秦羽嘴角抽了抽，低头望了衣服一眼，然后又瞧了谢子玉一眼，流露出些许为难之色。

谢子玉以为他害羞，便将他推到一边，背过身去："你快些换上，我不看你便是。"说着自己也脱去外衣，里面是她自己早已换好的女人的衣服。

身后传来窸窸窣窣的衣服摩擦声，不一会儿便听见秦羽硬梆梆的声音："陛下，可以了。"

谢子玉转过身来，瞧着他装扮得还可以，便跑过去，在他鬓上抓下几缕发丝："一会儿出去的时候，你抱着我，头要压低一点，不要让人家看到你的脸……"

说罢钻进他怀里，拉过他的一只手臂环在自己肩上，然后抬脚要走。

秦羽没动。

谢子玉扯扯他："走啊。"

"陛下！"秦羽低头瞧她，"您还梳着男子的发髻。"

谢子玉一摸脑袋：光顾着换衣服了，倒是把发式给忘了。

她正想着要不要梳个简单的女子的发式，秦羽突然伸手，将她的发带一扯，随即头皮一松，头发散落下来。

"好了。"秦羽将发带还给她。

谢子玉捋捋头发，又找了件披风：好吧，她姑且将脑袋藏一藏，这样应该也看得过去。

她只顾着藏自己的脑袋，完全没有发现秦羽的脸色已经有些异样。

09.
陛下牙好痛

下楼的时候谢子玉几乎将脑袋埋在了秦羽的怀里，心里战战兢兢的，唯恐被人发现。只是怕什么来什么，果然有人上前拦住了他们，至于拦下他们的理由，居然是……

"客官，我们这里有规定，不能擅自带姑娘回家……"

谢子玉：噗，吓死姐了！

秦羽从容不迫地说："我只是想出去透透气，在附近走一走……"说着不知从何处掏出一锭银子来。

拦住他们的人接过银子，犹豫片刻，然后让开身来。

秦羽带着她出去以后，果然只是带着她在附近转了转，然后找了个地方坐下。

谢子玉时不时偷瞄一眼站在醉玉轩门口监视他们的人，然后小声问秦羽："现在能跑了吗？"

秦羽却是盯着她，半晌才说："那便跑吧。"

谢子玉看了看自己身上的衣服，又看了看秦羽身上的衣服："我这衣服太拖沓，又是女装，一会儿见绮罗不太方便，你将外套给我吧。"

秦羽打量她一眼："属下的外套给您，您穿起来会更拖沓。"身高不够，拿什么来凑？

"那怎么办？"

"其实不必通过绮罗郡主，属下也可以带您回皇宫。"他目光微灼，言辞坚定，"陛下，可信得过属下？"

都到这一步了，不信也不行了："那我们走吧。"

虽然不清楚秦羽会用什么方法带自己进宫，但眼下她也没有其他办法了。

在路上的时候，谢子玉回想起那天谢子赢说的话来：说起来她这出出进进的，离开皇宫也有些时候了，太后居然把她失踪的消息压了下来，坊间真的听不到一点关于当今陛下出事的传闻。就算谢子文醒过来，大家以为皇帝平安无事，可是她被秦羽掳走的时候有许多侍卫在，这件事为什么也没有流传出来呢？而现在大家都在谈论的是，当今陛下马上要与绮罗郡主成亲的喜事。

这些事情，委实想得有些头疼。

她和秦羽正大光明地走到宫门，原以为值夜的侍卫会为难他们，没想到秦羽掏出了一枚铜牌，侍卫见了忙让开路来，甚至都没有询问站在他身后，披头散发的谢子玉。

皇宫的侍卫，什么时候这么好打发了？

可是不对，当天是秦羽掳走的她，侍卫们看得分明，为什么他还能安然无恙地进宫？

整个事情都不对！

谢子玉停下脚步，目露怀疑："秦侍卫，你是……何人？"

秦羽驻足，回头看她："那陛下又是何人？"

这话是什么意思？

谢子玉不由得后退几步："你该不会要害我吧？我跟你什么仇什么怨啊？"

秦羽走到她身前，制住她的手臂："属下不会害陛下，属下只是想弄清楚一件事。"

"什么事？"

秦羽却没有直接回答她，拢了拢她身上的披风，将帽子压得极低，遮住她的大半张脸。然后带着她直直往乾清宫走去，甚至不避讳巡逻的侍卫。

谢子玉想不出秦羽究竟想做什么，可眼下自己也不能做什么，只得随他一起去了乾清宫。

如今乾清宫守卫更是森严，秦羽愣是凭借那枚铜牌，将谢子玉带进了寝室。

看到寝室中的龙榻上躺着的人时，谢子玉终于明白了秦羽话里的意思。

七皇叔说得对，她消失之后，太后果然将谢子文放了出来。

寝室里有崔明和其他宫女太监守着，但只有崔明一人认出秦羽后面跟的是谢子玉。他激动不已，差点扑了上来，要哭的样子："陛……陛……"他约莫是想称呼她陛下，但真正的陛下在龙榻上躺着，当着众多宫女太监的面，他这声"陛下"当真不能喊。

秦羽让崔明带着其他宫女太监姑且去外殿待一会儿，他有话和谢子玉单独说。崔明看看秦羽，再看看谢子玉，只把宫女和太监遣了出去，自己却站在离二人不远的地方磨鞋底，坚决守着谢子玉。

秦羽也不在乎，只是往谢子玉面前又走了一步，指着床上的谢子文，目光却是牢牢锁在谢子玉身上，说："你是女人，所以你不是真正的陛下，你是谁？"

没想到他会这样肆无忌惮地说出来，谢子玉和崔明都吓了一跳。

但既然该知道的他已经知道了，谢子玉也觉得自己的身份没必要瞒着他。她观察着他，发觉他虽表情冰冷倒也看不出什么歪心思，索性便告诉他实话："我说我是陛下的同胞姐姐，你信吗？"

秦羽沉思片刻，方说："我信。"

他这反应未免太平静了，不由得让谢子玉有些好奇："你若是怀疑我的身份直接问我便是，干吗绕这么大的圈子？"又是帮她逃出醉玉轩又是带她进皇宫，难不成只是为了弄清楚她的身份？

"若属下直接问，陛下会说实话吗？"

"不会。"谢子玉如实回答。

不过话说回来，他是什么时候发现她是女儿身的？她自认为隐藏得还算可以，不晓得什么时候露了馅。谢子玉忍不住问起来："关于我的身份，你是什么时候识破的？"

从来表情冷漠的秦羽倏忽一僵，影影绰绰的烛光中，他的眼神竟有些飘忽不定："那日在醉玉轩，陛下撕坏了属下的衣服……"

他只说这些，拒绝往下说。

谢子玉还在思考她撕坏他的衣服和被发现女儿身是什么关系的时候，不远处竖着耳朵偷听的崔明炸了。

陛下居然撕秦侍卫的衣服！

陛下为什么要撕秦侍卫的衣服？

陛下撕完衣服以后又干了些啥？

捂眼，不能直视陛下和秦侍卫了嗷！

"你应该不会拿这件事来要挟我吧？"谢子玉小心翼翼地问了一句。

秦羽目光稳稳地落在她身上："嗯。"

谢子玉心里一慌："你嗯是几个意思？"

"属下不会说出去。"谢子玉听到这里，稍稍心安，又听他说了下一句，心立马又吊了起来。他说，"不过陛下需帮属下做一件事，陛下可否同意？"

"我能不同意吗？"谢子玉泄气道。

"……"秦羽看着她不说话。

谢子玉和他僵持了一会儿，终于还是抵不住他平静中透着威胁的目光，败下阵来："好吧，什么事情，说来听听？"

秦羽看了不远处的崔明一眼，带着谢子玉往寝室深处走了些。寝室深处是龙榻，榻上的谢子文安静地睡着，脸色苍白得有些透明，呼吸极轻。

他们立在龙榻前，秦羽稍加思忖后，便说："属下想查找一个人……"

秦羽说的那个人，是个女人，叫凤娘，以前在宫里做过宫女，后来进了尚衣局，但她只在尚衣局里待了一年，便莫名消失了。

"你找一个宫女做什么？她是你什么人？"谢子玉好奇地问。

"这个陛下无需知道。"

"好吧。"谢子玉有些不乐意但又无可奈何，撇嘴道，"你不说我也不逼你，谁让我有把柄在你手里呢？"

"陛下只需替属下找到这个人即可。"烛光明明暗暗地映在秦羽脸上，他落在谢子玉脸上的目光突然移开，蓦地说出一句话来，"陛下放心，属下不会伤害陛下。"

"才不信你。"谢子玉努努嘴，不满地说，"上次为了绮罗还给了我一刀，现在背上还疼呢。"不提还好，一提起来，谢子玉就来气，"幸好那人是我大哥，勉强看在血缘关系的分上留了我一命，要是换作别人，我兴许连命都没有了。"

她心里委屈，说这些话不过是想发发牢骚，不期望他能说出什么道歉的话来。不承想往日里冷峻如斯的秦羽，竟忽然单膝跪了下来，不知从哪儿摸出一把匕首来，递到谢子玉面前，饮颈说道："那时心切伤了陛下，属下有罪，陛下现在可以还回来，属下甘愿受罚。"

谢子玉惊讶地接过匕首："你的意思是，让我也在你背上刺一刀？"

"是。"他未抬头，铿锵应着。

崔明瞧见匕首，忙跑了过来，兴冲冲说道："陛下，您是不是要扎他？需不需要奴才帮您？"

谢子玉："啊？"

崔明挤眉弄眼道："秦侍卫忒忘恩负义了，您平日里对他那么好，秋祭的时候他扎了您一匕首不说，还把您掳走了，这样的小人，该扎！"

谢子玉捧着匕首，犹豫了好久，又在他背上比画了几下，最终还是下不了手，将匕首往崔明手里一塞，气馁道："我不敢，你来吧。"

没想到崔明只是嘴上厉害，匕首真的到了他手里，他反倒像捧了个烫手的山芋，拿也不是扔也不是，勉强攥住了匕首的柄，举在空中老半天也没落下来。

谢子玉见他如此，只好取下匕首，还给秦羽："算了，你为了救我本就伤得不轻，我没那么狠心，你起来吧。"

"陛下。"秦羽抬起头来，眸光中透着一股复杂之色。

"干吗？"

他面容微微波动，几番欲言又止，不像平日里冷漠如斯的他："陛下，有些事情，属下不知当讲不当讲？"

他说这话的时候，还看了崔明一眼。

谢子玉明显感觉到崔明的身子一顿。她狐疑地看了看崔明，又回望向秦羽："你讲便是。"

"陛下……"崔明的表情有些许不自然起来，给秦羽递了个眼色，好似在示意他不要说，"秦侍卫……"

崔明这样的表现，让谢子玉更加好奇起来。

秦羽犹豫再三，说道："那日属下掳走陛下换回绮罗郡主，是……太后的意思。"

"什么？"谢子玉惊讶不已，不敢相信。

"秦侍卫，这种话可不能乱说，太后怎么可能会做这样的事情？"崔明忙着帮太后洗白。

谢子玉扭过头去看他："崔公公，你为什么也觉得惊讶？你难道不知道这件事吗？"

崔明急得直搓手："奴才不知道，太后怎么可能会用您去交换绮罗郡主，这……这不合常理啊。"

"这的确不合常理。"谢子玉也想不明白，难不成太后将绮罗看得比自己还要重要？"秦侍卫，你这话当真？"

"当真。"秦羽看了崔明一眼，"陛下可以问一问崔公公。"

她扭头去看崔明，崔明吓得脸都白了。

"崔公公，你不觉得你应该说点什么？"谢子玉眼睛一眯，步步往崔明逼去，"你是不是知道点什么？"

"陛下……"崔明被逼得连连后退，一副手足无措的样子，"奴才什么也不知道，真的什么也不知道！"

"我怎么看你那么可疑呢？"谢子玉正想着要不要使用点非常手段让崔明说点什么，却被一阵咳嗽声打断了。

"咳咳……"

闻声望去，竟是龙榻上的谢子文发出来的。

崔明一听这动静，立马撒丫子跑去倒水，说要给谢子文压咳，颇有落荒而逃的意味。

谢子玉掀开帷帐去看谢子文，见他竟有苏醒的迹象，不禁大喜，扭头去唤崔明："你快些。"

崔明端了水匆匆过来，谢子玉接过来，让秦羽帮着将谢子文扶坐起来，将水递到谢子文嘴边。

眼睛未睁却有意识的谢子文抿唇欲喝，谢子玉却忽然撤回手来。

秦羽和崔明不解地看着谢子玉。

谢子玉将杯中的水置于鼻前闻了闻，一股淡淡的香气萦绕在鼻间。

"崔公公，这水里你放了什么东西？"

崔明一听，从腰间摸出一只小小的瓷瓶："太后吩咐说，陛下……呃奴才指的是龙榻上的这位陛下，因为一直昏迷着元气不足，所以太后命令太医专门配制了些补气的药，放在水中化开，陛下偶尔醒来的时候，便让奴才给陛下服下。"

"是吗？"谢子玉从他手中拿过那只瓷瓶，闻了闻，确实与杯子中的水散发着同样的味道。

她想起沈钦曾经说过的话，谢子文之所以一直昏迷不醒，有可能是有人一直给他服用迷药。她疑惑地盯着这只小瓶子：会是这个吗？

"崔公公。"谢子玉叫他。

"陛下有何吩咐？"

"你元气足不足？"

"啊？"

谢子玉将杯子递给他："喏，给你补元气。"

崔明一愣："陛下，这是何意？难道陛下怀疑奴才？"他表情一垮，一副要伸冤的样子，"陛下，奴才怎么会害真正的陛下呢？奴才一直奉命办事，绝无二心，奴才……"

"不许啰唆！"谢子玉虎下脸来吓唬他，"喝！"

崔明委屈得像个小媳妇，接过水来一饮而尽，像是在表决心。

谢子玉和秦羽对视一眼，然后开始观察崔明："有没有什么感觉？晕不晕？"

"回陛下，没感觉，不晕。"崔明不开心，戳着生闷气。

谢子玉取下瓷瓶的塞子，倒出一粒药丸，递给秦羽："秦侍卫，你要不要也补一补元气？"

秦羽推回去："陛下，别闹。"

约莫有半盏茶的时间过去，戳着的崔明开始摇晃身子。

"陛下……"他哀哀叫了一声。

"怎么了？"谢子玉瞧着他脸色不对。

崔明扶着脑袋，气息不稳："奴才有点头晕、眼花、腿软、想睡觉……"

"是吗？"谢子玉走到他身前，将那瓷瓶又置在他鼻下给他嗅了嗅，不一会儿他身子晃得更厉害了。

这药果然有问题！

谢子玉将刚刚拿出的那粒药用帕子包好塞到腰间，准备等到沈钦醒来的时候让他看一看这到底是什么。

崔明没能坚持太久，就在谢子玉准备将瓷瓶还给他的时候，他一个后仰，扑通一声倒在地上，怎么叫都没回应了。

谢子玉和秦羽面面相觑，一时不知道该说些什么。

却在此时，秦羽一直扶着的谢子文突然动了动，缓缓地睁开了眼睛。

谢子玉立即冲上去，凑过去瞧了一会儿，确定他这是真的醒了，便捧着他的脸让他有力气直视自己："子文，我是你的姐姐，你可还认得我？"

上次他太虚弱，连话都没说，只看了她一眼，不知是否还记着她。

不过这次的谢子文却没让她失望，他不仅能动，还能说话，虽然仍是虚弱得厉害。他努力睁开眼睛，嘴唇翕动，吐出两个字："阿姐……"

"你还记得我，真是太好了！"谢子玉顿时激动不已，捧着他的脸正欲再说些什么，忽然听外面传来一声："太后驾到。"

这个时候，太后怎么会来？

地上是晕过去的崔明，榻上是刚刚苏醒过来的谢子文，谢子玉的第一反应是：不能让太后看到这样的情景。

她让秦羽赶紧将谢子文放平身子，她一边整理锦被一边又吩咐秦羽找个地方把崔明藏起来，秦羽会意，扛起崔明，四下看了看，将他藏到一处屏风后面。

她对谢子文说："你假装继续昏迷，不要出声好不好？"

"阿姐……"谢子文忽然拉住她的手，让她低下身子，在她耳边说了一句话，"不要相信太后，她不是我们的亲生娘亲。"

谢子玉一下子怔住了。

127

"陛下——"秦羽唤她，"太后过来了。"

谢子文两眼一闭，算是装晕。

谢子玉站起身来，做了好几个深呼吸，方才谢子文那句话来得没有防备，让她心里有些慌张。

肩上忽然落下一只大手，秦羽平稳冷静的声音传了过来："陛下莫慌，您没有做错任何事，不需要紧张。"

呼，也对。

太后显然是匆忙而来，纵然衣冠端整，鬓发梳得却不是那么熨帖。

她看到谢子玉和秦羽，先是一愣，而后立即遣退了她带过来的人，将谢子玉拉到一边，将她打量一番后，关切地说："玉儿，看到你没事哀家真是太高兴了。你不在的这些日子，哀家心里总是担心着，唯恐你出事……"说着便拭起泪来。

若是以往，看到太后这般悲伤的模样，谢子玉肯定是要跟着抹眼泪的。但今天晚上秦羽和谢子文的话让她受到了不小的冲击，这会儿反倒不知道该怎么面对太后了。

秦羽说："那日属下掳走陛下换回绮罗郡主，是……太后的意思。"

谢子文说："阿姐，不要相信太后，她不是我们的亲生娘亲。"

一边是落泪的太后，一边是自己只见过两面的弟弟，她该……相信谁？

每次拿不定主意的时候，她就会分外想念沈钦，唉。

原本有一肚子话想说给太后听，想告诉她谢子赢马卜就会谋反，想把这些日子她受的委屈告诉她，想问她为什么不派人去清苑救自己，想问她沈钦是被谁伤成那个样子……

可是一旦谢子文说的是真的，眼前这个太后并非自己的亲生娘亲，这些话和这些问题，都没有了意义。

"母后，这么晚了您怎么会过来？"谢子玉抽回自己的手，捏着衣角，一时之间，心绪翻滚，不知该不该告诉她，谢子赢谋反这件事。

"哀家听说秦侍卫带了人来乾清宫，约莫猜到是你，便急忙赶来了。"太后爱怜地抚着她的头发，仿佛真的是一个慈祥的母亲。不过说起秦羽，太后倒先一步说起秋祭那日的事情来，"哀家知道那天秦侍卫伤了你，原本是想治罪于他，但他将绮罗救了回来，也算是将功折过，便留他一命，等你回来处置。"

"哦。"谢子玉闷闷应了一声，不由得对太后又冷漠了几分，果然在太后看来，绮罗的命要大于她。试想天下有哪个母亲会用自己的亲生女儿去换别人的女儿，偏偏太后就这样做了，难不成真如谢子文所说，她并非太后亲生，所以太后才能如此狠心？

可明明那晚在宗祠，太后声泪俱下，一字一句说得恳切，分明是在说她啊。

谢子玉仔细回想那晚太后说过的话，忽然一个大胆的想法冒了出来。

那些话，好像放在绮罗身上，也是一样合适。

难道绮罗才是……

谢子玉猛地往后退了两步，有些惶恐：如果真如她所想的那样，那么这人生未免也太狗血了，叫人承受不来。

"玉儿，你怎么了？"太后奇怪地看着她。

"母后，我好累，想早些休息。"谢子玉努力做出一副正常的表情，勉强扯出一丝笑来，"母后也快些去歇着，这些日子母后为我担惊受怕，想必也辛苦得很。"

太后过来拉住谢子玉的手，温柔道："也好，今晚你先在这里歇下，等过些日子哀家便恢复你大祁公主的身份，单独拨一个宫苑给你。这些日子，先委屈你一些，不要轻易抛头露面……"

"嗯，我知道了。"

太后又嘱咐她几句，便要离开。不过临走前，她看了秦羽一眼，眼神太过于厉害："秦侍卫，随哀家来！"

看太后这架势，想必不会有什么好事。

再怎么样，如果今天晚上没有秦羽，她也不会知道这么多事情，所以绝对不可以让太后将他带走。

谢子玉阻止秦羽跟随太后离开，对太后说："母后，念在秦侍卫救了我的分上，我不计较他先前掳走我一事，您也无需再惩罚他了。"

太后笑笑："哀家只是想叮嘱他几件事情，关于你的身份。"

"我会叮嘱的。"谢子玉将秦羽护在身后，"这种小事母后您就不要费心了。"

太后看了谢子玉一会儿，目光中多了几分怀疑，不过很快消失不见。

"也好，哀家倒也省心了。"

目送太后离去，谢子玉浑身脱力，抹一把额头，汗涔涔的，感觉比打一架还累。她让秦羽先下去休息一会儿，因为等会儿还要出宫回醉玉轩，她担心他会体力不支，况且他身上还有伤。

秦羽去了外面等着，谢子玉走到龙榻前，有些话，她想和谢子文单独说。谢子文早已睁开眼睛，精神似乎比刚才还要好一些。

谢子玉坐在床沿，姐弟俩互相看着对方，一时静默，直到谢子玉率先开口，捏着自己的脸说："真奇怪，我觉得咱俩长得也不是那么相像，为什么他们都认不出来？"

谢子文笑容浅浅的，很认真地回答她："大概是因为不在乎吧。"

姐弟俩相视而笑，半晌谢子玉才提起那件事来："你说太后不是我们的亲生娘亲，你是如何发现的？"

"我偷听到的。"谢子文揉着额头，因为刚苏醒不久，记忆不甚清明。他一边努力回忆，一边说，"父皇驾崩后不久，我偶然听到太后和舅舅谈话。太后亲口说，绮罗才是她的孩子，我们两个不过是当初太后为了地位从别处偷换来的孩子。因为是龙凤胎，父皇很高兴，升了她的嫔位，太后才得以一步步走到今天这个地位。"

绮罗果然是太后的孩子。

因为方才猜到了这个结果，谢子玉倒也没有特别惊讶，只是心绪波动得厉害，怎么也没办法平复。她拍拍胸口，希望自己冷静一些："那我们的亲生父母是谁？"

"我不知道。"谢子文无奈地摇摇头，"我还来不及查这件事情，便被太后发觉，将我禁了起来。"

"你怎么会这么不小心，给她发觉？"

"太后打了一把好算盘，她想着我登基以后，便娶绮罗做皇后。我虽喜欢绮罗，但太后实在可怕。她不仅想控制我，更想把控朝政，做真正执掌大权的人。"谢子文说到这里，眉宇间流露出些许恨意，"我不肯受她控制，她便将我监禁起来。万万没想到她竟找到了你，让你假扮我做了皇帝，她简直太可怕了。"

"真的是这样吗？"虽然从一开始谢子玉便觉得太后怪怪的，但她绝对没想到太后竟有这样的心计。一个女人，为了权势地位，居然做到如此地步，也是丧心病狂到了一定境界。

谢子玉一个哆嗦，抖出一身鸡皮疙瘩。

谢子文揉着脑袋想了好一会儿，又想起一件事来："阿姐，你可还记得当年你被送去普罗山的原因？"

"太后说过，是送我去养病。"以前还相信这句话，不过现在……

"她怎么会如此好心？"谢子文冷冷地哼了一声，"到底绮罗才是她的亲生女儿，她当初送走你，便没想过再将你接回来。那时你的死讯传来不久，太后便以太过于思念你为由，要将绮罗过继为自己的女儿，封作公主。父皇拒绝了，后来只给了绮罗一个郡主的封号。"

"原来绮罗的封号是这么来的，我当初还觉得很奇怪来着……"不过现在倒是想明白了，太后到底是处处想着自己的亲生女儿，"那你呢，你是不是还要娶绮罗？"算算日子，好像就在几天后。

"不能娶。"谢子文抓过她的手，"阿姐，这正是我要拜托你的。"

"什么？"

"我不能娶绮罗……"

谢子玉往外冲，秦羽拦着她不让她走。

"你做什么拦着我？"谢子玉瞪他，"我要回醉玉轩，沈钦还在那里呢，我不放心。"

她这一闹，引得其他宫女太监频频侧目。秦羽只得将她推回内室，安抚道："陛下莫闹。"

"我没闹。"谢子玉急得直跺脚，"说好见完太后就回去的，你为什么不让我回去？"

"不是属下不让您回去，是太后不让您回去。"相比跳脚的谢子玉，秦羽倒是一派冷静，"您进宫之前就该想到，一旦见到太后，太后便绝对不会再让您出宫。"

"我哪里想到会这样。"谢子玉气急败坏，踢了他一脚，"你既然想到了，为什么不提醒我？现在怎么办？我就要出宫！现在就要！"

秦羽也不躲，站直了身子一动不动，任由她撒泼。

倒是谢子文看不下去了，帮着劝起来："阿姐，你别再为难他了，依太后的性子，的确不会放你走的，你今晚且安心休息，剩下的事情，明天我们一起想办法解决好吗？"

谢子玉急得团团转，最后见实在没有办法出去，只得眉毛一耷嘴巴一瘪，认了。

131

虽然谢子文已经醒了，可是为了防备太后有其他的动作，只得让他继续假装昏迷，连崔明也瞒着。而谢子玉在乾清宫待着的日子，太后也没让她闲着，继续让她上朝骗大臣。

一开始听到又让她假扮皇帝，其实她是拒绝的，因为每天穿内增高，很容易摔倒。但太后凤眸一瞪，她就怂了。况且谢子文也提醒她，在没有足够的力量与太后相抗衡时，继续装出一副乖萌的样子是很必要的。

于是谢子玉只好妥协，但交换条件是太后不能再把谢子文藏起来。

太后心有疑虑地应允了，将谢子文移到乾清宫的一个偏殿里。谢子玉每天都会抽空过去看看，谢子文安慰她不要担心。

谢子玉怎么会不担心，她担心沈钦担心得要死，总怕沈凌尘那家伙真的会把沈钦丢去喂狗，心里一百个不愿意待在宫里，急得唇上舌尖起泡，上火上得后槽牙疼。

好疼……

每天固定的动作是手托腮，不能碰凉不能碰热，但凡硬一点的东西也不敢吃，一天三顿清水煮面条，食欲不振，面如菜色。

太医过来看，说没有什么大问题，吃些降火药就好，关键是要心静自然凉。

她整个人都要急炸了，哪里凉得下来？

崔明为此也是操心得不行，盼着谢子玉能快些好起来，于是熬药的时候多撒了两把黄连。辛辛苦苦熬好的药端给谢子玉，谢子玉抿一口，苦得那个旋转跳跃闭着眼，一口能清醒一整天，死活不愿再喝第二口。

因此牙疼愈演愈烈，以至于连上早朝的时候，都控制不住一口一口地抽凉气。

恰恰此时，礼部尚书奏了一件要事："禀告陛下，三日后便是您和绮罗郡主大喜的日子，一切已经筹备完毕，总计花费两万两白银……"

谢子玉："嘶！"

李大臣一慌："陛……陛下，其实这两万两白银还包含大婚当日的一些预算，除去预算的话，花费一万五千两白银……"

谢子玉："嘶！"

李大臣腿一软："陛陛……陛下，花出去的这一万五千两白银中，有一部分是押金，陛下的大婚完成后会返还回来，算来也只花费了正好一万两白银……"

谢子玉："嘶！"

崔明两行热泪流下来：陛下您是属蛇的吗？您瞅瞅您都把礼部尚书逼成什么样了？

下朝以后，崔明亲自捧了降火药，一步一个脚印走了过来。谢子玉躲在一堆奏折后面，惊恐道："崔公公，有话好好说，你把药放下！"

"陛下，良药虽苦但是能治病啊，您就喝了吧。"

"不喝！"

"陛下，喝了药牙就不疼了。"

"不要！"

"陛下！"崔明一个吊高嗓喊了出来，捧着药跪在地上不起来。

谢子玉给这一嗓子惊得不轻："崔公公你小声点，不知道的还以为朕把你怎么着了呢。"见他仍跪在地上没有起来的意思，谢子玉勉强退了一步，"你把药放下吧，朕什么时候想开了什么时候喝。"

崔明这才委委屈屈地站起身来，将药放在案上，自己退到一旁，贼眉鼠眼地往这边瞥。

谢子玉瞅着那碗药，心里也是愁得泪千行。

此时恰好秦羽进来，有事禀告。之前关于秦羽要她帮忙找凤娘的事情，谢子玉趁着这几天手上还有点权力便命人去查了，秦羽过来告诉她，事情已经有了些许眉目。

谢子玉听完以后，随口问了一句："秦侍卫，你可知有没有一种方法，既不用喝药，又能治牙疼的？"

她只是随便问一问，没想到秦羽居然真的知道一个治牙疼的方法："陛下，在手的虎口偏上位置有一处穴位，用力按住那里，可快速止牙痛。不过……"他顿了顿，看了一眼案上的药，"这不是长久之法，陛下若一直牙痛，还是早些服药的好。"

虽然难得他一口气说这么多话，但谢子玉还是很自觉地忽略了他后面的话，直接按他前面说的找起穴位来。她在左手的虎口处按了按，比画着给他看："是这里吗？还是这里？"

"不是。"秦羽见她一直找不到，便向她走去，伸出手来，"陛下如果不介意的话，臣帮您找。"

谢子玉想也不想就把自己的手递了过去，崔明想阻止已经来不及了：噢，陛下您的小手是能随便给别人摸的吗？男女授受不亲您不知道吗？秦侍卫你敢摸？啊呀你真敢摸？啊呀你怎么还在摸？

完全没有注意到旁边快要跳脚的崔明，谢子玉看着秦羽在自己左手虎口上方的一处位置用力按着，虽然压迫得有些酸麻，但好像牙痛真的减轻了很多。

"秦侍卫，你真厉害！"谢子玉由衷地夸道。

"陛下过奖。"秦羽不卑不亢道。

谢子玉记住了那个穴道的位置，正准备抽回手来，忽觉一个人影携着冷风嗖地晃到眼前，随即一只大手横在她和秦羽中间，直接把秦羽的手挑开了。

"谁？"谢子玉一抬头，惊了，"沈……沈……"

"我不是你婶、婶！"沈钦居高临下地看着她，一字一顿，颇有咬牙切齿的意味，"陛下，您和秦侍卫手、拉、着、手、在做什么呢？"

这语气包裹不住的火气噌噌直冒，可欣喜若狂的谢子玉哪里管得了这些，直接从矮案后面蹦出来，跳到沈钦身上，双臂钩着他的脖子，咧着嘴笑："你还好好的！你居然还好好的！真是太好了！"

崔明要疯了，冲过来就要把谢子玉从沈钦身上拽下来：陛下哎，好歹您身上穿的是龙袍！是男装！这样挂在另一个男人身上，您让宫女怎么看？您让太监怎么看？您让那些血气方刚的侍卫怎么看？

只是没等崔明伸出手，沈钦先一步将她扯下来，横眉竖眼道："你这一抱不要紧，我身上得崩开多少伤口你知道吗？"

谢子玉站稳了身子，掰着自己的手指头傻乐和："我……呃朕就是看到你没事太激动了。"

沈钦瞥了她一眼，憋着笑问她："那你激动完了，能回答属下刚才那个问题了吗？"

"啊？"谢子玉用一双迷茫的眼睛看他，"什么问题？"

沈钦挑眉看了一眼秦羽，又把刚才的问题一字不落地重复了一遍。

"那什么……"谢子玉指指自己的牙，"朕牙痛，秦侍卫刚好知道一个治牙痛的好方法，还蛮有效的。看，掐这里就可以了。"说着还要给他做示范。

"是吗？"沈钦根本不看她的手，眼神一瞥，瞥到了那碗快要放凉的药。

崔明可是个察言观色的能手，一见沈钦这眼神，立马凑了过去，添油加醋地对他说："沈侍卫，秦侍卫所说的方法就是掐陛下的小手，方才掐得可带劲了，陛下还夸秦侍卫这方法老有效了！不过这治标不治本，陛下若想牙不疼，还得喝药才能除根啊。"

谢子玉拿眼睛横他：你不说话能死吗？

"崔公公说得对。"沈钦点点头，和崔明一个搭台一个唱戏，弯腰将那碗药端了起来，走到谢子玉面前，"陛下，您觉得呢？"

——10.——
陛下被压倒

"朕……"她刚开口说了一个字，一只大手突然捏住她的肩膀，将她往后推去。她受力不住，向后一仰，撞在后面的柱子上，随即那只温热的瓷碗抵在她的唇上，碗里的黑色药汁一股脑地涌进嘴里……

对于深谙谢子玉习性的沈钦来说，给她喂药就两个步骤：按住，灌！

谢子玉呛得直咳嗽，又苦得直打战，崔明忙递了一个蜜饯过去给她含着。谢子玉用湿漉漉的眼神控诉沈钦：朕现在是皇帝！你这是逾越！逾越你知道吗？

沈钦把药碗转手交给崔明，直接过滤掉她的目光。

崔明捧着药碗要哭了：沈侍卫万能嗷。

沈钦回来后，谢子玉顿时牙不疼了火也消了，她把所有人都赶出去，按着沈钦坐在榻上，伸手就要解他衣服上的系带。

沈钦一巴掌打下她的手来，挑眉道："几天不见，你是跟谁学得这么奔放，一上来就解男人衣服的？"

"你不是说伤口崩开了吗？我看看……"说着爪子又伸了过去，一边胡乱地解一边嘟囔，"你别动，你躲什么呀，给我看看……"

沈钦捉住她的手腕，将她拉向自己："你真的想看？"

"嗯。"

她刚应了一声，忽然手臂受力，身子失去平衡，一屁股坐在他的腿上，跌进他的怀里，不等她反应过来，腰上随即缠上一只手臂将她的身子箍住。

沈钦一手按住她的脑袋，吁了口气："不给看，你看了会骂街。"

谢子玉顿时安静下来了：她其实不看也能想到，他身上的伤有多重。

一时静默。

谢子玉整个身子被他囫囵圈着，贴着他胸膛的耳朵里传来强健有力的心跳声，他的怀抱一如往常般温暖，让她很有安全感。她忍不住回抱他，将脑袋深深埋下去，方才调皮的神情一下子变了，嘴巴一瘪，啜泣起来："你满身是伤地躺在那里，吓死我了。我居然还抛下你跑来皇宫，害得你伤还没好就来找我，我好没有良心……"

几句话说得断断续续乱七八糟，她是真的后怕，也是真的伤心。

"知道自己没有良心还不晚。"沈钦将她往自己怀中紧了紧，下巴搁在她的脑袋上，一边蹭一边说，"那你是不是得好好补偿我？"

"嗯。"谢子玉仰起脸来，抹了抹眼泪，"你想要我怎么补偿？太医院那边有很多上好补药，鹿茸、人参、灵芝，唔，还有雪莲……"

"咦！"沈钦笑了起来，抬手捏捏她的下巴，"我要的是补偿，不是补药。"

"啊？"谢子玉想了想，泪眼朦胧地看着他，嗫嚅道，"你知道的，我是个假皇帝，没有钱的。"

沈钦憋着笑说："我说的补偿，也不是这个。"

"那是什么？"

在谢子玉还没想明白他要的补偿是什么的时候，忽见沈钦侧了身子，向她压来。她大惊，本能地向后仰去，没想到沈钦一不做二不休，干脆将她整个压在了榻上。

"师兄，你……"

"我说的补偿是……"沈钦的脸又压低了几分，说话时呼出的气息不可避免地扑在她的脸上，谢子玉甚至从他的眼睛里看到了惊慌失措的自己。他大手轻轻摩挲她的脸，因为手上有伤，让她感觉稍许磨砺，一阵酥麻的感觉直冲心里。

她听见他说："大难不死，特别想抱抱你、亲亲你……"

那张原本就近在咫尺的俊颜彻底落下，先是吻上她湿漉漉的眼睛，叫她闭上不敢睁开，而后是鼻尖，最后是唇……

从一开始的小心试探，到缱绻缠绵，而后欲罢不能，沈钦恨不能将怀中的人儿揉进自己的骨血里才好。

谢子玉在受了惊吓后，小心翼翼地睁开眼睛，看见他轻合的长睫微微颤抖着，又不由自主地闭上了眼睛，开始学着适应，而后双臂攀上他的脖子，一点点地回应……

她险些意乱神迷之际，沈钦终于放开她，结束这个吻，只将她的眉眼口鼻细细望着。

谢子玉脸颊滚烫，急急喘息："师兄，你压得我快喘不过气来了。"

"是吗？"沈钦不慌不忙地起身，将她拉了起来，等她慢慢平复呼吸。

谢子玉拍着胸脯喘了好一会儿，终于捋顺了呼吸。抬眼看到笑吟吟的沈钦，想到刚刚那个吻，她一下子撤走了身子，跑到柱子后面，露出半张脸来看他。

沈钦不解："你跑那么远做什么？"

"我……我害羞……"谢子玉捧着自己红彤彤的脸，忸怩道，"太突然了，一点心理准备都没有。"

沈钦站起身来，慢慢向她走去。

谢子玉是真的害羞了，满屋子躲着他跑，像只受惊的小兔子。

沈钦追了一会儿，见追不上，一捂胸口，扶着桌子做痛苦状。

谢子玉见他这样，立马噔噔噔跑了过来，帮他揉胸口，一脸吓着的样子："师兄你怎么了？哪里痛？"手腕一紧，抬头看见沈钦得逞的眼神，方知晓自己上当了，"你骗人？"

"智商低，没药医。"沈钦握着她的手，顺势将她揽进自己的怀里，语气中满是疼惜，"你被师父带回来的那天起，我们好似从来没有分开过这么长时间。"他低头，在她发上吻了吻，"太想你了，睁开眼睛的第一眼想看到你，偏偏你跑回皇宫来了，只在我枕边留下一封劳什子信。"

"对不起……"她其实也后悔自己没守着他醒来。不过说到信，谢子玉倒想起来问他，"沈凌尘没对你做什么吧，他威胁我说要把你丢去喂狗来着。"

"嗯。"沈钦放松下来，好似在惩罚她，将自己身子的重量几乎全部压在她身上，"说起来，沈凌尘为什么要丢我去喂狗？"

"因为他不想让我来皇宫。"谢子玉有些吃力地支撑着他的重量，干脆拉着他就地坐了下来，同他细细说起她这段时间所经历的事情，"我不小心撞破大哥和司徒将军他们谋反的秘密，原本是想着回宫里告诉太后的，可是七皇叔好似并不希望太后知道这件事，所以让沈凌尘拦着我不许我进宫。沈凌尘说，如果我前脚进宫，他后脚就丢你去喂狗，我想不到好办法，只好诓他半夜出去，我和秦羽偷偷跑了出来……"

"哦？"沈钦笑着问，"你居然还诓得了他？"

"司徒将军的妹妹司徒妍喜欢他，我瞧着，他虽然表面上对司徒妍凶巴巴的，但说不定心里是喜欢她的，就好像秦羽一直拒绮罗于千里之外，但当绮罗遇到危险时，他还是会……"

"你打住！"沈钦一副很不爽的样子，"能不提姓秦的那小子吗？"

"好吧。"谢子玉撇撇嘴，继续说道，"我那天晚上以司徒妍的名义给沈凌尘写了信，约他在长汀湖边见面，没想到他真的去了。"

"司徒妍？长汀湖？"沈钦一脸惊奇地看着她。

谢子玉被他看得有些莫名其妙："怎么了？"

沈钦揉揉她的脑袋，笑道："被你误打误撞上了，沈凌尘那天晚上的确从长汀湖那里抱回了寻短见的司徒妍。"

"真的？"

沈钦从腰间摸出一封信来，正是那天晚上谢子玉留在他枕边威胁沈凌尘的那封："大概是沈凌尘忙着照顾溺水的司徒妍，所以没有看到你写的这封信。我醒来后，便收了起来。"他咕哝笑着，"得亏他没看见，这么幼稚的东西你也写得出来？"

谢子玉一噘嘴，伸手就要抢过来。

沈钦不给，举着信逗她。

谢子玉扑腾了一会儿，悻悻地放弃了，仰着脸，托腮看他，专心致志。

沈钦大大方方给她看，哪知她看着看着，忽然抡起拳头捶了一下地。

"突然怎么了这是？"

谢子玉攥着拳头愤愤道："我心疼！"

"你心疼什么？"

"你！"

"……"

她往他身前挨了挨，一本正经地说道："师兄，现在我们来谈正事吧？"

"嗯？"沈钦被她跳跃的话题弄得有些晕，"谈什么？"

"我们来谈，你身上的伤？"谢子玉咬牙恨恨道，"我想知道是谁伤的你，我要给你报仇，我去打他，也喂他鹤顶红！"

沈钦一怔，随即露出一个不屑的笑来："就你？"

"嗯！"谢子玉给了他一个坚定的眼神，"师兄，你可看清伤你的人是谁？"

"人太多，又蒙着脸，一个也不认识。不过……"沈钦用手臂撑着地面，懒懒地向后仰着，眉头却皱了起来，"我是在这宫里被人下手的，能在宫里组织这么多人闹出这么大动静的，约莫只有……"

"太后？"谢子玉先一步说出。

沈钦点头："怀疑是她，但还没想明白是为什么。"

他想不明白，但谢子玉心中已经猜了个大概。

"师兄，我告诉你一个秘密。"谢子玉爬到他身边，凑到他耳边小声说，"我弟弟子醒了，他告诉我，我们俩并非太后亲生，绮罗才是太后的亲生女儿。"

沈钦微微错愕之后，若有所思道："难怪我一直觉得太后怪怪的……"

"我进宫原本是要告诉太后，大哥和司徒将军他们要谋反，想着让太后做些准备。可是我知道这件事以后，便打消了这个念头。"谢子玉捏着衣角，抬眼看他，"你说我做得对吗？"

"其实即使你不告诉太后，单凭你被谢子赢掳走这件事，太后肯定对他已经有了防备。"

谢子玉纠正他："不是大哥掳走了我，是大哥挟持了绮罗，逼着秦侍卫掳走了我……"

"什么？"沈钦眉头一锁，"我就知道姓秦的那小子不靠谱，长得人模人样的，就是不办人事！"

"也不是……"谢子玉纠结道，"秦侍卫人也不坏，他后来还是跑去救我了……"

可无论她怎么解释，沈钦眼里的怒火还是熊熊燃烧了起来。

谢子玉生怕他去找秦羽打架，扯着他的袖子说："秦侍卫也知道我是女儿身的事情了，可是他答应替我保密，你看，他还是个挺靠谱的人……"

原本说这话是想劝沈钦不要生气，没想到却成了火上浇油。

"必须得找个机会和那小子打一架了……"

谢子玉："……"

沈钦回来后，谢子玉生怕有人再对他不利，便让他寸步不离地跟在自己身边。同时秦羽也成了一个特殊的存在，之前因为他未经太后允许擅自跑去救谢子玉，已经失去了太后的信任，加之他要谢子玉帮忙找凤娘，如此便站在统一战线上，谢子玉便也将他留在了身边。

不过太后这几日忙得很，并无闲暇时间过来找麻烦。

沈钦虽然处处看秦羽不顺眼，但一直找不出什么理由与秦羽正大光明地打一架，两人见面也几乎说不上一句话，谢子玉对此也是无能无力。

反倒是崔明的反应最大，瞪着绿豆小眼一脸不愉快，吃醋地说道："陛下，您偶尔也考虑一下奴才的感受好吗？您左边沈侍卫右边秦侍卫，奴才要往哪儿站？"

谢子玉打趣道："如果你不是太后派来监视朕的，朕也会这般重视你的。"

崔明一脸受伤，悻悻走开了，约莫去找太后打小报告了。可他回来的时候脸上更加悲伤，胆怯地传达给谢子玉一个消息：太后想让她代替谢子文迎娶绮罗。

想必他也觉得这件事实在荒唐了些，说完这话就跑出去躲着了，死活不肯再进来。

谢子玉原本想拒绝这件事，毕竟她也是女人，迎娶另一个女人，心理上委实过不去。沈钦的想法却和她不一样："你若不答应太后，怎么在婚礼上捣乱？"

谢子文也点头附和："阿姐，成亲那天，我亲自去吧。"

他说完这话，谢子玉和沈钦齐齐扭脸看他。

"不行！"谢子玉拒绝道，"你更不能去。"

"为何？"

"你又不是猜不到，大哥和司徒将军他们，指不定会在那天闹出什么事情来。"谢子玉皱着眉头，一脸凝重，"你身子弱，不能去冒这个险。"

"可是阿姐，我虽然不能娶绮罗，但心里是喜欢她的。我想看她为我穿嫁衣的样子，你就让我去吧。"他露出些许羞涩之色，竟向她撒起娇来。

谢子玉左右劝不过他，便松口答应了。

谢子文大婚这天，宫里红绸满满，喜气洋洋，漫天的热闹下，却是隐藏着说不出的危险气息。

原本谢子玉是要替谢子文在床上躺着的，但想到今天注定不是平凡的日子，她实在难耐，让沈钦想办法从别处弄来了一个小太监，敲晕了丢在床上，替她躺着。她则换上小太监的衣服，跟着沈钦偷偷溜了出去。

秦羽早就等在外面，孤零零的一个人看起来有些落寞。

谢子玉上前揶揄他两句："你明明喜欢绮罗却不肯表露心意，现在她要嫁给别人了，后悔了吧？"

秦羽的目光投向远处，那是谢子文和绮罗举行成亲仪式的地方。

"陛下，属下不后悔。"可他攥着腰间佩刀的手，用力到指节泛白。

谢子玉拍拍他的肩膀："男人哭吧哭吧不是罪……"

秦羽低头瞧她，眼神中分明充满三个字——你走开！

沈钦等得不耐烦，拉她过来："要劝就好好劝，不会劝就不要劝！"

谢子玉自讨没趣，跟着沈钦走了。几步之后回头一瞧，秦羽也一声不吭地挪步跟了上来。

他们赶过去时，正好是绮罗进宫的时候，旌旗凤舆，盛装华服，完全是按照封后的阵仗来的，看来太后是在暗示众人，绮罗将来是要做皇后的。

谢子文一身明黄，负手静立，满目柔情地看着。清风徐来，最是翩翩少年郎。果然龙袍穿在他身上，要比她合身得多。

"这么远远地瞧着，倒是真的不好分清是你还是他。"沈钦笑着打趣她，"我就说嘛，当时师父带你回来的时候，我就瞧着你像个男孩子。"

"哼！"谢子玉出手，暗暗拧了他的腰一把，不满道，"我哪里长得像男孩子，分明是我弟弟长得像女孩子！"

沈钦吃痛一声，夸张道："你掐着我的伤口了！"

"该！叫你嘴贫！"嘴上虽然这么说着，小手却悄没声息地摸了过去，不轻不重地揉了两下。

沈钦顺势将她的手捏住，包在自己的大手掌里，抖落宽大的袖口将两人的手藏着，置于身后，面上却端得一本正经，目光投向远处的婚礼，不看她。

谢子玉悄悄红了脸。

这时候，谢子文已经将绮罗扶下凤舆，牵着她的手，走向大殿。

谢子玉渐渐收了笑意，开始紧张起来，不晓得谢子文会在什么时候提出拒绝娶绮罗这件事。不过这样做的话，会让绮罗颜面扫地吧。

她下意识地去看秦羽，发现他脸上的寒气简直可以结冰了。

谢子文和绮罗在走上大殿前的最后一级台阶时停了下来，他放开绮罗的手，转过身子，面向在场的所有人，面色凝重。

谢子玉心都要揪起来了。

谢子文开口讲话的那一刹那，谢子玉看见原本在大殿里端坐着的太后猛地站了起来，想必她终于察觉到不对劲。

离谢子文不远的崔明也愣住了，他是最熟悉谢子玉和谢子文的人，显然也没想到今天竟是真的陛下来了。

谢子文无视其他人的反应，一脸平静："诸位爱卿，朕有一事宣布。"他给了众人一些反应的时间，才继续说，"朕和绮罗郡主的婚事，取消。"

他的声音明明不大，却叫所有人就静了下来，面面相觑，诧异不已。

太后急急走到谢子文面前，满脸怒气，呵斥他："陛下的婚姻大事岂能儿戏，既然已经将绮罗抬进宫门，她就已经是这宫里的人了，陛下不可任性妄为！"

"连仪式都不曾进行，绮罗还算不上宫里的人！"谢子文冷冷地看着太后，"这天下朕做不了主，难不成连自己的婚事朕也做不了主？太后你是哪里来的权力敢管朕？"

太后的权力大了去了，大祁的半边天都是她的。可是她不能说，因为大祁的律例从来没有规定，后宫的女人有干涉帝王的权力。

太后一时语塞，隔得太远，谢子玉只瞧见太后扯着谢子文，小声地在他耳边说些什么。

虽然听不见，但也约莫能猜到太后硬的不行便来软的。无奈谢子文软硬不吃，只听了几句便敛了袖子，看都不看太后一眼，往台阶下走来。

谢子玉以为他要回乾清宫，但谢子文直直朝百官之首的方向走去。谢子玉定眼一瞧：七皇叔竟然也来了。

七皇叔坐在轮椅上，比其他人矮了半截，难怪她一直没有注意到他。不过话说回来，明明双腿已经和常人无异，继续装残废真的好吗？

谢子文拍了拍七皇叔的肩膀，转而向众位大臣说道："诸位爱卿都知道，父皇曾经有一道遗诏……"

陛下是个伪君子

谢子玉心中一惊，心头冷不丁爬上一个猜测来：谢子文不要绮罗，该不会连皇位也一并不要了吧？

太后曾经说过，先皇临终前拟了一道遗诏，让七皇叔辅佐谢子文，如若谢子文不成气候，七皇叔可取而代之。

虽然她不知道谢子文究竟成不成气候，但就现在看来，谢子文是不打算做皇帝了。

太后脸都白了，急急下了台阶。

从七皇叔微微诧异的表情中，谢子玉猜出，大概七皇叔事先也是不知情的。

如果谢子文把一切都说明白，太后会不会气得吐血？不晓得她会不会后悔搬起石头砸自己的脚？

可事情偏偏不遂人意，如果不是有一支利箭射向谢子文，谢子玉几乎都要忘了，还有谢子赢谋反这件事。

那一箭在众目睽睽之下射来，虽然来势汹汹，但宫里的侍卫也不是吃白饭的，半道便将箭截了下来。

七皇叔立即从轮椅上站了起来，挡在谢子文身前，大喊一声："保护陛下！"

诸多侍卫纷纷向谢子文的方向聚来，挡住冷箭。放箭的人并不是特别多，毕竟皇宫的死角还是很少的，不多时，便有放箭的人被揪出来。这时有人来报，说大皇子带兵从皇宫的侧门攻进来了。

谢子赢本没有兵，就算有也不过寥寥几个誓死追随他的大皇子党。今天他带的兵，应该都是司徒浩的。

谢子玉举目去寻司徒浩，发现他早已被诸多侍卫围困住。

太后果然早已察觉了他们的谋反之心。

场面一乱，沈钦立即带她撤身离开。她知道沈钦身上有伤，自己若进去掺和沈钦必然也跟着掺和，她不敢跑上前去添乱子，只得躲得远远的焦急地看着，祈祷着谢子文不要出什么事。

身侧突然擦过一道人影，是秦羽冲了上去。

他是奔着绮罗去的。

抬眼去看绮罗，高阶上的那抹红影摇摇欲坠，好像惊吓得厉害。那里只有她一人，其他人大都去保护谢子文和太后了，她身边竟一个侍卫也没有。

谢子玉不禁为她捏了一把汗。

偏偏这时候，有人瞅准了绮罗这个漏洞，簌簌射过去好几支箭。绮罗头上的盖头还不曾摘下，她看不见有箭射向她。不过约莫感觉到了危险，她身子一个不稳，从台阶上摔了下来，正好躲过那几支箭。

在谢子玉大舒一口气的同时，秦羽已经跑了过去。奈何一直有箭不断地射过去，秦羽根本近不了绮罗身前。

绮罗好似摔得不轻，伏在地上半天没起来。

她动不了，就相当于给了敌人机会。谢子玉心里焦急，唯恐她给人一箭伤了去。

可是怕什么来什么，放箭的敌人已经不多，他们自然不能放过绮罗这个动不了的活靶子。虽然大多数的箭都被堪堪截了下来，但还是有一支锐利的箭破空而来，携着劲风，直直冲向绮罗。

抛开别的不讲，她毕竟也是一条人命，谢子玉下意识地想要冲上去，沈钦却快她一步，飞奔过去。

只是距离太远，到底是无能为力。

不远处的太后一声"罗儿"凄厉无比，谢子玉一把捂住眼睛，吓得几乎要哭出来。

可下一瞬她又懊恼自己的无能，撤下手来，准备跑过去看看自己能否做点什么。只是她刚看清眼前的一切，却是真的哭了出来。

绮罗被谢子文护在身下，而谢子文的背上，直直嵌着那支箭。

沈钦半路折返，奔向射箭人的方向；秦羽停滞一瞬，砍掉障碍，转身和沈钦一道去捉人；崔明嗷嗷跳脚，不知所措；七皇叔与谢子文离得最近，蹲下身子去扶谢子文，冷静如斯的他，似乎骂了一句什么……

谢子玉穿过混乱的人群，艰难到达谢子文身边。她小心翼翼地伸手，想要帮忙："子文，你是不是伤得厉害？"许是姐弟之间真的有心灵感应，她甚至觉得自己疼得快要晕过去了，浑身颤抖得厉害。

谢子文脸上血色尽消，脸色苍白得吓人，他勉强扯出一个笑给谢子玉："阿姐，我没事，就是疼了些……"

"我们走，我马上去给你叫太医。"

她与七皇叔一起，要将谢子文扶起来。谢子文却伸手去拉地上的绮罗："绮罗，你有没有事，是不是被吓到了。"

地上的人一直在发抖，却一声不吭，将头深深地埋着。谢子文欲使力将她拉起来，但背上的伤让他不得已松了手。

"我来。"谢子玉替他将绮罗扶起来，顺手撤掉她头上碍事的盖头。待盖头掉落，他们俱愣住了。

不是……绮罗。

一个面容青涩的姑娘，因为害怕而不断地在流泪，妆都哭花了，咬着嘴唇，怯懦得不敢抬头。

不用想也知道，她是绮罗找来的替身。

谢子文有多失望可想而知。

不过此时已经顾不得再去计较这些事情，七皇叔护着谢子文已经离开，谢子玉看了这个姑娘一眼，拽着她离开了。

太医院里，除了谢子文，所有人面色沉重。谢子玉最不想听到的一个消息是，谢子文背上的那一箭，有毒。

剧毒，无解……

太医束手无策，跪成一片。

谢子玉不信，抹一把眼泪，跑出去找沈钦。

沈钦一定有办法!

谢子赢的人已经攻打进来，正与宫里的侍卫军厮杀。刀剑长枪，鲜血死亡，在红绸的映照下，这里仿佛成了炼狱一般的存在。

她看到了谢子赢，银白色甲胄加身，一杆长枪横切，面前三个侍兵倒地，鲜血淋在他的甲胄上、他的脸上，他的眼睛甚至都是红色的。

即使先前就知道他是个残忍的人，却还是不能接受他会这么残忍。

腕上一紧，她被人拽到一边。沈钦气喘吁吁，将她按在角落里，吼了她一句："傻愣地站在这里做什么，等着挨刀子呢？"

谢子玉愣了片刻，一头扎进他怀里，哭了起来，断断续续地把谢子文的情况告诉了他。

"别哭了。"沈钦捧起她的脸，替她擦干净眼泪，"走，带我过去看看。"

谢子玉被他护着，心里稍稍平静了些。又见他气息不稳，额上有汗，脚步虚浮，不禁担心道："师兄，你还好吧？"

"没事，打架的时候牵着伤口了。"

"都怪我……"打从师兄陪她进宫起，就没发生过好事。

沈钦低头瞧了她一眼，笑道："我不怪你。"

谢子玉抽噎一声："可是我自责……"

沈钦轻笑一声："别什么事都揽在自己身上！"

他们回到太医院的时候，谢子文几近昏迷，眼神已经有些涣散。见她回来，只动了动嘴唇，无声地叫了一声"阿姐"。七皇叔脸色极为难看，隐隐有要发作的征兆。假扮绮罗的姑娘随太医一起跪着，一直在抹眼泪，仍旧不敢抬头。

沈钦将谢子玉的帽子往下压了压，避免别人看到她的脸。他上前查看谢子文的伤势，一时表情凝住。

谢子玉见他脸色有异，上前小声问道："怎么样，这毒你能解吗？"

沈钦又检查了一遍，起身拉着她走到一旁，极为不忍地摇了摇头。

"问问他还有什么想做的事情，帮他完成了吧。"

七皇叔走过来，一脸愠怒："你这是什么意思？"

沈钦颔首："对不住，无能为力……"他这话说得极轻，只他们三人能听到，床上的谢子文却仿佛预感到了什么，微弱地叫了声"七皇叔"。

七皇叔和谢子玉立即围了上去，谢子文努力地抬眼看着他们，笑得脆弱又让人心疼，他说："我想见见绮罗……"

他大概也猜到自己没有时间了，所以才会提出这个要求来。

"叔叔马上派人把绮罗接来！"七皇叔给他一个坚定的眼神，转身匆匆离开。

"我也去找！"谢子玉想着快些将绮罗找来，却被谢子文叫住了。

谢子文去握她的手，谢子玉忙将手给他，俯身凑近他，听他用极其微弱的气息说话。他说："阿姐，你要一直好好的，我与阿姐相处的日子实在是太少，委实遗憾了些……"

谢子玉咬着嘴唇，努力不让自己哭出来。

他说："阿姐，七皇叔虽然看上去冷淡寡情了些，可他是真的疼爱我，以后也会疼爱你，如果我不再醒来，那个位置，请你帮我交给他……"

他说："阿姐，我不恨大哥，我本不愿抢他的位置，当年是太后夺走了他的一切，才将他逼到现在这个地步。他斗不过太后的，如果可以的话，念在手足之情上，给父皇多留一条血脉……"

他一字一句，分明是在交代后事。

最后的最后，他说累了，合眼休息了一会儿，又睁开眼睛，望着门外："阿姐，绮罗她，怎么还不来？我好像，没有力气等下去了……"

外面的厮杀声渐小，几近中午，最是光线明亮的时刻，或许照得他睁不开眼睛了，谢子文在这时安静睡去。

谢子玉只觉得天黑了。

七皇叔最终还是没能找到绮罗，他回到太医院的时候，表情阴郁，眸子里透出的光几乎能够杀人。

所有人静默不语。

外面一切安静如初，摆平了所有事情的太后闻讯赶来，将跪满一地的太医赶出去，然后走到谢子玉面前，扬手给了她一巴掌。

谢子玉反应不及，生生挨了下来。太后下手挺重，打得她半边脸火辣辣地疼。她气急，吼道："你为什么打我？"

"为什么？你还有脸问为什么？"太后凤眸圆睁，因为盛怒而显得有些恐怖，"为什么不是你？为什么躺在这里的不是你？哀家让你替子文成亲，你为什么不去？"

谢子玉完全没有想到太后会说这样的话，一时愣在那里。

太后的话却是一句比一句难听，一句比一句伤人，骂她还不算，居然抬手还要打。

谢子玉只觉得太后不可理喻，自然不能再乖乖站着给她打。她躲过太后接下来的一巴掌，往沈钦身后躲了躲。没想到太后仍不依不饶，伸手欲将她扯出来。

沈钦挪身一挡，抬手将太后推出去三米远。

谢子玉：师兄你帅！

太后几个趔趄差点摔在地上，旁边的崔明忙扶住她。

沈钦冷冷地看着太后："老太婆，你够了啊。"

太后哪里受过这般屈辱，气得浑身发抖："混账东西，来人，给哀家拖出去斩了！"

"谁敢？"谢子玉最听不得别人动沈钦，立即换到他身前，气呼呼地看着太后，"太后，你别闹得太难看！"

许久不说话的七皇叔显然也烦了，冷眼看着太后："太后，请您注意仪态。"

"好，好，一个个的都反了，都反了！"太后气急败坏起来，早没了往日里慈悲和蔼的样子，"哀家要将你们通通治罪！"

没有人理会她，甚至外面闻声冲进来的侍卫，都被七皇叔给呵斥出去。

现在唯一能与太后抗衡的，约莫只有七皇叔了。

谢子玉其实有些奇怪太后竟然有这么大的反应。

方才太后得知谢子文中了剧毒不能医治的消息时，似乎也是真的伤心，脸上的表情太真实，不像是做戏做出来的，这让谢子玉有些诧异。

不过仔细想想似乎也说得通，毕竟谢子文养在她膝下这么多年，就算不是亲生的，想必也存了几分感情。况且她还想着将自己的亲生女儿绮罗嫁给谢子文，如若今天这婚事真的成了，他们也会是一家人。

大概从头到尾被当成外人一样利用的，只有自己吧。

真是令人寒心。

这时候，一直跪在地上存在感极弱的那个小小的人影动了动，慢慢地移向床上的谢子文。

是那个代替绮罗成亲的姑娘。

太后有火没处发，见她靠近谢子文，当即上前，一脚踢开她："你是何人，胆敢对陛下不敬？"

那姑娘受了太后一脚，捂着肚子，跪在地上，痛极的样子，好半天才噙着眼泪怯懦道："回……回太后，陛下他……他还有气息……"

谢子文当然还有气息，只不过太过于微弱，坚持不了多久。

偏偏他们所有人都没有办法阻止他生命的流逝，这才是最痛苦的。

那姑娘终于敢抬起头来看他们，虽然目光仍然胆怯，但看得出来她在努力让自己勇敢一些："太后，奴婢……奴婢家乡有一种药草，村民上山打猎遇到毒物时，时常用此种草药解毒，十有八九都是可以治好的，奴婢是想……想着要不要给陛下试一试……"

"胡说八道！"太后根本不听，"乡下人乱七八糟的东西，也敢拿来给陛下？"

陛下是个伪君子

那姑娘顿时吓得不敢说话了。

倒是沈钦，思考片刻后，便问那姑娘："你可知那药草叫什么名字？"

那姑娘想了一会儿，仍说不出个所以然来："奴婢的家里人，都叫它神草，不晓得它真正的名字是什么……"她话说得结结巴巴，勉强描述了一下那药草的样子，却让沈钦眼前一亮。

"说不定真的可以试一试，我好像在哪里听过这种药草……"沈钦的表情重新活了过来，他将那姑娘扶了起来，"你现在身上可有带？"

那姑娘摇摇头："不过奴婢从家中带了一些，放在奴婢的住处了。"

七皇叔越过太后，直接吩咐："本王派人与你一起回去取！"

"是，奴婢这就回去。"那姑娘的表情也明亮了许多，撩起裙摆，跑了出去。

太后想说什么，但最终什么也没说。崔明看了谢子玉一眼，没敢到她跟前来，只是小心服侍太后，搬了凳子，扶太后坐在床边。

七皇叔也不曾离开，站在窗子旁，一语不发。

总算谢子文还有一丝希望，谢子玉的难过也少了几分，这才想起沈钦身上的伤来。她将沈钦拉到一边，小声问他："师兄，你身上的伤要不要紧？给我看看。"

"看什么看？"沈钦敲了她的额头一记，"天天要看这要看那的，你对我的身体就这么感兴趣？"

"你明明知道我是在担心你……"谢子玉揉着额头，不满地咕哝一声，忽然又想起一件事来，"咦，秦羽呢？"

沈钦睨她一眼："你找他做什么？"

"说不定他能找到绮罗呀。"如果绮罗能来，说不定谢子文就能挺住了。她越想越觉得这事靠谱，抬腿便往外走。

沈钦无奈，只得跟上她。

11.
陛下黑化了

　　他们找到秦羽时，秦羽一身血污，正撕了衣服给自己包扎伤口。他右臂被人砍了一刀，伤口应该不浅，流了好多血。其他侍卫三三两两聚在一起，互相包扎伤口，唯独他一人安静地站在角落里，撕好的布条一端用牙咬着，一端用手扯着，笨拙而固执地包扎着。

　　一只手怎么包扎得好？

　　谢子玉看着不忍心，上前替他包扎，吓了他一跳。谢子玉掀眸看他一眼，一边包扎一边说："你一个人倔什么劲儿，这么多人在这儿呢，就不知道找个人来帮忙吗？"

　　秦羽低头不语。

　　谢子玉三下五除二给他包扎好，扭头问沈钦："师兄，这样包扎能止血吗？需不需要再吃些止血药？"

　　沈钦哼了一声："不知道！"

　　闹什么别扭嘛？谢子玉回过脸来，将秦羽上下瞧了一番，觉得他身上的伤应该问题不大，这才说起绮罗的事情来："七皇叔的人到处找不到绮罗，你能不能将她找出来？"她将谢子文的情况简单说了一下，一脸乞求地看着他。

　　秦羽似在犹豫，半晌才道："属下尽力！"

　　"不只是尽力，我弟弟的性命都交给你了，你一定要找到绮罗。"

　　"是……"

　　秦羽还没将绮罗带来，那个替绮罗成亲的姑娘已经抱了满满一怀的药草回来了。沈钦仔细研究了这些药草，点头认可了，七皇叔便吩咐太医院的人去熬一些过来。但药熬好以后，太后却给拦了下来，称必须找人先尝一尝，才能放心给谢子文服下。

　　谢子玉虽然也有些信不过那姑娘，但她信得过沈钦，沈钦说可以就可以。她第一个伸手去端药碗，却被沈钦拽回手来。可等到沈钦伸手时，七皇叔也伸出了手，两只手各执药碗的一边，一时不知道谁先收回去。

然后有一双小手默默地将药碗捧走了，并且毫不犹豫就递到了嘴边。

是那个代嫁的姑娘。

她喝了满满一口，咕咚咽下，然后捧着药等太后发话。

太后见她没事，这才允了。

谢子文已经深度昏迷，没了意识，根本无法进药。眼看那一碗药基本没喂进去，那姑娘急得要哭了，无助地看看谢子玉，又看看太后。

太后冷冷地说："今日陛下若醒不过来，你也别想活着出去。"

这话说得有些过分，谢子玉听不惯："这不是她的错，你何必难为她？"

太后根本不理会谢子玉，她的目光全在谢子文身上。

谢子玉问沈钦怎么才能把药喂进去，沈钦轻飘飘地说了一句："还能怎么喂，用嘴巴喂呗。"

这话让在场的人一愣，然后齐刷刷望向那个姑娘，用眼神告诉她：就你了。

那姑娘见众人的目光聚集在自己身上，不可思议地睁大了眼睛，而后红了整张脸。太后眼神凌厉，瞪得那姑娘身子一震，只得将药含在口中，一口一口给谢子文喂了下去。

那碗药喂完，众人散去，太后特地留下那个姑娘要她照顾谢子文。

那姑娘低头应了一声。

绮罗仍是没有出现。

谢子玉有些生气，虽然她也知道这件事也算不得是绮罗的错，可她就是生气。

不过现在不是生气的时候，眼下宫中朝廷一片大乱，必须有人出面重新打理一切。她追上七皇叔，将谢子文的话告诉他："七皇叔，我弟弟话里的意思你也明白，你觉得应该怎么做才好？"

谢林负手望着她，淡淡道："子文现在只是昏迷不醒，你觉得我现在去坐他的位置合适吗？"

谢子玉诚实地摇头："不合适。"

"既然如此，我依旧做我的首辅大臣，辅佐陛下治理朝政。"

谢子玉不解："子文躺在那里，你如何辅佐？"

谢林一笑，摸摸她的头："你听话吗？"

"我听话。"

"那你明天继续替子文上朝……"

"那我不听话！"她一点都不想再易装了好吗？

"哦，晚了……"

谢子玉扶了扶额上的帝冕，拢了拢身上的衣服，兜着有些肥大的袖口，踩着久违的内增高，苦大仇深地往殿前走去。她身边只贴身跟着崔明一人，沈钦依旧在睡懒觉，不到日上三竿不准备起床。秦羽还不见回来，已经过去一整夜了，倒让她担心起来。

朝堂之上，太后垂帘听政的地方，谢子玉让人把帘子拆了椅子撤了，搬了两盆万年青过去，摆明和太后撕破脸皮，不准备再受她的控制。

崔明有些惶恐地问："陛下，这样做真的好吗？"

谢子玉故作生气的样子，瞪他一眼："再说把你也换掉！"

朝堂上，大臣们对谢子玉的出现很是诧异。因为昨天所有人都看到，陛下受了箭伤，而且伤势不轻，怎么可能第二天就好端端地来上朝，一点受伤的样子也没有。

谢子玉随口编了个理由，说自己穿了护身软甲，勉强骗了过去。

七皇叔终于在正儿八经来上朝了，一身剪裁合身的朝服衬得他身形修长，人也显得精神，五官清矍，表情寡淡，浑身散发的气场叫人不敢靠近。

谢子玉看到七皇叔，心里只有一个想法：薅下自己头上的帝冕扣到他头上，然后再也不管这劳什子事！

按住分分钟想从龙椅上跳下来的冲动，谢子玉示意早朝开始。

杜丞相上前一步，向她禀告了谢子赢、司徒浩等人的情况。谢子赢算来已经是第二次谋反，其罪当诛，但顾及他是皇室血脉，并不是随便一个官员就能判决的，故而已经交由太后处理。司徒浩和其他参与谋反的官员就比较好解决了，在把他们打入死牢的同时，派人连夜抄了他们的家，抄出的财物全部归入国库。

唯一一个疏漏是，司徒浩的妹妹司徒妍不见了。

"什么叫不见了？"谢子玉问杜丞相。

杜丞相答："司徒府一干人等全部收押进牢中，唯独找不到司徒妍。"

司徒妍这个人，谢子玉是见过的。司徒妍与沈凌尘的关系，她也是知道的。自然而然地，谢子玉的目光瞟向了七皇叔。

沈凌尘是七皇叔的人，他的一举一动应该都在七皇叔的眼皮底下。谢林正好迎向她的目光，坦然道："陛下，既然杜丞相找不到司徒妍，便由臣来找吧。"

谢子玉摆摆手："让七皇叔去找一个叛臣的妹妹，未免太大材小用了，不若这样……"她看了杜丞相一眼，"找司徒妍的事情，还是交由杜丞相去做。至于七皇叔你，则负责全权处理这次叛乱的所有事宜，毕竟这牵扯到皇家的血系，总不好由外人处理。"

她说的这个外人，自然是杜丞相。

谢子玉不信任杜丞相，因为杜丞相是太后的人，从他把谢子赢交给太后这一点就可以看出。而且就算是司徒妍，也轮不到杜丞相来处理。不出意外的话，司徒妍应该早就在七皇叔手中了。

杜丞相显然没想到谢子玉会做出这样的决定，一下子剥夺了他这么大的权力，他着实有些承受不住，脸色难看了不止一点半点。

从他的眼神里，谢子玉看出他想去找太后告状。

下朝以后，秦羽终于出现在她面前，告诉她一好一坏两个消息：好的是，绮罗郡主找到了；坏的是，他刚带绮罗进宫，太后便派人将绮罗接走了。

谢子玉并无太大的反应。

这已经不是什么很重要的事情了，若是绮罗昨日回来，兴许还能让她去看看谢子文，同他说说话，许能刺激他醒过来。可是现在，谢子文重新被藏了起来，总不能让皇宫里出现两个陛下吧。

谢子玉随口问了问绮罗的情况，便打发秦羽下去休息了。她正好要去太后宫里，可以顺便瞧一瞧绮罗。

七皇叔等在她必经的路上，早先已经约好，想去看一看谢子赢。

谢子文昏迷前曾希望能留谢子赢一命，这诚然是个比较难解决的问题。且不说太后那边如何说服，万一他以后再找机会谋反，岂不是后患无穷？

她问七皇叔如何才能保证在保住谢子赢性命的同时，又能让他再无谋反的想法。

七皇叔给的答案言简意赅："牙敲掉眼戳瞎腿打折……"

谢子玉打了个哆嗦。

偏偏这时，杜丞相撞了过来，气冲冲的，胡子被吹得很飘逸。

果然被谢子玉猜到了，他准备去找太后告状。

谢子玉没有太大的实权，若是给他一告，今天自己在朝堂上说的话约莫会尽数作废。她正想着怎么拦住杜丞相，没想到七皇叔一句话就让他灰溜溜地走了。

七皇叔只冷冷瞧了他一眼，然后意味深长地说："丞相这般猴急地去见太后，莫不是有什么特殊的事情？"

诚然杜丞相一脸急色，但用"猴急"二字来形容，意味立即就变得不一样了。

杜丞相一张老脸红转白，只得愤愤离开。

虽然赶走了杜丞相，但今日的事情早就进了太后的耳朵。太后一见谢子玉来，当即抄起桌上的茶杯丢了过来。这杯子来势汹汹，叫人躲不开，"砰"的一声，砸……崔明身上了。

崔明被这杯子撞得一个趔趄坐在地上，抬起头时，一脸难以置信，而后眼神中满满的都是受伤之意。

谢子玉忍不住扑哧笑了一声，抬脚绕过他，往太后面前走去，七皇叔紧随其后。

太后指着她骂道："胳膊肘往外拐的东西，你滚！哀家不想看到你！"

"太后姑姑……"绮罗显然还不明白太后为何生这般大的怒火，一边安抚太后，一边对谢子玉投来担忧和疑惑的目光。

她跑过来，围着谢子玉转了几圈，雀跃道："原来陛下哥哥没事，太好了，秦哥哥说你受伤了，害得绮罗好担心。"

谢子玉望了她一眼，然后冷下脸走开，不准备搭理她。

绮罗不依不饶地缠上来，拽着谢子玉的胳膊说："陛下哥哥，你是不是生绮罗的气了？对不起，我知道逃亲是我不对……"

知道逃亲不对你还逃？

一想到生死不定的谢子文，谢子玉就好想攥着绮罗的肩膀可劲儿摇：你逃亲对得起我弟弟吗？你对得起我弟弟吗？对得起我弟弟吗？

虽然谢子玉心里明白，即便绮罗不逃亲，谢子文也是不打算真的把她娶进宫里的。如果没有发生后来的事情，绮罗的确是没有大错的。

可就是，暂时没有办法对她笑脸相迎。

谢子玉从绮罗手中抽出自己的衣袖，走到太后面前，语气恭敬而冷淡："母后，朕想去看看大哥。"

太后怒气未消，自然不肯答应："哀家要亲自处置他，就不劳陛下费心了。"

"不费心，替母后分忧，是朕的本分。"谢子玉顺着她的话说，并不打算继续激怒她。

太后却是看了她一眼，嘲讽道："替哀家分忧？你也配？"

"是，朕不配。"谢子玉一笑，往太后身旁又凑近了几分，挨着她若有似无地说了一句，"谁叫我和子文都不是你的孩子呢。"

这话说得轻，只在她和太后之间萦绕而过，没让其他人听去。太后身子一僵，难以置信地看着谢子玉。

谢子玉笑着："母后，找个人给朕和七皇叔带路吧。"

太后没有找人给他们带路，而是亲自带他们去了关押谢子赢的地方。那个地方谢子玉并不陌生，很久之前沈钦带她来过，她便是在这里第一次见到谢子文。

就是那个密室。

密室的最深处，有一方狭小的空间，用铜墙铁壁来形容也不为过，连门都是用拇指粗的铁棍烙成的。

谢子玉猜想，这应该就是宫里小道消息传的，所谓的暗牢。

谢子赢便被关在这里，蓬头垢面，伤痕累累，只着脏破的中衣，颓败地坐在地上，手腕脚踝上全套着锁链。很难想象，不久之前，他还一脸邪魅猖狂地说要夺回自己的位置，结果却是落到这般境地。

谢子玉看了七皇叔一眼，七皇叔会意，向太后请求道："太后，请将大皇子交由臣来处置。"

"哦？"太后冷冷看了他一眼，"不知淮阳王打算怎么处置？"

"自然是按大祁律法，秉公处理。"

"是吗？"太后没说同意，也没说不同意，只是忽然挪步到谢子玉前面，抬手落在她的肩上……

谢子玉有些戒备和不解，又见太后很奇怪地笑了一下："好呀，哀家给你们便是。"她命人打开牢门，里面的谢子赢蹒跚着站了起来，引得一阵锁链声响。

谢子玉正奇怪太后会这般好心时，下一瞬间，身子忽然受力，竟是太后将她推了进去。她防备不及，压不住步子，一个趔趄撞到了谢子赢身上。

谢子赢也被她撞得一个趔趄，本能地伸手扶了她一下。

却是因为他这一扶，太后忽然高声喊道："护驾！保护陛下！"

谢子玉一抬头，眼前是一拥而上的侍卫，和一支支泛着寒光的冷箭。

金属穿透血肉的声音，和谢子赢溢出口的痛吟，谢子玉这辈子都不想再听到。

太后瞥了一眼奄奄一息的谢子赢，带人扬长离去。

七皇叔命人要将谢子赢背去太医院，他拒绝了。

谁都知道，已经没有用了。

谢子玉想不到太后会这般狠心，也想不通太后为何一定要杀了谢子赢。虽然她也恼恨谢子赢叛乱，害得谢子文至今生死难说，但她听了谢子文的话，今天是真的想从太后手中将他救出来的，不承想竟逼得太后下了杀手。

她蹲下身子，伸出手却不敢去碰谢子赢。愧疚、难过、害怕，让她整个人都颤抖起来："对……对不起，大哥，对不起……"

除了对不起，她不知道该说什么好。

"有……有什么对不起的……"谢子赢吐出一口血来，扯出一个凄惨的笑，"成者王败者寇，我既输了，便没想着……没想着能活下去……"

谢子玉忍不住要哭，伸手替他擦去嘴边的血迹。只是还不等她擦干净，他又大口吐出来，染了她满满一袖。他将她的手推开："弄脏你的衣服了……"

她一点都不在乎衣服是否被弄脏了，只是听到他说这样的话，压垮了她的泪堤："你若只乖乖待在清苑多好，日子虽然无聊了些，但至少还能活下去，你为什么非要做这种大逆不道的事情？"

"要我留在……留在那里枯等到死，我……怎么甘心？"他一定是痛极了，整个身子抽搐起来，在地上挠出一个个血手印来。

谢子玉跪了下来，哭着道歉："对不起，我原本是想来救你的，对不起，大哥，我不知道这样反而害了你……"

谢子赢哈哈大笑起来，这笑透支了他最后一丝力气，绝望地回荡在这狭小而阴暗的空间里："是我不甘心，我不甘心啊……"

这是他留在世上的最后一句话，他最后也没有瞑目。

七皇叔脱了外衣，盖在浑身是血的谢子赢身上，然后命人将他抬走。

浓郁的血腥气萦绕在空气中，让谢子玉觉得窒息。她想站起来，奈何双腿使不上力气。她只得求助谢林："七皇叔，我腿软得走不了路。"不只是腿软，还有一种来自骨髓深处的战栗叫她浑身没了力气。

七皇叔蹲下身来，拍拍她的肩膀："这件事不怪你，你不要自责。"

"不仅仅是因为这个……"谢子玉伸手，摊开手掌，上面卧着一个铃铛。方才握得太用力，手心被硌出一圈红红的印记来，"这是，师兄的铃铛……"

方才她蹲下的时候，发现了这个铃铛，同她身上的那个一模一样。这铃铛统共不过三个，她和师兄各一个，沈凌尘也有一个。她的铃铛一直戴在身上，沈凌尘的铃铛也钩在腰间做了配饰，唯独沈钦的铃铛，上次在醉玉轩她便没找到。那时以为是沈钦放在别的地方了，如今看来，这铃铛却是丢在了这里。

师兄的铃铛出现在这里，出现在这一方小小的暗牢里，足以说明，师兄来过这个地方，或者说在这个地方被关押过。

很容易便想到之前他身上的伤，究竟是谁造成的了。

太后，谢子玉简直觉得这两个字让她毛骨悚然。

157

"我要去找师兄！"现在，立刻，马上！

不等七皇叔扶她起来，她软着身子，挣扎着站起来，摔了几跤后，才慢慢恢复过来，噔噔往外跑去。侍卫们要跟着她，被她吼了回去。她好不容易跑到沈钦的房间，见他房门紧闭，顾不得其他，撞开房门便跑了进去。

此时沈钦正背对着她站着换衣服，听见声响便转过身来。她速度不减，风一般冲上去抱住他。

沈钦单手抱住她打了个旋儿，好不容易才稳住身子，侧身往外面看了一眼，低头问她："被狗追了？"

"没有……"谢子玉往他怀中拱了拱，抱得越发用力起来，好半晌才咕哝道，"我怕你出事。"

还好他没出事。

门外有几个人探头探脑往里面瞧，沈钦拖着她往旁边挪了挪，见她还没有要松手的样子，不免笑道："你若是继续抱着我，那才要出事。"

谢子玉这才不舍地退出来，转过身去将门一脚踢上，然后红着眼睛，张开手臂要抱抱。

沈钦整理好衣服，抬头看她，目光落在她袖间的血迹上。他将谢子玉揽进怀里，抬起她沾着血迹的那只手，捋开她的衣袖，确认她的手臂没有受伤，才问："怎么了？"

"大哥死了。"谢子玉闷闷地说，"就在刚才，我和七皇叔去找太后要人，太后杀了他。"方才的恐惧、愧疚、无助、伤心齐齐涌了上来，她承受不住，埋进他怀中哭了起来。"如果我知道太后会这么做，我一定不会急着去找大哥的……

"他走的时候很痛苦，我却只能在一旁看着，什么办法也没有……

"他虽然坏，可我不想他死……

"是我的错，我救不了他……"

她想起那时候她被秦羽掳走送去谢子赢那里，谢子赢虽然待她不好，但也没怎么难为过她。她不傻，那时候她撞破了他们谋反的秘密，司徒将军是真的对她起了杀意，而谢子赢虽然嘴上附和着司徒将军，但她看得出来，谢子赢那时候是想帮她。

但凡那次他不顾及血缘亲情，她想必早就没了性命。

如今她也是同样的原因想要帮他一把，不承想反而害了他。

谢子玉觉得难过极了。

沈钦拍拍她的背，待她哭累了，便扶她坐下来，拿了帕子给她擦眼泪："你心里其实也知道错不在你，你难过是因为你明明想救他，却还是眼睁睁看着他死在你面前。不过你的确不该贸然去找太后要人……"

"所以就是我的错对不对？"谢子玉刚要收势，听到这句话又忍不住低下头来，泪珠越滚越大，"就是我的错……"

"我话还未说完，你先不要急着认错。"沈钦拿下她胡乱抹脸的手，捧起她的脸让她看着自己，"我是怪你不该在不通知我的情况下，擅自跑去找太后。那个老太婆是多么阴险的人，你道行太浅，如何应付得了她？她今天会这样做，不过是想警告你和淮阳王一番。你和淮阳王站在一起与她作对，的确将她逼急了。"

陆下是个伪君子

是这样吗？

谢子玉抽噎一下，对太后又添了几分恐惧："我担心她会对付你，你看这个……"她拿出刚才捡到的铃铛，递给沈钦，"这是你的铃铛，我在那里发现的，所以先前害你的人，也是太后。"

沈钦接过铃铛，看了片刻便收起来，并不吃惊的样子："我猜想也是她，只是一直找不着证据，便没同你说。"

谢子玉惊讶地看着他，脸上的泪迹又平添几痕："你知道是太后伤你，为什么还这般不管不顾地跑回来找我？"

沈钦吻了吻她的额头，将她纳入怀中。

"因为，你在这里呀……"

七皇叔将谢子文带出皇宫，安置在自己的王府中。一同带走的，还有那个替绮罗出嫁的姑娘。

那姑娘名唤小箐，原本是绮罗身边的婢女。谢子文大婚那日绮罗死活不肯出闺门，便哄骗着她替自己上了花轿。这姑娘也单纯得很，以为只是替绮罗进行完仪式就可以，不晓得这是欺君的大罪，罪可致死。

七皇叔不喜欢这个小箐，约莫是因为她做惯了婢女，总是唯唯诺诺、畏首畏尾的，胆子很小的样子。况且无论怎么说，谢子文都是为了救她才变成现在这个样子，如果不是后来她用药草维持住谢子文的生命，不难猜想以七皇叔对谢子文的疼爱程度，会杀了她也不一定。

谢子玉问七皇叔，为什么一定要把谢子文带走。看那日太后对谢子文的态度，似乎太后不会继续伤害他。

七皇叔表情淡淡，又恢复了往日从容的气派："让子文暂时离开皇宫，我们与太后对峙时，才没有后顾之忧。"

"那七皇叔……"谢子玉仰头问他，"你会像保护我弟弟一样保护我吗？"

七皇叔一笑，眸中沾了些温暖的意味："自然。"

谢子玉并不满足，有些祈求地看着他："那你会像保护我一样保护沈钦吗？"

七皇叔揉揉她的脑袋："如果他需要的话。"

谢子玉转头去看站在不远处的沈钦，他正靠着一棵大树，合起眼帘

159

打瞌睡。

他最近好像越来越嗜睡了。

在太后眼皮底下偷偷把谢子文带走并不是一件容易的事情，但既然已经与太后彻底决裂，这件事倒也没想象中那么难以做到。

与此同时，太后却把绮罗留在了宫中，赐她入住栖玉阁。那是皇帝的妃子才能入住的地方，而且是得势的宠妃。

这宫中皇帝不是皇帝，妃了不是妃了，果真是乱了套了。

谢子玉准备去看绮罗，带着秦羽一起。崔明犹犹豫豫地说："陛下，这不太好吧。"绮罗喜欢秦羽，他是知道的。如此明目张胆地带秦羽过去，摆明是要勾搭小红杏的。

自从谢子玉与太后闹掰了以后，崔明便处在夹缝中，两面不是人，因此也越发小心翼翼起来。他本没有坏心思，谢子玉也不想为难他，况且他将自己照顾得也不错，便懒得换人了。

"崔公公……"

"奴才在。"

谢子玉往他身前走去，起先面无表情，惊得崔明连连后退，而后将他逼至墙角。她眉毛一挑，学着醉玉轩里的男人一样轻浮地笑起来："崔公公，你要不要考虑，成为朕的人呀？"

崔公公先是一愣，而后从耳根到面颊，整张脸变得通红起来，话也说不利落："陛……陛下，您别……别这样……"

"太后有什么好？朕肤白貌美、年轻有为，你真的不打算换个主子吗？"

"陛……陛……"

谢子玉就想看他不知所措的样子，正欲再逗一逗他，衣领忽然一紧，被人拎了起来。她扭头对上沈钦的俊颜，而后额头上挨了一记脑瓜蹦儿："长出息了你，学会戏弄太监了啊……"

"没……"一见沈钦，谢子玉就老实了，垂下脑袋嗫嚅，"朕就是和他商量件事儿。"

"那为什么要用这个姿势？"他学着谢子玉方才的样子，将她按在墙上，单臂撑在她身侧，倾过身子牢牢锁住她，"像这样……"

谢子玉的背紧紧贴在墙上，脸上霎时一热，比方才崔明的脸红得还厉害，羞得满地找缝：“朕现在是皇帝，不能给你随便壁咚。”就算壁咚也得挑个没外人的时候吧。

眼看沈钦没有放过她的意思，她只好用眼神求助崔明。往日崔明只要看到她和沈钦亲近，肯定是要想办法拉走沈钦的，可是现在，他居然用一种“大仇已报，沈侍卫真是帅呆了”的眼神崇拜地看着沈钦。

谢子玉只好妥协，暗暗扯扯沈钦的衣服，在他耳边吹气说：“师兄，我错了，以后不敢了……”

沈钦这才笑意融融地撤走身子，问她：“你要去绮罗郡主那里？”

“嗯。”

“带着姓秦的那小子？”

“嗯。”

“只你们两个人？”

“不……不行吗？”谢子玉有些底气不足，不知为何就是心虚。

“心怀鬼胎。”出乎意料的是，沈钦竟同意了，“那便去吧，闹一闹也是好的。”

哎？这不符合沈钦的风格啊。

谢子玉带着秦羽去找绮罗，崔明被她留在乾清宫不许跟着，沈钦则回去睡大觉了。他看起来有些疲惫，眼下淡淡的青色昭示着他没睡好觉，惹得谢子玉有些心疼，又觉得有些奇怪。

栖玉阁中，绮罗正在发脾气，满屋子乱摔东西，吓得宫女太监不敢进屋，排成排躲在门外。谢子玉进去时，迎面一个花瓶砸过来，她本能地往后退了一步，想要躲开，偏巧被门槛绊住脚，一个仰身，往后摔去。

所幸身后的秦羽一个箭步上前，钩住她的腰身将她扶住，顺便挥袖将花瓶扫去。

如果自己穿的不是男装，如果对象不是面无表情的秦羽，这个姿势绝对是让人脸红心跳好感度噌噌噌往上升的。

绮罗见是他们，忙跑了过来。地上多的是摔碎的花瓶瓷器，她这般莽撞地跑过来，难免会踩到碎片。谢子玉正想提醒她，却见她吃痛一声，随即身子一歪，果然被扎到了脚。

不需要谢子玉伸手扶她，秦羽早已移身上前，将绮罗腾空抱了起来。至于还未站直身子的谢子玉，没了秦羽的扶持，维持不了身体平衡，不能避免地仰面摔到了地上。

咚！

好久没摔得这么四脚朝天了。

要不是为了保持帝王风度不能说脏话，她是一定要跳起来破口大骂的。

"陛下……"

"陛下哥哥……"

好晕，谢子玉艰难地抬手："扶朕起来……"

旁边的宫女怯怯伸手，将谢子玉搀了起来。

谢子玉拨正了被摔歪的帝冕，视线飘忽了有一会儿才对上秦羽抱歉的目光。

"秦侍卫，如果在绮罗和朕之间，你还是选择放弃朕的话，那么一开始就不要出手帮朕，朕一个人也不至于摔得这么惨。"

秦羽将绮罗抱到安全的地方放下，然后回到谢子玉身边请罪："属下以后不会这样了。"

谢子玉揉揉摔疼的后脑勺，不相信地瞥了他一眼："在危急情况下，人总会下意识地选择救对自己来说更重要的人，所以朕理解你，但并不是每次都能原谅你，只愿以后不会再有这种情况发生。"

"是。"秦羽稍稍低头。

绮罗踢开碎片，小心翼翼地走了过来，有些不安："陛下哥哥，你没事吧，都是我不好，你别怪秦哥哥。"

这种带着撒娇意味的道歉总是会招人疼惜，谢子玉此时却不肯吃这一套："当然是你不好。"她忽然变了表情，十分冷漠地看着绮罗，"当初成亲时你既然选择逃婚，为何现在要待在这里？既然待在这里，为何还要发脾气摔东西？"

许是绮罗没有想到谢子玉会用这样的语气同她说话，一时之间愣住了，没有像以前一样耍赖撒娇，竟委屈地哭了起来："陛下哥哥，爹和娘一定要我留在宫中，不然就不认我这个女儿，我也不知道他们为什么要这么逼我。"

不是她的爹娘逼她，而是太后想将她这个亲生女儿放在身边罢了。

绮罗其实是个好命的姑娘，不管是太后还是她现在的爹娘，都将她捧在手心里，打从心眼里疼。她率真、任性、大胆、肆无忌惮又不失单纯，都是因为她从小被所有人宠着长大，除了一个大祁公主的身份，她该有的都有了。

有那么一瞬间，谢子玉想要告诉她真相，告诉她一直疼爱她的太后姑姑其实是她的亲生母亲，她的亲生母亲当年为了权势地位而将她送人，如今费尽心思留她在身边，偏偏她不能接受。

诚然这个想法有点邪恶，也不够成熟。总有一天绮罗会知道真相，但不是现在。

"绮罗，不如你和秦侍卫私奔吧。"谢子玉凑到她耳边，小声地说，"朕帮你。"

"真的吗？"绮罗不敢相信地看着谢子玉。

谢子玉看了秦羽一眼："就是不知道秦侍卫愿不愿意。"

绮罗满怀期待地看着秦羽。

秦羽却避开她的目光，对谢子玉说："陛下莫开玩笑，属下并无此愿。"

绮罗眼中盛开的期待，一下子枯萎了："秦哥哥……"

秦羽依旧不看她，目光牢牢地落在谢子玉身上："陛下别忘了答应属下的事情。"

"好吧，你既不愿意，朕也不会逼你。"谢子玉自然记得，要帮他找人。不晓得这人究竟是什么身份，竟能让他放弃自己心中所爱也要找到。

她转而对绮罗说："绮罗，秦侍卫不愿意，朕也没办法。那日你既然没来成亲，朕也不会承认你是这宫里的女人，你，好自为之。"

她说这话，是以谢子文的身份说的，有些无情，可她也没想着要说得委婉一些。

绮罗哭得很凶，谢子玉走出去好远，回头看她。她哭花了妆容，脸上脏兮兮的，像只被抛弃的小花猫。

"其实你能带绮罗走也挺好的，毕竟你是喜欢她的。"谢子玉幽幽道，有些感慨。花园一侧，青莲池旁，秋风携了清冽的荷香徐来，叫人心静。她立在这凉风中，少了一丝烦躁，多了几分惆怅。

秦羽站在她身侧，与她隔了一些距离，听闻她说这样的话也只是稍稍侧目，看了她一眼便将目光转走。

或许只有在她看不见的地方，他才会表露真性情。

虽然已经习惯了他的不声不响，谢子玉这时却有了进一步了解他的心思。她好奇很久了，为什么这样年轻的一个人，眉宇间总是有股化不开的冰霜，总是不开心的样子。不爱说话，不爱笑，就算面对喜欢的人，也克制得像一根冷酷无情的木头。

12. 陛下爱撒娇

"秦侍卫，你莫不是背负着什么血海深仇？"

这话说得有些夸张，但谢子玉就是想刺激刺激他，看看是否能从他嘴中套出什么话来。

许是这句话真的起了作用，也或者是因为秦羽今日真的受了刺激，他竟真的开口讲了起来。

谢子玉不曾想到，她的一句戏言，竟然是事实。

"十几年前，曾有一名年轻女子闯入属下家中，自称有人追杀她。爹娘见其可怜，便善心收留。不承想几日后，属下从学堂回来，却见家中凌乱，鲜血满地，爹娘被杀，两个年幼的弟弟妹妹也被人溺死在水缸中，那个年轻的女子却不见了踪影……

"她便是凤娘，这些年属下一直在找她。她不一定是杀害属下全家的人，却一定与之有关。之前属下查到凤娘曾是皇宫里的人，便利用绮罗郡主，进了皇宫……

"属下对绮罗郡主更多的是歉意，并无其他的心思。如今属下只想找出当年杀害属下全家的凶手，儿女情长之事，属下……并不考虑。"

他这话说得沉重，谢子玉心情也跟着沉重起来。她有些抱歉地看着秦羽："对不起，先前朕一直忙着自己的事情，将答应帮你找凤娘的事情抛在脑后，是朕不对。你既然已经同朕说了这个秘密，朕若再不尽心尽力帮你，就实在太不厚道了。"她拍拍他的手臂，坚定道，"朕不但要帮你找到凤娘，还要帮你找到那个罪大恶极的凶手。"

秦羽眸光微微晃动，注视她良久，随即后退一步，抱拳行礼："属下……谢过陛下。"

如此这件事便悄悄铺展开来，谢子玉一方面派人去查找卷宗，一方面托付七皇叔，要他帮忙查找当年与凤娘有过接触的宫女。

只是这两件事进行得都不顺利，谢子玉和秦羽几乎翻遍了所有的卷宗，可就是没能找到凤娘的记录。而七皇叔那边也因为那些与凤娘有过接触的宫女早已离宫多年，再次查找犹如大海捞针，事情一时滞住。

最后还是沈钦一语惊醒梦中人："就算所有认识凤娘的宫女都已不在宫中，但先皇的妃子总不能离开皇宫，或许从她们那里能找到一些线索。"

谢子玉眼睛一亮："师兄，你好聪明。"

沈钦冲她眨眼一笑。

先皇西去后，只有为数不多的几个太妃留在宫中，她们大都安静地待在自己的宫苑中，有的甚至吃斋念佛，极少露面。谢子玉挨个去问了一遍，果然问出一些线索来。

那个凤娘在尚衣局待过一年，后因心灵手巧，做出的衣服十分漂亮，便被当时的良妃相中，将她调入自己宫中，专门为良妃裁做衣服，再后来，其他人就很少见她了。

对了，那时的良妃，就是现在的太后。

咋又是太后呢，唉……

这样说来，凤娘的消失会不会和太后有关系呢？

可是凤娘现在又在哪里呢？

"不若我们去试一试太后，若是她有半点异常，凤娘的消失十有八九就和她有关系。"谢子玉信誓旦旦地说。

"这个方法可以有，不过……"沈钦偏过头去看她，"你不能去试。"

"为什么？"

"你和太后的关系已经闹崩了，她对你肯定会有所防备，到时候不管你说什么，她肯定都不会轻易流露自己的心思。"沈钦思索着，"最好找一个对太后来说没有防备的人去试探她。"

"说得也对。"谢子玉点点头，"可是找谁呢？"

沈钦意有所指地看了秦羽一眼，轻飘飘地说："这宫里唯一能让太后放下戒心的，怕只有绮罗郡主一人吧。"

绮罗？

也对，谁会对自己亲生女儿有所防备呢？

"可是我之前还去绮罗那里劝她出宫来着，她肯帮这个忙吗？"谢子玉有些苦闷，"我可没那么好的口才能说服她去试探太后，你们可以吗？"

秦羽用沉默表示不去，并坚决不与谢子玉有眼神接触。

谢子玉自然知道秦羽的难处，他本就不善言辞，加上之前刚拒绝了绮罗，对她满是愧疚，自然短时间内不好意思再见到绮罗。

如此，这个艰巨的任务就落在了……

谢子玉眼睛滴溜溜地转了一圈，最后定在沈钦身上，扯出一个黏腻讨好的笑来："师兄……"

沈钦也对她笑："不去！"

"别呀！"谢子玉跳到他身旁，挨着他撒起娇来，"师兄，你若是不去，就没人能去啦。"

沈钦傲娇地转过身去："那也不去。"

"为什么呀？"

"我跟绮罗郡主又不熟！"他推开谢子玉，烦不胜烦的样子，"再说这件事和我有什么关系？"

"我不管，是你提出去找绮罗的，你必须去！"谢子玉正欲耍无赖，但被沈钦凉凉觑了一眼，气势立即消去大半，又厚着脸皮黏上来，拉着他的袖子撒娇，"去嘛去嘛……"

沈钦用两只手指推开她的脑袋："撒娇不管用！"

"师兄……"

"别叫我师兄！"

"哥哥……"

"谁是你哥哥？"

难不成还得叫爹啊。

见他软硬不吃，谢子玉也没了办法，只得悻悻抽走自己扯着他袖口的手，一声不吭地站在一旁，幽怨地望着他。

沈钦却一点不受她影响，自顾自取了凳子坐下，懒懒地打了个哈欠，闭目养神。

秦羽等了有一会儿，然后转身面向谢子玉，艰难开口："陛下，如果沈侍卫觉得为难，属下……"他话说一半没了后续，摆明也不知道该怎么办。

这时，崔明突然进来，说是绮罗郡主来了，拎了个小包袱，看样子是来告别的。

说曹操曹操就到！

谢子玉赶忙让崔明将绮罗请进来，而后和秦羽对视一眼，两人又不约而同地看了沈钦一眼……

嗖！

"师兄，绮罗交给你啦。"

这句话落入沈钦的耳中时，她和秦羽早就跑没影了。

"喂，你俩没良心的……"

谢子玉和秦羽并没有跑远，只是躲在偏厅的柱子后面，露出两双眼睛偷看。

绮罗只身一人进来，四处望了望，问沈钦："陛下哥哥呢？"

谢子玉听见沈钦咬牙切齿地回答："打狗去了。"

"为什么打狗？"

"因为良心被狗吃了！"

"嗯？"绮罗表示很不解，顿了有一会儿才继续问，"那你看见秦哥哥了吗？"

"看见了。"

"他在哪里？"

"他在……"沈钦忽然站起身来，朝绮罗走去。绮罗不明所以，被他逼得连连后退。沈钦忽然捉住绮罗的肩膀，倾身压过去，附在她耳边小声咕哝着什么。

两人靠得极近，初时绮罗还动了动身子以示不满，但很快僵住身子不动。从谢子玉的角度看去，正好看见她惊讶、失望、愤怒交加的表情。

谢子玉跺脚道："浑蛋沈钦，干吗离绮罗这么近？"

旁边秦羽身子一滞："陛下，您踩着属下的脚了。"

谢子玉方记起还有他的存在，忙往旁边挪了挪身子。只是她刚往旁边迈出半个步子，却被一只大手抓了回来："属下不疼，陛下乖乖藏好。"

这柱子后面原本藏两个人便有些勉强，她若挪半个身子出去，肯定会被绮罗看到。想必秦羽也担心这一点，方将她拉回，拢在身前。

谢子玉仰头看了秦羽一眼，发觉他表情有些不自然。瞅一眼还黏在一起没有说完悄悄话的沈钦和绮罗，谢子玉大概猜到秦羽为何会有异样的表情。

　　"秦侍卫啊，你别生气，沈侍卫不是故意要离绮罗这么近的，他一定是在想办法劝说绮罗，你别吃醋。"谢子玉小声地劝。

　　秦羽低头瞧了她一眼，甚少有表情波动的眸子里竟然泛起一丝笑意："陛下莫吃醋就好。"

　　谢子玉讶异他会流露出这样的表情，呆呆盯了他一会儿，直到秦羽重新恢复一派冷漠，她才堪堪收回视线，扒着继续偷窥沈钦和绮罗。

　　咦，沈钦和绮罗人呢？

　　"他们人呢？"谢子玉从柱子后面跳出来，一直找到外面去，看见崔明，便问，"绮罗郡主和沈侍卫呢？"

　　崔明老老实实地答："绮罗郡主一边哭一边跑了出去，沈侍卫在后面追……"

　　嗯？为什么有种画风好奇怪的感觉？

　　"现在怎么办？"谢子玉回头问秦羽。

　　秦羽淡淡吐出一个字："等。"

　　崔明凑过来，三八兮兮地问："陛下，等什么？"

　　谢子玉忧愁地望着远方："沈侍卫跟别的女人跑了，你说朕等什么？"

　　崔明掰着手指头算："陛下喜欢沈侍卫，沈侍卫去追绮罗郡主，绮罗郡主喜欢秦侍卫，秦侍卫现在站在陛下身后，唉……"崔明摇摇头，叹息道，"居然是四角恋，贵圈真乱。"

　　"咳咳……"谢子玉一口气喘了半截，卡在嗓子眼，咳嗽起来，"谁告诉你朕喜欢沈侍卫的？"

　　"这还用别人告诉？您和沈侍卫可没少打情骂俏。"崔明一副"陛下你别装了"的表情，自信道，"别人不知道，奴才可是看得清清楚楚，陛下您，没有沈侍卫不行。"

　　"瞎说，你瞎说……"谢子玉伸手打了崔明两下，自己却倏忽红了脸。

　　旁边的秦羽脸色有些异样起来。

　　等沈钦的这段时间，谢子玉也没闲着，同秦羽商量起接下来的事情。崔明被她遣在殿外晒太阳，其他宫女和太监更是不能近身，殿中只她和秦羽两个人。

谢子玉做了一个假设："假设那个凤娘的消失真的与太后有关，那凤娘与太后会是什么关系呢？"

秦羽努力回忆起小时候他见凤娘时的情形："她很年轻，长得很好看，有些胖，但是很虚弱，脸色苍白，一直在哭。只说是有人要害她，却没说是何人，也没说为什么……"他很难回忆起一些重要的东西，零零散散地说了一些，听得谢子玉一头雾水。

不过既然凤娘是宫里的人，那么追杀她的人十有八九也是宫里的，而且地位一定不低，否则不会耗费那么多时间去追杀一个宫女。而且凤娘当时一定是得罪了这个人，也许撞破了这个人的秘密，或者是别的原因，总之一定发生了什么事情，才让那人一定要将凤娘置于死地。偏偏秦羽的父母心善，收留了凤娘，这才引来杀身之祸。

如此说来，秦羽的家人死得冤枉，凶手也太过于心狠手辣了。

她将自己的想法说给秦羽听，然后问他："如果真的查出来幕后凶手是谁，但是那个凶手是我们不能撼动的，你要怎么做？"

别人且不说，单就现在的情况来看，很容易便将此事联想到太后身上。如果幕后的凶手是太后的话，以秦羽的能力，或者再加上她的能力，想要找太后报仇也是十分困难的。

她担心的是，最后即使秦羽想鱼死网破，恐怕也不能如愿。

秦羽却并没有正面回答她的问题，只是将目光投在她身上，用他一贯冷静得近乎冷漠的声音说："陛下，您只需帮属下找到幕后凶手，剩下的，便是属下自己的事情了。"

那便是真的要搭上性命也要拼个鱼死网破了。

"不管怎么样，朕希望你好好活着。"谢子玉大大叹出一口气来，满是诚恳地看着他，"报完仇后，你便离开这里，学着温暖一些，不要再冷冰冰地拒人于千里之外，找个善良的姑娘成亲，即使那个姑娘不是绮罗，然后生几个活泼可爱的孩子……"

她帮他设想以后的生活，希望他不要为了报仇而把自己也逼上绝路。

秦羽敛了目光，思绪似乎也被她的话引了去："属下……尽力。"

约莫一个时辰后，沈钦回来，脸色不好看。

谢子玉迎上去问："怎么样怎么样？绮罗向太后问起凤娘的事情了吗？太后的反应怎么样？"

沈钦一个接一个的脑瓜锛儿就弹上去了："你还有脸问？你还有脸

问？"

谢子玉捂着脑袋到处躲，恰巧这时候秦羽也走了过来，谢子玉便躲到他身后。秦羽隔在她和沈钦中间，问沈钦："沈侍卫，怎么样了？"

沈钦暂时没理他，凶巴巴地盯着谢子玉："谁叫你躲到别的男人身后的，过来！"

"那你还弹我脑瓜镚儿不？"谢子玉可怜兮兮地问。

"不会了。"

"哦。"谢子玉这才从秦羽身后绕出来，回到沈钦身边，"到底怎么样了？太后是不是真的和凤娘的消失有关？"

"嗯。"沈钦表情变得有些凝重，"太后听到'凤娘'这个名字的时候，似乎有些慌张，杯子也端不稳了。"

谢子玉感觉到身边的秦羽身上骤然散发出冷气与杀意。

"不过我们并没有证据证明当年追杀凤娘的幕后黑手是太后，或许不是太后，而是另有其人。况且……"沈钦看了一眼秦羽，说出另一个让人无奈的猜测，"凤娘可能也，早已不在人世了，死无对证，这件事很难查下去。"

这件事并不会让人特别讶异，毕竟凤娘这么多年音信全无，很有可能早已遇害。

沈钦拍拍秦羽的肩膀："你先不要冲动，这件事得慢慢查。你现在是宫中的侍卫，又在陛下身边做事，虽然手上没有多少权力，但吓唬底下的县官已经绰绰有余。你现在不妨回你家乡一趟，找到当地的县太爷，好好查一查当年你家的灭门案，或许能找出什么线索。"

他这话说得有道理，当年凶手屠杀秦家的时候，不信当地衙门查不到一丝蛛丝马迹。

秦羽明显也同意沈钦的想法，当即敛了冲动与杀意，对他抱拳致谢："谢过沈侍卫。"

沈钦给谢子玉递了个眼色："你作为陛下，随便赐个东西给他吧，也好去唬一唬那些县太爷。"

"也对。"谢子玉从腰间扯下一个玉佩来，交予秦羽。这玉佩上面刻着龙纹，想必也是有些威慑作用的。

秦羽谢过她后，转身离开。

谢子玉亲自奉了茶给沈钦："师兄，你聪明得让我无地自容。"

沈钦接过茶来，抿一口，不忘嘲讽她："你以为谁都像你一样，蠢得欲罢不能。"

谢子玉毫不在意他的话，谁让他说的都是事实呢。

"不过，我还有一件事情想问你。"

"嗯。"

"你那会儿趴绮罗耳边说了什么呀？她怎么会乖乖听你的话去试探太后？"这么复杂的事情，他居然几句话就给打发过去了，实在叫她好奇得紧啊。

"所以说你蠢啊。"沈钦将她钩到怀中，点点她的额头，笑道，"我哪有本事让一个郡主去试探太后？我不过是说，秦羽拒绝她是因为他喜欢一个叫'凤娘'的姑娘，而那姑娘正好是太后宫里的人，让她去找太后要人……"

"这么简单？"

"不然你以为呢？"沈钦瞪她一眼，"和姓秦的那小子跑得比兔子都快，你俩躲得倒是欢快。"谢子玉吐了吐舌，有些不好意思，又听他说，"不过现在终于把那小子弄走了，每天看他在你身边转，我心烦……"

"哎？"谢子玉抬眼看他，"你不是为了帮他吗？"

沈钦哼了一声："要不是想着把他从你身边赶走，我才懒得耗费心思给他出主意呢，想得我脑仁疼……"

谢子玉："……"

绮罗在太后那里找不到凤娘这个人，听说闹了好一阵儿。原本要离开皇宫的她，也因为这一闹，重新被太后扣留下来。隔了一夜，想必她也反应过来，想明白了沈钦是在骗她，第二天便来到谢子玉的乾清宫，摆开架势要找沈钦算账。

彼时谢子玉刚下早朝，听到乾清宫侍卫来报此事，当即碾了脚跟向后转，带着沈钦出宫，准备去七皇叔的淮阳王府。

倒不是害怕绮罗，只是终究自己理亏些，现在出去一是为了避一避风头，二是好些日子没去看谢子文了，心里总是记挂着，她很想知道他现在怎么样了。

今时不同往日，如今她出宫已经顺畅很多，太后再不能像以前一样处处制约着她，加上有七皇叔的帮助，顶着谢子文的身份，她在这宫中好歹有了些威严。

谢子赢已死，司徒浩也即将被处决，暂时还没有谋反的人想要对她不利，故这次出宫不用再提心吊胆，心情也轻快许多。撩起帘子看窗外的风景，觉得天也蓝树也绿，街上卖包子的大叔都分外好看。

沈钦同她坐在一辆马车里，初时还好好的，没想到半路竟晕车起来，一句话不说，脸色煞白煞白的，看得谢子玉怪心疼的。

她让崔明沿街买些水果送上来，给闷热的车厢里添几丝清香，又剥了一颗酸葡萄递到他嘴边："师兄，我以前怎么不知道你还有晕车这个毛病？"

"以前也晕，不说罢了。"沈钦被葡萄酸得打哆嗦，闭眼又吃了几颗。这时马车忽然一荡，颠簸得厉害，谢子玉正将一颗剥好的葡萄递过去，抵不住这一震荡，差点捅他鼻子里去。

沈钦突然脸色一变，掀开帘子便跳了下去。

此时马车还在行驶当中，速度并不慢。亏得沈钦功夫好，这样跳下去还不至于摔倒。谢子玉叫停了马车，拨开帘子举目去寻他，发现他正扶着墙在吐，忙跟着跳下去，跑过去给他拍背。

沈钦吐得厉害，熏得谢子玉连连蹙眉。

"师兄，你今早是不是吃什么油腻的东西了？"

沈钦只管哇哇吐，哪里还有心思回答她的问题。

一阵酸腐的味道涌上鼻间，谢子玉扭了扭头，却仍躲不掉这味道的侵袭。等一下，她怎么好像从中闻到一丝苦涩的药味？

"师兄，你是不是吃了什么药？你生病了吗？"

吐得天昏地暗的沈钦连腰都直不起来，只对她摆了摆手。

"可是就是有药的味道啊。"明明就吃了药，为什么不承认？本着一探究竟的原则，谢子玉往地上那一摊瞅了一眼，"哕……"

拿着水的崔明跑过来时，就看着他们俩此起彼伏地吐。

没听说陛下也晕车了呀？

晕车也会传染吗？

这会儿谢子玉还穿着龙袍，虽然帝冕摘下来放到马车里了，但是她这样的打扮还是引来诸多百姓围观，纷纷猜测她是否真的是皇帝。

崔明见百姓渐多，不由得有些紧张。沈钦也注意到了，拿过崔明手中的水，将谢子玉揽在身侧，挡住她的脸，拥着她往马车上走去。

谢子玉感觉到他步伐沉重，便伸臂环住他的腰，扶着他走："师兄，你还撑不撑得住？不然我们不去七皇叔那里了。"

"无碍，不会再吐了。"

沈钦勉强撑到了淮阳王府，下了马车后一直揞着肚子，一句话不说。他的手很凉，一直在出冷汗，额前的发丝都给打湿了。

谢子玉见他难受得紧，便让淮阳王府的人带着他去客房休息，顺便也将崔明派过去照顾他。

崔明斗胆翻了个白眼，口不对心道："陛下，您想支开奴才就直说，奴才不会介意的。"

"得了吧你，不介意你干吗瞪朕？"谢子玉嗤笑一声，嘱咐他，"帮朕好好照顾沈侍卫，不许抱怨。"

崔明嘟囔着离开了，她则被管家领着，去见七皇叔。

七皇叔也是刚到府中不久，这会儿正在换朝服。谢子玉在厅堂等他，有一口没一口地喝着茶水，顺便观摩七皇叔的家。这里的摆设很是简单，外面院子里只种了些低矮的花草，空旷得没有人情味。

谢子玉忽然想起在醉玉轩第一次见到七皇叔时，他坐在几个花枝招展的女人中间饮酒作乐，明明是清冷高贵的人，却偏偏装作一副风流的样子，还骗她喝掺着蒙汗药的果子酒……

听到身后有脚步声，谢子玉扭过头去，看到一身便服的七皇叔。衣服宽松了些，腰间的带子也系得不是很紧，却并不给人邋遢的感觉，反倒生出几分洒脱飘逸来。

果然衣服也是看脸的。

约莫因为她的目不转睛，谢林有些奇怪地看了看自己，而后对她一笑，清冷的面容立即添了几分暖意："看什么呢？"

"看七皇叔啊。"谢子玉理所当然地回答。

"为什么看我？"

"因为七皇叔长得好看。"

"哦？"谢林笑容更甚，走到她面前，微微倾了倾身子，与她眉眼相对，打趣她，"那是你的七皇叔好看一些，还是你的沈侍卫更好看一些？"

"唔……"谢子玉想了片刻，抬头认真答，"沈侍卫好看，七皇叔你老了，比不得小鲜肉。"

"你还真会说实话。"谢林直起身子，装作不高兴的样子，"我才过而立之年，你便说我老，真叫人伤心。"

谢子玉揶揄他："所以说不要老是去醉玉轩那种地方嘛，多伤身啊。"

谢林一愣，而后点了点她的额头，哭笑不得道："瞎想什么呢？"

谢子玉站在原地冲着他嘿嘿傻笑，而后聊起那次在醉玉轩见他的情景，抱怨他第一次见面就对她用迷香，害得她以为他是坏人。

谢林无辜道："我也没想到你真的会中招。"他佯装惋惜的样子，摇头道，"到底是涉世未深，傻了些。"

"你非要说得这么直白吗？"谢子玉一副深受打击的样子，气馁道。

谢林笑呵呵地摸摸她的脑袋，安慰她："嗯，我的小侄女不傻，只是太单纯。"

然而并没有什么用，谢子玉还是对他翻了一个白眼。

谢林命人上茶，谢子玉摆摆手说不用了，直接说明来意。

"我弟弟怎么样了，我来是想见见他。"

"他还好。"谢林负手，在前面领路，"走吧，我带你去看他。"

谢子玉忙跟上。

他带她走出厅堂，穿过长长的走廊，往僻静处走去。谢子玉边走边四处瞧，有些好奇："七皇叔，这么大的院子，为何不种些树来遮阴避凉，光秃秃的，一点都不好看。"

"嗯。"谢林在前信步慢走，漫不经心道，"种树会招刺客，府里光秃秃的，刺客便没了藏身之处。"

"你府上经常有刺客吗？"谢子玉吃惊道。

"以前十天半个月地便来上一次，烦不胜烦。"谢林偏过脸来看了她一眼，不以为然道，"索性将树砍了，捉起刺客来方便。"

"你知道那些刺客是谁派来的吗？"

"以前想杀我的人多了，不过现在，怕只有你的母后还存着这份心思吧。"

"她才不是我的母后。"谢子玉嘟囔一句。

"嗯？"谢林驻足，转过身来看她，"你刚刚说什么？"

谢子玉一滞："啊，我说什么了？"她方才的话有些不经大脑，这会儿反应过来了，不由得心里有些惊慌。她还不曾告诉七皇叔，她和子文都不是太后的孩子，绮罗才是。

早在谢了文受伤那天，她便想告诉他这件事来着，可是她在担心，如果她和子文既不是太后的孩子，也不是先皇的孩子，身上没有皇室的血脉，那么七皇叔还会救子文吗？

谢子文昏迷着，太后虎视眈眈着，她左右没了主意，不敢打这个赌。

谢林望了她好一会儿，目光淡淡的，叫她揣摩不出他现在的情绪。她正绞尽脑汁想找个话题将这句话掩盖过去，头顶却传来他清清朗朗的声音："哦，原来你知道了。"

嗯？谢子玉惊讶地看他，还带着一丝怯怯的意味。

"为什么做出这样害怕的表情？"方才还寡淡的眸子这会儿又重新染上笑意，暖意融融地看着她，叫谢子玉忽然就安下心来。

她鼓起勇气，说："七皇叔，我和子文并非太后亲生这件事，您是不是早就知道了。"

"嗯，子文同我说过。"

谢子玉壮着胆子，瞪大眼睛，满是希冀地又问了一句："那如果我们也并非先皇的孩子，您还会像现在这样保护我们吗？"

"这个啊……"谢林做出一副沉思的模样，半晌没回答。谢子玉的心都要吊到嗓子眼了，才听他说，"如果你们也不是皇兄的孩子，那与我也没有什么血缘关系，我为什么还要保护你们？"

谢子玉失望极了，垂下眼帘，瘪嘴嘟囔道："你虽然说得对，不过听起来还是很无情，叫人伤心……"

谢林环胸看着她，接下来的这句话让谢子玉的眼睛重新亮了起来。

"所以既然我现在肯保护你们，自然是因为你们的确是皇兄的孩子。"

知道自己和谢子文的确是先皇的血脉，谢子玉心里一颗石头总算落了地。倒不是说她对这个身份有多在意，只是眼下这种情况，这个身份对他们姐弟俩来说无疑是种保障。

她推门进到谢子文的房间，舒适安宁的房里，他安静地躺在床上，头发软软地铺着，睡得不谙世事。谢子玉心里隐隐又疼了起来：他们姐弟俩本就见得少，他总是这样睡着，叫人无能为力。

房间里只有淡淡的药香，窗户半开，旁边摆了一盆新绿，给这里添了几分生气。

"他偶尔会醒来，只是等我赶来的时候，他又重新睡过去。所以他醒时见到的人，也只有小箐姑娘而已。"谢林望着床上的谢子文，慢吞吞地与谢子玉说着。

旁边的小箐低头不语，手里攥着拧干了水的帕子，很是紧张的样子。

看得出来，她将谢子文照顾得极好，否则七皇叔也不会改口，喊她"小箐姑娘"。与上一次见她相比，她少了一份怯懦，却仍是对他们的到来表现得无所适从。

很奇怪，明明是因为眼前这个小箐谢子文才会变成这样，谢子玉却对她讨厌不起来。与对绮罗不同，谢子玉觉得这个小箐虽然唯唯诺诺的，却比其他人更容易引得别人的好感。

毕竟错不在她，而且她也不是故意的。

谢子玉走到她面前，对她笑笑："这段时间有劳小箐姑娘了。"

小箐更加手足无措起来，正要下跪却被谢子玉拉住，她不敢抬头，期期艾艾地答："奴婢……奴婢……这是奴婢应该做的。"

谢子玉从她手中要过帕子，坐在床边替谢子文擦了擦手和脸，这才发现他面色正常，呼吸平稳，并不像之前见到那样病态，不由得一喜："七皇叔，子文的身子，应该没大碍了吧。"

谢林点点头："我找大夫来看过，大夫说只要身体里的余毒清干净了，人就好起来了。"

"那还要多久才能清干净？"

"应该不会太久。"

"太好了！"谢子玉欣慰不已，由衷地高兴，继而大大地伸了个懒腰，冲谢林眨眼，"我假扮皇帝的日子终于要熬到头了，你不知道我每天上朝时压力有多大，每次看见大臣都觉得我是在坑他们，出门要遭天谴。所以等子文醒来，我就再不用做那劳什子皇帝了。"

"哦？"谢林问她，"不做皇帝的话，你想做什么？"

谢子玉想都不想，兴高采烈地回答道："我和师兄回师父那里去！"

"这么迫不及待？你倒是舍得？"谢林笑吟吟地望着她，"到底是在外面养成野丫头了，留不住了。"

谢子玉吐吐舌头，兀自乐着。

从谢子文房间里出来，她还不想回去。

"好不容易出来一次，不想就这么回去。你王府这么大，我想转转。"

"嗯，七皇叔陪你。"

"好。"

只叔侄两人，不要其他人跟着，谢子玉自在得很。她心里高兴，这空旷的王府她也逛得开心，一路上叽叽喳喳的，看什么都觉得新鲜。七皇叔也很有耐心的样子，并不在意她的闹腾，脸上总是挂着笑，偶尔不经意间流露出的一丝宠溺，叫谢子玉暖得心都要化了。

以往这般和蔼对她的长辈，只有师父一人。奈何师父总是外出不回，让她少了膝下承欢的天真无邪，活生生被沈钦拐成了女汉子。

七皇叔骨子里也是个有趣的人，她听他讲起许多没听过的故事，逗乐的、惊奇的，时而被他逗得哈哈大笑，时而浮想联翩，听得津津有味。

难得有这般融和的气氛，奈何总有不长眼的来打断。

谢子玉看着猛然出现在自己面前的刺客，一时惊愕得忘了躲开。

那刺客举剑劈来，谢子玉衣领一紧，被谢林拽到他的身后。

"一个人也敢来闯我的王府，胆子倒是不小！"

那刺客一句话不说，与他缠斗起来，但凡有机会，还是将剑刺向谢子玉，可是每次都被谢林阻止。

很显然，刺客是冲着谢子玉来的。

谢子玉想不出她得罪过什么人，也来不及想这些，已经有侍卫向这边跑来，谢子玉急得要跳起来："你们快点快点快点……"

谢林武功高，但苦于手中没有武器傍身，谢子玉从地上抓了一把土，时刻盯着谢林和那个刺客。那刺客稍稍得了机会，便又向谢子玉袭来。

谢子玉扬手便将沙土撒了过去。

那刺客闪身一避，恰好谢林紧随而来……

娘呀，撒七皇叔眼睛里去了！

谢子玉仿佛能想到刺客一声冷笑，心里肯定在骂她蠢毙了。

趁谢林一时无法睁眼，刺客握紧了手中的剑，凌厉地向谢子玉刺了过来。

谢子玉侧身躲开，奈何还是晚了半步，那剑刺进她的右肩，几乎穿透她的肩胛。

疼……

谢子玉一咬牙，一脚踢了过去。

那刺客躲避不及，被谢子玉踹了个满满当当，手上的剑当即一挑，拔了出去，踉跄着退后几步，差点摔倒在地。

谢子玉又疼得差点呕出一口血来。

谢林眼睛不适，眯着眼睛上前补了一脚，刺客膝盖一软，跪在地上。侍卫们围上来，将刺客制住。扯下刺客的面巾一看，是司徒浩的妹妹司徒妍。

13. 陛下很内疚

谢林冷眼看着她："正愁找不到你，你倒自觉，自己跑来送死！"

司徒妍目露不甘，凶狠地瞪着谢子玉："狗皇帝，你杀我全家，我不杀你难平我心中之恨！"

谢子玉才想起来，前几天，司徒浩一家因谋反之罪，处决的处决，流放的流放，只有司徒妍一直不曾露面。

先前谢子玉已经将搜找司徒妍的事情交给谢林，她便没再理会这件事。找不找得到司徒妍对她来说并没有多大的意义，她也不想将所有司徒家的人都赶尽杀绝，如若司徒妍能隐姓埋名就此躲一辈子，放她一条生路也是可以的。

不承想这个姑娘竟有如此烈心，敢跑来找她报仇。

谢林走到谢子玉面前，看了一眼她肩上的伤，扶住她："伤口可疼？"

谢子玉捂着肩膀，丢脸道："怪我自己帮倒忙，怎么有脸喊疼？"好在没有伤到要害，便当是吃一次教训。

"你觉得，应该怎么处置她？"谢林看着被按在地上的司徒妍，问谢子玉。

司徒妍此时狼狈得很，纵然她武功再高性格再烈，也不过是个女人而已。她为家人报仇的心可以理解，可是这件事也不能说她做得对，毕竟作为司徒浩的妹妹，她也不能完全避免谋反的嫌疑。

肩上的伤让谢子玉痛得想要晕过去，可是她就是没办法做出决定来。如果将司徒妍交给七皇叔，以七皇叔的性格，想必司徒妍很难活下去。可是如果自己来处置她，谢子玉一时间也不知道该如何做。

"不若，先将她关押起来，以后再说……"

谢林没提异议，示意侍卫们将司徒妍带走。他轻轻带过谢子玉的身子："走，我去给你找大夫。"

"不敢走，一动就疼。"谢子玉要哭了，死活不能迈步子。

"活该，叫你不好好保护自己！"

嗯？这是七皇叔说的话吗？

这自然不是七皇叔说的，这嗓音这语调，分明是沈钦。

谢子玉一回头，果然看见沈钦白着一张脸，表情很是难看。她当即瘪嘴，做出可怜兮兮的样子来，先他一步说："师兄，看在我受伤的分上，你不能骂我，不然我会哭。"

沈钦一个打横将她抱了起来："一会儿上药的时候有你哭的！"

沈钦数落她："我一不在你身边你就出事，你是不是故意的？"

谢子玉叫冤："这怎么能叫故意的，我也不想啊。"谁会跟自己过不去呢。

沈钦将她抱进房间，安置在椅子上。谢林已经派人请来了大夫，正提着药箱站在外面等着。沈钦让谢子玉坐着别动，然后出去拎了大夫手中的药箱进来，要给谢子玉上药。

谢子玉怕疼，往后一缩身子，又是疼得一阵龇牙咧嘴。

沈钦瞪她一眼："叫你别动的。"

谢林可能会错了她的意思，立即制止沈钦："玉儿到底是女孩子，你……恐怕不合适吧？"

沈钦瞥了一眼外面的大夫，不悦道："难道外面那个老头就合适？"

"他是大夫。"

"我也是大夫。"

"他的确是大夫。"谢子玉急切地点头附和，捂着伤口，浑身没了力气，"好疼，你们再吵下去我就要血流成河了。"而且有什么好吵的。

谢林约莫见她疼得厉害，也没再说什么，侧身让沈钦过去了。

沈钦正欲揭谢子玉肩膀上的衣服，忽然想到什么，抬头看了谢林一眼，然后弯腰将谢子玉抱到内室去了，末了还丢下一句："看什么看，怪叔叔……"

谢林："……"

传说中口才超人能劝得得道高僧还俗的七皇叔，居然生生被噎在原地。

司徒妍那一剑刺得不浅，伤到了骨头，恐怕短时间内好不了。沈钦只顾黑着脸给她包扎，不看她，也不同她说话，安静得叫谢子玉心虚。

"师兄，你生气了吗？"

"伤又不在我身上，我生什么气？"话是这样说，语气却是闷闷的。

可不就是在生气嘛。

谢子玉抬起另一只没有受伤的手臂，抓住他的手，盯着他的脸，讨好地说："师兄，我受伤没什么的，我最看不得师兄受伤，你若受伤，我比自己受伤都疼。"

沈钦动作一滞，终于肯对上她的目光。半晌，他叹了口气，反手握住她的手，放在唇边吻了吻："你怎么不知道，我心里想的也和你一样？"

"师兄……"

此时气氛正好，他眼里流露出的心疼融入空气里，闻一口就要心神荡漾。她正要迷失在这目光里，又听他嫌弃地说："也不知道你武功都学到哪里去了，如果有一天我死了，也一定是被你丢脸丢死的……"

哎？

画风要不要转变得这么快？

这么诅咒自己真的好吗？

"师兄你才不会死，别用我诅咒你自己。"谢子玉嘟囔道。

沈钦忽然敛了眸中的星辉，半是玩笑半是认真地说："那如果有一天我死了呢？"

"那我跟师兄一块儿死！"谢子玉想也不想地回答。

沈钦一愣，随后敲了她的额头一记："你要殉情还得问我同不同意呢。活着的时候就已经够烦人的了，死了也不肯放过我啊。"

谢子玉钩住他的手臂，咧嘴笑道："就不放！"

沈钦无奈笑道："看来我得努力活下去了。"

"那是自然咯。"

伤口包扎好后，谢子玉便要回皇宫了。

她受了伤，沈钦又晕车，他们便没再坐马车回去，谢林找来轿子，命人将谢子玉抬了回去。侍卫们浩浩荡荡地跟着，闹出了好大的阵势，引得百姓频频注目。

到乾清宫的时候已经傍晚，原以为绮罗已经回去了，却发现她坐在院中，桌前摆了吃食和茶水，一边吃一边等他们。

好有毅力！

一见他们回来，绮罗立即丢下手里啃了一半的糕点，直直往这边跑来。

"陛下哥哥……"

她边跑边喊，来势汹汹。沈钦上前一步，挡在谢子玉身前，绮罗收势不住，一头扎进沈钦的怀里。

沈钦扶住她的肩膀，将她推开些距离："郡主是来找属下的吗？"

绮罗一把抓住他的手臂，生怕他跑了似的："就是找你，本郡主有话问你！"

沈钦一点也不慌张，淡定之余，还提起绮罗的手，就着她的袖子将她嘴边的糕点残渣扫了去，动作之流畅神态之自然，看得谢子玉嘴角一抽一抽的。

绮罗没料到沈钦会有这样的动作，单纯如她，当即闹了个大红脸，再也发不出脾气来。

谢子玉佩服地看着沈钦：手段太高明了！

沈钦方微微一笑，慢条斯理地说："属下知道郡主您要问什么，但在这里，怕是不方便说吧。"

谢子玉咳嗽两声："你们俩有什么话，进去再说吧。绮罗，你先放开沈侍卫。"

绮罗红着脸，掩着羞涩之色，气哼哼地拽着沈钦往里面走去。

殿内，谢子玉特意没让其他人进来伺候，只有他们三人。沈钦对谢子玉说："陛下，这是属下和绮罗郡主的事情，您还是去休息吧。"他意有所指地看了一眼她的肩膀，示意她进去养伤。

谢子玉也的确疼得厉害，便没再逗留，去了寝室，躺在榻上老老实实地养伤。

沈钦和绮罗的声音不时传进来，约莫是绮罗在质问沈钦为什么骗她，为什么到处找不到秦羽。

沈钦说："先前是我弄错了，秦侍卫一直在找一个叫凤娘的人，不过那个凤娘并不是秦侍卫喜欢的人……"

"那秦哥哥现在人呢？"

"出宫找凤娘去了。"

"什么！"

谢子玉听着他们的谈话声，困意卷来，不由得合上眼睛想睡上一觉。忽然榻上一沉，有压迫感袭来。她猛地睁开眼睛，一只大手立即捂住她的嘴巴，顺便制住她的身子："嘘，别叫别叫……"

谢子玉瞪大眼睛看着这人：虽然他一身侍卫服，但眉梢挑起的一抹风流，还是与侍卫的装扮格格不入。

"我松手，你别叫，我不会伤害你，只是想求你一件事情……"他小声地说，面上也并无杀意，不像是来害人的。

谢子玉点点头，那人左右打量一遍，似乎觉得这里不安全，便托起她的身子，将她带到角落里，才慢慢松开手。

谢子玉倚着墙壁，抬头难以置信地看着他："沈凌尘，你怎么会在这里？"

"你从七爷府上回来的时候，我扮作侍卫偷偷跟进来的。"沈凌尘扬扬得意道，"怎么样，我扮得很像吧。"

他居然还有心思说笑？

想到今天在淮阳王府遇刺的事情，谢子玉努了努嘴，问他："你冒险进宫，该不是为了司徒妍的事情吧。"

沈凌尘捏捏她的脸颊："知我者，小师妹也。"

"别闹。"谢子玉拍了拍他的手，不小心牵动了伤口，疼得咻咻抽凉气，好一会儿才说，"别告诉我你今天是来求我放过司徒妍的？"

"那可不？"沈凌尘笑嘻嘻地看着她，"先前司徒浩造反的事情她并不知情，这点我可以作证，你看在我之前救过你一命的分上，这次就放过她吧。"

"原本是打算放过她的，若只是单纯行刺我便罢了，我大可以念在你的情面上不计较这一次。可是今天当着那么多人的面行刺，我身上还穿着龙袍，她行刺的就是皇帝，你叫我怎么放过她？"谢子玉嘟囔道，"她自己作死，我能有什么办法？"

"我不管嘛！"沈凌尘捏着她的下巴，掰正她的脸，倾下身子，以耳鬓厮磨的姿势威胁她，"你要是不放过她，我就出去贴告示，说当今皇帝是女人……"

谢子玉才不吃他这一套，哼了一声："反正我弟弟马上就要醒了，你前脚贴了告示，他后脚就能昭示天下人自己究竟是男是女。"

"这都威胁不到你啊。"沈凌尘装作苦恼的样子，不知道又在打什么歪主意，想了想，突然说，"不若我告诉你一件关于沈钦的事情，用来交换司徒妍的命。"

谢子玉撇撇嘴："师兄的事情我比你清楚，不用你告诉！"

"不，有一件事你不知道。"

"什么？"

"阿钦现在有性命之忧。"沈凌尘一笑，胸有成竹道，"我说的是真的，你知道为什么吗？"

"为什么？"

"那你得先同意放了司徒妍。"

"好！"

没料到她答应得这般爽快，沈凌尘愣怔片刻，勾起嘴角："你俩果然是彼此的软肋……"

谢子玉示意他快点说，他依言，告诉她沈钦的事情。

"阿钦中了一种叫'蚀骨'的毒，毒如其名，只要沾染一点，毒性就会侵入骨髓，拔出很难……"

上次在醉玉轩的时候，沈凌尘骗她说沈钦被人喂了鹤顶红，但是并不严重。不承想是沈钦在清醒之时交代沈凌尘，不许告诉她真相。根本没有鹤顶红，是比鹤顶红更厉害的毒药。

"那时我差点忍不住想说出来，但看你哭得那么伤心，告诉你也无济于事，不过是白白让你担心，故而帮阿钦隐瞒了这件事……"

谢子玉听得浑身一凉。

沈凌尘说："你帮我救司徒妍，我去西北极寒之地帮阿钦找一朵冰雪莲，那种花可以祛除阿钦体内的毒……"

沈凌尘说："你看，这场交易很公平，我们都是用一个对自己来说不重要的人，去换一个对自己来说最重要的人……"

谢子玉抬头："如果你说的是真的，我答应你。"

沈凌尘走后，谢子玉蹲在地上想事情。

过了很久，打发走绮罗的沈钦走进来，举目寻了她一圈儿，皱眉道："好好的榻不躺，蹲墙角是什么毛病？那里有金子给你捡？"

谢子玉抬起头来，愣愣地看了他好半晌，方面无表情地说："师兄，沈凌尘方才来过。"

"他来过？胆子倒是大。"沈钦上前两步，小心将她扶起来，上下打量一遍，"他没对你做什么吧？"

"没，他想救司徒妍，过来求我而已。倒是你……"谢子玉慢慢红了眼眶，推开他的手，瞬间变了脸色，咬着牙瞪他，"你是不是中毒了？"

沈钦一愣。

"那毒叫'蚀骨'是吧？"

"……"

"如果不尽快把毒清出体内，你会死是吧？"

"……"

"如果沈凌尘不告诉我，你是打算一直瞒着我是吧？"谢子玉一句接一句地逼问他，气得就差在他身上抢拳头了。

"我就说你不对劲，你还骗我说晕车，你装啊，你继续装啊……"

沈钦半晌憋出一句话："我是真晕车……"

谢子玉瞪了他一眼，转身就往外走。

沈钦阻止她："你身上有伤，要去哪儿？"

"去找太后！毒是她给你下的，她一定有解药！"谢子玉要走，沈钦拦着不让，急得她直跺脚。

"你让开！"

沈钦非但不让，还拦腰将她抱了回去，按在榻上："不许再动了，伤口裂开了可是自己受罪。"谢子玉才不听，梗着脖子非要起来，沈钦一次次将她按回去。

"我身上的毒不碍事，你别瞎担心。"

"你又骗我，沈凌尘说那毒致命！"

"你信他还是信我？"

"我信……"她刚要脱口而出"信你"两个字，忽然改口，"这次信沈凌尘。"

沈钦制住她的身子，忽然倾身压了下来，与她面对面贴着，挑眉道："再给你一次机会……"

一下子拉近的距离让谢子玉有些蒙，话也结巴起来："信……信沈凌尘。"

沈钦倏忽啄了一下她的唇："最后一次机会。"

"信……信……唔。"说好给最后一次机会的，干吗堵住不让说！

谢子玉给他吻得没了力气之际，他才意犹未尽地结束，摩挲着她的脸颊，嘴角勾起的那一抹微笑晃得她失了心神。

"现在，我再问你最后一遍，信沈凌尘还是信我？"

"你……"谢子玉身子软着，方才的火气也消失了大半，哪里还有力气再同他吵。

"真乖。"起身之前，又偷得香吻一枚。

谢子玉彻底没了脾气。

沈钦摸摸她的脑袋，安抚她："相信我，我不会让自己死的。"

"嗯。"谢子玉抓住他的手，放在胸前，"师兄，我之前说的话是认真的，你要是死了，我就陪你一起，你嫌我烦我也要跟着你。"

"行了，知道你离不开我，不用这么表决心。"沈钦无奈地笑笑，准备抽回手来。

谢子玉抓着不放，执拗地又说了一遍："那你一定要时时记得，我把我的命也放在你身上了，你若死了，可就是一尸两命……"

沈钦噎住："你说情话的时候不要乱用成语……"

这一晚上，谢子玉翻来覆去睡不着，夜深人静的时候越发胡思乱想起来，肩上的伤一阵一阵地疼，她干脆坐起身来，抱着被子蜷了一夜。

次日早朝的时候，谢子玉带着两个黑眼圈，头重脚轻地走上殿去，坐在龙椅上总有种云里雾里的感觉，看什么都觉得不甚清明，闭上眼睛就是天黑。

七皇叔谢林当着诸位大臣的面，询问谢子玉要怎么处置司徒妍。

以七皇叔的性子，是一定要对司徒家斩草除根的。他并非在文武百官面前征求她的意见，只是在逼她做出决定。

按大祁律法，司徒妍两罪并罚，左右逃不了一个死字。

可是她不想司徒妍死，更不想沈钦死。

"陛下，陛下……"见谢子玉久久没有回应，谢林在殿下唤了她两声。

"七皇叔——"谢子玉浑浑噩噩地开口，带着一点鼻音，"朕不想她死，放过她好不好？"

"……"不只是谢林，所有大臣都愣住了，一个比一个错愕。

巍巍朝堂上，陛下这是……在撒娇？

完全没有顾及大臣们的感想，谢子玉揉揉眼睛，含混地嘟囔道："好不好嘛？"

群臣完全傻眼了：龙椅上那位少年天子居然一副……女儿家的娇憨模样？

崔明和谢林对视一眼，谢林思考片刻，忽然想到了什么。他往前两步，狐疑地盯着她："陛下，您是不是不舒服？"

谢子玉抽噎一下，垂着脑袋不说话。

谢林越发怀疑，给崔明使了个眼色。崔明甩了手中的拂尘，走到谢子玉旁边，说了句"奴才逾越了"便伸手探向她的额头，而后赶忙缩回来："呀，陛下好烫！"

谢子玉也碰了碰自己的额头，学着崔明的声音，叫了一句："呀，朕好烫！"

众臣："……"

"……"崔明一时不知该如何是好，沈钦不在，他只好向谢林求助，"王爷，这该怎么办？"

谢林犹豫片刻，撩起官袍走上台阶，几步跨到谢子玉面前，将手里的奏折递给崔明，自己弯腰将谢子玉捞了起来，对其他人说："陛下今日身体不适，诸位大臣散了吧，有什么事情明天再议。"

谢子玉尚清醒几分，揪着他的衣襟，不死心地又哀求一遍："不杀司徒妍好不好？"

谢林低头看她一眼，无奈地答应了她："好。"

谢子玉这才松开手，末了还给他捋了捋被自己抓皱的衣服，然后脑袋挨着他的胸膛，闭上眼睛不动弹了。

她着实难受得很。

大臣们看崩溃了：今天小皇帝怎么了？学着女人撒娇不说，还摸淮阳王的胸胸胸……肌？

乾清宫中，金龙榻上，谢子玉刚服下药，不安生地躺着，时不时哼唧两声："师兄……"

"嗯？"

"难受……"

"我知道。"沈钦拧了帕子给她换上，又给她擦了擦手，让她舒服些，安慰她，"一会儿出了汗退了热就好了。"

"嗯。"她嗫嚅地应了一声，老实了一会儿，又叫了一声，"师兄……"

"怎么了？"

"难受……"

"你方才已经说过了。"

方才说是因为方才难受，这会儿说是因为这会儿也难受。

她叫一句难受，沈钦便应一句，听得谢林隐隐皱眉。

崔明过来说："王爷，沈侍卫，太后派了太医过来瞧，太医已经等候多时了。"

沈钦摆摆手："不过是伤口发炎引起的发热，不用麻烦太医过来了。"

谢林皱眉道："伤口是你给包扎的，怎么会发炎？我看还是让太医过来瞧瞧吧……"言辞之间，颇信不过他的医术。

沈钦看都没看他，凉凉地说了一句："太后派来的人，你也敢用？"

他用这种语气和谢林说话，引得谢林怫然不悦。

谢子玉好怕沈钦会挨揍，然而并没有，他俩你一句我一句，居然又吵起来了！

好在他们吵得甚是斯文，谢子玉听着听着，便睡着了。

"我发现生病有个好处。"昏昏沉沉睡了一天一夜的谢子玉终于在第二天神清气爽地醒来，扒着床沿神秘兮兮地对沈钦说，"我求七皇叔放过司徒妍，他一下子就答应了哎。"

沈钦颇为鄙夷地看了她一眼："这是很值得炫耀的事情吗？昨天早朝的时候，你没头没脑地冲谁撒娇呢？"

他昨天早朝的时候并不在场，想必又是崔明添油加醋地给他描述了一番。

"有吗？"谢子玉眨眨眼，自知昨天在文武百官面前丢人现眼了，这会儿也羞愧得很，只得同他装傻充愣，"我昨天肯定病得一塌糊涂，记不清楚了呢。"

沈钦也没再说什么，只是给她换药的时候下手有点重，疼得她直哼哼。

七皇叔请谢子玉降一道圣旨赦免司徒妍，谢子玉偷偷对谢林说："七皇叔，你直接将她放了便是，做什么还要圣旨？"

谢林不温不火地道："放人也要一个理由，臣想不出。"

他很少自称"臣"，如今分明是不高兴，多少有些怪她妇人之仁。像他这种在权力中翻江倒海的人，是宁可错杀也不愿留有后患的。

这种人往往能成大事，只是到底冷酷无情了些。

可事已至此，谢子玉也顾不得他高不高兴，只能厚着脸皮不看他的脸色。

诚如他所说，放走司徒妍的确需要一个理由，而且这个理由不能太牵强。她望着案上的一张空白圣旨想了好一会儿，侧了侧身子，问沈钦："我要编个什么理由呢？"

沈钦将圣旨一卷，丢给崔明，放一碗药在案上，示意她快喝。

"编什么理由都不合适，干脆直接对外说她在牢中畏罪自杀，安排她假死，然后偷偷放了便是。"

谢子玉肃然起敬："师兄你聪明得我都不好意思了。"

沈钦挑眉："喝药。"

谢子玉咕咚咕咚喝得心甘情愿。

她将这个方法说给七皇叔听，七皇叔听后瞥了沈钦一眼，眼神凉飕飕的。

七皇叔走时，谢子玉不放心，又叮嘱了一句："七皇叔，如果可以的话，你把司徒妍交给沈凌尘吧。"

七皇叔漫不经心地应了一声，若有所思。

谢子玉以为这件事到这里就差不多结束了，没想到晚上的时候，她走到榻前，忽听外面有人喊"抓刺客"，正想着哪里来的刺客这么大胆，背后一阵凉风袭来，她一转身，被人掐了脖子，按在榻上。

榻上铺就的薄薄一层被褥，抵不住这强大的冲击，摔得她背上一麻。

夜色尚还稀薄，寝室里的几个宫女太监歪七扭八地晕倒在地上，寝室内仅燃着的一根蜡烛，照清楚了来人的脸。

"沈凌尘……"这货又来闹什么闹？

他眼睛通红，表情骇人，像是要杀她。谢子玉顾不得肩上有伤，用力去掰他的手，奈何他掐得紧，她挣脱不了，只得屈膝，往他下三路狠狠地顶去。

他吃痛，弯腰，撤开身子，终于松开。

谢子玉气不打一处来，捋顺了呼吸，上前又打又踢："大晚上的你跑来撒什么野？你做什么掐我？叫你掐我，叫你掐我……"

吵闹声惊动了外面的侍卫，崔明带着一干侍卫匆忙跑进来时，谢子玉已经将沈凌尘打得贴到墙角上了。

其实她打不过沈凌尘，只是他忽然没了一开始凶狠的劲儿，也不反抗，失了魂一样任她打。

几个侍卫上前欲将沈凌尘擒下，被谢子玉喝住："你们退下，朕自己来处理这件事！"

崔明和侍卫们面面相觑，既不敢上前，也不敢退下，想必是怕沈凌尘会伤害她。

直到沈钦进来。

谢子玉看到他，方才的气愤、紧张、害怕顿时消失，这才后知后觉，肩膀疼得像裂开一样。

崔明一看到沈钦就放心了，终于带着其他侍卫离开了。

房中一下子静下来，沈钦看也不看沈凌尘，轻车熟路地从柜中取出药箱，将谢子玉扶到榻上，放下帷帐，给她重新包扎伤口。

先前包扎的纱布早已渗血，看得沈钦一直皱眉："你这不省心的，谁叫你只动手不动口的？"

"对哦。"谢子玉一拍脑门，"我怎么没咬他呢？"

"我是让你喊人。"沈钦头疼地看着她，"当了这么久的皇帝，遇到刺客就该喊啊，你不开口喊，侍卫们怎么知道你有危险。"

"我一看是熟人，就没喊。"谢子玉低头道，忽地肩上一疼，低头一瞧，是沈钦故意为之。她咻咻抽凉气，"轻点轻点……"

伤口包扎好，她半个肩膀都不能动了。沈钦拨开帷帐，扶她出来。看着失魂落魄的沈凌尘，谢子玉想到今天嘱咐七皇叔做的事情，要他安排司徒妍畏罪死去的假象，是不是让沈凌尘误会了？

她僵直着身子走上前去，同他解释："七皇叔答应放过司徒妍了，他会安排司徒妍假死，然后放她离开，你去牢外守着便是。或者你大胆一些，可以直接去找七皇叔要人，我已经同他说过了，他不会难为你的。"

沈凌尘将将抬头，看了她一眼。只这一眼，眼底深处的痛苦、无助和强烈的恨意便展露无遗。

她从来没见过沈凌尘这样的眼神，也不曾想过他会有这样的眼神。她慢慢往后退去，一边下意识去找沈钦，一边问沈凌尘："你……你怎么了，是不是出什么事了？"

沈凌尘陡然变了脸色，一步步向她逼来："出什么事了？你问我出什么事了？"

谢子玉有些害怕，伸手去抓沈钦。沈钦适时挡在她身前，抵住沈凌尘不让他靠近，拧眉道："你有什么事情就快说。"

谢子玉扒着沈钦的肩膀，踮着脚看着他，虽然有些害怕，但还是疑惑道："莫不是七皇叔没有依言放了司徒妍？"

"呵……"沈凌尘颓然一笑，"他给司徒妍喂了毒，将她变得半痴半癫，现在她被放出来又能怎么样？"

"什么？"谢子玉愕然，"七皇叔居然做了这样的事情？"

"我早该想到以七爷的性子，他是绝对不会轻易放过司徒妍的，我早该想到……"沈凌尘喃喃自语，满是懊悔。

谢子玉一时也不知道该说什么好，抱着沈钦的手臂，隐在他身后，有些愧疚地看着沈凌尘。

这时，崔明跑进来禀报，说是淮阳王来了。

谢子玉立即感受到，沈凌尘身上猛然迸发出强烈杀意。她忙劝了一句："你别做傻事啊……"

可是来不及了，七皇叔一进来，沈凌尘立即挥拳冲了上去。

不过七皇叔亦是有备而来，不等他近身，立即有侍卫上前保护七皇叔，与沈凌尘缠斗起来。

沈凌尘武功很高，不，可以说非常高，四五个侍卫都有武器傍身，却还不是他的对手，几个招式下来便见败势。谢子玉看得有些后怕，方才他若是真的对自己下了杀手，想必她也是活不了的。

她小声问沈钦："沈凌尘和你，谁的武功比较高一些？"

沈钦如实回答："他自小便对武功悟性极高，自然远高我一截。"

"那为什么师父会将他逐出师门？"

"原本师父是很喜欢他的，只是后来……"沈钦怅然叹了一口气，语气中包含了些惋惜，"他杀了两个欺负过他的人，师父怪他心有恶念，便狠心将他撵走了。那年他十三岁，十三岁便能杀人，委实可怕了些。"

的确可怕，她十三岁的时候在干吗呢？大概是每天只想着偷懒不练功，然后偷偷跑下山去买些零嘴吃，被人欺负了只知道抹着眼泪找师兄……

谢子玉这时候反倒有些担心起七皇叔来，眼看那几个侍卫支撑不住，沈凌尘的拳头就要打到谢林的鼻尖时，谢林面不改色，悠悠说道："司徒妍还在宫外等着你……"

沈凌尘身子一顿，咬着牙收回拳头。

谢林负手站着，冷觑他："陛下的确有心放过司徒妍，是我自作主张，将司徒妍变成如此模样。你跟随我许久，早该猜到这是我的主意，何必来为难陛下？"

沈凌尘冷笑一声："我自然猜到是您的主意，只是我若不来为难她，您会出现吗？"

"你想做什么？"

"我想做什么？我还能做什么？"沈凌尘难掩苦涩，"七爷，您于我有恩，我不能对您做什么，只是求您看在我多年为您效命的分上，把解药给我。我会带司徒妍走得远远的，我保证她不会再威胁到这里的任何人，我只要解药，求您……"

他歇斯底里，却又卑躬屈膝，他没有办法了。

可不管他如何哀求，谢林的回答都只有淡淡的一句话："没有解药。"

沈凌尘最终也没有要得解药，他一定是恨极了谢林，咬着牙说："十年前，我被仇人追杀，是七爷您救了我。我为您卖了十年的命，算是偿还当年您对我的恩情。如果接下来这十年，不够消弭我此时对您的恨，我会回来报仇的……"

谢林并不在乎的样子，言语淡淡："冤有头债有主，你若恨我，找我寻仇便是，只是不要牵扯到其他人……"

宫门外，谢子玉看到了痴傻的司徒妍。

此前她只见过司徒妍一两面，算不得熟，但印象深刻。正是因为印象深刻，所以一时之间，连她都有些难以接受眼前这个头发凌乱、眼睛无神、口水和鼻涕糊了一脸的傻姑娘，竟是印象中英气漂亮的司徒妍。

谢子玉多少是有些内疚的，她也没料到最后竟是这样的结果。

沈凌尘敛了杀意，目光专注而温柔地看着司徒妍，牵着她的手要走。可司徒妍不知看到了什么，忽然大吵大闹起来。

原本谢林安排了马车给他们，可是无论沈凌尘怎么劝，司徒妍就是不愿上马车。沈凌尘着急，便抱着她想将她塞进去，奈何她就是不配合，闹得厉害，又踢又打，不小心踹到了马肚子。

那匹高大的黑马一声长嘶，半个身子抬起，后面的马车随即打了一个旋儿，扫得众人退后一步。它的两只前蹄落下时，忽然躁动起来，马蹄打地，像是要攻击人。

沈凌尘和司徒妍离这匹马最近，最危险的就是他们。可司徒妍察觉不到危险，依旧闹腾着。

沈钦上前，拽住缰绳想要制住马。其他几个侍卫见状，也纷纷上前帮忙。马渐渐安静下来，大家松了一口气，正欲散开，那匹黑马忽然再次发出一声嘶鸣，较之上次更惨烈一些，狂躁的程度更甚。

大家始料未及，本能地躲开，一时之间，它周围又只剩下司徒妍和沈凌尘。

司徒妍的声音和动作最大，自然引得黑马的注意。它脖子一甩，往司徒妍拱去。沈凌尘拖不走她，只得侧身护住她，生生挨了这一下。马的力气极大，沈凌尘一个受力不住，被顶得一个趔趄，吐出一口血来。手臂一松，怀中的司徒妍挣脱出来。

几个侍卫已经再次冲上去制住马匹，沈钦则回到谢子玉身边保护她。场面虽然有些混乱，但还可以控制住。谢子玉拉着沈钦稍稍往后退了些，避免伤到自己。

只是她这一动，原本眼神涣散的司徒妍忽然将目光定格在她身上，好似想起了什么，表情变得狰狞起来，大叫着朝她冲过来。

谢子玉一惊，小步改大步，往后退去。

沈钦和其他侍卫护在她身前，挡住司徒妍不让她靠近。

司徒妍力气很大，撕扯着，吼叫着，瞪得极大的眼睛和额头上暴起的青筋让她的脸透出一股邪气，表情越发骇人起来。

她没了理智，却还记得仇恨。

推搡中谢子玉听到有拔剑的声音，她看不见是谁，忙叫道："别伤害她！"

可是被侍卫们围挤在中间的司徒妍忽然惨叫一声，而后安静下来。

谢子玉心底一沉，觉得不好，立即拨开侍卫挤上前去，司徒妍已经倒在地上，不断地抽搐、呻吟、哀叫，她的腹部，有血汩汩流出……

谢子玉不敢相信，身子一晃差点摔倒。

沈钦眉头一紧，将她拉到一旁，蹲下身子查看司徒妍的伤势。他脸色顿时难看起来，抬眸怒视其他侍卫："谁干的？"

所有侍卫面面相觑，一声不吭，无一人上前。

沈凌尘跟跄着步子跑过来，一把推开沈钦。他跪在地上，颤抖着将司徒妍扶起来，捂住她的伤口，听她喊疼，只能喃喃地安慰她："别怕，别怕……"

司徒妍只是本能地叫着哭着，想必疼极了，声音却越来越小……

谢子玉看向沈钦，想询问他司徒妍怎么样，沈钦却摇了摇头。

他摇头并不是代表他不知道，而是无力回天，他救不了她。

不等谢子玉叫来太医，司徒妍已经撑不住了。

所有人都静默，看着司徒妍的生命一点一点地消失殆尽，看着沈凌尘抚平她的发丝，将她小心抱起，看着她闭上的双眼和无力垂下的手臂……

沈凌尘死死盯着谢林："一年，一年之后，我会回来！"

他之前说的十年，是为了不恨，可他方才说的一年，却是因为恨意再不会消除。

"以前我也看不出他对司徒妍有多喜欢，为什么他会这样？"谢子玉问七皇叔。

谢林的脸上有淡淡的愁容，这是极少见到的。他说："沈凌尘被逐出师门近十年，却还随身带着你们师父送他的铃铛；我当年不过随手帮他一把，他便心甘情愿为我效命，报我救命之恩；他喜欢司徒妍，以为我不知道，便处处瞒着，想必也纠结得很。他贵在重情，却也毁于重情。他爱恨都比常人要强烈，所以极易走向极端，做些剑走偏锋、伤人伤己的事情……"

"是吗？"谢子玉若有所思，"可他明明那么风流。"

谢林幽幽叹息："做给别人看的罢了……"

谢子玉怔怔想了一会儿，有些生气起来。

今天司徒妍的悲剧会发生，一半是自己做的决定不够成熟，一半是因为七皇叔将司徒妍变得神志不清。她不禁抱怨："七皇叔，即便你将司徒妍毫发无伤地放走，她也成不了什么气候的，为什么还要对她做这样的事情？"

"你是说将她变得痴傻这件事？"谢林微微侧身，半张脸隐匿在熠熠星辉中，橘黄色的光却还是无法让他的表情温暖起来。他动了动嘴角，第一次有了落寞的笑容，"这件事，不是我做的。"

"什么？"

"你不觉得奇怪吗？"谢林抬眸看她，冷静道，"包括今天有人拔剑杀了司徒妍这件事，都并非你我授意。原本我是想过要将司徒妍变得没有能力再来寻仇，可是知道这样做你不喜欢，便放弃了。偏偏有人先我一步，给司徒妍喂了毒，让她疯疯癫癫痴傻，然后今天当着你我的面，将她杀死，这一切，绝不是偶然。"

"可是任谁看来，这都是你的行事做派，而且你也承认了。"谢子玉将信将疑道。

"是啊，所有人都认为这应该是我做的，所以我承认了。"谢林淡然一笑，"不然怎么办，让他来找你寻仇吗？"

谢子玉一时怔住。

沈钦仔细检查了那匹马，发现马身上，被人刺了两根针，一根在马屁股上，一根在马脖子上。

果然，马两次受惊，都不是偶然的。

这种事情不可能是七皇叔做的，可是有一个人会这样做。

太后许久不曾有动静了，原以为她消停了，不料她还在暗中搞这种小动作。

那个深宫老女人！

谢子玉恨恨地想。

司徒妍的事情大家心照不宣，谁都没有再提起，却不能抹去，将其埋在了心里。

谢子玉依旧每天定时上早朝，在大臣们面前一本正经地发呆。直到有一天，临近下朝前，七皇叔忽然说："陛下，臣府中睡莲开花了，您要去看一看吗？"

可是这个季节，哪里有睡莲？

忽然想到什么的谢子玉登时眼睛一亮，精神也为之振奋起来。

下朝以后，谢子玉和七皇叔一起出了宫，直奔淮阳王府。

清冷安静的小院中，浮雕雅致的房门里，青帷帐下的床柱旁，倚着一位羸弱的少年郎。他开口，轻轻暖暖地笑，唤她："阿姐……"

谢子玉掐了一把自己的脸，难以置信地问谢林："七皇叔，我没有出现幻觉吧？"

谢林拿下她的手，笑意融融："没有，子文的身子已经没有大碍了。"

"太好了！"谢子玉高兴地跳了起来，"我再也不用上朝啦，再也不用假扮男人啦，终于能离开这里啦！"

谢子文和谢林脸上的笑容，一起僵住。

谢子玉回到乾清宫后，简单收拾了几件入宫前穿的衣服，又偷偷敛了些值钱的物品藏在小包袱里，想着一会儿要告诉沈钦这个好消息。

崔明在一旁默默戳着，表情很是忧伤，手中的拂尘都快被他拧变形了："陛下，您是不是要走了？"

她从七皇叔府中回来后，掩饰不住的笑意总是噙在嘴边，叫他看出了端倪。加之早朝上七皇叔说的话，想必他也听出其中的寓意了：谢子文醒了，她就不必再假扮皇帝了。

她想走了，而且迫不及待。

谢子玉一直不喜欢皇宫，她虽出生在这里，但她最快乐的记忆不在这里。她自小无拘无束惯了，来这里这么长时间，也没能适应宫里规规矩矩的生活，如若不是沈钦在这里陪着她，想来她一刻也待不下去。

谢子玉拍了拍崔明的肩膀："崔公公，谢谢你这段时间的照顾，虽然你是太后的人，但到底也没做过什么伤害我的事情。我走了以后，你要好好照顾我弟弟，毕竟那才是你真正的主子。"

既然要离开，她也懒得自称"朕"了。

"可是陛下……"崔明依旧这样叫她，欲言又止，犹豫许久，才说，"您能不能不走？就算待在淮阳王府也是好的。"

"怎么，舍不得我啊？"谢子玉嘻嘻笑着，不想他太伤感，"虽然我也挺舍不得你的，但是现在我有更重要的事情要做，一刻都不想耽误了。"

原本还指望着沈凌尘会帮沈钦找到冰雪莲，但是司徒妍已经死了，想必他也不会再履行这个承诺。为了给沈钦解毒，她之前还命人贴了皇榜，若是有人能采到冰雪莲，定当用黄金千两来交换。可是这么长时间过去了，一点收获都没有。

沈钦说过，那冰雪莲是极稀罕之物，只生长在西北之地的灵峰山上，那里地势极为险要。而且灵峰山是大祁和乌孙国的分界线，南北分别归两国管理。乌孙国在北，处于阴面的位置，偏偏冰雪莲就长在北面。

乌孙国人一向视冰雪莲为本国之物，看守极为严密，加之乌孙国人生性彪悍，寻常人根本不敢去冒险。

谢子玉也不敢，这冰雪莲有则最好，没有的话，她和沈钦也可以回去找师父。沈钦的医术是师父教授的，师父说不定有办法。

况且出来这么久了，她很是想念他老人家。

崔明仍是劝："陛下，您想走，奴才拦不住您。可是，可是……唉。"他几番犹豫，似乎下定了决心要说某件事。

"奴才……奴才和您明说了，您这一走，没了淮阳王护着您，太后是不会放过您的。"

谢子玉一惊：倒是把这茬给忘了。

她本就不是太后的孩子，又不像谢子文一样在太后身边长大，先前仅有的一段时间的相处，也充满了欺骗与虚情假意。如今她与太后的关系也闹得极僵，依太后的性子，多半是不会放过自己的。

"可我是一定要走的……"她不走，沈钦也不会走，她不想沈钦留在这里，一直处于危险之中。

因为已经做好离开的打算了，所以这几日谢子玉总是心不在焉的。

相比她，沈钦倒是淡定得很。谢子玉问他："要离开这里了，你难道不激动不兴奋不小鹿乱撞吗？"

"嗯，不激动不兴奋不小鹿乱撞。"

"为什么呀？"

沈钦皱了皱眉，若有所想地说了一句："总觉得走不了似的。"

"你也在担心太后会为难我们对吧？"谢子玉苦恼道，"我也很担心，她若真想对付我们，不晓得走不走得了呢。"

"我倒不是担心这个，我们若想离开，总有办法。只是……"沈钦将她拉到自己身前，有些好奇地打量她，"你是不是还没想过另一个问题？这里有你的亲人，你确定你舍得离开？"

这里有谢子文，有七皇叔，这是除沈钦和师父外，她最亲的人了。可谢子玉很坚定地回答："我确定啊。"

倒是让沈钦有些蒙了。

她其实是想过这个问题的，谢子文和七皇叔都是她的亲人没错。血缘这个东西也很奇妙，她第一次见到昏迷的谢子文就会觉得心疼，七皇叔对她的宠溺让她觉得安心，这些感觉都是自然而然产生的，她很喜欢。

不过，谢子玉并不觉得这是一种羁绊，她在外面，就算离得很远，只要想起这里的亲人，心里也会觉得很暖。

"七皇叔很好，谢子文也很好，不过还是师兄最好。"谢子玉扎进他怀中，害羞地说。

沈钦拥紧了她，一声轻叹隐在她的发间。

准备出宫将谢子文换回来的这天，绮罗突然来了。谢子玉以为她又要闹着找秦羽，正愁着怎么找个理由搪塞她，没想到她拉着自己，偷偷地说："陛下哥哥，你带我一起出宫吧。"

"为什么？"谢子玉奇怪地问，"你自己不能出去吗？"

"太后姑姑禁了我的足，不许我踏出宫门半步。"她�’嘴，懊恼地说，"我不走，太后姑姑就不会放弃让我给陛下哥哥当妃子的念头。可是陛下哥哥你分明不喜欢我，我也不喜欢你，我不清不白地待在这里算怎么回事？"

谢子玉长舒一口气：姑娘，你终于想明白了。

于是当机立断，带着绮罗一起出宫好了。

"出宫后，你想去哪里，回国舅府吗？"谢子玉问她。

"陛下哥哥要去哪里？"

"朕去七皇叔那里。"

"那我也去那里好了。"绮罗兴奋道。

谢子玉想了想，点头同意了。

或许有绮罗做掩护，太后不至于太快起疑心。

在去淮阳王府的途中，谢子玉和绮罗主动谈起秦羽来。

说到底，绮罗是太后和先皇的孩子，是自己同父异母的妹妹，如果可以的话，她也不希望绮罗过得不幸福。

"绮罗，其实你和秦侍卫是两个世界的人，你天真烂漫，自小无忧无虑。他沉闷压抑，在黑暗中长大，他身上背负的东西不是你想象得到的。如果哪天你遇到比他更适合的男子，你也可以选择更好的……"

她瞧着绮罗的脸色有些不对，觉得自己的话可能太直接了，不免又补救一句："朕说这话不是想拆散你和秦侍卫，你们若能在一起，朕也为你高兴，如果你们有缘无分，你也不要太执拗，总还有能让你心动的人在这世上……"

绮罗情绪有些低落，垂着脑袋，一下一下地揉着手里的帕子，咕哝道："我以前觉得，秦哥哥也是喜欢我的，只是不善于表达罢了。可是我现在没有这种自信了，总觉得我越是靠近他，他离我越远。我也很累的，我也可能坚持不下去的……"

她委屈得很，谢子玉看着她，一时不知道该怎么安慰她。

不过说起秦羽，谢子玉不免也有些愧疚起来，先前还答应过他要帮他找到凤娘和他的仇人，可是眼下她要离开，许诺他的事情怕是做不到了。

淮阳王府前，七皇叔亲自在门口迎接，身后的侍卫一字排开，阵势之大让她一时有些惊讶："七皇叔，不能低调一点吗？吓我一跳。"

谢林笑而不语，邀她入府。

她与七皇叔说说笑笑，好像真的是参观游玩一样。绮罗跟在后面，大概因为这淮阳王府没什么景色而有些失望，一直在同沈钦说话。

沈钦很配合，一直在逗她，引开她的注意力。

行至一处假山的时候，七皇叔说假山里面有处山洞，奇特怪异，令人称叹，请谢子玉进去看一看。绮罗一听，也来了兴趣，吵着要一起进去。

那山洞极窄，光线也不甚好，不能并排前行，谢子玉便走在最前面，后面是七皇叔。绮罗和沈钦也在后面跟着，崔明和其他人则去假山的另一边等他们。

从山洞出来后，谢子玉听见绮罗抱怨："哪里奇特怪异了，不过是个普通的山洞……"

有个爽朗的声音附和她："朕也这么觉得，都怪七皇叔言过其实了。"

七皇叔笑言："叫陛下和郡主失望了……"

谈笑声渐渐远去，谢子玉按住扑通扑通直跳的心口，长长地吐了一口气，从山洞中探出头来。

远远地，走在人群最前面的那抹明黄身影，时不时侧过脸与七皇叔说上几句，举手投足间，有着真正的帝王风范。

那才是真正的陛下。

崔明回头，正好与她目光相撞，表情更加哀伤。

谢子玉赶紧退回身来，倚着石壁，等沈钦脱身回来找她。

山洞里突然走进两个婢女，谢子玉并不奇怪，先前七皇叔说过，会派人给她送一套衣服过来，免得她穿着龙袍太惹眼。

谢子玉向她们伸手："给我吧，我自己来。"

婢女将折叠得整整齐齐的衣服递给她，而后退开两步。

谢子玉瞧了她们一眼，觉得有些奇怪。她将衣服展开，一股淡淡的香气扑面而来。

咦，这衣服还熏香了吗？

还挺细心的嘛，这是什么香呢，闻起来有些像……

好晕。

眼前渐渐模糊，身子也突然没了力气。谢子玉闭上眼睛之前，在心里哭着骂：七皇叔，你这是坑侄啊……

"阿姐，阿姐……"谢子文唤她。

"不要叫我阿姐，我不是你阿姐！"谢子玉瞪他一眼，气呼呼道，"走开，我不想见你！"

谢子文温柔地笑："阿姐，文武百官都看着呢，不要闹脾气了……"

"你们欺负人……"谢子玉气得要哭了，左右寻去，"沈钦呢？"

"一会儿你就会见到他。"谢子文伸手，示意她出来。

当着诸位大臣的面，谢子玉也不好拂了他的脸面，咬咬嘴唇，不情不愿地从步辇上下来，由他牵着，向大殿中走去。经过七皇叔身边的时候，七皇叔冲她笑了一下，谢子玉心里气愤难平，好想扑过去咬他一口。

可恶，七皇叔和谢子文居然联起手来摆了她一道。

在淮阳王府的时候，谢子玉以为自己功成身退，终于可以和沈钦双双离开这是非之地，万万没想到，七皇叔别有用心地派来两个婢女，在衣服上撒了迷香，她没有一点防备，嗅了一口，就晕得不省人事。

等到醒来时，崔明高兴得在她床边差点跳起来："陛下，呃不，是公主，您不走了，奴才真开心。"

"你等会儿再开心！"谢子玉扶着脑袋坐起来，不解地问，"我为什么不走了？我要走的啊。"

"可是您走不了了。"崔明兴奋地说，"陛下，呃，是真正的陛下，已经昭告天下，大祁的环玉公主回来了。"

环玉公主？这名字听着好熟悉……

等一下！

谢子玉慢慢张大嘴巴，不可思议地指着自己："我？环玉公主？"

"对啊。"崔明拼命点头，"陛下和诸位大臣已经在太和殿前等着您了，奴才扶您过去。"

谢子玉这才发现自己不知何时被换了衣服，一袭绛紫色暗纹华衣裹身，隆重得不像话。再一摸脑袋，好多簪子，难怪觉得头好沉。

她愣了足足一刻钟才完全清醒，二话不说，先拔头上的簪子，再扯身上的衣服："什么劳什子公主，谁爱做谁做，我不做！"

她肩膀上有伤，只有一只胳膊能使力，衣服和头发被她扯得乱七八糟。

"陛下，呃不，公主，您别这样……"崔明想阻止她，但碍于身份不能硬来，正急得六神无主之际，忽然看见谢林进来，"王爷，您来了！"

谢子玉扭头看见他，脸一沉，把攒了一手的金簪玉钗，一股脑地全丢了过去。

丁零哐当，那些东西尽数砸在谢林身上，然后落在地上，七零八落。

"玉儿，谁惹你发这么大的脾气？"谢林并不在意，只是示意崔明收拾一下。他走到谢子玉身前时，谢子玉身上的衣服已经扯下来大半，袖子也撕坏了。他也不阻止，只是笑着问她，"怎么，不喜欢这件衣服？"

"不是衣服的问题。"谢子玉气哼哼地说，"我不愿做公主，不愿待在皇宫，谁叫你们不经过我同意把我带回这里的？"

"你真这么想？"谢林脸上的笑意减了几分，自嘲道，"这话听着真叫人伤心呢。"

谢子玉气呼呼地背过身去，不理他。

半晌没有声音传来，谢子玉有些心怯，以为七皇叔生气了，正准备回头窥一窥情况，忽然头上一沉，竟是七皇叔拿了梳子过来，亲自替她梳理方才被她扯乱的头发。

干燥温暖的大手拢起她的发丝，有些笨拙却认真地绾了一个简单的发髻，挑了一支碧玉玲珑簪子簪住，剩下的头发梳得整整齐齐，取两缕从耳后垂到胸前……

谢子玉没想到他会这样做，又惊讶又不解，呆呆地任他帮自己打理完。

末了，谢林又命人取了一套淡黄色的衣服来。那衣服简单轻便，不像之前那件那样隆重。他让宫女帮着换上，谢子玉躲着不让，谢林劝她："你换上这件，我带你出宫。"

"真的？"

"真的。"

"没骗我？"

谢林笑着看她："你可以选择不相信。"

谢子玉低头想了想，抬头看了看他，又低头想了想，觉得姑且相信他一次好了。于是爬下床，走到屏风后面，由宫女帮着换上衣服。

可是万万没想到，七皇叔能诓自己一次，就能诓自己第二次。她换好衣服后，七皇叔已经不在这里，留了一个步辇给她。

崔明扶她上步辇的时候，谢子玉也没有想太多，以为自己穿得这样随便，打扮得这样寒碜，是不可能被抬去太和殿的，但……

没想到啊没想到，她刚坐上步辇，抬步辇的那几人就像是被狼追了一样，铆足了劲儿往前蹿，她想跳下来都不敢，一眨眼的工夫就到了太和殿，谢子文站在百官之前冲她笑……

她怎么那么想哭呢。

谢子文又哄又骗，拉她下了步辇。

大臣们看到他们姐弟俩，纷纷露出惊奇的目光，约莫是讶异他们长得太像。

废话，不像能骗他们这么久吗？

谢子文将她带到殿上，携着她转过身来，面向大臣。她与龙椅只隔两三寸的距离，总是控制不住想往后坐去。

毕竟那位置她坐习惯了。

谢子文不像她这般三心二意，他神情严肃，对殿中的百官说："当年皇姐在普罗山休养时不小心走失，并非所传的失足坠崖。如今皇姐平安归来，朕特恢复皇姐环玉公主的封号，赐住昭阳宫。"

众臣跪拜，毫不犹豫，毕竟看脸就知道，这个公主铁定不是假的。

这时，太和殿外一声传唤："太后娘娘驾到……"

谢子玉抬眼望去，正是一派雍容华贵的太后，脸拉得老长，像是来要账的。

嗯？等一下，绮罗怎么在她身边？她没回国舅府吗？

太后走进殿中，勉强扯出一个笑来："哀家听说玉儿回来了，心里思念得很，便急着来看一看。"

谢子玉心中嗤笑：拉倒吧，有什么好看的，又不是没见过。

谢子文客气笑道："理应是朕带着皇姐去见母后才是，怎好让您亲自过来。"

他暗中戳了戳谢子玉，示意她说几句客套话。谢子玉只好附和道："所以您回去吧。"

太后脸色一变，众人惊愕。

谢子文咳嗽两声，忙补救道："皇姐的意思是说，天气燥热，母后您应该在宫里好好歇着，怎能累着您。"

难为太后还做出一副慈眉善目的表情来，呵呵笑道："哀家不累，想着见玉儿一眼，就不觉得辛苦了。"

谢子玉在心里翻了个白眼，用脚趾头想也知道，太后肯定不是来看自己的。

果不其然，你来我往地寒暄了几句后，太后将话题一转："玉儿回来是件大喜的事情，陛下今日何不锦上添花，来个双喜临门？"

谢子文表现出很有兴趣的样子："哦，不知是哪双喜？"

太后笑得和蔼，将身旁的绮罗拉过来，亲切地握着她的手，对谢子文说："绮罗这孩子，总不能一直没名没分地待在这宫里。前些日子的婚事是她不懂事，现在她已经知道错了，陛下还是依照礼制，早日给绮罗一个名分吧。"

谢子玉一惊：果然还惦记着这件事呢。

绮罗则是深深低着头，看不到表情，不过想象得到，此时她应该是羞愧、委屈、无能为力的。

这件事若是放在私下里说，想必谢子文会立马拒绝的。毕竟绮罗和他是有血缘关系的兄妹，若是真的娶了绮罗，是要遭天谴的。可是今日太后当着百官的面提出来，摆明了就是给谢子文施压，逼着谢子文表态。

杜丞相是站在太后这边的，太后这厢说完，杜丞相立即表示同意，拉着另外几位大臣跪了下来，恳求谢子文答应。

分明是施压。

谢子玉想不通太后为什么一定要违背人伦道德，将绮罗塞给谢子文。她有些担忧，谢子文会怎么应对太后？

她瞥了一眼谢子文，没想到他竟淡定从容得很。再看七皇叔，也是一副气定神闲的样子，丝毫不为太后的话所动。

谢子玉突然就安下心来：他们应该早就料到了吧。

谢子文扫了一下跪了一半的大臣，没有生气，但也没有让他们起身的意思。他冲太后笑道："母后说得对，那日在列祖列宗面前，仪式都已经举行完毕，朕也不好翻脸不认，朕也打算给她一个名分呢，免得她受委屈。"

太后眼中划过一丝喜意："陛下能这么想，真是再好不过。"

"母后既然要双喜临门，朕便满足母后这个心愿。"谢子文看了崔明一眼，从袖中抽出一卷圣旨来，"这是今早朕拟写的，崔公公，劳烦你替朕读给母后和诸位爱卿听。"

崔明毕恭毕敬地接过圣旨，铺展开来，大致浏览了一下上面的内容，脸色骤变，慌张道："陛下，这……这……"

谢子文仿若看不见他的慌色，催他一句："你尽管读便是。"

崔明好似吓得不轻，一直咽口水，一道圣旨读得磕磕绊绊。

"奉……奉天承运，皇帝诏曰，林氏之女林小箐，温柔贤惠，善解人意，特封……封为箐妃，赐住敛华宫。"

嗯？

林小箐又是谁？

谢子玉忽然想起谢子文昏迷时，一直伺候他的那个胆子很小的姑娘。

那个替绮罗出嫁的婢女？

谢子文居然宁愿封一个替嫁的婢女为妃，也不愿接受绮罗，还真是……打太后的脸啊。

再看太后，一张脸白了红，红了白，一时气结，没了话说。

至于绮罗，忽然甩开太后的手，捂着脸，嘤嘤哭着跑了出去。

可谢子玉分明看到她捂着的脸下，上翘的嘴角。

唉，你这演技也忒浮夸了。

谢子文说要封小箐为箐妃不是说说而已，居然真的这样做了。

林小箐麻雀飞上枝头变凤凰的事情在宫中传开，众人皆感叹她好命时，小箐却吓得在敛华宫中不敢出来。

"可是你真的喜欢人家姑娘吗？还是故意气太后的？"谢子玉问他。

这件事总归是太出乎意料了，若是因为赌气，未免对小箐有些不公平。可若谈及喜欢，他们之间似乎并没有这种感觉。

谢子文想了一会儿，露出些许羞涩来："其实我也不清楚自己究竟喜不喜欢她，那时候以为自己活不了了，没想到有一天还能睁开眼睛来。每次醒来的第一眼，看到的都是她，怯怯的、小心翼翼的，明明受伤的是我，叫人心生怜惜的却是她。"

"你不怪她假扮绮罗，害你受伤？"

"怪她做什么，又不是她的错。再说，后来不也是她救了我？若是没有她，想必我也早就不在人世了。"谢子文腼腆地笑了笑，露出一张大男孩怀春的表情来，"总觉得是上天的安排也说不定呢。"

"其实说起来，我还是蛮喜欢她的，就是着实胆小了些。"谢子玉担忧道，"你立她为妃是好意，但只怕也让她成为众矢之的，至少太后是咽不下这口气的。"

"我知道。"谢子文目光中透出坚定之色来，"我会保护她的，尽我全力。"

这话虽然说得有些矫情，倒也让人感觉到他的决心。

"那绮罗呢？"谢子玉故意试探他，"你今日在众人面前拂了太后

陆下是个伪君子

的面子不说，还叫绮罗丢尽了颜面，她哭着跑出去的时候，你就不心疼吗？"

"那个丫头啊……"提到绮罗，谢子文笑得既无奈又宠溺，"她原本也不喜欢我，许是兴致上来了，演一演罢了。"

姐弟俩相视而笑。

"说起来，太后也忒荒唐了，好歹你和绮罗是同父异母的兄妹，她再如何想让绮罗进宫，也不能做这种有悖天伦的事情啊。"谢子玉表示很不能理解。

谢子文却是一愣："不是啊。"

"什么不是？"

"我和绮罗不是兄妹。"

"嗯？"谢子玉有些纳闷，"怎么不是？她是父皇的亲生女儿，我们也是父皇的孩子，你和她难道不是兄妹吗？"

"不是的，阿姐。"谢子文眸光一下子暗淡了许多，笑意也渐渐收敛起来，有些苦涩地说，"我们不是父皇的孩子，我们和皇室没有任何血缘关系。"

"怎么会？"谢子玉惊异不已，"七皇叔明明说……"明明说他们是先皇的孩子啊。

"我一直不愿意做皇帝，其实也是这个原因，"谢子文微微低下头，说不出的失落和无可奈何，"因为我根本没有资格。"

谢子玉难以相信："七皇叔知道吗？"

"自然是知道的。"

谢子文说他早先便将这些事情尽数告诉了七皇叔，七皇叔很平静地接受了这一事实，甚至还曾帮他查找过身世，可惜直到现在也没有找到他们的亲生父母。谢子文还猜测说，他们的亲生父母很有可能是地位卑微的人，所以才会让人轻易抢走孩子，而且被掩盖得滴水不漏。

可是谢子玉有些闹不懂了，既然七皇叔早就知道这件事，为什么那时还骗她说，他们是先皇的孩子？

而且突然得知自己和皇室没有血缘关系，谢子玉一下子觉得尴尬起来。原本也不觉得皇宫是自己的家，这下子更觉得这里陌生得很，站也不是，坐也不是。

"我们待在这里，岂不是一种罪过？"

"所以阿姐，你先不要走好不好？"谢子文带了些乞求的意味看着她，无端多了几分可怜。

"要走也要等着我一起走，不然留我一个人在宫里，我太孤独。"

他没了帝王的霸气，像是一个撒娇要糖吃的小孩子，叫人看了心软，不忍拒绝。

谢子玉很为难："虽然我很想答应你，但是沈钦身上的毒是耽误不得的。我不想他有事，所以准备和他一起回师父那里去。"

"难道就没有别的方法了吗？"

"有是有，不过……"她将冰雪莲的事情说给谢子文听，原本也没想着他会有办法，没想到谢子文眼睛一亮。

"阿姐，说不定我能弄来冰雪莲。"

谢子玉狐疑道："真的吗？"

"嗯。"谢子文点头道，"这冰雪莲只有乌孙国的人才有，又是极罕见之物，所以只存在于乌孙国的皇室中。这些年乌孙国由于天灾遭了饥荒，百姓受难，社稷不稳，乌孙国正是需要他国救济之时。"

"所以呢？"

"所以，我们可以援助乌孙国一些粮食物品，解他们燃眉之急。自然这些粮物也不能白给，须得他们用冰雪莲来换。"谢子文慧黠一笑，"这对乌孙国来说是一笔很划算的交易，两国交好，于我们也不会造成太大的损失，而且还能救沈侍卫一命，为什么不试一试？"

"太好了！"谢子玉惊喜不已，直夸他聪明。

"那阿姐，你还走吗？"谢子文期待地看着她。

"不走！"谢子玉摇头，"我等着冰雪莲！"

下一瞬，谢子文笑得暖洋洋的。

谢子玉迫不及待地将这个好消息告诉沈钦，不过沈钦并没有像她一样狂喜，反而幽幽地叹了口气，颇为惆怅："我身上的毒还不值得你们这么大动干戈，都上升到这个层次了，叫我情何以堪。"

"你说这样的话，我不高兴。"谢子玉鼓着两腮，瞪圆了眼睛，不悦道，"你不把自己当回事，我总得替你操心吧。"

"是吗？"沈钦冲她不怀好意地一笑，"我觉得你把我想得太脆弱了。"沈钦攥住她的手腕，将她拉到自己怀中，以一种极为霸道的姿势抱住了她。一只手臂勒紧了她的腰，另一只手臂托着她的背，让她更靠近自己一些。

谢子玉不及他高，只得踮起脚，辛苦地支撑着，不解地问他："你做什么？"

沈钦低头，与她鼻尖相触，四目相对："我只是想告诉你，我没你想象的那么脆弱，我能跑、能跳，还能……做坏事。"

"做……做什么坏事？"

"你说我现在要做什么坏事？"

把她抱这样紧，又是极尽暧昧的姿势，四周满满萦绕着他的味道，自然是要……

谢子玉脸一红，身子往后一仰，抻着脖子问："你身上这毒不传染吧？"

沈钦狠狠在她唇上亲了一下："传染给你算了。"

谢子玉一笑，钩住他的脖子，攀在他身上，主动凑了过去，小绵羊似的听话："好吧，给你传染。"

沈大灰狼早已迫不及待。

谢子玉现在不是皇帝了，自然不用再去上朝，那些复杂的政事也用不着她再费心，好吧，其实原本也没有费心过。

朝堂上有七皇叔帮着谢子文料理国事，天下也太平了不少。

崔明也留在谢子文身边，照料着他的一切。

谢子文说，已经给乌孙国递了书信，想必用不了多久，乌孙国就会派人来大祁商谈借粮之事。

好似所有的事情都在往好的方向发展，谢子玉终于宽心，每日睡到日上三竿，起床后四处转一转，吃饱喝足后，去敛华宫找那个胆子小小的箐妃聊聊天，试图将她变得胆大一些。

在谢子玉看来，箐妃就像是一只小兔子，软软弱弱的，总是一副随时会受到惊吓的样子。而绮罗就像是一只小螃蟹，每天张牙舞爪恨不能横着走，但其实两只小钳子还稚嫩得很，不足以给人威胁。

之所以把她们放在一起对比，是因为这天谢子玉去找箐妃的时候，绮罗也过来了。

自从那日她"哭着"跑出太和殿后，有好长一段时间没有见到她了。约莫为了做足戏份，找个地方窝着"疗伤"去了。

绮罗看见谢子玉，呀呀叫着跑了过来，眼睛瞪得圆圆的，惊呼："好像啊，好像啊，你和陛下哥哥真的好像啊。"

废话，她曾经就是"陛下哥哥"。

偏偏谢子玉还得做出十几年来头一次见她的模样，把她当陌生人对待，扯出一个礼貌的笑来。

"你就是绮罗吧，那日在太和殿上我见过你。"

"是我是我。"绮罗围着她转了好几圈，将她上下左右打量了好几遍，拉着她的手，兴奋地说，"我叫你玉姐姐吧，你和陛下哥哥太像了，总觉得对你很熟悉呢。"

"是吗？"谢子玉被她甜甜地唤着，也不想继续端着做出一副疏离的模样，便同她热络起来，瞎说道，"大概就是一见如故吧，我也觉得你很熟悉呢。"

绮罗凑近了看她，盯着她的五官有一会儿，惊奇地说："这张脸放在陛下哥哥身上，便有一股阳刚之气；放在你身上，又有女儿家的清丽，真是太奇妙了。"

她对自己的脸大呼小叫了好一会儿，弄得谢子玉有些哭笑不得。

箐妃起初还有些害怕绮罗，毕竟绮罗曾是她的主子，如今她取代绮罗做了谢子文的妃子，约莫觉得自己对不住绮罗，故而一直有心结。

绮罗今日正是来解释这件事的。

"小箐，你先前也知道我是因为不想嫁给陛下哥哥才逼你做我的替身，所以你今日做了箐妃我一点也不嫉妒。我以后不是你的主子，你也不是我的丫鬟，今后我是要喊你一声嫂嫂的。"

"郡主，奴……奴婢……"箐妃显然还无法适应自己身份的改变，一着急又将丫鬟之气带了出来。

绮罗一本正经地教育她："你不要再自称奴婢了，也不要再这么卑微，不然会给别人欺负的。你想想我以前是怎么对你的，你就怎么对那些宫女和太监，不可让他们骑到你头上来。"

"可是郡主以前也待奴……待我极好……"箐妃小声小气地说。

"那不一样。"绮罗开始向她传授"主子之道"，箐妃一时半会儿也学不来，毕竟气场这东西，不是说培养就能培养起来的。

正巧这时候谢子文下朝回来，听见声音便走了进来。

"你们在聊什么？"

箐妃一见谢子文，立即恭恭敬敬地站好。倒是绮罗，跑到谢子文面前抱怨："陛下哥哥，我在教箐妃怎么做主子，她总学不会，可愁死我了。"

"是吗？"谢子文对绮罗笑笑，走到箐妃面前，将她揽在身侧，柔情满溢地看着她，"这个急不得的，朕以后多宠着箐儿就好了。"

箐妃的脸立即红到了耳朵根。

"咿，陛下哥哥好肉麻……"绮罗搓搓手臂，表示接受不了。

谢子玉看着和乐融融的他们，也跟着笑了。

不一会儿绮罗拉着谢子玉要离开："玉姐姐我们走吧，不要在这里打扰他们二人世界了。"

谢子玉表示十分同意，也没打招呼，同绮罗手拉着手便撤了。

沈钦一直在敛华宫外面等着，见谢子玉出来，便很自然地跟了上去。

原本不觉得有什么，只是绮罗突然停下脚步，指着沈钦，奇怪地问："你不是一直跟在陛下哥哥身边吗，怎么会在这儿？"

谢子玉一惊：先前她扮作皇帝的时候，与沈钦的关系绮罗看得一清二楚，在绮罗眼中，"陛下"和沈钦还有断袖之嫌、龙阳之癖，这会儿要怎么解释呢？

她有些担忧地看向沈钦，却见沈钦做出一副悲戚的样子："陛下纳了箐妃以后，便不要属下了，这才调属下来保护公主。"

谢子玉：师兄你这么黑我弟弟真的好吗？

而绮罗居然真的信了，一脸同情地看着他："陛下哥哥也真是的，先前与你那么亲近，这会儿却狠心抛弃你，我鄙视他！"

谢子玉：弟弟我对不起你，绮罗她鄙视你。

绮罗想了一会儿，接着说："沈侍卫，玉姐姐长了一张和陛下哥哥一模一样的脸，想必你看着也会伤心。我倒是很欣赏你，不若这样，你给我做侍卫，我带你回国舅府。"

"什么？"谢子玉惊呼一声，"不可以！"

"为什么？"绮罗扭过头来，不解地看着她。

谢子玉自觉有些失态，忙补救道："我回皇宫没多久，身边本来就没几个侍卫，不能把沈侍卫给你。"

"可是这宫里这么多侍卫，只要告诉陛下哥哥一声，陛下哥哥会另外拨侍卫给你的。"绮罗叉腰道，"再说，我带走沈侍卫是为了他好，你也要体谅他的心情嘛。不然他每天对着你这张脸，心里得多难受啊。"

对着她这张脸怎么就难受了？

谢子玉脾气上来了，将沈钦往自己身后一拉，宣布主权："总之沈侍卫就是不能给你。"

绮罗的固执劲头也蹿上来了："我就要沈侍卫！"

谢子玉目光眈眈，攥着拳头，毫不退缩："不行！"

绮罗声音渐大："我就要！"

谢子玉声音更大："就不给！"

绮罗吼："我要我要我要！"

谢子玉深吸一口气，气从丹田出："不……给！"

正对峙着，听到动静的谢子文和箐妃从敛华宫走了出来。谢子文满是奇怪，看着两人："方才不是还好好的吗，这会儿怎么吵起来了？"

绮罗先一步对谢子文说："陛下哥哥，我想要沈侍卫，你把他送给我好不好？”

谢子玉瞪她："不好，沈钦又不是东西，怎么能送？"

沈钦淡淡飘来一句："我不是东西？"

谢了玉补充道："就算沈钦是东西，也不能送给你。"

沈钦又淡淡飘来一句："我是什么东西？"

绮罗不理谢子玉，拉着谢子文的袖子，嘟着嘴撒娇道："陛下哥哥，你既然抛弃了沈侍卫，就把他抛得更远一些嘛，留他在宫中，他难受，你也不好受啊对不对？"

谢子文更加迷惑："朕抛弃沈侍卫？"

沈钦额头飘来三根"黑线"，谢子玉扶额。

绮罗不依不饶，谢子文给她闹得没有办法，只得将问题抛回来："这个，你还是问一问沈侍卫本人吧。"

所有人的目光齐齐转移到沈钦身上。

沈钦的回答自然在情理之中，他怎么可能会去绮罗身边？"多谢郡主抬爱，属下还是愿意守着公主这张脸过活。"

绮罗脸面挂不住，气得一跺脚，骂了句"不识好人心"便哭着跑了。

谢子玉瞧着她是真哭了，不禁心里一紧：先前她还劝绮罗放弃秦侍卫，该不会给自己劝出个情敌来吧？

作孽啊……

太后时常唤箐妃去她宫中，想来也不会有什么好事发生。

朝中事忙，谢子文不能时时陪在箐妃身边，便嘱托谢子玉替他保护箐妃。谢子玉正闲得无聊，乐得和太后斗一斗。因此，太后再次传箐妃的时候，谢子玉也屁颠屁颠跟了过去。

太后看到谢子玉也过来了，明着不好为难箐妃，便将她们晾在一边。偏偏谢子玉就想着刺激刺激太后，故意提起绮罗来。

"母后，先前您也说，绮罗在宫里没名没分地待着总归不符合礼制，不知道您打算什么时候送绮罗回国舅府呢？"

太后冷言道："哀家自有打算，用不着你替哀家操心。"

"我不操心，我就是提醒您一下，怕您人老多忘事。"谢子玉嘿嘿笑着，故意气她。

箐妃在一旁大气不敢喘一个。

太后被谢子玉气得头疼，扬手打发她们走，谢子玉也不逗留，拉着

213

箐妃从太后的宫中出来了。

　　刚一出来，发现不远处有一个打扮得很是贵气的女人，气势汹汹地朝这边走来。谢子玉定睛一看，那人竟是自己名义上的"舅母"，也就是绮罗的"娘亲"——顾夫人。

　　瞧她这架势，约莫是为了前几日谢子文拒不纳绮罗为妃的事情而来。

　　顾夫人看见箐妃，更是压不住火气，张口骂了声"小蹄子"就要动手，谢子玉立即示意侍卫们挡住，顾夫人近不了身，只能恶狠狠地瞪着箐妃。

　　"狐媚坏子，还真以为自己飞上枝头做凤凰了？下作东西！"

　　谢子玉早就领教过舅母的泼辣，对她这般表现虽不觉得惊讶，但她骂得太难听，实在叫人厌恶。箐妃本就胆怯，如此差点给她吓得没魂了。

　　只是顾夫人名义上还是谢子玉的长辈，虽然谢子玉心里有股冲动想要上去给她两嘴巴子叫她闭嘴，但是理智告诉谢子玉，打她是不可能的，骂她也是骂不过的，还是三十六计走为上。

　　谢子玉拉拉箐妃的手，示意她一起走。

　　没想到顾夫人不依不饶，几步绕过来拦住她们的去路，一脸凶悍："怎么，知道自己做了无耻之事，所以没脸见人是吧？"

　　箐妃吓得连连往谢子玉身后躲。

　　谢子玉不能忍了，仰着下巴，嫌恶地看着顾夫人："舅母，你能让开吗？"

　　顾夫人打量谢子玉一眼，谢子玉以为她会忌惮自己的身份，但没想到顾夫人非但不害怕，反而也不把她放在眼里。

　　"原来是环玉公主啊，我当是谁呢，还真是物以类聚人以群分，你们俩站在一起倒真是合情合理。"

　　她语气轻鄙，先是骂箐妃狐媚下作，继而又话里有话，将谢子玉和箐妃等同一起，摆明要让谢子玉难堪。

　　实在太猖狂。

　　谢子玉已经隐隐感觉到身后的沈钦要发作，想要揍顾夫人了。

　　可是最近有点敏感的谢子玉，却从顾夫人的话里听出了别的意味：谢子文曾经猜测，他们的亲生父母可能是身份低微的人，所以才会连自己的孩子都不能保护好。顾夫人将她和箐妃归为一类人，虽然谢子玉并没有轻视箐妃的意思，可是这是否也间接说明，顾夫人有可能知道她的身份？

顾夫人算来只是绮罗的养母，既然知道绮罗真正的身份，想必对他们姐弟俩的身世也不可能完全不知情。

谢子玉心里暗暗有了些想法。

姑且忍一忍，到时候有她好看的。

谢子文下朝以后，听说顾夫人为难箐妃和谢子玉的事情，拍案动怒，想要教训一下顾夫人。谢子玉阻止他，悄悄将自己的想法告诉了谢子文。

于是傍晚的时候，他们带人埋伏在顾夫人回国舅府的路上，那辆张扬的马车嘚嘚行驶过来时，沈钦面不改色地往马下扔了一串鞭炮。

逮住顾夫人是很容易的事情，沈钦的身手加上谢子玉姐弟俩的怒气值，分分钟弄晕她那都不叫事。

谢子文事先让人找了一处空宅子，他们带着顾夫人去了那里。想着如果直接逼问顾夫人的话，她肯定不会说实话，所以谢子玉打算听沈钦的，装神弄鬼吓一吓她。

可是谁来扮这个鬼呢？

谢子文和沈钦的目光不约而同地落在谢子玉身上。

谢子玉连忙摆手推托："不行啦，我做不来，会笑场的。"

她看向谢子文，谢子文为难道："阿姐，我毕竟是一国之君，扮鬼会掉价的。"

她又看向沈钦，沈钦嗔了她一眼："我都中毒了，你还让我做这种事，有没有良心？"

这时候想起自己中毒来了？可是中毒和扮鬼有什么关系？

谢子文鼓励她："阿姐，说不定你长得和娘亲很像呢，还是由你来扮比较好。"

这话说得有些苦涩，可怜他们连自己娘亲的样子都不知道。

不过现在不是伤感的时候，他们都不干，谢子玉只好委屈自己，亲自上阵。沈钦掏出胭脂水粉，往她脸上一阵捣饬。末了又将她的头发全部放下来，梳一半挡住脸。谢子文找来一块白布给她披上，她一扭脸，谢子文吓得一哆嗦。

"沈侍卫好手法！"谢子文惊魂未定地夸赞沈钦，"真是太像了。"

"说得好像你真的见过鬼似的。"谢子玉嘟囔着，伸手要镜子，"我想看看自己变成什么样了。"

沈钦婉拒："别看了，不然被自己吓哭就不好了。"

有那么恐怖吗？

沈钦别着脸把她推进了房间，昏过去的顾夫人就躺在里面。房间里熏了些迷香，因此就算顾夫人醒过来，也会浑身没有力气，昏昏沉沉的，像是做梦一样。

谢子玉事先服用了解药，保证能一直清醒。她站在顾夫人旁边，开始压低声音，叫醒她。

外面沈钦和谢子文一个劲儿地抖树叶，营造出一种恐怖的气氛。明明可以吩咐下属去干的事情，他们非要亲自动手，而且好像还乐在其中的样子。

简直恶趣味。

而顾夫人不负众望，在这个时候醒了过来。

谢子玉刚把脑袋探过去，顾夫人一声尖叫划破长空，差点震得谢子玉耳朵失聪。她并没有急着去吓唬顾夫人，而是站着不动，等着看顾夫人会不会先说点什么。

顾夫人看样子吓得不轻，拼命地想往后躲。奈何她吸了不少迷香，加之吓得软了身子，扑腾了好一会儿，她也只蠕动了一点点距离而已。

谢子玉一歪头，因为站得太久了脖子有些僵，发出咯嘣的声音，顾夫人又是嗷地号了一嗓子。

其实她歪头是因为头发挡住了视线而已。

等到顾夫人没有力气尖叫的时候，谢子玉才开始念台词。她在嘴里含了一颗杏仁，这样她说起话来便有种含混鬼魅的感觉："还我孩子，我的孩子，还我孩子……"

她一开口说话，口里含着的假血便流出来，滴滴答答地落在白衣上，尤其是胸前和腹部的位置，红色晕染了一大片。

身后适时飘来一阵白烟，更添几分诡异，呛得谢子玉嗓子痒。

顾夫人颤抖不已，盯着她的肚子，眼睛瞪得和铜铃似的，惊惧万分，哭着说："你是谁？你是谁……"

"你抢走了我的孩子，还我孩子……"不管她说什么，谢子玉翻来覆去就是这么几句话，毕竟也只是在试探她，并不能确定当年偷换孩子这件事真的与她有关。

顾夫人闭上眼睛，开始念"阿弥陀佛"和"菩萨保佑"，约莫她真以为自己在梦里。

谢子玉趁机拨了拨眼前的头发，观察顾夫人的表情。

顾夫人念叨了好一会儿，方小心翼翼地睁开眼睛，与谢子玉四目相对，谢子玉白眼一翻……

顾夫人差点背过气去。

"对不起对不起，不是我要抢你的孩子，是太后逼我的，我也不想的，冤有头债有主，你不要来找我，求你不要找我，四娘……"

谢子玉一惊：四娘？还是……凤娘？

谢子玉失神地从房中走出来，抬起头，拨开眼前的头发，有些无力地对谢子文说："我有一个很不好的猜想……"

谢子文嘴角抽动，表情怪异。沈钦一块湿帕子糊在她脸上："先卸妆再说话，太吓人了……"

谢子玉："嘶，烫烫烫……"

浑蛋，谁让你用热帕子的？

他们将顾夫人悄悄放在国舅府门前，然后驾马车离开，头也不回，奔回皇宫。谢子玉坐在车厢里，在脑中将所有事情梳理一遍，然后对谢子文说："如果，凤娘是我们的娘亲的话……"

谢子文打断她："凤娘是谁？"

谢子玉扶额。

还能不能好好说话了？

"凤娘是一个宫女，在尚衣局待过，后来被那时的良妃也就是现在的太后看中，便去了良妃的宫中……"沈钦将自己所知道的关于凤娘的事情全部告诉他，包括秦羽的事情，"她曾去秦侍卫家中避难，连累秦侍卫一家人死于非命，秦侍卫现在也在找她。如今看来，想必她早已凶多吉少了。"

他说得风轻云淡，很多事情一带而过，可话中的意思再明显不过。

谢子文沉默半晌，眸光隐隐颤动起来："阿姐你是不是在猜测，凤娘是我们的娘亲，太后当年不仅夺了她的孩子，还派人追杀她？"

"很顺理成章不是吗？"谢子玉低头抠自己的衣服，她也不知道为什么要做这种无聊的事情，可就是想转移一下注意力。待将衣服抠坏了，她才闷闷地说，"不过我希望不是真的。"

一路无言。

此后听说顾夫人病倒了，几天不见好，太后便允绮罗回国舅府看望她的"娘亲"。

虽说自己的"娘亲"病了，但是终于得到机会出宫的绮罗，还是难掩高兴，一路小跳。

谢子玉却高兴不起来了。

无疑顾夫人说的话将矛头指向了太后，但是在没有确凿的证据之前，他们也拿太后没有办法。

直到秦羽回来。

秦羽回来那天，正巧谢子玉要去乾清宫找谢子文。

自从恢复她公主的身份以后，谢子玉就悄无声息地从乾清宫搬出来了，现在住在乾清宫的自然是谢子文。

秦羽走时，她还是"陛下"，秦羽回来时，她已经是公主了。

想必秦羽还不知道这件事，他回来以后，径直去乾清宫找谢子玉，被告知陛下有事正在前殿忙，故而他等在乾清宫门口。

谢子玉远远便瞧见了他，心中一阵激动，想着终于可以问一问凤娘的事情了，立即撒欢想要跑过去，被身后的沈钦一把拽住："看见他就这么高兴？"

"可不，终于把他盼回来了。"谢子玉迫不及待地说，"你拽着我干吗呀，松开松开……"

沈钦手一松，谢子玉身形如箭，嗖地跑过去了。

她猛然出现在秦羽面前，倒是把秦羽吓了一跳。

"秦侍卫，你回来了。"谢子玉凑到他面前，欣喜地说。

秦羽看见她，先是一愣，纵然面部表情不曾松动，但眸中透出巨大的诧异来。"陛……"他想来是要唤她"陛下"，可她穿着女装，如何能唤"陛下"。

谢子玉被他看得有些不自在，提醒他："你该叫我公主才是。"

秦羽早前便已知道她的身份，这会儿的惊诧不过是因为太突然，经过谢子玉的提醒，他当即晓得是怎么回事，面上恢复常色，恭敬道："是，公主。"

谢子玉带他走："你随我去昭阳宫吧。"

秦羽微微颔首跟上，沈钦不动声色地挤进他和谢子玉中间，然后假装四处看风景。

谢子玉简单向秦羽说起他不在宫中时发生的事情，包括她如何转换身份，变成公主的经过。末了，她还不忘提起绮罗："她这几天回国舅府了，不然你就能看见她了。"

秦羽只是听着，好似心情沉重，并没有表现出开心的样子。

谢子玉不好再说别的，便问起他这次回家乡查探凤娘的事情，有没有什么发现。

她还不想在这时候告诉他，她猜测凤娘是她和谢子文的娘亲这件事。

秦羽从怀中掏出几张牛皮纸来，说："这是属下从当地衙门那里誊抄来的，关于十七年前，一具无人认领的女尸的记录。"之所以将这些誊抄下来，是因为秦羽怀疑，这具女尸就是凤娘。

从这些记录来看，这具女尸的死因是被利器刺穿胸口，肋骨上还有利器留下的痕迹，推断是剑或者长刺刀所伤。

而秦羽家人身上的伤口，全部都是剑伤。

女尸的右手无名指的关节有些变形，应该是常年佩戴某种物品所致。女尸身上的衣服针脚细密，纹路精巧，因此推测，女尸生前可能以裁做衣服为生，关节变形应该是常年戴顶针所致。

而这一点，也正好符合凤娘在宫中的工作。

从女尸身上的衣物和遗留的物品来看，她身上并未留下什么可以鉴别身份的物品，唯有她亵衣处有一个缝补过的补丁，用来做补丁的那一块布料，是丝绸。丝绸一般只有贵族或皇宫才有，寻常人家极为少见，因此推测女尸生前应是达官贵府中的婢女。

这一条记录隐晦了些，没有将另一条可能性说出来，即这个女尸可能在皇宫里生活过。

谢子玉几乎可以确定，这上面记录的就是凤娘，而且凤娘就是她和谢子文的亲身娘亲。

"师兄——"谢子玉控制不住地颤抖着，话也说不连贯，只能破碎地咬出几个字，"她……她是凤娘，凤娘，我的……我的娘亲……"

沈钦轻轻将她揽在身侧，拍拍她，示意她冷静。

"先别激动，兴许是别人的娘亲呢。"

秦羽疑惑了："公主，沈侍卫，你们在说什么？"

"那个凤娘其实是……"谢子玉打起精神，正想告诉他，可是忽然想到了什么，立即噤声。

"公主？"秦羽仿若想到什么，剑眉微蹙，目光冷冽，逼视她，"什么娘亲？谁的娘亲？公主难道……和凤娘有什么关系吗？"

谢子玉心下一阵为难，她实在不知道该不该把自己的猜测告诉他，因为她忽然想到了绮罗。

绮罗是太后的孩子，如果让秦羽知道太后可能是杀害他们一家人的幕后凶手，他会怎么做？

如他这般背负仇恨活着的人，十有八九会提剑去找太后报仇。如果有朝一日他知道太后和绮罗的关系，又该怎么面对绮罗？

可是如果不告诉他，又觉得对不起他，对不起他死去的家人。

"秦侍卫，如果让你在绮罗和报仇两者之间选一个，你会选哪一个？"谢子玉问他。

"公主这是何意？"秦羽面露怀疑，"难道杀害我家人的凶手与绮罗郡主有关系？"

"你先回答我的问题。"谢子玉盯着他，又问了一遍，"你选哪一个？"

沈钦也好奇地看着他。

秦羽慢慢收回自己的目光，所有的表情消失不见，只余眉梢一抹冷然。

"报仇。"

谢子玉最终还是没有告诉秦羽，一是因为没有充足的证据，一切还只是猜测。二是，她不敢。

沈钦说："如果凤娘真的是你娘亲的话，按时间来推算，她逃到秦侍卫家的时候，应该是刚生完孩子没多久。假设那具女尸真的是凤娘，那么仵作应该从盆骨就能看出，这具尸体之前是否怀过孕或生过孩子。可是那些记录上，并没有记载这一点。所以，要么那具女尸不是凤娘，要么，那具女尸的确是凤娘，却不是你的娘亲。"

"可如果她是凤娘，也是我的娘亲的话，一切事情不就顺理成章了吗？"

"可未免太顺理成章了。"沈钦若有所思道。

谢子玉一时无言。

这些事情，太复杂了。

复杂不好。

其实她也担心，秦羽如果现在去找太后报仇的话，恐怕也只会白白赔了性命。

沈钦好似不太同意，说："你不是他，他一心想报仇，早就将自己的性命置之度外了。你替他着想，不知是对他好，还是对他不好……"

"你怎么说话出尔反尔的，你都说我的猜测有可能是错的，为什么还让我告诉秦侍卫？"谢子玉不解道。

"我只说你的猜测有可能是错的，又没说太后就脱得了干系啊。"沈钦十分肯定地说，"一定和太后有关，只是我们不知道究竟是什么干系了。"

"我也恨太后。"她也有私心，也想告诉秦羽，想要报复太后。

谢子玉低头一根一根地捏自己的手指，咕哝道："我活了十七年，连自己的亲生父母都没见过，晓得他们早就不在人世了，我能不恨太后吗？"

沈钦握住她的手，避开她肩上的伤口，将她揽入怀中。

谢子玉抱紧他的腰身，埋入他的怀中，难过地说："如果早知道回宫会发生这么多不开心的事情，当初就应该赖着师父不回来。"

"世上哪有早知道，总归是你该经历的，躲不掉。"沈钦拍拍她的肩膀，笑道，"天色不早了，你快去休息。"

谢子玉越发抱紧了他，蹭了蹭，不肯松开。

沈钦无奈，只得由她，直至她困倦，打了一个哈欠。

"师兄……"

"嗯？"

"想睡觉，你抱我过去……"虽然这话说得有些让人害羞，但因为困意袭来，所以没有力气脸红。

沈钦胸膛震荡不已，笑出声来："你可想好了，我若抱你过去，可不只是睡觉那么简单了。"

"唔，那不行，不划算……"谢子玉恋恋不舍地从那方温暖的怀抱中抽身出来，闭着眼睛，转身歪歪扭扭地往寝室走去。

刚走两步，身子突然腾空，被人从身后抱起。

谢子玉头一歪，倚在他的肩膀上，眼睛未睁，继续酝酿睡意。

"黏人的丫头……"沈钦发出一声闷笑，往前走去。

有他在，谢子玉心中平静许多，甚至忍不住弯了弯嘴角，下巴一抬，在他脖子上烙下一个吻。

沈钦身子一紧，手臂却一松，差点丢她下来。

谢子玉偷偷地笑，刚被放到床上，立即裹了被子滚到里面，不敢看他。沈钦替她脱了鞋子，放下帷帐，转身离开。谢子玉听到他的脚步声，还是忍不住从被子里钻出来，掀开帷帐一角，偷偷瞅了一眼。

已经快要走出寝室的沈钦，忽然身子趔趄了一下，闷咳一声，身子一下子绷直了。而后加紧脚步，走了出去。

原本睡意满满的谢子玉，一下子清醒不少。

她偷偷跟了出去。

此时半月初上，夜色尚不浓重，院中挂着几个灯笼，朦朦胧胧地亮着。谢子玉嘘声让宫女和太监莫出声，扶着门框，往外看去。

沈钦扶着院中的桑树，一声一声，咳得很是压抑，谢子玉的心也跟着揪起来。

若只是咳嗽便罢了，可是他身上有毒未清，只要有一点风吹草动，她就难免往不好的方向想。

她这厢抓心挠肝地看着，却见沈钦身子一弓，好似吐了。

谢子玉赶紧吩咐宫女去取些水来，自己先跑了过去，一边拍他的背一边担心地问："师兄你怎么又……"

剩下的话生生卡住没有说出来，因为她看见，沈钦吐的，是血。

沈钦捂住她的眼睛，故作轻松地说："不是什么大事，就当是排毒了。"

手心一热，有水渍从指缝中溢出。

"别哭，我还好……"他顿了一下，责备她，"谁叫你没穿鞋子就

陛下是个伪君子

跑出来的？"

谢子玉拿下他的手，泪眼汪汪地看着他，见他努力挤出一个让她安心的笑来，身子却在下一刻轰然倒下。

她张臂扶他，艰难地站住身子，唤他几声却听不到回应，一时慌得不能自已。

"沈钦，沈钦，师兄……"

秦羽跑过来，看了一眼她怀中托着的沈钦："公主，出什么事了？"

"师兄……师兄他……"谢子玉哭得厉害，"我抱不动他，你帮我把他背到房间去，快点……"

"公主别慌，让属下来。"秦羽伸手将沈钦接过去，背他回了房间。

谢子玉哭着跟上。

秦羽将沈钦放在床上，看着哭得上气不接下气的谢子玉，拧眉问她："公主，沈侍卫出了何事？"

谢子玉抹着眼泪，心里慌乱，话也说得乱七八糟："他中了毒……很久了……可是没有解药……我没有解药……我很着急……"

秦羽递给她一方帕子："公主别急，会有办法的，属下去叫太医过来。"

谢子玉点点头，并不抱太大的希望，因为她知道，太医过来恐怕也无能为力。

上次谢子文说乌孙国已经回信，说是很快会来拜访大祁，谢子玉只希望他们快点，再快点。

看着方才还与她说笑任她戏弄的沈钦，这会儿没了声息地躺在床上，嘴角还有残留的血迹，谢子玉跪在床边，一点一点给他擦干净。

心揪起来地疼。

太医很快赶来，谢子玉让开身来，让他查看沈钦的情况。

秦羽看了谢子玉一眼，转身又出去了，不一会儿提着一双鞋子走进来，放在谢子玉脚边。

谢子玉的注意力全在沈钦身上，她瞥了一眼鞋子，抬脚乱蹬，鞋子被她踩得变了形。

一只手握住她的脚踝，轻轻抬起，而后将她的脚完完全全地塞进鞋子里，另一只也一样。谢子玉低头，看见半跪着的秦羽，抽噎一声："谢谢你。"

秦羽替她穿好鞋子，站起身来，与她目光相撞，微微颔首，算是应谢，而后静静站在一旁。

谢子玉重新看向沈钦和太医，眼中一片担忧。

不出所料，太医把过脉以后，面露难色。

"公主，恕微臣无能，沈侍卫中的这'蚀骨'之毒，几乎没有解药，除了冰雪莲尚可清除毒性……"

"我知道。"谢子玉努力忍住不哭，问他，"你有没有办法，控制这毒性？"

"微臣尽力……"太医一声无奈的叹息隐匿在话语中，叫谢子玉心里凉了又凉。

太医开了方子抓来药，谢子玉命人煎好，在端给沈钦之前，她抢过来先喝了一口，确定这药没有什么问题，才小心翼翼喂给沈钦。

16.
陛下撒酒疯

从沈钦房中出来已经是入夜过半，凉风裹着寒意吹来，让人心冷。

"秦侍卫。"谢子玉叫他。

"属下在。"

谢子玉攥紧了拳头复又松开，下了决心："我想告诉你一件事情。"

秦羽疑惑地看着他。

她与他立在院子中间，遣走了左右侍奉的人，四周空荡荡的，说起话来倒也安全。她转过身，冷静得不像话："当年追杀凤娘的人，可能是太后。"

谢子玉说出这句话后，突然就快意许多。原本她并不想这么快告诉秦羽，可是沈钦的中毒和昏倒，提醒她沈钦之所以会变成这样也是拜太后所赐。这使得她对太后的恨意越发压抑不住，她不想再隐瞒。

"太后抢了凤娘的孩子，想来是为了掩盖罪行，所以才起了杀心。"看着他肃寒的脸，谢子玉咬着嘴唇，把话说完，"我并不能拿出充足的证据来证明我说的话，你若不信，也可继续追查下去。"

"公主你……"秦羽的目光几乎一下子阴沉起来，他上前一步，捏着她肩膀的手用了很大的力气，"你为什么会知道这个？"

"因为，我和子文有可能就是被太后抢走的凤娘的孩子。"谢子玉吃痛一声，"你快放手，我肩上有伤。"

"抱歉，是属下冒犯了。"秦羽一怔，立即放开她，脸上阴沉之色慢慢褪去，露出些许歉意来，"公主可还好？"

谢子玉抚着肩膀，疼得直皱眉，好一会儿没说出话来。

秦羽站在一旁，又不能替她疼，只能在一旁等着。

肩上的疼尚能忍受，心里的疼却叫谢子玉喘不过气来。良久，她才开口："秦侍卫，绮罗才是太后的孩子，我和子文都不是，先前我念着你喜欢绮罗，又不想你以身犯险，所以不敢告诉你，你别怪我……"

秦羽动了动嘴角，似要说些什么，又咽了回去。

谢子玉低下头来，嗫嚅道："你等一等好不好，等我们有了充足的证据，一起去找太后报仇……"

他上前一步，只说了一句："属下扶您回去休息。"

谢子玉慢慢蹲下身子，无助地说："可是，我还想再哭一会儿……"

她方才，还没有哭完呢。

乌孙国的人终于抵达大祁，七皇叔负责将他们迎进城，带入皇宫。谢子玉软磨硬泡，终于得到七皇叔的同意，带她一起。

其实谢子玉对于乌孙国的印象是不太好的，犹记得当初她刚进宫不久遭遇的那次刺杀，大部分就是买来培养成死士的乌孙国人。到最后也没有查出这些人是受谁指使，当初以为是七皇叔，现在想想，应该是谢子赢吧。

只是谢子赢已死，再追究已没有什么意义。

此时乌孙国的人还没有到达京城，谢子玉和七皇叔站在城门处等候。她老实同七皇叔交代："七皇叔，子文这番同乌孙国交好是为了他们的冰雪莲，可那冰雪莲是我要用来救沈钦的，我们这样做是不是对不起大祁？"

谢林清泠的眉梢染上一丝笑意和宠溺，悠然地说："不会。"

"可是怎么算，与乌孙国的这场交易，都是我们吃亏啊。"谢子玉掰着手指头算，"十万石粮食换一棵冰雪莲，大祁的子民知道了会怎么想？"

"如果不做这场交易，你的沈侍卫可能会死，你舍得？"谢林反问她。

"唔……"谢子玉低头，只留给他一个毛茸茸的脑袋，害羞道，"自然是舍不得的。"

谢林呵呵笑了起来，转而关心起她的身子来："伤口可好利索了？"

他指的自然是上次在淮阳王府时，被司徒妍刺的那一剑。谢子玉下意识地摸了摸肩膀，脸皱成一个小包子："没呢，师兄说伤着骨头了，至少要三个月才能完全好起来，这才过了一个多月。"

"可还疼？"

"只要不碰它就没事。"谢子玉想到那天晚上被秦羽不小心捏到，不由得苦兮兮道，"可若是碰了，疼起来真要命。"

"我府上还有一些上好的止痛药，等会儿命人取来送给你。"约莫是她的模样太过于可怜，引得谢林心疼起来，"以后不要受伤了，叫人担心。"

此话一出，气氛突然有些怪怪的。

谢子玉抬头看他，带了些惊奇与探寻："七皇叔，我有一个问题想问你。"

谢林微微错开她的目光，只一瞬的不自然，而后恢复坦然和冷静，淡然开口："你说。"

周围全是侍卫，他们说的话一不小心就会给别人听去，这种场合无疑不适合说一些悄悄话。可是谢子玉就是忍不住，她挨近了他，待他弯腰倾身过来时，踮起脚小声说："七皇叔，你明明早就知道我和子文的事情，为什么那时候还骗我说，我们是先皇的孩子？"

她可没忘记那次，她壮着胆子问他，如果他们并非先皇的孩子，他还会像现在这样保护他们吗？

他回答说，他肯保护他们，自然是因为他们的确是先皇的孩子。

因为记得太清楚，连那时他认真的表情都牢牢印在脑中，所以当谢子文说，七皇叔早就知道他们并非皇室血脉这件事时，她才会惊讶得无以复加。

"你说这个啊。"谢林慢慢直起身子，笑道，"不过是因为你当时太过于紧张害怕，骗你安心罢了。"

"是这样吗？"谢子玉半信半疑。

"不然呢。"谢林将她拨到身后，看向远方，"乌孙国的人来了……"

"在哪儿呢在哪儿呢在哪儿呢？"谢子玉忙踮起脚来看，脖子抻得老长，"他们带冰雪莲了吗？哪儿呢哪儿呢？我怎么看不见呢？"

谢林扑哧一声笑出来。

乌孙国浩浩荡荡地来了数百人，谢子玉吓了一跳："用得着来这么多人吗？"

谢林一本正经道："约莫是来蹭饭的。"

"我看着也像。"谢子玉跟着点头。

她只瞧了走在最前面的人一眼，那人衣着明显比其他人要高贵许多，应该是二皇子纳南洙无疑。那纳南洙生得浓眉大眼，五官粗犷，身形高大健壮，走起路来虎虎生风，和他一比，大祁的子民委实娇小了些。

谢林动身上前迎接，嘱咐谢子玉不要跟着，找个地方乖乖看热闹就好。

她哪有心情看热闹，她一门心思找冰雪莲呢。

"秦侍卫，你觉得他们会把冰雪莲放在哪儿？是放在马车里，还是背在身上？你看那个人，背后的包袱鼓鼓的，是不是包着冰雪莲呢？"

她絮絮叨叨，没完没了，秦羽也十分应景地回答她：嗯、是、哦……

谢子玉一直动来动去，像只蝉蛹一样，在这严肃的时刻，着实有些引人注目。在那个背着包袱的人第二次将视线投向这边时，秦羽伸手按住她的肩膀，无奈地提醒她："公主，您安生些。"

谢子玉好歹老实了些，目光却牢牢黏着那人的包袱。

晚上的时候，谢子文宴请乌孙国二皇子。听说乌孙国的人很喜欢喝酒，而且喜欢喝烈酒，练得一身好酒量，谢子文便提前同她打好招呼：若是宴席上他喝趴下了，要谢子玉装作他的模样继续同二皇子喝，必须把他喝桌子底下。

谢子玉不明白："为什么一定要喝酒？"

谢子文笑答："阿姐你不明白，很多事情，一旦上了酒桌，就变得容易多了。"

"那为什么要把他喝桌子底下？"

"总要先在酒桌上打压一下他们的气势。"谢子文悄悄地说，"乌孙国的人总有一股莫名其妙的自负感，叫人看着不爽。"

"是吗？"谢子玉半知半解，为难道，"可我酒量不好，喝醉了会耍酒疯。"

谢子玉长到现在，统共喝醉过三次。第一次喝醉后还比较内敛，拿着碗和筷子跑到师父房门前给他念往生经，被师父一顿胖揍；第二次喝醉后感觉自己会飞，谁劝都不听，后来腿瘸了小半年；第三次喝醉，她完全记不清，还是沈钦告诉她，她和师父养的那条大黄聊了一晚上，最后因为话不投机，和大黄吵起来了……

沈钦描述当晚的情景时，脸部肌肉抽得厉害。

那画面一定太美不敢看。

如此沈钦给她立了规矩：以后喝酒，三杯是极限。

谢子文听她讲完这三段传奇经历，乐得合不拢嘴："阿姐，我也想见识见识你喝醉后的样子，哈哈哈……"

如此晚上的时候，谢子玉便换上了谢子文的衣服，窝在一个房间里无聊地等着。她想着谢子文应该不会这么坑姐，真的要推她出去挡酒，所以也未将这件事放在心上，在房间里甩着袖子打发时间。

没想到谢子文居然真的跑来了，一身酒气，眼神迷离，大着舌头说："阿姐，乌孙国的那个纳南洙酒量真不小，你先出去替我顶一会儿，我歇会儿再同他喝。"他又嘱咐崔明，"崔公公，你机灵点，多照顾着阿姐，我先去吐了……"

崔明担忧地看看谢子文，又看看谢子玉。

谢子玉虽然不太想去，但看到谢子文吐得昏天暗地，一时心疼不已，便抖擞精神，怀着壮志豪情，奔赴宴席。

好在七皇叔也在，多少让她安心一些。

纳南洙看见谢子玉，并不能辨出什么区别来，以为她是谢子文，立即提着酒坛过来了。

他换掉谢子玉案前的酒壶，将酒杯推到一边，"砰"地把酒坛放在上面，哈着酒气，大声说："陛下你用那些东西喝酒忒小家子气了，在我们乌孙国，从来都是举着坛子大口灌的。"

谢子玉故作惊讶地睁大了眼睛："你们乌孙国穷得连碗都买不起了吗？"

此话一出，纳南洙当场愣在原地，七皇叔虽然无奈地摇了摇头，眼中的笑意却是对她如此任性的肯定。

在座大臣憋笑憋得脸通红，纳南洙脸面也挂不住："我……我们乌孙国的儿女生来豪放，大口喝酒，大口吃肉，并非……并非买不起碗……"

"哦。"谢子玉默默地将酒杯移回来，捏在手里，淡淡地说，"我们大祁的儿女生来矫情，盛饭用碗，吃菜用碟，喝酒用杯，就是这么讲究，没办法……"

纳南洙的脸红一阵黑一阵，半天没说出话来。

谢子玉其实是故意的。

看这纳南洙酒气醺天的样子，就知道他已经喝了不少，就算没有八分醉，六七分总是有的，所以才敢这么放肆。

就算他是乌孙国的二皇子，无论他地位如何，来到大祁总要讲个规矩，在诸多大臣面前敢把酒坛子甩到她案上并且没大没小地同她说话，说明这个二皇子并不把他们大祁放在眼里。

就像谢子文说的，他们身上有种莫名其妙的自负感，果然叫人不舒服。

纳南洙拎着酒坛悻悻地回到自己的案前，闷闷地喝了一大口，强颜欢笑道："陛下既然这样说，我等也该入乡随俗。今日本皇子还带来了我们乌孙国自酿的酒，想与陛下一同分享，不知陛下可给这个面子？"

不错嘛，还知道带特产。

他命人送上一坛来，崔明试过没有毒后，看了谢子玉一眼，征求她的意见，这酒要不要喝？

谢子玉点点头：自然是要喝的。

崔明给谢子玉斟满一杯，谢子玉拾起来放在鼻下闻了闻，清冽中透着一股淡香，好像不错的样子。

纳南洙见状，用言语激她："这酒很烈，陛下若能喝上三杯而不倒，这冰雪莲，本皇子立即奉上。"

谢子玉一听冰雪莲，立即来了战斗力：沈钦上次吐血以后，已经卧床好几日了，如若能早一点拿到冰雪莲，别说三杯酒了，就是三坛子酒，她也喝。

她正暗暗想试一试，却不想七皇叔突然站了起来，对纳南洙说："陛下尚年少，怕禁不住这酒，不若我这当叔叔的替陛下喝。"

"自然可以。"纳南洙大笑一声，"如果陛下不是很急着要这朵冰雪莲的话。"

谢子玉笑笑，告诉七皇叔没事："朕自己来就可以。"

纳南洙也不只是看着，举起酒杯示意她一起。

谢子玉先是抿一口，舌尖像是被火灼了一下，但随即一股淡淡的清香立即萦绕在口腔里。她一闭眼，一口闷下。那强烈的灼热感顺着喉咙一路向下，从胸到腹，像是被火滚了一道。

"哈哈，陛下果然好酒量……"纳南洙竖起大拇指。

"二皇子谬赞。"谢子玉忍住被酒灼烧的感觉，示意崔明倒酒，"第二杯！"

她一闭眼，仰头喝下，辣得直想蹦起来蹿上天去。

纳南洙鼓掌，在谢子玉的注视下，也喝了一杯。

崔明胆战心惊地又给她倒了一杯，谢子玉毫不犹豫地送到嘴边，一口饮下，末了将酒杯凌空倒置给纳南洙看："第三杯！"

纳南洙好整以暇地看着她，似在等她出丑。

谢子玉将酒杯一扔，那酒像是化作火焰，下一瞬就能将她燃成灰烬。她站起身来准备向他讨要冰雪莲，忽然一阵天旋地转。

好大的酒劲。

脑中尚有一丝清醒，身子却不受控制了。

谢子玉就那么僵僵地卡在那里。

谢林给崔明使了个眼色，崔明忽然将桌上的一碗汤水打翻，淋湿了谢子玉半边袍子。他忙跪下认错："陛下，奴才该死，奴才该死，奴才扶您去换身衣服……"

还好他反应快，适时将她扶走，谢林也随即跟上，在某个隐蔽处，谢子文同她交换。

"胡闹！"谢林斥责他们姐弟俩。

谢子文见谢子玉如此，担忧地问了一句："阿姐，你还好吗？"

"不好。"谢子玉整张脸都皱了起来，"那二孙子的酒，太厉害了……"

那二孙子？

为了不穿帮，谢子文和谢林得赶紧回去，崔明也要陪在谢子文身边，他将谢子玉交给了秦羽，嘱咐他赶紧带谢子玉去解酒。

倚靠在秦羽身上的谢子玉，仿佛听到宴席那边传来纳南洙难以置信的声音："陛下您居然没有醉？"

谢子文呵呵笑道："二皇子可要愿赌服输，遵守诺言啊……"

那厢纳南洙没了声响。

"唔，好难受……"她头疼得厉害，呼吸不顺畅，整个人热得快要爆炸，四肢像是被灌了铅，很是沉重。她迷迷糊糊，一头扎进身边的人怀里，"师兄，抱……"

身边的人一僵："公主……"

他身上有着一股冰凉之气，熨得她舒服了些，她忍不住想进一步往他身上拱，直逼得秦羽连连后退。

"难受，嘤嘤，太难受了……"

秦羽定住，迟疑地伸出手臂……

231

只是他刚将谢子玉抱起，走了两步，谢子玉又吵着下来。

"想……吐……哕……"

秦羽："……"

谢子玉醒来时，觉得浑身不舒服，酸涩涨疼，好似全身的骨头给人用锤子敲了一遍。想到以前的经历，谢子玉一身冷汗，闭着眼睛开始回忆……

可是，她居然什么也想不起来。

谢子玉想要坐起来观察四周的状况，可是她身子一动，天旋地转的感觉立马铺天盖地地袭来，她只离床不到一寸，又重重地摔回去，摔蒙了，瞪着上方的帷帐好半天没反应过来……

宫女听到声响，立即跑了进来，惊喜道："公主，您醒了……"

"唔。"谢子玉揉揉额头，奇怪道，"不过是喝了点酒，怎么感觉跟大病了一场似的，一点力气都没有。"

"公主可不就是大病了一场吗，您都昏迷三天了。"宫女说着，倒了杯水端过来。

"什么三天？"喝酒还能喝出病来？谢子玉一边喝着水，一边问她，"我喝醉以后，没做什么伤天害理的事情吧？"

宫女忽然捂嘴偷笑："这句话公主不该问奴婢，应该问秦侍卫才是？"

谢子玉咯嘣一口咬在瓷杯上，差点崩掉她两个大门牙。

啥？她对秦羽做什么了吗？

正准备叫秦羽进来问个清楚，没想到帘子一动，竟是沈钦走了进来。

"师兄！"谢子玉大喜，"你居然能下床了！"

然而沈钦并不像她这般高兴，气势汹汹的，那脸上的表情告诉她，他想过来抽她一大嘴巴子。

怎么了这是？

谢子玉被他吓到，往被子里缩了缩，怯生生道："师兄，谁惹你生气了吗？"

"谁惹我生气？你说谁能惹我生气？"沈钦冷眉倒竖，直直朝她走来。

谢子玉攥着被角，掀眼皮小心翼翼地说："不会是我吧？"

"哼！"沈钦走到床边，俯下身子，直接上手捏她的脸，扯得谢子玉嘴巴都要变形了。

"你把我的话当耳旁风是不是？我叫你不要喝酒，你从来不听！"

"西轰（师兄），横（疼）……"谢子玉叫道。

沈钦捏够了，倾下身子，手臂撑在她肩膀的两侧，声音阴恻恻的："你本事不小啊，那么烈的酒你也敢喝，你差点没命了你知道吗？"

差点没命？

是喝得太多了吗？没啊，就喝了三杯啊。

难道是……假酒？

一定是假酒！

看着沈钦恨不得吃了她的眼神，谢子玉瘪嘴解释道："我是为了你好不好，那二皇子说，我喝三杯酒，他立即就奉上冰雪莲。"

多伟大的事情嘛，虽然并不期待他会有多感动，但也不该是这种态度啊。

"谁叫你答应他的！"沈钦表情非但没有好转，反而发起更大的脾气来，冷眼斥她，"他奉上冰雪莲是迟早的事情，你计较这一时做什么？"

"你凶我做什么，我还不是担心你！"谢子玉委屈地喊了一句，鼻子一酸，然后将被子一拉，盖到头顶。

"不想见你，你走！"

要不是想着他能快点好起来，她做什么这么拼命？还骂她……

"谁叫你……谁叫你拿自己的性命去赌的。"沈钦掀开她的被子，谢子玉泪眼汪汪地看着他，准备下一瞬就哭给他看，却不料他忽然没了之前凶狠的表情，眸子里立即装满了后怕与心疼。

"中了酒毒，会死的你知不知道？对我而言，那朵破雪莲一点也不重要，你才是最重要的，你是不是傻，你要气死我才满意？"

"师兄……"谢子玉更想哭了，不是委屈，是感动。

"不省心的丫头！"

"师兄……"

"笨蛋！"

"师……"

"蠢死算了！"

"……"咋还骂上瘾了？

谢子玉嘴巴一咧，正要哭，他忽然压下身来，吻住她的嘴，将她的哭泣堵了回去。

宫女是个机灵的小姑娘，一见这场面，立即捂脸，羞羞地跑开。

他的唇都是颤抖的，不知是被她气的，还是真如他所说，他在后怕。

半晌，待两人都平静下来，场面便有些尴尬。谢子玉倚着床柱，想着找个话题转移他的注意力。

"师兄，我那天喝完酒以后，那二皇子有没有把冰雪莲拿出来？"

"拿出来了，陛下当时就派人送来给我了。"

"那你服用了没有？身上的毒解了吗？"谢子玉急切地问。

"已经清得差不多了，不然我哪有力气来医治你？"沈钦说着，倏忽叹了口气，侧过身来，伸手抚着她的脸，心疼道，"你不知道，我听说你是为了我才和二皇子打赌喝酒，我有多自责……"

"我现在不是没事了嘛。"谢子玉握住他落在自己脸上的手，笑道，"而且不管我出什么事情，你总有办法救我对不对？"

"你哪里来的这种自信？"沈钦捏捏她的脸，不像方才那般用力，轻柔了许多，"快些打消这种念头，否则以后还不定生出什么事端来！"

"哦。"谢子玉乖乖点头应下。

谢子文听说她醒来以后，带着箐妃来看她，后悔不已："阿姐，我不该让你代我去喝酒的。"

谢子玉安慰他："是我急着要冰雪莲，才会喝二皇子的酒，怎么能怪你？"

话虽这样说，谢子文的自责却是一点也没减少。

不过说起纳南洙，谢子玉便随口问了一句："二皇子既然已经把雪莲拿出来了，他应该马上就要回去了吧？"

"没，大祁送他的粮食他已经派人送去乌孙国了，他却是赖着不肯走了，每日都要来找我拼酒，还想着与我们大祁联姻，娶一个大祁的女子回去。我被他吵得头疼，每天恨不能躲着他走……"谢子文哭笑不得道。

"那你要怎么办？"

谢子文耸肩道："我也没有办法了……"

沈钦忽然说道："我有办法。"

三人六眼齐刷刷看向他。

第二天，谢子玉就听到一个消息：纳南洙喝酒喝得昏死过去了！

这一昏就昏了三天三夜。

谢子玉问沈钦："你是怎么做到的？"

沈钦云淡风轻地说："我把十几种酒掺在一起，灌了他一壶，喝不死他……"

一阵凉风。

阿弥陀佛，珍爱生命，远离沈钦，善了个哉……

在沈钦的医治下，谢子玉的身子很快好了起来。就在她觉得喝酒这件事可以翻页的时候，忽然遇见了秦羽。

想到宫女说过，她喝醉后好像曾对秦羽做过什么事情，可是做过什么呢？

谢子玉抱着脑袋想了好一会儿，愣是啥也没想起来。她将秦羽拉到一边，偷偷问他："秦侍卫，那日我喝醉后，可曾对你做过什么伤天害理的事情？"

秦羽脸色微变，说道："公主吐了属下一身。"

谢子玉：呼，只是吐了，应该没事。

秦羽继续说："后来公主说很愧疚，要帮属下洗衣服，所以把属下的衣服抢走了。"

谢子玉：嗯？抢衣服？那岂不是……

秦羽："属下只好穿着中衣。"

谢子玉拍拍胸口：幸亏还有中衣。

秦羽："后来公主又吐了。"

谢子玉心往上一提："那你的衣服……"

秦羽顿了顿，古怪地瞧了她一眼，好一会儿才说："公主莫再提这件事了。"言罢，走开。

最后到底怎么样了啊？

谢子玉问当日伺候她的宫女，宫女脸红红的，好似想起了什么不得了的事情，说："秦侍卫光着臂膀将公主抱回来的，公主怀里还搂着秦侍卫的衣服，谁要都不撒手，急了还咬人。唔，公主还摸……摸秦侍卫的胸，哭着喊，为什么他的比您的大……"

噗……秦侍卫，你别走，你听我解释！

纳南洙醒来以后，听说迷瞪着眼睛傻了好一会儿，自此便消停了，本来存在感就不强，这会儿便很快被人遗忘了。

谢子玉原本打算，等沈钦身上的毒解了，他们就回师父那里。可是现在，她还有一桩心事未了——凤娘的事情。

她已经将此事说给谢子文听，谢子文劝她先不要打草惊蛇，太后那边，还得慢慢来。

"可是已经打草惊蛇了。"谢子玉说，"之前让绮罗去试探过太后，前几天又把顾夫人吓得屁滚尿流，想必太后早已起了防备心吧。"

"阿姐莫着急，接下来的事情，交给我吧。"谢子文给她一个安心的笑。

没过几天，谢子文告诉她，他找到当年侍奉过太后的一个宫女，与凤娘也有些交集，叫红月。只不过她已经离宫多年，而且现在还有些疯疯癫癫的。

他不好将红月带进皇宫，便安排在宫外的一处宅子里。

谢子玉带着沈钦和秦羽出宫，正值雨天，小雨淅淅沥沥的，添了几分潮寒，叫人不舒服。不过亲眼见到红月，才知道她不是有些疯疯癫癫，而是疯癫得厉害。

先前司徒妍的事情还清晰地印在谢子玉脑海中，想起来仍是愧疚到不行。不晓得沈凌尘现在怎么样了，是不是还恨着他们？

这件事到底是对不起他。

她这厢沉浸在往事中不能自拔，沈钦已经走到红月身边，检查起她的病症来。红玉看起来害怕极了，目光闪躲不敢看任何人，缩在角落里呼呼呜呜直叫。沈钦蹲下身来，伸手想替她把脉，她忽然张牙舞爪起来，长长的指甲划伤了沈钦的手背。

沈钦顾不得痛，趁机捉住她的手腕："别怕，我不会伤害你。"

秦羽也上前帮忙，按住红月不让她乱动。

如此过了一会儿，谢子文问他："沈侍卫，她怎么样？"

沈钦摇摇头："纯疯，几乎没有医治好的可能性了。"

谢子玉回过神，惋惜道："怎么会这样？"

沈钦站起身来，皱着眉头："不是天生就疯癫的，也不像是被人喂了药，应该是受到过很大的伤害或者惊吓所致。"

姐弟俩对视一眼，从对方的眼中看到了两个字——太后。

虽不能说是对太后有偏见，但遇到这种事情，总是不由自主地会想到她，控制不了。

"那现在怎么办？不能从她嘴里问出点什么吗？"谢子玉试探着走到红玉面前，指着自己的脸问她，"看到我你有没有想到什么？"

红月转过脸去不看她，嘴里念念有词，谢子玉伸长了耳朵听了好半天也没听出个所以然来。

"为什么我听不懂她在说什么？"

"你要是听懂了，说明你也疯了。"沈钦将她拉开，"离她远些，不要被伤到。"

正说着，红月忽然跳了起来，撞开他们便跑了出去。

沈钦和秦羽忙去追，姐弟俩扶着门框焦急地看。

外面雨势渐大，红月在雨中乱跑乱窜，凌乱的头发被浇湿，一缕一缕地黏在脸上，衬得苍白的脸狰狞起来。她见沈钦和秦羽一直在追她，便随手抓一些乱七八糟的东西丢他们。

沈钦和秦羽只好一边躲，一边想办法让她安静下来。眼看就要捉住她，红月忽然弯腰，捧起一大把泥巴，举起来就扔。沈钦和秦羽双双侧身躲开，那泥巴啪啪地糊谢子玉身上了。

谢子玉："……"她招谁惹谁了？

趁此机会，沈钦和秦羽终于将红月制住，带回屋中。

谢子玉忙着擦身上的泥巴，可怎么也擦不干净，黑乎乎的像是绽开了一朵黑色的花。好在只是脏了，并无其他大碍，谢子玉索性放弃。

他们见红月如此，一时不知道该怎么办。沈钦试着和她交流，可她不是傻笑就是自言自语，根本不看他，他气馁道："我也没有办法了。"

谢子玉咬咬手指头，小声地说："不若我像上次一样，扮鬼吓一吓她，说不定她能想起点什么。"

沈钦白她一眼："能不能有点同情心？"

"好吧。"谢子玉望天，眨巴眨巴眼，"我就是随便说说……"

谢子文甩袖叹息道："算了，还是等她情况好一些，我们再试一试吧。"

"也只能如此了。"沈钦转身，走到谢子玉身边，"我回去开一些药给她，看看是否会对她有所帮助。"

谢子玉点点头，看了红月一眼，转身正准备离开。这时，忽然听见红月发出一声凄厉的尖叫。扭头望去，她蜷着身子缩在角落里，浑身颤抖得厉害，眼睛瞪得极大，像是看见了极可怕的东西。

谢子玉顺着她的目光看去，惊讶地发现，她竟是在看自己的肚子。

肚子？

谢子玉低头看了看，她的肚子并无异样，只是肚前的衣服方才被污泥砸到，加之她又擦又揉，脏兮兮的，糊了一大片。复又抬头看红月，很是不解：她是因为这个尖叫的吗？不能够啊。

所有人都停住了脚步，不约而同地往红月身边走去。

谢子玉伸臂拦住他们，她一个人走上前去，试探着说了一句："肚子？你是不是在看肚子？"

红月抱头，使劲往墙角钻，嘴里含混喊出些破碎的话来。

"剖……剖开……啊……"她想必是恐惧极了，声音凄惨而尖厉，直刺人心，叫人战栗，又感同身受，心生同情。

"剖开？剖开什么？"谢子玉硬下心来问她。

"血……孩子……好多血……"她开始不断地捶打自己的头，一下一下，很是用力。谢子玉跪下来，捉住她的手，不让她伤害自己。

"求你多说一点，你多说一点好不好？"明知道她听不懂，可谢子玉还是恳求她，"凤娘是谁，你知道凤娘是谁吗？"

红月一愣，慢慢转过脸来，看着谢子玉，忽然做了一个很奇怪的动作：她双手伸向谢子玉的肚子，用力撕扯她的衣服……

谢子玉吓了一跳，本能地叫了一声，往后摔去。

身后的三个人忙扶住她。

红月却扑了上来，抱着她的肚子不放，声音又像哭又像笑，表情亦是可怕极了："孩子呢？孩子呢……"

谢子玉惊骇于她的表情，不断地往后退去。沈钦和秦羽将红月拽住，谢子文则赶紧将她扶起来，离红月远远的。

红月挣扎着又闹了一会儿，最后身子一软，昏死过去。

几人面面相觑，一时闹不懂。

"她一定是受了强烈的刺激才会如此。"沈钦如是说。

看看天色，已经不早，谢子文提议大家先回宫，过几天再过来。这里有安排好的人，又选在不起眼的地方，红月暂时应该不会被别人发现。

回去的路上，谢子玉一边给沈钦包扎手背上的伤口，一边想红月说的话和那个奇怪的动作。心思不专，一心两用，把沈钦的手包成了一个粽子。

沈钦好似并未注意到，拧着眉头，似乎也在思索着什么。

"我有一个大胆的想法。"沈钦脸色不是很好，约莫他的想法也不会好到哪里去。

"我曾在一本民间话本上，看到过一个故事……"

"什么故事？"谢子玉问他。

沈钦声音沉沉的："剖、腹、取、子。"

众人惊愕。

"你们不觉得，方才红月的动作和话语，很吻合这个故事吗？"

众人默然。

"假如，当年凤娘被人剖腹取子，孩子取出来以后，凤娘当时肯定也活不了了。那么，秦侍卫一家所遇到的那个凤娘，是谁？"他顿了顿，又说，"还是，她们根本就是两个人？"

众人疑惑。

谢子玉挠挠头："你说慢些，我听不懂。"

沈钦抚了抚她的脑袋："听不懂没关系，先把我的手重新包扎一遍吧，你是怎么包得这么丑的？"

沈钦用了几天的时间，配制出一种药来，可能会对红月的病情有所帮助。可是不等这些药送到红月那里去，谢子文却颓然告诉谢子玉一个消息——红月被人灭口了。

"怎么会？"谢子玉难以置信，"你不是说那个地方很隐蔽很安全吗？"

谢子文往凳子上一坐，扶额无奈道："是我太自负了。"

谢子玉陪他一起坐，一起发愁。

外面崔明进来禀报，说淮阳王过来了。

谢子玉眼睛一亮："七皇叔来了？"

姐弟俩恨不能跑出去亲自迎接，碍于身份不能出去，只能站在门口巴巴等着，像两只等待喂食的小鸟。

谢林一进来，见他俩如此模样，有些受惊，一连抛出三个问题："怎么了？发生何事？为什么做出这样的表情？"

"七皇叔，进来说话。"谢子玉拉他进来，撵走了房中的其他宫女太监，又让秦羽和沈钦在外面守着，防备被人听墙角。

谢林看着她忙活，好笑道："又想干什么不得了的事情了？"

"七皇叔莫笑，是件很严肃的事情。"谢子玉一本正经地说。

"哦？"

谢子玉请他坐下，将关于凤娘的事情一一说给他听，包括试探太后、吓唬顾夫人、红月的死。她手舞足蹈，唯恐他听不懂。

"七皇叔，现在要怎么办？红月死了，这条线索就断了。"

谢林听完，细细思索，而后问了他们一个问题："既然顾夫人知道一些当年的事情，你们为什么要舍近求远，去找红月这条线索？"

"顾夫人是绮罗名义上的母亲，又是太后的人，我们哪里敢动她。"谢子玉愁苦道。

"害怕太后？"谢林问他们，姐弟俩诚实而无奈地点了点头，引得他扑哧笑了出来，"有什么好怕的，有你七皇叔呢。"

"所以七皇叔是打算帮我们咯？"谢子玉满是希冀地望着他，眼睛眨巴眨巴要冒出星星。

谢林淡淡笑开："无所谓帮不帮，既然有人做错了事，总要付出代价才是。"

谢子玉膜拜：七皇叔你就是正义的化身！请收下我的膝盖！

先前顾夫人被他们吓得大病一场，自此很少出门，这时候想要将顾夫人召进宫中，无疑很难。可是如果他们亲自去国舅府审问顾夫人，又不够名正言顺，而且那是国舅的地盘，他们会很被动，指不定会发生什么事情。

谢林思考后说："以你们的名义召顾夫人进宫，想必她肯定会找理由推辞，但若是假借太后的名义，她会上当也说不定。"

"可若是被太后发现了怎么办？"谢子玉担心道。

谢林点头："一旦顾夫人进宫，太后肯定会立即发现。所以我们要在顾夫人从国舅府出来到皇宫的这条路上埋伏好，半路将她拦截带走。即便太后发觉了，一时半会儿也找不着我们。"

谢子文拍案："就这么定了。"

这件事进行得还算顺利，只是没想到，将顾夫人骗出来的同时，绮罗也跟着出来了。

这次顾夫人出门，身边的随从明显比上次多了一倍不止。为了一举成功，沈钦和秦羽也上前帮忙，必须在太后发觉这件事情之前将顾夫人带走。

在所有人中，沈钦和秦羽的武功最高，他们率先跳上马车，掀开帘子，想要将里面的人拽出来。

马车里传来绮罗的尖叫声："你们是谁？不要碰我……啊呀呀，我跟你们拼了……"

唉，对不住绮罗了。

谢子玉窝在隐秘处观察情况，不一会儿看到沈钦和秦羽一人负责一个，将顾夫人和绮罗拽了出来。

沈钦给她们用了迷药，这会儿她们都晕晕乎乎的。顾夫人最先顶不住，昏迷过去。绮罗年轻，抵抗力不错，这会儿还能在沈钦肩膀上扑腾几下，威胁他："我告诉你，我是郡主，太后是我姑姑，陛下是我哥哥，公主是我姐姐，他们不会放过你的……"

沈钦绷不住，呵地笑了出来。

哪知他这一笑，却露出了破绽。绮罗抓着他的衣服，勉强维持着一丝清醒："你的声音……好熟悉……好像……"

话未说完，她身子一软，闭上眼睛睡了过去。

他们重新换了马车，直奔淮阳王府。

谢子文和七皇叔早已等在那里。

绮罗被放在一个房间中，有人看守，顾夫人则被带到另一个房间，由谢林来审问。

她和谢子文都在，和上次不一样，他们并没有做任何遮掩，以真实的身份审问顾夫人。他们都存了背水一战的心情，这次闹出这么大的动静，无论如何都要将凤娘的事情弄清楚。

沈钦拿出解药给顾夫人服下，不一会儿，顾夫人便醒了过来，瞧见自己被五花大绑着，再看看周围的人，立即大声叫起来："陛下，淮阳王，公主，你们要做什么？"

谢林坐在椅子上，冷笑道："只是想问你些事情，顾夫人，希望你能乖乖说实话。"

顾夫人早没了当初在皇宫里欺负箐妃的嚣张，瘫软着身子，强作镇定道："你们要我说什么？"

"说说你和太后当年是怎么抢了别人的孩子，以及，那些被你们害死的人。"他一拍桌子，顾夫人一个哆嗦。

"我不懂王爷的意思，什么孩子？什么被害死的人？"顾夫人咬牙硬撑。

"听不懂吗？"谢林站起身来，走到她面前，低头瞧她，"顾夫人，听说你还有一个女儿，与绮罗一般大。恰好乌孙国的二皇子要与大祁联姻，我们正在找合适的姑娘，不若顾夫人忍痛割爱，怎么样？"

"你没有权力这么做！"顾夫人嘶吼道，"我的女儿是不可能嫁去乌孙国的。"

"你也知道心疼自己的孩子，将心比心，你对别人的孩子又做了什么？"谢林声音冷厉，斥得顾夫人身子一震。

桌上有一摞账本，谢林拿过来扔到顾夫人面前："这些年你们国舅府仗着太后的权势，恃强凌弱，强占土地，卖官鬻爵，敛了不少银子，这上面一条一条记载得清楚，你真当陛下不敢抄了你们？"

"陛下，王爷……"顾夫人显然是个不经吓的，这会儿已经完全崩溃，浑身颤抖，低下头不敢看他们。

"顾夫人，你是个聪明人，如果这些事情抖搂出来，你觉得太后会帮你们吗？"谢林拾起一杯茶，坐下来慢慢喝，"如果我喝完这茶，你还是不打算说的话，我也不会难为你，还会送你回国舅府。只是你回去以后，可以告诉国舅爷，做好被抄家的准备，我会劝陛下不要心软的。"

所有人都在看顾夫人，唯独谢林心无旁骛地喝起茶来。他喝茶的姿势很优雅，薄唇轻抿，不发出一点声音。

顾夫人脸色煞白，额上冷汗涔涔，想必心中极为挣扎。

谢子玉有些紧张，不晓得接下来顾夫人会说出什么样的话来。她不着痕迹地钩了钩身旁沈钦的手，沈钦立即将她的手握住，给她安慰。

谢林喝完茶，将茶杯往桌上一放，发出轻微的碰撞声。他掀眸看向地上那人："顾夫人，不知你考虑得怎么样了？"

顾夫人惊惧地抬起头，动了动嘴唇，想说却又不敢说。

谢林等了一会儿，见她仍不肯说出什么话来，便起身拍拍衣服："来人，送顾夫人回去。"

谢子玉心里一急：真的要把她送回去吗？

沈钦攥着她的手，稍稍用了力，示意她少安毋躁。

果然，在给顾夫人松绑的同时，谢林又轻飘飘地说了一句："别忘了将账本给顾夫人带上，我那儿还有，这几本权当送给顾夫人做礼物。"

顾夫人身子一顿，半晌，扑通跪下："我说。"

谢子玉的心扑通扑通跳得厉害。

当年的事情他们早已猜了七七八八，但亲耳从顾夫人口中听到整个过程，还是会对当年太后的行径感到愤怒不已。

顾夫人说："当年太后怀孕，为了保住地位，一定要生一个男孩。为确保万无一失，太后在京城中找来几乎和她同时怀孕的四娘，豢养在宫中。四娘是个寡妇，怀孕不久便死了丈夫，所以找她再合适不过……"

谢子玉这次听得清楚分明，她口中说的是"四娘"，而不是"凤娘"。

顾夫人说："后来太后产下一个女孩，也就是绮罗，便按照之前的计划，将四娘的孩子换了过来。四娘肚子很争气，生了一对龙凤胎，便是陛下和公主……"

此言一出，谢子文当即站了起来，攥起拳头，手背上青筋突起："你们……你们……"

谢子玉强忍震怒，替他将话说完："你们把四娘，不，你们把我娘怎么样了？"

顾夫人目光闪躲，忙低下头，小声说："四娘生下你们之后，便因血……血崩，去世了……"

"你说谎！"沈钦插话，审视着她，"就算四娘和太后几乎在相同的时间怀孕，介于每个人体质不同，也不可能在同一天、同一时间产下孩子。怕不是太后先生下绮罗，为了尽快换得孩子，而残忍地剖腹取子，害得四娘就此丢了性命……"

顾夫人身子抖了一下，当即否认："不……不是这样的……"

"你否认不得！须知你们做的这件事情，已经被一个叫红月的宫女看去。"沈钦厌恶地看着她，"你们为了一己私心做出这种害人性命的事情，实在天理不容！"

"不……不……"顾夫人使劲摇头，跪着求他们，"我也不想的，都是太后，太后逼我做的……"

她的解释没有人听，因为这代表着承认。

秦羽站出来，问她："凤娘也是你们杀的吗？"

"凤娘？"顾夫人抽泣道，"凤娘当年一直照顾四娘的起居，知道得太多。四娘死后，太后便命人将凤娘灭口了……"

果然……

至此，所有事情，真相大白。

七皇叔将顾夫人放回去的第二天，带兵抄了国舅府，谢子玉跟着去凑热闹，躲在七皇叔身后偷看着。

国舅府中慌乱一片，遍地哀号。国舅被带走时愤怒得恨不得杀人，顾夫人撕心裂肺地哭喊着。从国舅府中抬出的一箱一箱的金银珠宝，填满了十辆马车。

七皇叔并非空手去查抄，他手里握着谢子文给他的圣旨，无论昨天顾夫人是否肯说实话，他们早便有这个打算。等到太后的救兵赶到的时候，国舅府基本已经被搬空了。

太后派来的是杜丞相，杜丞相站在他带来的一千精兵前面，看着对面云淡风轻的谢林，气得脸都白了。

"淮阳王爷，你胆子好大。"

谢林悠悠地看着他："杜丞相，你胆子也不小，敢这么对本王说话。"

杜丞相一噎，谢林无视他，拂袖离去。

谢子玉屁颠屁颠跟上，有些担忧道："七皇叔，想必太后不会善罢甘休的。"

谢林驻足看她，坦然一笑："莫怕，万事有我。"

谢子玉顿时安全感爆棚，一股崇拜之情油然而生。

"叔，您是我亲叔！"

"扑哧！"

国舅府被查抄这件事，因为证据确凿，所以几乎没有翻身的可能。国舅府的人包括绮罗，都被打入天牢，等候发落。

隔天谢林将绮罗从天牢中带出，送进皇宫。绮罗无法接受这突如其来的打击，哭着跑去找太后。

谢子玉有些闹不懂，若是太后将绮罗救出来也就罢了，为什么七皇叔会主动将绮罗送进皇宫里来呢？

沈钦闭眸思考片刻，忽然睁开眼睛，啧啧称叹："淮阳王这招真损啊……"

"嗯？什么意思？"

"你想啊，只要知道太后与绮罗是母女关系的人，第一反应肯定会以为是太后救走了绮罗。如今国舅他们还在牢中，肯定等着太后去解救他们。偏偏只有绮罗被放出来了，以他们的智商，肯定也会以为是太后私心，只肯救自己的女儿，不肯救他们。"沈钦兴奋道，"这样一来，不就成功地离间了太后和国舅他们吗？"

谢子玉恍然大悟："原来是这样……"

果然，绮罗跑去太后那里，不一会儿又哭着跑了出来，谢子文叫来谢子玉，在太后宫外不远处等着她。

绮罗看见他们，先是一愣，而后继续放声大哭，指着谢子玉姐弟俩骂他们坏，而后一头扎进谢子玉……旁边的沈钦怀里。

哎？她什么时候和沈钦这么好了？

沈钦也一脸莫名其妙，举着手臂不知如何是好。

绮罗哭得很是伤心，谢子玉也不忍心这时候将她拉开，只得四处找秦羽。可这会儿秦羽不知道去哪儿了，左右寻不到他，谢子玉鼓了鼓腮帮，拿眼睛瞪沈钦：你还抱？还抱？你咋还抱呢？

沈钦面露尴尬之色，小心翼翼地想要推开绮罗："我说郡主啊，男女有别……"

绮罗哭声更甚，不管不顾，抱紧了沈钦不肯撒手。

"为什么要这么对我，我做错了什么？爹和娘也不理我，太后姑姑也不理我，我做错什么了？"

"你没做错什么，做错事情的不是你。"沈钦安慰她，拍拍她的背，"乖，先放开我再说。"

"不放不放就不放！呜呜呜……"绮罗又往他怀中钻了钻，哭得不肯抬头。

谢子玉扭头找秦羽去：看来她是不见秦羽不撒手了。

谢子文和沈钦在身后唤她，谢子玉也不回头，气哼哼地走了。

她穿过御花园的时候，忽然看见在姹紫嫣红的花丛中，一个虎背熊腰的身影，正蹲在地上采花，画风严重不符。

哪里来的大龄弱智儿童糟蹋花？看这一大片花都被他折得乱七八

糟，真叫人心疼。

"住手，你这个采花贼！"谢子玉大声呵斥道。

那人虎躯一震，回过头来，手里还攥着一把金黄色的花。

谢子玉一见那人的真面目，当即捂脸想逃。不料那人却兴冲冲地走了过来，兴奋道："陛下，你怎的穿起女人的衣服来了？"

好久没人喊她陛下，这会儿都有些不习惯了。

谢子玉咳嗽一声，努力做出一副端庄的样子："二皇子，我不是陛下，我是陛下的姐姐。"

这人不是别人，正是那晚让她喝酒喝到酒精中毒后来又被沈钦灌了一壶酒灌到酒精中毒的乌孙国二皇子纳南洙。

"陛下的姐姐？"纳南洙夸张地惊呼一声，谢子玉已经习以为常，尽量坦然地给他打量，然后听见他念念有词，"是不是大祁的姐弟都长得一模一样，我完全不能分辨出你和陛下有什么不同。"

"那是因为你自己脸盲。"谢子玉没好气道，"看够了吗，看够了我要走了，忙着呢。"

她正要迈步，忽然一抹金黄凑到眼前，金黄后面是纳南洙的小脸："公主，初次见面，我把这些好看的花送给你。"

谢子玉看了看他手中这簇花，抽着嘴角说："二皇子，在我们大祁，菊花是用来祭拜死人的，你确定要送给我？"

"是这样吗？"二皇子收回手来，惋惜道，"这么漂亮的花，居然用来做这个。"

一个大男人这么喜欢花真的好吗？

谢子玉抖着一身鸡皮疙瘩，转身想走，不料纳南洙却跟了过来，笑着说："公主怎么称呼？"

谢子玉瞪他一眼："姓公名主，叫我公主就行。"

纳南洙并不生气，拦住她让她停下来："不知大祁有几个公主？"

谢子玉不高兴："你问这个做什么？"

纳南洙哈哈笑道："今天早上得太后召见，说是要将大祁的环玉公主许配给我，随我回乌孙国，我现在还不晓得这环玉公主是何模样？芳龄几何？与我是否登对？所以想问问你，可认识环玉公主？"

"你……你说什么？"谢子玉震惊无比，"你说太后把环玉公主许配给你？"

纳南洙点点头："我听说大祁的女孩都喜欢花，所以想着采一些，去拜访一下我未来的妻子。"

谢子玉难以置信地往后退了两步，气得浑身颤抖起来：太后怎么能这么做？她凭什么将她许配给纳南洙？

"公主，你看起来很吃惊的样子。"纳南洙笑容稍顿，狐疑道，"难不成你就是……"

"不是！"谢子玉叉腰，怒目圆睁，"环玉公主是不可能嫁给你的，你趁早找太后换人，不然到时候别说你带公主回乌孙国了，你自己能不能回去都是个问题。让开，不然我揍你！"

纳南洙呆愣片刻，谢子玉推开他，跑了。

谢子玉大步小步跑了一刻钟，见纳南洙没有追上来，这才松了一口气。抹一把额头上的汗，站在原地，开始迷茫：方才被纳南洙气得不轻，这会儿有点间歇性失忆，她要做什么来着？

她站在太阳底下，歪着头使劲想。

一块帕子递到眼前。

"公主，为何满头大汗？"

谢子玉顺着帕子往上看去，一拍脑袋："秦侍卫，我正找你呢。"

秦羽将帕子塞到她手中，自己端正立着，背着阳光，挡在谢子玉前面。

"陛下找属下有何事？"

"绮罗哭得很伤心，你快去安慰一下她。"谢子玉拉着他要走，"我带你去。"

秦羽站着没动。

谢子玉拽不动他，急道："走啊，你还站在这里做什么？"

秦羽目光淡淡的，透着些许凉意，落在谢子玉身上。

"为何绮罗郡主伤心，属下就一定要去安慰？"

"你不是喜欢她吗？"谢子玉见他如此异常，皱着眉头，左右看了一眼，确定没人偷听，便往前凑了凑，小声说，"你难道是因为她是太后的女儿，就将她一起恨着？你知道的，都是太后做的恶事，绮罗是无辜的。"

腰上忽然缠上一只手臂，秦羽稍一用力，便将她整个人带到自己胸前，低头瞧她："不仅仅是因为这个……"

"还有别的原因？"谢子玉用手推他，有些不自在。

秦羽俯身，凑近她耳边："属下……并非公主所想的那样……喜欢绮罗郡主。"

谢子玉有些懵懂地扭头看他。

秦羽与她对视一瞬，手上的力道忽然卸去，松开她，目光移开，冷漠道："属下报完仇后，便会离开这里，此时不便再与绮罗郡主有任何干系……"

谢子玉："哦……"

谢子玉将太后要把她许配给纳南洙的事情告诉了谢子文和沈钦，谢子文气得捶桌子："太后是怎么想的，将我们大祁的公主送去一个小小的乌孙国和亲，这种掉价的事情，亏她想得出。"

谢子玉弱弱地说："弟弟啊，我怎么觉得你的重点有点偏呢？"重点不是掉不掉价的问题，就算她不是公主，现在要让她嫁给纳南洙，想想太后也挺丧心病狂的。

谢子文安慰她："阿姐你放心，有我在，我是绝对不会让你去和亲的，我这就去找太后。"

说罢，他带着怒气走了。

谢子玉目送他离开，转身戳戳身边的沈钦："师兄，我都要嫁给纳南洙了，为什么你看起来好淡定的样子？"

"你不会嫁给他的。"沈钦"冷静"地说。

"为什么这么肯定？"

沈钦摩拳擦掌："因为我现在就要去揍他……"

谢子玉忙拦住他："师兄别冲动，冲动是魔鬼，而且我觉得你打不过他……"

"打不过我不会下毒啊。"沈钦拨开她，"你让开，我必须让他见不了明天的太阳。"

谢子玉抱住他，攀着他的脖子，整个人挂在他身上。

"好歹你吃的那棵冰雪莲是他送来的，看在冰雪莲的面子上，莫生气，来深呼吸……"

沈钦："你……勒死……我了……"

谢子玉赶忙松开手臂，从他身上跳下来，帮他捋顺呼吸。

"师兄，你若是真的对纳南洙做出什么事情来，岂不是给大祁添乱嘛。子文已经去解决这件事了，我们等着就好。如果他解决不了，咱们就离宫出走，再也不回来了。"

沈钦这才消了气。

晚上的时候，谢子文回来告诉她，与太后协调失败，让她先去七皇叔的王府躲一段时间。

谢子玉愁眉苦脸道："我能不能和师兄回师父那里去躲着？"

"不行，现下只有七皇叔护得了你。"谢子文拒绝，"再说阿姐你一旦回你师父那里，肯定就不会回来了。"

谢子玉失落道："好吧。"

事不宜迟，她开始收拾东西，和沈钦一起，准备去淮阳王府。她心里扑通扑通的，总觉得有事情要发生。

就在她和沈钦收拾好东西准备出发的时候，外面忽然传来皇宫侍卫的喊声："抓刺客，抓刺客……"

刺客？刺谁呢？

谢子文好好地站在她面前，沈钦也在身边，派人去问，说刺客是从太后宫中出来的。

原来是刺杀太后的。

谢子玉正要松一口气，忽然大叫不好："刺客该不会是……秦羽吧？"

谢子文和沈钦也怔住："不会吧？"

于是谢子玉赶紧派人去找秦羽，可是秦羽今天不当值，房间里也没人，到处都找不着。

谢子玉有些慌了："我应该劝他不要这么急着报仇的。"

谢子文推她上马车："阿姐，你和沈侍卫先走，趁着这时候宫里乱，太后也顾不得你，你这会儿赶紧出宫。"

"可是秦羽……"

"交给我！"谢子文为难道，"如果刺客真的是他，我尽量保全他。"

谢子玉忧心忡忡地上了马车，车轮辘辘，往宫门驶去。

意料之中的，他们在宫门口被侍卫拦了下来。

这宫里一半是太后的人，一半是谢子文和七皇叔的人，守着宫门的侍卫，看来是站在太后这一边的。

"公主，太后有令，最近公主都不能出宫。"

"你好大的胆子，敢拦我？"谢子玉端起公主的架势，拿出谢子文给他的令牌，骂道，"这是陛下的令牌，允我今晚离开皇宫。你说太后有令，太后有什么令，拿来我看看！"

"这……"侍卫犹豫道，"回公主，太后有口令。"

"空口无凭，我怎么知道你是不是在胡说八道！"

"属下不敢！"

"不敢你就让开！"

侍卫仍是不让："不若公主在此等候片刻，待属下去请示太后之后，公主再出宫也不迟。"

"呵！"谢子玉斜睨他一眼，"所以你是要本公主在这里等你一个小小的侍卫咯？你脸很大吗？你有这个资格吗？"

那个侍卫示意其他人继续拦着马车，他则要跑去禀告太后。

沈钦从马车中跳出，飞起一脚将那个侍卫踹倒在地。

"听不懂人话是不是？就你，也配让公主等着？"

那侍卫恼羞成怒，拔剑指向沈钦："你是何人？"

谢子玉冷眼瞧他："我的人，你敢动一下试试？"

那侍卫自是不敢，此时已是颜面扫地。沈钦劈手夺过他的剑，搁在他的脖子旁，冷冷地说："开门去。"

那侍卫这才心不甘情不愿地开了门。

沈钦翻身上了马车，和谢子玉一块儿坐稳了，车夫鞭子一挥，马车便冲出了宫门。

"太后实在太嚣张……"谢子玉气得不轻，忽而又想到秦羽，担忧又占了上风，"只希望秦羽千万别出什么事。"

沈钦看了她一眼，出乎意料地没有接她的话，只是低了头不看她，沉默起来。

气氛顿时有些压抑。

谢子玉不敢猜他这沉默代表着什么，只是默默祈祷着不要发生不好的事情。

三天后，谢子文将秦羽送到淮阳王府，面色沉重："阿姐，我尽力了。太后当场下的杀令，我阻止不了。他还有一口气，我用一个死囚将他替换出来的，不晓得还能不能救回来……"

谢子玉看着秦羽躺在那里一动不动，衣服明显是被换过的，完好无损，却被身上渗出的鲜血染红。刚毅的五官像是蒙了一层灰白的霜，看不出一点生息。

沈钦上前解开他的衣服查看，只是刚撩起衣服的一角，忽然放下，转身要将谢子玉推出去。

"伤势有点骇人，你别看，先出去等着。"

谢子玉磕磕绊绊地被他推着走了几步，抓着他的袖子说："你能救他吗？"

沈钦摸摸她的头，笑了笑："相信我！"

谢子玉看了秦羽一眼，由着沈钦将自己推到门外。

谢子文也被赶了出来，房门阖上，房中只有沈钦和另一名大夫。

姐弟俩坐在台阶上，情绪很是低落。

"阿姐——"谢子文唤她，"你在这里也千万小心，我们抄了国舅府，太后肯定会想法报复的，最近可能不会太平。"

"那你一个人在皇宫，是不是也很危险？"谢子玉忧心道。

"总归大祁就是我一个皇帝，太后找不着其他继承人，是不会对我做什么的。"谢子文抬头，望着天空，眸光在星月的映衬下，变得灼亮而坚定，"只要将杜丞相扳倒，太后就再也没有可倚仗的人了。"

谢子玉叹了口气："司徒将军谋反，杜丞相和你君臣不同心，你这皇帝当得着实憋屈。"

"这皇帝本就不该我来做，哪有资格觉得憋屈。"谢子文苦笑道。

姐弟两人相对无言。

谢林从远处走来，见他们坐在这里，笑道："你们两个小鬼在想什么呢，愁得都要拧出水来了。"

"七皇叔……"两人齐齐叫了声。

谢林撩起衣袍，同他们一起坐在冰凉的石阶上，抬头赏月。

谢子文犹犹豫豫地问他："七皇叔，你有没有想过，你其实是最适合做皇帝的人，我毕竟不是皇室血统。"

谢林偏过头来，看了他一眼，嘴角的笑容沾了月亮的柔光："嗯，想过。"

谢子文微微愣住。

18.
陛下被绑架

　　谢林坦然笑道："想过做皇帝实在太辛苦，所以就不想了。我年龄大了，不想太操心，你安心做皇帝就是。"

　　"我不是这个意思。"谢子文唯恐他会错了意，急着想要解释，"七皇叔，我……"

　　"我对皇室血脉看得并不是很重，你到底是用皇家的粮食一口一口喂出来的，又从小便当储君培养，比起其他皇室中人，你甚至更胜一筹，又何苦在意血脉问题。"谢林拍拍他的肩膀，"你把大祁治理好，比什么都强。"

　　谢子文面色严肃地点了点头。

　　难得叔侄三人有坐在一起的时候，谢子玉托着腮听他们两人谈论朝政，说一些她完全听不懂的话语，倒是将她的坏心情冲淡一些。

　　谢子玉张嘴打了个哈欠，眯着眼睛，觉得有些困了。

　　一道寒光划过，随即有杀气扑面而来。

　　谢子玉一震，旁边的谢子文和七皇叔已经站了起来，挡在她身前。

　　一大拨黑衣人，像是越过墙的黑色蚂蚁，不断地从墙上跳下来，举剑奔来，叫人心惊。

　　七皇叔和谢子文对视一眼，从他们的眼神中，谢子玉看得出来，他们似乎并不感到意外。

　　"来得挺快……"七皇叔打了个响指，淮阳王府的侍卫便从各个角落涌出来，直奔那些黑衣人。

　　"玉儿，进房中躲着，不要出来！"谢林将她重新推回房间，关好门。

　　谢子玉扒着门缝往外看，外面厮杀成一片，七皇叔和谢子文的身影在厮杀中若隐若现。

"太后还真是心急，这么快就派人来报复了。"身后传来沈钦嘲讽的声音，谢子玉转身，看到他满手鲜血，哇地叫了一声。

　　沈钦白她一眼："叫什么叫？"

　　"血……"

　　"给这小子处理伤口的时候沾上的。"

　　谢子玉捂着嘴巴，挪到他身边，问："师兄，他还医不医得好？"

　　沈钦埋头继续处理伤口："有我妙手回春，他还死不了……"

　　"师兄你好棒！"谢子玉看着那些吓人的伤口，心惊胆战地夸他。

　　沈钦不应她这夸奖："害怕就去一边站着！"

　　"哦……"

　　谢子玉又回到房门前，拨了条小缝，往外面看去。

　　外面厮杀声一片，不时有衣帛撕裂、剑入皮肉的声音传来。谢子玉的目光始终追寻着七皇叔和谢子文，唯恐他们出事。

　　因着七皇叔早有防备，所以那些黑衣人暂时也占不了什么便宜。七皇叔和谢子文都算是武功极好的，在黑衣人中穿梭，攻守之间丝毫不见狼狈。

　　转瞬间，黑衣人已经倒下好几个，而淮阳王府的侍卫完好无缺。

　　就在谢子玉松口气准备迎接胜利时，夜色下凌空跃出一个身影，稳稳落在七皇叔身旁，脚尖刚落地，手中的剑已经递了出去。

　　好矫健的身手，好快的剑！

　　七皇叔一个侧身惊险躲过，周边的侍卫立即向七皇叔身边聚拢，对付这个厉害的黑衣人。

　　黑衣人见缝插针，手中的剑舞得越发快，谢子玉几乎看不见他手腕上的动作，只看见剑影在月光下凝成一个个光晕。

　　那么多侍卫都不是这个黑衣人的对手，不多时，他便从中劈开一条路，再次向七皇叔冲去。

　　他的出现，使原本处于劣势的黑衣刺客很快振作起来，淮阳王府的侍卫倒下的越来越多，黑衣人则越杀越勇。

　　谢子玉的心一下子提到了嗓子眼。

　　身后忽然一热，有人贴了上来。谢子玉原本便紧张得不行，登时吓了一跳，差点叫出声来。

　　沈钦的手适时捂住了她的嘴巴："我说你这动不动就尖叫的毛病能

不能改一改？"

谢子玉用胳膊肘捅了他一下，沈钦的手随即松开。嘴边黏黏腻腻一片，是他手上的血染了上去。她一边擦一边不乐意地说："尖叫是女孩的本能，谁叫你一声不吭地凑过来的。"

"好吧，怪我怪我……"沈钦攘起袖子，帮她擦脸。

谢子玉回头看了秦羽一眼，问沈钦："他没事了吧？"

"身子都被捅成马蜂窝了，怎么会没事？"沈钦漫不经意地说。

谢子玉吓得脸色一白："所以他……"

"他内脏受损厉害，恐怕要一辈子与药物打交道了。"沈钦呼出一口气，笑道，"不过总归是保住了性命，日后好好调养，应该也能与常人无异。"

所以他以后要变成一个药罐子了吗？这样要强的一个人。

谢子玉从秦羽身上转回目光，与沈钦头挨着头，一上一下，窥探外面的情况。

此时淮阳王府的侍卫已经损失过半，黑衣刺客也少了四五成，但看上去，嗜血的气势更盛，侍卫们的抵挡开始吃力起来。

一个不慎，那名最厉害的黑衣人竟挑开了七皇叔手里的剑，逼得七皇叔连连后退。他手腕一转，将手中的剑架在七皇叔的脖子上。

谢子玉急得差点冲出去，被沈钦按住："别添乱！"

七皇叔被制住，两方立即分离，对峙起来。那名黑衣人满是嘲弄地对七皇叔说："我听说淮阳王爷养了一批死士，怎么，都到这时候了，淮阳王还是不舍得让那批死士露面吗？"

那批死士是淮阳王府最后的防线，轻易不会动用。一旦动用，便很容易叫人摸清楚淮阳王府的气数。

七皇叔虽是被那人用剑架在脖子上，却丝毫不见惧色，依旧是那个将什么事情都看得极淡的淮阳王爷。他盯着那名黑衣人，冷笑一声："你们不配……"

"王爷好气魄！"那人手一动，锋利的剑刃便划破了七皇叔的脖子，细细的一道伤口，渗出血来。

怎么办？

谢子玉快要急哭了。

陛下是个伪君子

七皇叔抬手，抹一把脖子上的血，一点也不觉得痛的样子。随即用手握住那人的剑刃，撩眸看了那人一眼，只听"铮"的一声，长剑断作两截。一截被那人举着，一截攥在七皇叔满是血的手中。

谢子玉替七皇叔觉得疼。

这次七皇叔先发制人，将那半截剑投了出去，那人一躲，回过身时七皇叔已经冲到他面前，拳头直抵他的眼睛。

那人像是蛇一样，身子蜿蜒，轻易便躲开了。

沈钦也看不下去了，让谢子玉在房中躲着，他出去帮忙。谢子玉也是满心想出去，但他不让："你这半吊子武功，出去只会帮倒忙，好好待着。"

谢子玉瘪着嘴，乖乖戳在一旁。

沈钦开门出去，从地上拾起一把剑，冲到七皇叔旁边，与他并肩作战，共同对付那个厉害的黑衣人。

饶是那黑衣人再厉害，这会儿二对一，加之之前损耗了一些体力，他也有些力不从心起来。

虽然只是多了沈钦一个人，但制约了那名黑衣人，便相当于制约了所有黑衣人。一时间，态势扭转，淮阳王府的侍卫重新占得上风。

谢子玉都忍不住要为沈钦鼓掌了。

不一会儿，黑衣人只剩寥寥几十个，侍卫们越战越勇，打得黑衣人落花流水。谢子文解决了几个黑衣人，也加入七皇叔和沈钦的战斗中来，三人合力，配合得极好，那黑衣人身上很快便见了红。

此时黑衣人也察觉不好，立马有人下令撤退。

被沈钦他们三人围在中间的那名黑衣人，凌空一跃，似乎也想走。

沈钦和谢子文跳起，齐齐踹向那黑衣人。

那黑衣人在空中本就没有着力点，纵使他武功再高，这会儿由于惯性，也只得不甘心地被踹飞了。

咻……

谢子玉望着那名黑衣人在空中划过一道优美的弧线，然后重重地砸了下来……

等一下，方向好像有点不对……

他砸过来的方向，好像是她这边。

谢子玉瞪大了眼睛，眼睁睁看着那名黑衣人越来越近，越来越近，然后"砰"的一声，落在房门上，再滚到地上。

由于惯性太大，在他滚到地上的同时，谢子玉眼前的房门应声倒下，劈头盖脸地就砸了过来。

一看就是豆腐渣工程。

谢子玉抱着脑袋躲开，那房门擦过她的身子，重重砸在地上，震得灰尘漫天。

"咳咳……"灰尘灌进口鼻中，冲进咽喉里，呛得实在难受。

她一边咳嗽一边勉强睁开眼睛观察周围的情形，这一睁眼不要紧，她一下子就看到了那个离她只有几步之遥的黑衣人，而此时那个黑衣人也正在看她，而且眼神很是不对劲，像是鹰隼看见了猎物。

完了，他不会是想要过来挟持她吧？

这个念头刚在脑海中闪现，那个黑衣人便扑了上来。

谢子玉一急，大喊一声："别动！"随手抓了半截木板，"你敢过来我夯死你！"

那黑衣人一个愣怔，许是被她这简单粗暴的语气惊住了，居然真的停了下来。

趁这个空当，谢子玉举着木板就往沈钦那边跑去。

哪知跑到半路，那黑衣人重新扑了上来，将她拽了回去，一只大手随即掐住了她的脖子。

谢子玉三魂吓掉两魂半，抓着他的手说："你们打架又不关我的事，你捉我做什么？"

那人冷哼一声，一手箍住她的身子，另一只手仍掐着她的脖子不放，慢慢向外面移去。

"若不想她出什么事，你们最好让开！"

谢子玉被他带着走，哭也不敢哭，将求助的目光投向沈钦：师兄救命啊……

谢子文上前一步，对那黑衣人说："你放开她，我是皇帝，我来换她！"

谢子玉摇头：换什么换，换谁她也不忍心。

沈钦喊道："你放开她，我们放你走便是。"

那人冷笑一声，并没有要放开谢子玉的意思。

谢子玉正在脑海中搜索自救的方法，忽见七皇叔做了一个动作：他从怀中掏出一个小小的竹哨，并吹响了它。

竹哨声尖厉而响亮，直穿云霄。

霎时间，百余名着暗衣的人不知从哪里冒了出来，动作整齐划一，招式刚劲有力，手起刀落，那些还没有离开的刺客，甚至来不及反应便一声哀号，倒地不起。

谢子玉只觉得挟持自己的那人手臂一松，竟然放开了她。她扭头一看，那人身后也出现了几名暗衣人，与他缠斗在一起。

“玉儿，快过来！”七皇叔唤她。

谢子玉不敢犹豫，立即跑向七皇叔。

所有的刺客几乎在一瞬间消亡，谢子玉看着满地的鲜血和垂死挣扎颤动着的身体，只觉得一股凉气自脚心蹿上全身，骇人的场面叫她软了腿。

“七皇叔，他们是什么人？”她指的是这些暗衣人，方才那些猖狂的刺客在他们面前居然不堪一击。

谢林看她一眼，嘴角起了一层淡淡的笑意，可蹙起的眉心宣扬着他此时真正的心绪。他说：“哦，几个死士……”

死士？

谢子玉惊愕地将目光转到那些暗衣人身上：这就是方才七皇叔就算徒手折剑也不愿唤出来的死士？

所以七皇叔为了她，才将他们召唤出来？

她简直……罪孽深重。

“七皇叔……”她正要道歉，却突然被另一个声音打断。

“七爷。”是那个很厉害的黑衣人，不知何时他已经越过那些死士，跳上墙头。脸上的面巾扯下，露出一张媚丽的男子的脸来。

是很熟悉的脸，很熟悉的称谓。

那是……沈凌尘。

他现在居然为太后所用？

沈凌尘口中叫着七皇叔，目光却落在她身上，颇有戏谑的意味：“七爷，我好像找到你的软肋了，哈哈哈……”

他翻身飞走之前，留给七皇叔这样一句话："七爷，你加诸在我身上的，我会很快讨回来的！"

这几天谢子玉最明显的感觉是，所有人对她都分外紧张起来。

沈钦向七皇叔要了一个房间做炼药房，专门炼制各种迷药毒药，每次炼药还不忘将谢子玉带在身边，熏得她涕泗横流。

"师兄，你炼制这么多害人的东西做什么？"谢子玉抹一把不受控制的眼泪，打个喷嚏，再擤一把鼻涕。

沈钦眼睛眨也不眨地把一包包贵重的药材丢进药炉中，扭头同她说："对付沈凌尘。"

"为什么要用这个对付沈凌尘？"

沈钦扶额，懊恼道："因为我打不过他。"

他也在担心沈凌尘有一天会对她不利，弄得谢子玉也紧张起来了。

沈钦在制毒的同时，自然也不忘照料秦羽，偶尔拿几包迷药在他身上做实验。难为秦羽在这种情况下，还能安然无恙地醒过来。

谢子玉见他睁开眼睛，不由得惊喜道："秦侍卫，你醒啦。"

"公主……"他久未说话，嗓音沙哑得厉害。他盯着她看了许久，忽然又重新闭上了眼睛，喃喃自语，"莫不是在做梦……"

"不是做梦！"谢子玉唯恐他又昏迷过去，忙掐了掐他的脸，"疼吗？是不是感觉很疼？"

秦羽眼睫轻颤，眼睛睁开细细的一条缝，仿佛真的在梦中："不痛，不觉得痛。"

怎么会不痛呢？

谢子玉扭头问沈钦："师兄，我掐他的脸他不觉得痛，是不是面瘫了？"

沈钦瞪了一眼她还捏着秦羽脸颊的手，示意她放开，而后在秦羽身上的伤口处捏了一把。

秦羽当即睁大眼睛，痛苦地溢出一声呻吟。

"你看，这不就感觉到痛了。"沈钦闷闷地哼了一声。

谢子玉见秦羽疼得直皱眉，本就苍白的脸这会儿更是一点气色都没有了。她忙叫沈钦："师兄，你碰到他哪里了，他看起来很难受的样子。"

沈钦不怀好意地阴笑起来，从怀中摸出一包药粉："那就让他试一试我新炼制的麻醉粉，保管他闻一口心神荡漾，如置云雾之中，什么痛也感觉不到了。"

"师兄……"谢子玉望着他手中的那包东西，又望了望秦羽。

从秦羽倒竖的眉毛来看，他显然是非常抗拒的。

不管他抗不抗拒，沈钦已经拔开塞子，置于他鼻下。

秦羽那张煞白的脸，生生给憋气憋红了。

在这种艰苦的条件下，秦羽被沈钦逼得愣是三天就能从床上坐起来了。第四天就能伸出手臂推人："沈侍卫，别闹。"

他身子软，手臂也没力气，每次将沈钦推开了，沈钦举着药又凑上来。他们俩你来我往，你推我挡，欲拒还迎，看得一旁的谢子玉两眼发直。

等到秦羽能下床走路的时候，谢子文过来了，他带来两个消息，一好一坏。

"好消息是，乌孙国二皇子纳南洙终于肯回去了，而且已经放弃娶阿姐你了。"

谢子玉听闻，高兴得不行："那坏消息呢？"

"坏消息是，纳南洙之所以放弃迎娶谢子玉，是因为他退一步，打算迎娶绮罗。"谢子文无奈地说，"连他自己也觉得配不上大祁的公主，所以主动提出娶一个大祁的郡主。"

"那太后是什么反应？"谢子玉问他。

谢子文歪头看她，无力道："太后没说同意，也没说不同意，我估摸着，她肯定不会让绮罗嫁去乌孙国，所以肯定又要耍手段了。"他担忧道，"阿姐，你最近千万小心，别被人掳走了。"

谢子玉示意他看看周围里三层外三层的侍卫："这都是七皇叔派来我身边保护我的，我觉得别人要想掳走我，有点难度。"

"可你别忘了那天晚上很厉害的那个刺客，叫什么沈……沈……"

"沈凌尘吗？"

"对。"谢子文面色凝重道，"我听七皇叔说，他和七皇叔有很大的误会，很有可能会来报复的。"

谢子玉自信一笑，抱住身旁沈钦的胳膊："我还有师兄呢。"

谢子文眼中的忧色却始终挥之不去。

是夜，谢子玉刚躺下准备入睡，忽然听到外面有敲门声。站在她床边守夜的婢女看了一眼，说是沈钦过来了，怀里抱着被子。

谢子玉披着衣服，亲自去给他开门，见他不止抱着被子，还有褥子和枕头，背上还背着一张竹席。

她将头伸出门外看了看，不解地问："外面没下雨没打雷的，你跑到我这里来做什么？"

沈钦白她一眼："我又不是因为下雨打雷才过来的，今天晚上感觉怪怪的，总觉得有事情要发生，所以过来保护你。"

"我觉得有点过了啊。"谢子玉阻止他打地铺，按着他的手小声说，"外面几十个侍卫呢，七皇叔还拨了几个死士埋伏着，多你一个不多，少你一个不少，你不至于过来委屈自己。"

"好，那我不委屈自己了。"沈钦将怀里的被褥往旁边的凳子上一放，卸下背上的竹席。就在谢子玉以为他要回去的时候，他深深看了她一眼，抬脚就往床边走去，往床上大大咧咧地一躺，侧过脸来看她，"喏，这下不委屈了。"

合着大晚上的耍流氓来了？

谢子玉噔噔几步走过去，拽着他的胳膊就往外扯："我清清白白一大姑娘，你跟我共居一室算怎么回事啊？我这清誉还要不要啊？"

沈钦反手握住她的手腕，猛地用力，将她抢上床来，按在里侧："急什么急，早晚都是我的人，要什么清誉。"

谢子玉腾地烧红了脸，捂着脸，一抬脚将他踹下床。

"还说什么来保护我，你就是来耍流氓的。"

沈钦扶着腰从地上爬起来，谢子玉撒开指缝看他，与他大眼瞪小眼了一会儿。最后沈钦一言不发地转身，打地铺去了。

"师兄……"

"嗯？"

"地上凉不凉？"

"凉。"

"哦……"

沈钦翻了个身，哼道："没下一句了？"

"没了。"有下一句还了得，难不成真的要让他到床上来睡？

怀揣着小紧张小激动的心情，谢子玉捏着被角睡去。

一夜无事，直至晨曦微露。睡梦中感觉有人在窥探自己，以为是沈钦，便咕哝一声，翻身继续睡去。可是那种感觉一直不曾消退，甚至还多了几分危险的意味。

蒙眬中眼睛睁开一条缝，费了好大的劲才借着微弱的晨曦看到床边站了一个人。谢子玉吓得一个激灵："娘呀……"

试问正常人看到床边突然多了一个人，而且穿的还是红衣服，都会容易吓尿吧，何况这个人还是前几天挟持过她的沈凌尘。

她这一叫，床下的沈钦立即睁开眼睛，翻身跳了起来。看到沈凌尘，啐骂一声："该死……"不知是骂沈凌尘，还是骂自己睡得太死。

沈凌尘挑了衣服过来，递给谢子玉："小师妹，把衣服穿好。"

谢子玉一愣，抓过衣服，抱在胸前，害怕地看着他："你来这里做什么？"

沈凌尘弯腰，钩住她的下巴，笑得邪气："带你走啊。"

走？

谢子玉惊惧地看着他，沈钦按捺不住，摸出早已准备好的匕首，向沈凌尘刺去。

沈凌尘旋身躲过，并不把沈钦放在眼里，手中没用任何武器，便与沈钦打斗起来。

之前沈钦就说过，他打不过沈凌尘，谢子玉唯恐他吃亏，立即大喊："抓刺客啊……"

话音刚落，她房间的门窗骤裂，淮阳王府的侍卫和死士们唰地涌现，颇有种"黑云压城城欲摧"的态势，房间差点被他们挤爆。

七皇叔这是安插了多少人啊究竟。

不得不说沈凌尘忒胆大了，居然敢独自一人闯淮阳王府，这是作死啊还是作死啊。

"沈凌尘！"隔着层层叠叠的人，谢子玉只能看见最中间那抹妖冶的红色，她大声说道，"沈凌尘你误会七皇叔了，七皇叔没有给司徒妍下毒，没有要杀她……"

她见沈凌尘并没有要停下来的意思，便继续喊道："真正给司徒妍下毒、害司徒妍丢了性命的人是太后，你不要相信太后……"

沈凌尘和沈钦他们依旧打得难舍难分。

"喂沈凌尘，你听到我说的话了吗？"谢子玉急得要跳起来了，"沈凌尘你这个傻子，太后的话你也信，你怎么这么笨？蠢死了你！"

好言相劝他不听，只好改为人身攻击了。

被侍卫和死士围困在中间的沈凌尘忽然像疯魔一般，一个发力，扫倒一片。他腾空而起，踩着侍卫的脑袋，快速向她飞来，啊不对，是向她身后的窗子飞来。

"轰"的一声，窗户粉碎性炸裂，沈凌尘飞身掠过，顺便捞走了还没来得及穿好衣服的谢子玉。

沈钦飞快地追上来，被沈凌尘夹在胳膊底下的谢子玉大喊："师兄，说好的迷药和毒药呢？"

沈钦好似才想起来，一把接一把的细白色粉末撒了过来，铺天盖地像是面粉不要钱似的。

然而这些东西并没有什么用，沈凌尘速度不减，带着她翻过淮阳王府的院墙，随意寻了个方向，急速奔去。

谢子玉眼睁睁看着沈钦和淮阳王府的侍卫、死士们离她越来越远，越来越远……

她才想起来自己也是会武功的，半吊子武功也是武功。她攥紧拳头，特别想捶死沈凌尘。

不过方才沈钦撒的迷药她吸了个饱，这会儿早七荤八素没了力气。那拳头落在他身上，谢子玉都觉得像是对他撒娇似的捶背。

沈凌尘在一处破庙中停下，将她放在佛像后面，自己也坐了下来，沉重地喘着粗气。

此时天色已经蒙蒙亮，谢子玉吃力地保持着最后一丝清醒，冲他软绵绵地喊了一句："你说你干吗跟我过不去？"

沈凌尘目光扑朔，想必也没少吸那些迷药。

他将自己的外衣脱了，盖在她只着中衣的身上。饶是现在如此狼狈，他依旧细心到不可思议。

沈凌尘背靠着石佛，闭着眼说道："我们来比，谁先醒来。"

谢子玉也撑不住，在仰头昏睡过去之前，骂了一句："比你个乌龟王八犊子！"

如果谢子玉先醒来，她还有一线希望可以从沈凌尘身边逃走。可天不遂人愿，或者老天遂了沈凌尘的意愿，等到谢子玉醒来的时候，沈凌尘举着一个不知从哪里偷来的茶壶，许是渴极了，正咕咚咕咚喝得痛快。

见她醒来，沈凌尘似乎并没有露出什么凶神恶煞的表情，甚至还和颜悦色地同她聊天："阿钦那小子炼的迷药忒厉害了，你居然睡了这么久！"

谢子玉这会儿还迷瞪着，好半天才反应过来：他们现在是挟持与被挟持的关系。

她立马手脚并用往外爬。

脚踝被他捉住，她好不容易爬出去的那几步距离，重新归零。

沈凌尘一直将她拉到自己身前，将一些纱布和创伤药丢在她面前，理所当然地说："我受伤了，给我包扎伤口。"

谢子玉惊讶地看着他："你挟持了我，我还给你包扎伤口？我傻啊……"

一柄匕首落在她的脖子上。

谢子玉苦着脸点头："包包包，我包扎的技术可好了。"

沈凌尘这才放下匕首。

他身上的伤口很多，胳膊上、背上、腰腹上、腿上。伤口还未结痂，有些还在往外渗血，应该都是之前留下的。

谢子玉一边包扎一边抽凉气："这么多伤口，足够你失血过多而死的，你是什么怪物，居然一点事情都没有？"

"对啊，我就是怪物。"沈凌尘好像一点也不觉得痛的样子，眉头都不见皱一下，自嘲道，"小时候师父就是因为我是怪物才不要我的。"

谢子玉抬头看他，才不信他这话："师兄说，你十三岁的时候杀了两个人，所以师父才把你赶出去的。"她小心地问，"你那时真的杀人了吗？"

"杀了又怎么样？"沈凌尘瞥她一眼，眼神骤冷，"不过是两个恶人，杀了他们也算为民除害，师父却小题大做，以此为由赶我出师门。"

谢子玉心中惊了惊：他对那两个人的生命如此漠视，却又念了师父这么多年，一直对师父撵他出门这件事耿耿于怀。果然如七皇叔所说，他的感情太过于极端，爱恨都很容易达到极致。

若是用沈钦的话来说，这种人爱恨太强烈，基本离神经病不远了。

想到这里，谢子玉戚戚然缩了缩肩膀，压低了脑袋，努力把注意力集中在包扎伤口上。

下巴忽然被他捏住，谢子玉被迫重新抬起脸来，看见他泛着邪气的眼神，登时怕了，用手推他："沈……沈凌尘，你这么看着我做什么？你是不是要害我？可我跟你无冤无仇的……"

"你说，我若是把七爷对妍儿做的事情，全部在你身上重演一遍，你觉得七爷会怎么样？"沈凌尘玩味地揉着她的下巴，自问自答，"我觉得不错。"

"你不能这么做！"谢子玉用力挣脱他钳着自己下巴的手，比起拳头做防卫状，"沈凌尘你知道的，你那时用冰雪莲同我做交易，我是真心实意去找七皇叔求情，让他放过司徒妍的。而且司徒妍的事情，并非七皇叔授意，是有人栽赃陷害七皇叔。"

沈凌尘轻鄙地笑了一声："你又要说是太后对吗？"

"就是太后。"谢子玉恨恨道。

"证据呢？"沈凌尘根本不相信她的话，"你把证据拿出来，我就相信你说的是真的。"

谢子玉泄气道："可是我没有证据。"

七皇叔都找不着证据，她如何有？

沈凌尘忽然捏住她的手，将剩下的纱布一圈一圈地全部绕在她的手腕上。谢子玉想往回抽，他不让，攥紧了继续给她的手腕缠纱布，直到纱布全部用完，她的两只手腕上各缠了厚厚一层。

谢子玉正纳闷他为什么要这么做的时候，沈凌尘忽然拿出一根绳子来，将她的两只手捆绑起来。因为有纱布隔着，所以即使他系得很紧，谢子玉也不觉得疼。

可是他这番动作委实让她吓破了胆："你绑……绑我做什么？"

沈凌尘勾起嘴角："你很快就会知道的。"

他将她的双手绑得结结实实，又喂她喝了些水，而后扛起她，走出破庙。

这座破庙在半山腰上，隐匿在高大的树木之中，并不起眼，不知道沈钦和七皇叔能不能找到他们。

而且这里已经成了野山，没有山路，山坡也陡峭得很。沈凌尘扛着她走了一会儿便气喘吁吁起来，将她往地上一撅："太沉了，你自己走。"

谢子玉翻了个白眼：一开始也没让他扛好不好？

沈凌尘在前面拽着绳子，谢子玉兜着双手被他牵着走，感觉很是不好："沈凌尘，我怎么觉得你像是在遛狗呢？"

沈凌尘哈哈大笑起来："你这是在逗我笑吗？"

她哪有心情逗他笑？

沈凌尘卷了绳子，与她距离稍近了些，牵着她继续往前走。

"你这般有趣，我都不舍得对你做坏事了。"

谢子玉腿一软："你到底要做什么？告诉我让我有点心理准备不行吗？"

"不行！"

"那你给点提示？"

"没有！"

"那我能不能不走了？"谢子玉定住身子，死活不动弹了。

沈凌尘一笑，挟了她的身子，很轻易便带走了她。

直至山顶。

山顶的另一面，有一处断崖，笔直地垂着，一眼就能望到崖下的嶙峋怪石，一块块峭立着，若掉下去，即使摔不死也能被这些石头扎死。

沈凌尘将绳子的另一端系在崖边的一棵大树上，而后拥着她站在崖边看风景。

他倒是一本正经的，像是真的欣赏风景一样。可谢子玉心里早就炸锅了：完了完了，他这是要推她跳崖的节奏啊……

她想要离崖远一些，可沈凌尘不让。

"你不是要做心理准备吗？喏，做吧……"他仰仰下巴，示意她多看看断崖。

谢子玉立即瘫了，哭着说："你不带这么欺负人的……"她是真的哭了，一直往后蠕动身子，奈何沈凌尘揽得紧，由不得她动弹分毫。

"沈凌尘，我害怕，你别推我下去……"

沈凌尘低头瞧她，给她擦眼泪："别怕，闭上眼睛……"

谢子玉立即将眼睛瞪得老大：闭什么闭，闭上任人宰割吗？

沈凌尘被她骤然睁大的眼睛吓了一跳，而后嗤笑一声："你愿意睁着便睁着吧……"他抬头，往后看了一眼，"你瞧，七爷和阿钦来了。"

谢子玉扭头去看，真的看到了七皇叔和沈钦。她大喜，正欲喊，忽然身子受力，一个不稳往断崖下栽去，而后失重，坠落……

居然真的把她推下去了！

19。
陛下坠崖了

"啊啊啊，沈凌尘你王八蛋神经病……哎？"

哎哎哎？

谢子玉身子猛地一顿，停止下落。

往下看去，离崖底还有好长一段距离，往上瞅瞅，沈凌尘在几米开外的崖上，蹲着身子冲她笑。

呼，差点忘了，她的手腕还被绳子绑着，绳子还系在大树上呢！

她听见上面传来急促的脚步声，应该是七皇叔和沈钦跑了过来。她用力仰着脖子，还是瞧不见他们。

她听见沈凌尘缥缈冷漠的声音："你们若再往前一步，我可要割断这绳子了……"

谢子玉心中大急，叫了一声："师兄……"

上面立马传来沈钦担忧焦急的声音："你别怕，我马上来救你。"

"我不害怕，一……一点也不害怕……"可她的声音分明染上了哭腔。

"沈凌尘！"沈钦的声音变得愤怒无比，"你究竟想要什么？"

沈凌尘呵呵笑了起来："我想要什么？"他话锋一转，朝向七皇叔，"七爷，你觉得，我该要些什么？"

七皇叔有条不紊的声音里裹着掩饰不住的愠怒："你要报复我，冲我来便是，你放了玉儿！"

"你生气？你恼怒？你心疼？"沈凌尘低吼一声，"你也知道心疼？"

七皇叔冷言道："你若恨我，拿着匕首在我身上捅几刀便是，你知道玉儿是无辜的，放了她！"

"我往你身上捅几刀？对，我是该往你身上捅几刀。"沈凌尘低低笑了起来，"我不但要往你身上捅几刀，还要往你心上捅几刀，狠狠地，捅几刀！"

他话音刚落，谢子玉便听见匕首划破空气的声音。

匕首，绳子，她很容易就猜到沈凌尘方才做了什么。

他割了绳子。

简直浑蛋！

谢子玉咬着牙不敢出声，她怕一出声，会让上面的沈钦和七皇叔更着急。

不能害怕，不能叫，不能哭……

"沈凌尘，你无耻！欺负一个女人算什么？"沈钦骂了一声。

"阿钦，你骂我，我受着，便当是对不起你。"沈凌尘话语无情，"七爷，不是说要往你身上捅几刀吗？我不便动手，你自己来吧……"

这话一出，谢子玉惊住了。

他要七皇叔自伤吗？

"七皇叔！"谢子玉大声喊道，"你不要听他的，这个断崖不高，我掉下去也摔不死的！"

可是显然七皇叔没有听她的话，她只听到上面不断有人劝七皇叔，带着或关切或惋惜或不解的意味，便猜到七皇叔真的往自己身上捅刀子了。

谢子玉又急又气又无能为力，此时恨不能自己咬断了绳子跳下去了事。

"沈钦，七皇叔！你们能不能不要磨磨唧唧，能不能像个男人一样过去揍沈凌尘一顿！"

可上面的人似乎并没有把她的话当回事。

她听见沈凌尘轻飘飘的声音："七爷，继续……"

不知道过了多久，绳子忽然一动，谢子玉身子猛地向上被提起。

她抬头，甩掉眼泪，才看清正在拽绳索的人，是沈凌尘。

他将绳子一点一点地卷成一个圈，就像他之前将纱布一圈一圈绕在她的手腕上，从容不迫，攥成一股，握在手中。

不知道他又要玩什么花样？

谢子玉一点一点地被往上提，直至她在断崖边上冒出脑袋来。

陛下是个伪君子

她小半个身子伏在崖边上，可腰部以下还悬在悬崖外面。她踢踢腿，想爬上来，奈何双手被绑着，无法抓住任何着力点，根本爬不上来。

沈凌尘却停下动作，不再继续。

谢子玉便这么不上不下地卡住了。

她看到七皇叔浑身是血，被身边的侍卫扶着，脸色白得不像话，马上就会昏死过去的样子，眼底的那抹倨傲却还昭示着他的清醒。

他不会放过沈凌尘。

这是谢子玉的感觉，很强烈。

沈凌尘忽然低下头来看着她，目光有些晦涩："小师妹……"

谢子玉抬头，恨恨地看着他，并不打算应这声"小师妹"。

他笑了起来，满是苦涩，谢子玉觉得他不是在笑，他心里一定在哭。

可是他为什么哭？他为了报仇将七皇叔伤成这个样子，他心里应该高兴才是。

"小师妹，你可知那种给人希望却又让人绝望的感觉？"他问她。

谢子玉咬牙道："你是在说我那次答应你救司徒妍，她却还是死了这件事吗？我给了你希望，却又叫你绝望，所以你也恨我，对不对？"

沈凌尘摇摇头："我恨你做什么，你并没有做错什么。"

"那你为什么要这么对我？"她哭着吼，"我没有做错什么，七皇叔也没有做错什么，你凭什么这么对我们？"

"你那次被谢子赢掳走，是我救了你。你欠我一条命，所以我有权决定你的生死。"他收紧绳索，拿出匕首，在上面比画着，"而七爷最大的错，就是当初救了我……"

他抬眼看向七皇叔，眼神归于平静，死水一样平静。匕首缓慢却用力地在绳索上割着，在绳子最后一点连接的地方断开的时候，沈凌尘极轻地说了一句："最后却还是抛弃了我……"

"住手！"

"不要！"

原本缠绕成股的绳子在他手中滑落，谢子玉几乎连反应的时间都没有，便再次向下坠去，没有办法阻止。

在她坠下的瞬间，她看见沈钦大惊失色的表情，和骤然暴怒的七皇叔，以及铺天盖地射向沈凌尘的箭和举着刀冲上来的侍卫。

同样是死，沈凌尘一定比她惨上很多吧。

谢子玉闭上眼睛想。

腕上一紧，身了再次顿住，熟悉的感觉让谢子玉一下子睁开了眼睛。

她惊愕得无以复加，望着手臂上方紧绷的绳索，张大了嘴巴：这绳子，没断？

上方的天空忽然一暗，一个身影仰面摔了下来，带着绝望与安然，从她身边擦肩而过。

是沈凌尘，他甚至还对她展现了一个笑容，一个带着解脱的笑容。

一声闷响，往下看去，沈凌尘孤独的身影静静地躺在崖底，砸出一朵鲜红色的血花。

谢子玉忽然就觉得世界安静了，连什么时候被拉回崖上的都不知道。

"玉儿，玉儿……"沈钦和七皇叔急急地唤她。

他们将她手上的绳子解开，七皇叔却死死地盯着那根绳子，瞳孔骤缩。

谢子玉顺着他的目光看去，那粗粝的绳心中，嵌着一根透明的、细如发丝的东西。

"那是什么？"她失神地问沈钦。

沈钦呼吸一窒："好像是……天蚕丝。"

天蚕丝，一种极具韧性、极细极透明的丝，寻常刀剑根本割不断它。

沈凌尘将这个拧在绳子里，所以他根本，从一开始就没打算要害她。

七皇叔忽然站起身来，一向冷静如他，如今竟颤抖起来："扶我下去……"旁边的侍卫搀扶起他，想往山下走。七皇叔却摇头，"太慢了，从这里直接下去。"

他拾起地上那根绳索，踉跄着，蹒跚如老人一般，一步一步地往崖边走去。沈钦示意谢子玉先在一边等着，而后走到七皇叔身边。

"王爷，您身上有伤，我带您下去。"

七皇叔点头。

沈钦一手架住七皇叔，一手握住绳子，从崖上跳了下去。待谢子玉跑过去向下看时，他们已经在崖底了。

身边的侍卫学着沈钦的样子，纷纷顺着绳索溜下去。谢子玉方才被吊在崖下许久，手臂和肩膀上的关节严重拉伤，这会儿使不上力气，急得直跺脚。

可是一直不见沈钦上来帮她。

"公主！"身后忽然有人唤她，"公主若想下去，属下可以帮您。"

谢子玉回头一看，竟是秦羽。

"你怎么来了？"谢子玉惊讶道。他才从床上爬起来没几天，身上的伤根本就没有愈合，怎么也跑出来了？

秦羽走上前来，步履稳健，没有一点受伤的样子，可是额角的细汗还是暴露了他的逞强。

"属下担心公主，便来了。"

"我现在没事了，你快些回去歇着。"谢子玉推他回去。

秦羽却不动："属下既然来了，总要做点什么。公主，再不下去，沈公子可能就撑不住了。"他不由分说揽住她的腰，紧紧将她锁在身侧，抓住绳子，跳了下去。

粗糙的绳子磨着他的手心，一路向下，直到他们平安落地。

他的手在先前刺杀太后的时候被利器割伤，刚结痂的伤口被绳子磨破，这会儿又渗出血来。谢子玉看了他的手一眼，拿出帕子给他简单包扎了一下，不忍道："等我回去给你上药。"

那帕子上绣了一朵粉蓝色的小花，叫不出名字来，端端裹在他手心。秦羽盯着看了一会儿，再抬头时，谢子玉已经跑去沈钦旁边，同他和七皇叔站在一处。

秦羽攥了攥手中的帕子，将手置于身后，只静静站着。

"你怎么下来了？"沈钦看到她，又抬眼看了一眼秦羽，也便没再说什么，只是钩住她的腰身将她带到自己怀中，带着一些占有性。

此时谢子玉的全部注意力都在沈凌尘身上，并未注意到沈钦有些突兀的动作。

沈凌尘仰面躺着，身下的石头将他的身子硌得有些怪异，他胸腹上直挺挺地嵌着几支箭，有几支甚至穿透他的身子，在背上露出尖利的箭头。

纵然他还有一口气息，却已无力回天。

七皇叔半跪在地上，他那样骄傲的一个人，此时却愿意弯下自己的膝盖，折了自己的腰。

"你恨我伤害司徒妍，可伤害司徒妍的另有其人，你若这样死去，岂不是便宜了真正的凶手。你起来，你不许死！"

"不重要了……七爷。"沈凌尘嘴角不断溢出血来，他艰难喘息，"我那时候……那样求你放过妍儿……可你宁愿……宁愿不要我……也不愿放了她……你抛弃了我……"

"是我低估了她在你心中的位置……"七皇叔低下头，自责道。

沈凌尘却笑了起来："每日每夜……我都在想着怎么报复你……我等不了一年……你现在……亲手杀了我……你于我有愧……你会因我而痛苦……这才是……才是我想要的，哈哈……"

他胸膛激荡，大口大口地吐出血来，溅在七皇叔的脸上、手上、身上……

"你这个……"七皇叔的双手猛然攥紧。

沈凌尘望向天空，似看到了什么，又似在回忆什么："七爷……师父……"

他胸膛渐渐平复，没了呼吸。

"你这个……这个……疯子！"七皇叔颤不成音，撑着手臂想站起来，却不知为何失了力气，无论如何也站不起来。

身边的侍卫将他扶起，他转过身去，不再看沈凌尘一眼："好好地……厚葬了吧。"

七皇叔从崖下回来以后就病倒了，加之身上的伤，竟卧床不能起身，药食不进，几天便瘦了一大圈。

偏偏此时杜丞相和都尉带兵包围了淮阳王府，称七皇叔将谢子玉藏在府中，致使其不能与乌孙国联姻，意在挑拨两国关系。若仍不肯交出谢子玉，便视淮阳王叛国。

谢子文随后赶到，下了马车，上前就甩了杜丞相一个大嘴巴子："谁给你的命令，叫你包围淮阳王府的？"

杜丞相神色不变，似乎一点也不惧怕谢子文的样子："回陛下，是太后的命令。"

谢子玉又一个大嘴巴子甩上去："混账东西，太后算什么东西，她的命令你也听？"

"陛下，您这是不尊重太后。"杜丞相许是被这两个大嘴巴激怒了，竟不顾君臣之礼，冲撞起谢子文来。

谢子文简直怒发冲冠："杜丞相，朕现在命令你马上带着你的人滚！"

"陛下，淮阳王藏匿环玉公主，居心叵测，臣是为了大祁社稷才这么做，陛下不该阻止臣。"他面不改色道。

谢子玉一直躲在门后面偷看，觉得要不是崔明一直拉着谢子文，一向文质彬彬的谢子文就要抬脚上去踹杜丞相了。

杜丞相撑着一口硬气就是不退兵，谢子文气到极致反而冷静下来："很好，杜丞相，你今日所为，朕很快就会让你付出代价。"

他甩袖进了淮阳王府，崔明跟着要进来，被谢子文厌恶地推开，手足无措地站在原地，表情惊慌而落寞。

谢子玉等在门后，谢子文进来以后，她便随他一起去看七皇叔。

"阿姐，七皇叔怎么样了？"谢子文问她。

谢子玉摇摇头："不是很好，那日他为了我刺了自己很多刀，加之沈凌尘的死让他一时心绪纠结，这几日下不了床了。"七皇叔病得严重，她心里也自责得很，不敢抬头看谢子文。

谢子文叹了口气，没有说什么，许是也在怪她。

沈钦握住她的手："淮阳王爷会没事的，有我呢。"

"嗯。"

七皇叔房中，早有侍卫将外面的情况报与他听。他靠着床柱坐着，精神很不好，眼窝稍陷，双唇干裂无色，桌上的一瓮粥还满满的。谢子玉问旁边的婢女，七皇叔吃了多少，婢女说从起床到现在，只喝了小半碗。

谢子玉见那粥还冒着热气，便盛了一碗，端去给他："七皇叔，您吃一些东西吧，身子好得快一些。"

谢林疲惫地笑笑："没胃口，先放着吧。"谢子玉举着粥不肯走，直直地看着他，直到他抵不住，无奈地伸手，"拿来吧。"

她看着七皇叔皱着眉头将那碗粥喝完，这才稍稍心安。

七皇叔让他们都坐下，似乎一点也不担心外面的情况。

谢子玉坐立不安，毕竟外面杜丞相是为了她才带兵包围淮阳王府，她心中忐忑得很。倒不是害怕七皇叔会将她交出去，她只是在想，自她回宫到现在，有那么多事，直接或间接都是因她而起，自责愧疚之余，她多多少少有些心累。

许是她的心情表现在脸上，被七皇叔看了去。七皇叔唤她一声："玉儿，你无须担心，杜丞相他不敢硬闯我这府邸的，他没这个胆子。"

"可我让您为难了是不是？"谢子玉心情复杂地看着他。

七皇叔温柔笑道："我若连你都保护不住，便枉你叫我这声'七皇叔'了。"

"真的没关系吗？"谢子玉很是不确定他是在说实话还是在哄她。

"没关系，子文也在这里。他敢硬闯，不管是不是名正言顺，子文作为皇帝，都可以摘了他的丞相帽子。"

谢子文拍了一下桌子，气哼哼道："不管他今天闯不闯这淮阳王府，明天我都要摘了他的帽子！"

七皇叔附和："这个可以有……"

谢子玉看着七皇叔：他气定神闲，果然不像是在担心的样子，所以他说的话应该是真的，不是在哄她。

谢子文既然打算明天就惩治杜丞相，这会儿便也消了气，关心起七皇叔的身体来。

"七皇叔，太后便是知道您身子不好，才敢派杜丞相来挑衅。您要快点好起来，不要再给太后这种机会。"

提及太后，七皇叔眸色一沉："原本还想着光明正大地对付这个女人，可她委实阴损了些。我也不需要再费尽心思搜集可以扳倒她的证据，只需以其人之道还其人之身即可……"

他说这话的时候，眼角眉梢净是冷漠，谢子玉知道，太后利用沈凌尘这件事，彻底将七皇叔激怒了。

忽然有侍卫进来报，说杜丞相命令都尉，带兵撤离了。

果然如七皇叔所说，他不敢硬闯淮阳王府，约莫只想带兵吓一吓七皇叔。

可是这般来也匆匆去也匆匆，杜丞相真的会善罢甘休？

谢子玉看了沈钦一眼，沈钦皱着眉头，不知在想什么。

果然，半个时辰后，侍卫又来报，说府门前聚集了很多大臣，跪了一地，求谢子玉出府。

硬的不行来软的，不过这软阵势的确有点过分了。

他们居然求着她嫁去乌孙国，真是丢大祁的脸！

她虽然不是真正的公主，但在一切事情没被戳破之前，她的身份就是大祁的公主，代表着大祁的脸面。原本一个大祁公主嫁去乌孙国就已经很屈就，别说她现在躲在淮阳王府，就算她现在在皇宫，如果她不想嫁，乌孙国二皇子也是不能难为她的。

算来二皇子娶她是高攀，所以他才会提出换成绮罗郡主。可如今看来，太后是不会舍得绮罗嫁去乌孙国的，所以才来逼她。

她问谢子文："如果我拒绝纳南洙，会对大祁和乌孙国的关系有什么影响？"

谢子文说："虽然这次是我们主动提出用十万石粮食交换乌孙国的冰雪莲，但说到底还是我们帮乌孙国渡过难关，这个道理谁都懂。所以即便你拒绝他，暂时不会对两国关系有任何影响，至多会让他们觉得我们大祁出尔反尔罢了。"

有他的话做保证，谢子玉安心许多："那我回宫拒绝纳南洙就好了，我同他说明白，这一开始就是太后自作主张，我是不可能嫁给他的。"

"不，你先不要拒绝他。"七皇叔突然说。

谢子玉不解地看着他。

"太后闹出这般大的阵势，一定不只是让你嫁去乌孙国这么简单。我不想花太多时间去猜测她要做什么。既然她有别的心思，我们不若将计就计，玉儿，辛苦你一次……"他将自己的想法一一说给她听，谢子玉似懂非懂地点了点头。

"最后一次，以后不会再给她机会伤害你们……"

七皇叔如是说。

谢子玉收拾东西准备回皇宫，忽听身后有脚步声，她一转身，看到离她只有几步的秦羽，吓了一跳："秦侍卫，你怎么会过来？"

秦羽看了一眼她正在收拾的衣物，问她："公主这是要回宫？"

"嗯，我先回去一段时间，你在这里好好养伤。"谢子玉回过身去继续收拾，秦羽走过来，伸出手来。谢子玉看看他的手，又看看他。

"怎么了？"

"公主说要帮属下包扎的。"他僵僵地伸着手，像是要糖吃一样的姿势。

谢子玉一拍脑门："你看我，居然忘了。"

她忙去翻找纱布和伤药，让他坐下。他手上还裹着上次那个帕子，除了沾了一些血迹，倒也干净得很。谢子玉小心翼翼拆下，将帕子丢到一边，拿起纱布仔细包扎起来，不时抬起头来笑笑："我包得很丑哦，你要有心理准备。"

"不会。"他难得也露出一抹笑意，轻轻淡淡的，在眸中蒙了一层，衬得刚毅的五官柔和了许多。

真如他所说，这次包扎得很漂亮，工工整整的，一点也不含糊。她给沈钦包扎过，又被沈凌尘逼着包扎过，到底熟练了一些。

秦羽似乎也很满意，盯着看了好一会儿，而后轻轻放到身侧，顺势将旁边那块帕子扫入袖中。

谢子玉简单收拾了几件衣物，正准备走，发现秦羽还在。

"你怎么不回去休息？"

"属下随公主一起回宫。"他理所当然地说。

谢子玉一愣，随即摇头道："你不能回去，你上次刺杀太后，是子文用死囚将你换出来，你才得以保住性命。你姑且先养好伤，报仇的事情，不急于这一时。"

他身子不动，问她："公主真的要嫁去乌孙国吗？"

"不会啊。"谢子玉仰起脸来冲他笑，"我这次回去就是解决这件事的，你不用替我担心。"

"公主何时回来？"

"这个啊……"谢子玉咂咂嘴，"不好说。"

"总觉得，公主不会回来了。"秦羽低着头，帮着谢子玉拿东西，送她出去。

谢子玉一滞，随后同他一起走出去。

谢子文和沈钦等在外面，推开王府大门，一干大臣密密麻麻地跪着。谢子文没好气地说："都起来吧，阿姐现在随朕一起回宫，你们也别在这里晒太阳了。"

那些大臣这才站起来，有几个年龄大的膝盖明显撑不住，腿肚子直打哆嗦。

杜丞相上前行礼："多谢陛下和公主为大祁的江山社稷着想。"

谢子玉瞪他一眼："你别侮辱大祁的江山社稷了，我听着怎么那么反胃呢。"

杜丞相气得胡子直抖，也不好发作。

既然七皇叔让他们将计就计，谢子玉便没有拒绝和亲这件事。自然，为了不引起太后的怀疑，她还是要闹上一闹的。在回官的当天，谢子玉便找到纳南洙，摔了他房中的几件东西。

纳南洙虽然看起来粗犷，虎背熊腰的，很是恐怖的样子，但其实对女人是没有办法的，更何况谢子玉还是以一个公主的身份来闹的。甚至谢子玉摔东西的时候，他还主动帮她递上。

"公主，我觉得这个花瓶摔起来声音肯定特别好听。"

谢子玉原本就是来做戏的，看到他这个样子，一个忍俊不禁，差点笑场。她将所有的官女太监赶走，才同他说话："我脾气这么坏，你还要娶？"

"娶啊，为什么不娶？我能娶你回去，是我的光荣。"纳南洙尚举着花瓶，问她，"你还砸吗？反正都是你们皇宫的东西，我不心疼。"

谢子玉笑了起来，将花瓶放在原处："不砸了，你不心疼我心疼。"

看到谢子玉笑，纳南洙倒是愣了："公主，你不生气了？"

"我气完了。"谢子玉拽了个凳子坐下，也示意他坐下，"我听陛下说，你前些日子不是说要娶绮罗郡主吗，怎么，太后不同意？"

纳南洙点头道："你们太后真奇怪，当初我不过随口开了个玩笑，说是想要讨个大祁的女孩回去当王妃，你们太后便将你许配给我。我当时便受……受什么惊……"

"受宠若惊。"谢子玉替他说。

"对对对，受宠若惊，心中虽然惊喜，但更多的是担心。后来见到你，你说你不肯嫁给我，我便退……退而……"

"退而求其次。"

"哦，退而求其次，想着选一个郡主也不错。"他迷惑不解道，"可是太后居然还是坚持将你许配给我，真搞不懂你们太后在想什么，难道郡主比公主还要重要？"

"你也觉得这件事不靠谱对吧？"谢子玉提着凳子挪到他身边，小声说，"二皇子，我觉得你特别善解人意，特别通情达理，特别舍己为人……"

纳南洙被谢子玉夸得不明所以："公主少说点成语，我听不懂……"

"其实我就是想跟你商量件事……"谢子玉凑到他耳边，咕哝起来。

三天后，纳南洙回乌孙国，谢子玉作为和亲公主，穿了一身厚重的嫁衣，随他一起坐上了去乌孙国的马车。

太后和谢子文亲自送她到城门口，谢子玉临走前，同太后说了几句话。

"太后，我虽不知道你在打什么主意，可你知道的，我是不会真的去乌孙国的。"谢子玉一边观察太后的神色，一边继续说，"如果我在和亲的路上逃跑了，想来乌孙国也不会将这件事全部怪在大祁身上，毕竟他们也有看管不力的责任，弄丢了大祁的公主，他们脸面上也过不去。"

太后眉眼舒展，笑得极为和蔼，眼底却净是冷意："玉儿说什么呢，你去乌孙国和亲，是一件有利于大祁江山社稷的好事，怎么能想着逃跑呢？"

谢子玉冷哼一声，故意把话说得难听："你果然和杜丞相有一腿，连说出的话都如出一辙。"

"你……"太后气结。

"我会回来报仇的。"谢子玉附到她耳边，冷冷地说，"你当年为了保住地位，不顾我娘亲的安危，剖腹取子害她没了性命，我都已经知道了。我很快会回来报仇的，不会让你等太久……"

"呵呵……"太后对她的话不屑一顾，"你知道了又能怎么样，带着这些秘密去蛮荒之地吧，哀家不会让你回来的。"

"是吗？"谢子玉冷睨她一眼，转身上了马车，"我们走着瞧。"

厚厚的帘布放下，谢子玉长吁一口气，呼扇着袖子给自己扇扇风，方才太后的眼神吓死人了。

七皇叔说，太后此番逼着她去和亲，一定还有别的阴谋。他让她在和亲之前，用言语刺激一下太后，如果太后真的有别的阴谋的话，肯定会提前进行。

谢子玉手心攥出一把汗来：不晓得接下来会发生怎样的事情，真叫人惶恐。

谢子玉早先和纳南洙商量好，她只随他走一半的路程。如果这一半的路程都没有任何事情发生的话，她便脱了嫁衣，折回大祁。

她不会嫁给他，也不会随他去乌孙国。

对此纳南洙意料之外地表示理解，拍着胸膛大方道："我知道公主不愿嫁我，我们乌孙国的儿女从来不做为难别人的事情，你若想离开，我不但不会阻拦，还会派人护送你。"

谢子玉就差抱着他哭了："我再也不对你们乌孙国有偏见了……"

纳南洙带着队伍走得并不快，他骑着马跑到谢子玉的马车一侧，同谢子玉聊天："公主，我觉得太后怪怪的……"

"其实，她不是我母后，我根本就不是她的孩子。"反正已经出了皇宫，谢子玉也不再隐瞒，扒着窗户，将下巴搁在手背上，同他聊天。

"她根本就不喜欢我，所以才会逼我去和亲。"

"难怪。"纳南洙若有所思道，"她今天同你说完话以后，神情有些不对，不会真的要对你做什么吧？"

"我才不怕她。"谢子玉努着嘴说，"你知道我们大祁有这么一句话，叫秋后的蚂蚱，蹦跶不了几天，说的就是太后。"

"你把太后比喻成蚂蚱，哈哈，真是有趣……"纳南洙爽朗地大笑起来。

谢子玉被他感染，也跟着笑起来。她的确不怕太后，她有沈钦，有七皇叔，有谢子文，这么多人保护她，她有什么可怕的。

纳南洙与她很投缘，想邀请她去乌孙国游玩，同她讲起乌孙国的事情来。谢子玉伏在窗户上听，这一路倒也不无聊。

忽然队伍后面有人来报，说是有人从后面追来了。

纳南洙问多少人，那人说，只有一个。

谁会在这时候追上来？

纳南洙让队伍稍停，等着那人靠近。谢子玉从窗户中探出脑袋来，看着后面追上来的那个人越来越清晰，惊呼一声："是崔明！"

纳南洙也认识崔明："是那个一直跟在陛下身边的崔公公？"

谢子玉点头：他不在谢子文身边待着，跑来这里做什么？

"公主，公主……"崔明不擅骑马，被马颠得脸色苍白，"公主，二皇子，莫要再往前去了！"

谢子玉等他喘过气来，递给他一壶水，问他："怎么了？为什么不能往前面去了？"

"公主，二皇子，太后……太后她在前面安排了埋伏，要对公主和二皇子不利……"

众人愣住。

崔明惊魂未定地劝他们："趁着还没走到那个地方，公主，二皇子，赶紧掉头回去吧。"

谢子玉眉头一皱："太后为什么要这么做？"对付自己和二皇子，对太后有什么好处？

"奴才也不知道太后为何要这么做，奴才是偷听到太后和杜丞相的谈话，这才跑来告诉公主和二皇子……"

谢子玉见崔明表情焦急害怕，晓得他不是在开玩笑。

现在天色渐黑，他们赶了一天的路，这会儿正乏，如果前面真的有埋伏的话，实在是对他们不利。

"二皇子，我们要回去吗？"

"公主，我派几个人送你回去吧。"纳南洙面色凝重道。

"你不随我一起回去吗？"

纳南洙握紧腰间的佩刀，眼神坚定："我们乌孙国人，从来不会对敌人胆怯，哪有还未作战就退缩的道理。"

"说得好像我们大祁人就会退缩一样。"谢子玉仰着下巴看他。

纳南洙哈哈笑了起来，大手一挥："就地扎营，备战！"

谢子玉听崔明细说，太后下的是杀令，不让她和纳南洙活着回乌孙国。她想破脑袋也想不通，太后为什么要这么做，为什么连纳南洙也不放过？

"师兄，你知道为什么吗？"

她跑来沈钦的帐篷，同他挤在一起。

沈钦兴许已经思考了许久，这会儿她问起来，便同她说道："太后已经无法一手遮天，她的势力渐小，正在被陆下和淮阳王爷的势力慢慢吞食。她想翻身，又不想用自己的势力去和陆下还有淮阳王硬碰硬，所以才会行这种阴损之招。"

"什么阴损之招？"谢子玉有些听不明白。

"你想啊，如果乌孙国二皇子在大祁的国土上出了意外，乌孙国会善罢甘休吗？"沈钦反问她。

谢子玉恍然大悟，但仍觉得不能相信："你是说，太后对纳南洙不利，是为了挑起祸端，让乌孙国来对付大祁？"

沈钦点点头："乌孙国一旦动兵，为了大祁百姓，陆下和淮阳王爷一定会分出精力来应对。太后才有机会翻身，重新夺回势力。"

谢子玉义愤填膺，气得差点跳起来："太后怎么能这么做？她把大祁的百姓当成什么了？”

"别激动别激动……"沈钦拉着她坐好，挑着眉毛道，"你以为就只有太后会埋伏吗？"

谢子玉眼睛一亮："难道？"

沈钦摸摸她的脑袋，笑了："孺子可教。"

安下心来的谢子玉欲起身回自己的帐篷，手腕却忽然被沈钦攥住。

"别回去了，今晚在我这里歇着吧。"沈钦看着她，眸光闪烁不定。

谢子玉脸腾地烧红了，结巴道："不……不好吧，这荒郊野外的……"

"想什么呢？"沈钦一使力，将她按在身侧，拥着她躺下。

"我是担心万一太后埋伏的人杀过来的时候，你会有危险。"

"我好歹还穿着和亲的喜服，在外人看来我是纳南洙未来的妻子，就这么待在你帐篷里真的好吗？"谢子玉扑腾着身子，想要坐起来，被沈钦一个臂膀又给砸了回去。

"说起这个心里就堵得慌。"沈钦翻起身子，将她困在身下，盯着她看了好一会儿，忽然一抬手，将她头上的凤冠配饰除去。

谢子玉头皮一疼，捂着脑袋叫了一声："你做什么？"

"看到你为别人穿嫁衣，你说我心里能平衡吗？"除去她头上的首饰后，沈钦又盯着她身上红红的喜服看。

谢子玉忙捂住衣服，提醒他："我换洗的衣服都在马车里呢，这会儿不能换！"

"好吧。"沈钦不再逼她，躺在她身侧，将她搂进怀里，蹭蹭她的头发，准备睡了。

谢子玉这会儿却睡不着，侧过身子看他，小声说道："师兄，我有一个想法……"

"嗯？"

"趁着这次机会，我们偷偷地溜吧……"说到这个，谢子玉心里扑通扑通跳了起来，那种迫不及待的兴奋感叫她没了睡意，"太后手里沾了那么多人的性命，虽然我也恨她害了我娘亲的性命，想回去找她报仇。可是我忽然想通了，报仇的事情不用我动手，子文和七皇叔一定会让她付出代价。此番出来，我便不想再回去了，你觉得我这样做好不好？"

"很好。"

"所以你同意咯？"谢子玉一个骨碌爬起来。

"我为什么不同意？"沈钦笑吟吟地看着她，眸子晶晶透亮，"我不喜欢你身边有那么多人围着你，可是离开这里以后，你身边便只剩我了，你会不会无聊？"

"才不会！"谢子玉扑上去一个狼吻，捧着他的脸，难得说了一句情话，"我有你就够了！"

沈钦一愣，随即钩住她的腰身，将她压在身下。

"跟谁学的情话，这么诱人。"

谢子玉忙用手挡："师兄你冷静！天不时地不利！"

半晌，沈钦泄气似的一捶地："我出去看会儿星星……"

谢子玉用毛毯蒙住脸，偷偷笑了。

下半夜的时候，外面突然传来兵刃交接的声音，谢子玉惊醒，拨开帐篷想要看看外面的情况。只是脑袋刚探出去，就被人用大手推了回来。

"在里面好好待着，不许出声！"

沈钦不知道何时站在帐篷外，手持长剑，护着里面的她。

是太后埋伏的人过来了吗？

谢子玉撩开帐篷的一角，向外看去。今晚月亮很圆很亮，像一盏大灯笼，照着月下的这场杀戮。

谢子玉很少用杀戮来形容她见过的打斗场面，即使上次在七皇叔府中，沈凌尘带着一干刺客刺杀七皇叔时，那样惨烈的状况都没有让她联想到这个残忍可怕的词语。可是现在，混乱的场面，喷涌的鲜血，狰狞的眼神，不能瞑目的双眼，在月光下暴露无遗。

黑衣人多得数不清，太后这是打算最后放手一搏了吗？

可是优势好像并不在黑衣人那边，谢子玉看得分明，在纳南洙的那批侍卫中，明显有七皇叔府中的死士。

那批死士本就是用买来的乌孙国人培养的，所以混在纳南洙的侍卫中，并没有惹人怀疑。

不仅如此，还有一批一批的士兵不断地涌出来，应该也是七皇叔派来的。

七皇叔的人明显要比太后的人多得多，且不论武功，只算人数的话，太后的人已经抵不住了。

不多时，胜负已分，黑衣人伤亡惨烈。谢子玉也不需要再躲着，她脱去嫁衣，将其叠得工工整整，放在帐中，而后爬了出来，同沈钦挨着。沈钦看她一眼，忙脱了外套给她披上。

"方才不肯脱，这会儿怎么乖了？"

谢子玉嘿嘿笑道："方才是你逼着我，这会儿是我自愿的。"

"搞不懂你这小脑袋在想什么。"沈钦将她拨到身后，挡住她看向前面的视线，"你别看这个……"

他总不愿她看到这种血腥的场面。

谢子玉伸出手臂抱住他的腰，歪过头来，瞧见他的侧颜，唤他："师兄……"

"嗯？"沈钦低头看她。

谢子玉仰着脸，冲他笑得狡黠而明亮。

沈钦好似明白她的意思，在她额上落下一吻："走。"

忽然一声巨响，震得沈钦脸色一变，扭头看去，一个个黑色的圆物破空而来，落在地上炸得尘石飞天。

这是什么东西？

"不好，是火炮，快跑！"沈钦拉着谢子玉往远处跑。

纳南洙他们也没见过这个，当即傻了眼，被沈钦喊了一声，才回过神来。那火炮吐出的圆物越来越多，不断地在四周炸开，谢子玉被迸溅的尘土迷了眼睛，一时看不清，扑通摔倒在地。

沈钦被她带得一个趔趄："没事吧？"

"没事。"谢子玉正欲爬起身来，忽然被沈钦又扑了下去。

"小心！"

沈钦将她护在身下，与此同时，一声震耳欲聋的响声响在耳侧，大片的沙土和石子被击上半空又落了下来，尽数撒在他们身上。

强烈的冲击让谢子玉心口一荡，五脏六腑绞痛，口中一热，吐出一口血来。

护住她的沈钦身子一软，没了动静。

"师兄……"

三天后，崔明捧着嫁衣回宫，只见公主嫁衣，不见公主本人，陛下看着嫁衣，久未言语。很快，太后派人暗杀乌孙国二皇子并致使大祁环玉公主身亡的消息传遍京城内外，朝野上下，百官平民，无不震惊。

与此同时，当初逼着谢子玉从淮阳王府出来的杜丞相也罪责难逃，被陛下撤去丞相之位，打入天牢候审。

没过几日，太后与杜丞相联手迫害陛下、打压淮阳王爷、挑拨乌孙国与大祁关系的事情被查明，杜丞相被定了死罪，太后被囚于城郊外的清苑。

清苑，那里曾经是囚禁大祁大皇子谢子赢的地方。

太后被囚禁的第二天，被人发现在房中吞金而亡。

一场巨变犹如狂风骤雨一般，席卷整个大祁，却又在短短十几天内谢幕，叫人始料不及，唏嘘不已。

祠堂中，谢子文望着角落里新添的灵位，久久不能回神。

谢林走进来，站在他身侧："想什么呢？"

谢子文叹息道："我在想，阿姐要是知道我又把她的灵位放上来了，不晓得会怎么骂我。"

谢林仿佛想起什么好笑的事情，弯了嘴角："约莫，要跳起来骂吧。"

番外一
大仇得报，陛下死遁

太后被囚禁的当天晚上，谢子文去看她。

往日不可一世的当朝太后，没了母仪天下的仪态，身着粗衣，头发凌乱，周身素净，没有一点首饰，落魄至极。

他早便想过今日的情景，原本念着她的养育之恩，他并不打算取她的性命，即便当初他知道是她害死了自己的亲生娘亲，他心里还是念着她的好，想着留她一命。

可以说他不孝，但这么多年，她将他一手带大也是不争的事实。

让他改变主意的是那日，崔明捧着谢子玉的嫁衣回来，跪在他面前，哭着说："陛下，公主走了，和沈侍卫一起走了……"

他眼前一黑，差点晕厥过去。

谢子玉和亲的那日，他亲自送她上了马车。饶是知道此行凶险，他还是听从七皇叔的话，让谢子玉做了诱饵，冒险引诱太后出手。

可他没想到会是这样的结果。

如果他知道，他一定不会……一定不会让阿姐走。

几近眩晕之际，又听崔明泪眼婆娑地说："陛下，您说公主怎么就那么狠心呢？怎么就能舍下这里的一切，和沈侍卫私奔了呢？"

正欲滑落的眼泪一滞，他呼吸一顿，将崔明揪起来："你说什么？私奔？"

"您说公主是不是忒自私了？"崔明抹一把眼泪，兀自伤心道，"奴才好心好意去告知公主有危险，可公主呢，连声招呼都不打，说走就走了，就留下一身嫁衣，奴才一看见这嫁衣哟，心里就拔凉拔凉的……"

"原来是私奔。"谢子文舒了一口气，松开崔明，"只要人没事就好。"

"人有事啊。"崔明一脸担忧，"公主和沈侍卫都被火炮炸伤了，尤其是沈侍卫，当时就晕过去不省人事了。"

谢子文心中一紧："阿姐和沈侍卫伤得重吗？"

崔明点点头，复又摇摇头："应该不重，不然沈侍卫怎么一醒来就将公主拐跑了呢。"

谢子文拍拍他的肩膀，拧着眉毛说："崔公公啊，以后再有什么事情，一定要一口气说完，不然你这一惊一乍的，朕的心脏受不了啊。"

崔明含泪点头。

他叮嘱崔明，这件事先不要告诉别人，而后他紧急召七皇叔进宫，同他商量起来。

七皇叔让他将计就计，制造出谢子玉已死的假象，以此为由，先捉了太后再说。

此番太后闹出这般大的阵势，想要掩人耳目是不可能的。加上他和七皇叔有意查处，很快便将太后揪了出来。

先前查抄国舅府的时候，攒下了一些对太后不利的证据，这会儿也正好派上用场。而太后在地下建造的密室，他也再熟悉不过，那里藏着一批刺客和不少金银珠宝，这是一个太后不该有的东西。

如此顺藤摸瓜，太后的罪名累计增加，杜丞相作为太后的帮凶，罪责难逃。

将太后和杜丞相的势力连根拔除，着实伤了他和七皇叔不少元气，好在结果没有让他们失望，只此一次，以后再不用受太后的牵制。

虽然谢子玉这次侥幸没事，但想到太后居然对她下了杀手，他好不容易劝说自己留太后一命的念头打消，怒火又起。

他骗太后："阿姐死了，但和亲不能就此算了。朕听纳南洙提起过，他觉得绮罗不错，所以朕把绮罗送给纳南洙了。"

太后大怒："你怎么能这么做？"

谢子文冷笑道:"朕还托人送信给纳南洙,告诉他,郡主比不得公主,所以绮罗嫁给他只是做妾,往后他可继续纳别人为妃。"

"你怎么能这么做?你怎么能这么做?"太后扑上来要打他,被谢子文嫌恶地推开。

"你既然不把别人的孩子当回事,也别怪朕不把你的孩子当回事。"他冷冷地看着她,"你这半辈子作的孽,就由你的亲生女儿替你偿还吧。"

临走前,谢子文丢给她一支凤簪。

他知晓太后最爱这支凤簪,听说是她当初诞下龙凤胎后,先皇赏赐给她的,她一直宝贝得很。

大概也是因为这支凤簪,才叫她的野心一发不可收拾。

次日,清苑那边传来消息,太后折断凤簪,吞金而亡。

彼时他正在批阅奏章,呆愣许久,才应了一声:"知道了。"

他让崔明带着绮罗去给太后张罗后事,绮罗哭着跑去了。

其实他并没有让绮罗嫁去乌孙国,让她给纳南洙做妾更是随口撒的一个谎。不管太后如何,到底不能将这口气出在绮罗身上。至于绮罗的身世,他也打算瞒她一辈子。

有些人天生就是需要被谎言保护着,比如绮罗。

奏章批得很慢,合上最后一本时,外面已经皓月当空,繁星点点。他出了殿,见殿前站着一个人,是一直跟在谢子玉身边的那个侍卫——秦羽。

他不是在七皇叔的府中养伤吗?何时回来的?

"陛下。"他平静甚至冷静地开口,"公主,可还活着?"

谢子文回答他:"她的嫁衣尚完好无损,人却不在了。"

秦羽稍稍思索,而后退开身子:"谢陛下。"

谢子文问他:"太后已死,你的大仇也算得报,以后有什么打算?"

秦羽垂下眼帘:"离开这里,学着温暖一些,找个善良的姑娘成亲,然后生几个活泼可爱的孩子……"

谢子文被他认真却毫无波动的表情逗笑了："这一点都不像是从你嘴里说出的话。"

秦羽微微低头承认："是有人教属下这样做而已。"

谢子文拍拍他的肩膀，负手离开了。

他去了箐妃的敛华宫。他只有她一个妃子，后宫里空荡荡的，他对这里尚不熟，只有去敛华宫的路，他闭着眼睛也能走过去。

现在箐妃已经不像原来那样胆小了，偶尔还敢同他开玩笑，对他要些小性子。但只要他稍一做出严肃的样子，她立马又变回那个容易受惊的小白兔，叫他好生怜惜。

先前七皇叔还提醒他："你那箐妃，胆量太小，有些上不得台面，你何时再纳几个妃子进宫？"

他装作没听见的样子，故意岔开话题："七皇叔，算来你也单身好多年了，何时给我找一个七皇婶呢？"

七皇叔咳嗽一声，举头望明月："今天这天儿不错……"

敛华宫中，几许烛光里，一抹小小的身影正坐在凳子上盯着桌上的烛台。好似听到他的脚步声，那小人儿立即扭头看过来，见是他，当即提了裙摆跑出来。

"外面天凉，你出来做什么？"他携了她的手，拥着她走回去。

她小心翼翼地挨着他，配合他的脚步，低着头往前走，糯糯的声音很好听。

"不凉。"

正要歇下的时候，闻太监来报，说是绮罗回来了。

他有些郁闷，本不想现在见她，但又听说她哭闹得厉害，只得让箐妃先睡下，他重新穿好衣服，出门去见她。

不料绮罗是揣了匕首过来的，他一直不曾防备于她，拿她当妹妹一般看待。那把小巧的、柄上还嵌着一颗玛瑙的匕首，还是很久以前他送给她的礼物，如今满满当当地扎进自己的胸膛，那颗玛瑙不及他的鲜血夺目。

"你为什么……为什么害了我的家人还不算，还要害死太后姑姑？我恨你，我恨你……"绮罗撕心裂肺地哭喊着。

越来越模糊的视线中，他看见箐妃白着一张小脸，光着脚跑过来。

"地上凉，回去穿鞋子……"他说罢，无尽的黑暗便涌了上来，将他吞噬。

谢子玉和沈钦一路游山玩水，回到师门已是七八日后。这时候百姓都在谈论大祁环玉公主被太后害死的事情。

沈钦看了她一眼，小声说道："你又死了一次，有啥感受没有？"

"没有，死着死着就习惯了。"谢子玉咬着筷子，饿得两眼发绿。相比这个无趣的话题，她更关心蜜汁肘子什么时候端上来。

"听说这蜜汁肘子是这家店的招牌菜，一会儿给师父带两个回去。"沈钦好看的眼眸里满满的都是笑意。

"好。"

吃饱喝足后，谢子玉让小二打包了两个蜜汁肘子，裹在油纸里，用细绳扎着，拎着往回走。师父又收了一个徒儿，是个五六岁的小男孩，头上扎着两个团子，黑瘦黑瘦的，下巴尖得像是低头就能戳死自己。

听说是穷人家的孩子，养不起了便要卖掉。师父见他可怜，便给了那户人家一些银两，将他带了回来。

师父唯恐他幼小的心灵受到伤害，便摸着他的脑袋说："你爹娘不是卖你，我也不是买你，而是见你骨骼清奇，是个练武的苗子，所以想收你为徒。"

这孩子年纪尚小，单纯得要命，师父说什么便是什么，当即哼哼哈嘿扎了个四不像的马步，逗得师父一乐。

后来谢子玉偷偷问师父："师父，您是怎么摸出他骨骼清奇的？"

师父眯着眼睛，笑融融地说："骨骼清不清奇为师倒真没摸出来，倒是摸着他的后脑勺蛮大的。"

"所以您是在骗他咯？"谢子玉鄙夷道，"居然对一个小孩子说谎，师父您为师不尊。"

师父睨了她一眼:"你还有脸说为师?你当初是怎么骗为师的难道你忘了吗?"

谢子玉心虚。

回想当年,她被太后送去普罗山,在山上待了快一年,后来由于寺庙的疏忽她不小心走丢。诚然她也的确不愿再回到那里,因为那里的饭菜真的淡得出奇,把她好好的一个小胖子给喂瘦了一大圈。

所以谢子玉才会对捡到她的师父撒了人生中第一个谎:"大叔,我被狠心的哥哥嫂嫂卖掉,好不容易逃出来的,您收留我吧?"

师父那时候是个帅帅的中年美男子,为难地看着她:"我只养过男娃子,没养过女娃娃,不晓得要怎么养。"

谢子玉抱着他的腿大哭:"大叔,我好饿,我好几天没吃饭了,好饿好饿……"

师父一咬牙,将她抱了回来:"以后我吃什么,你就吃什么。"

后来太后派人找到她,对师父表明了她的身份,要带她走。师父房中的蜡烛燃了一晚上,第二天师父带着淡淡的酒气送别她:"为师聪明一世糊涂一时,当时怎么就信了你这个鬼丫头的话。"

嘴上念着她的不好,背地里却还是叮嘱沈钦,好好照顾她。

师父只有她和沈钦两个徒儿,想必这次他们离开的时间太长,师父觉得寂寞了,才动了心思再收一个徒弟。

师父还给这孩子改了名字,随他姓沈,可是叫沈什么呢?

沈钦替师父想了个名字:"不若叫念尘吧,沈念尘。"

师父一愣。

念尘念尘,念的是沈凌尘。

沈凌尘是师父收的第一个徒儿,听沈钦说,师父是极喜欢沈凌尘的,当初将沈凌尘撵走以后,师父将自己关在房中三天三夜没出来。

他心里其实是盼着沈凌尘有朝一日能回来继续做他的徒儿的,只是沈凌尘没能猜透师父的心思,而师父又打死不肯嘴软,才叫这对师徒缘分走尽。

沈钦对师父说："沈凌尘现在追随淮阳王爷，淮阳王爷很信任他。他还有一个喜欢的姑娘，他和那个姑娘在一起了，在京城安了家，恐怕不会回来了，可是师父您送给他的铃铛，他还随身带着……"

师父欣慰地点点头："甚好甚好……"然后背着手，去教沈念尘练功了。

可沈钦的每一句话，都戳得谢子玉心里隐隐发痛。她知道沈钦不敢告诉师父真相，怕师父承受不来，会愧疚，会难过。

若是沈凌尘在天有灵的话，要怨就怨他们吧，不要再怨恨师父了。

师父对沈念尘格外上心，简直到了要什么给什么的地步。谢子玉瞧着这势头不对，看着胖了一整圈的沈念尘，内心不平衡道："师父，您是不是太偏心了？您这不是宠徒弟，您这是宠儿子啊。"

师父呵呵直笑："瞎说什么大实话。"

谢子玉："……"

师父的人生好似重新有了奔头，一边将自己的精力放在沈念尘身上，一边张罗着要给谢子玉和沈钦成亲。

沈钦将谢子玉往怀中一搂："师父，我们不讲究那些繁文缛节，简简单单的，我们给您磕个头，这亲事就算成了。"

"那不行，我的徒儿成亲，可不能这么寒酸。"师父兀自畅想着，"你们成亲那天，为师要摆上十桌流水席，叫全村的人都来沾沾喜气……"

沈钦忍不住打断他："师父，您有钱吗？"

师父言语一顿，背过身去不说话，周身散发出一种淡淡的忧伤叫"为师没有钱"。

可最后这头也没磕成，因为七皇叔忽然来了。

彼时她正揣着一对红蜡烛，想着就算磕头也要有点喜庆的东西。七皇叔猛然出现在她面前，着实将她惊得不轻。

沈钦买了好多东西在后面，这会儿还没过来。师父和沈念尘在屋中数礼品，那些都是七皇叔带来的。

感觉师父看七皇叔的眼神就跟看土豪是一样一样的。

"七皇叔，你怎么会来？"她问他。

谢林朝她手里的蜡烛瞥了一眼，淡淡道："谁要成亲？"

谢子玉害羞道："七皇叔你这不是明知故问吗？"

"哦。"谢林从蜡烛上收回目光，眉宇间流露出一股忧伤之色，"玉儿，子文他，出事了。"

谢子玉心中一惊："他怎么了？"

谢林叹了口气，久久才说："玉儿，你跟我回宫吧，国不可一日无君……"

红烛落地，一双断作四截，谢子玉难以置信地看着他："你是说，我弟弟死了？"

"咳咳……"谢林似乎也被她这句话吓到了，忙说，"倒是没有，我是说，国不可一日无君，子文被绮罗刺伤了，须得好生静养几日，你先回去顶替他几天。毕竟现在朝中势力不是很稳，子文一日不在龙椅上坐着，下面的大臣就要乱……"

谢子玉大舒一口气："七皇叔你吓死我了。"

师父闻声从屋中走出来，看了一眼地上断裂得不成样子的蜡烛，又看了一眼谢林，最后走到谢子玉身前，以一种母鸡护小鸡的姿态，瞪着谢林："你要带我的乖徒儿去哪儿？"

谢林客气道："沈师父，我带玉儿回皇宫小住几天，过几日便将她送回来。"

师父又问："住几日？"

"小则七八日，多则半个月，不会太久。"

师父点点头，让开身子，将谢子玉往谢林面前一推："喏，给你，好借好还，再借不难啊……"

谢子玉："……"

等到沈钦回来的时候，谢子玉已经被师父卖完了。

沈钦闻听她又要回宫，当即一百个一万个不愿意，可师父一句话便让他妥协了："玉儿的这个七皇叔就是淮阳王爷吧？凌尘就是跟着他的吧？这次回京，你替我转告凌尘，就说……就说为师对不起他……"

一声叹息。

内容简介：

　　都说烈女怕缠郎，叶黎觉得此话极对！想当年她纵（huo）横（hai）江湖十余载，迷倒少女无数，居然那么轻易地被英俊潇洒背景强大的北堂少侠狂追了三天三夜后——扛回家去了……对的，就是那传说中的捆绑式肩扛！

　　是要当压寨夫人吗？是要霸王硬上弓吗？哎哟——好娇羞怎么办啦！

　　你们不要太天真！可怜她一个女扮男装的妹子根本娶不了他妹妹啊！嘤嘤嘤——啊！那后来呢？

　　后来——她江湖第一妙手的败类名号被北堂少侠洗白，心怀不轨的叔叔被北堂少侠揭穿，体内的蛊毒被北堂少侠请名医搞定，就连自己的亲弟弟都被北堂少侠连夜打包给了他妹妹……于是乎，认清形势后的叶黎瞬间机敏地做了一个决定——抱紧北堂少侠的粗腿和他不死不"羞"！

　　咳！从此男女主就过上了没羞没臊的幸福生活，欲知详情，敬请翻阅，谢谢惠顾，么么哒！